新 青春の門

第九部 漂流篇

五木寛之

Itsuki Hiroyuki

講談社

目次

青春の門

漂流篇

装幀　吉永和哉

一九六一年八月
バイカル湖への道

ソ連製の四輪駆動車、ワズ《ＵＡＺ》４５０Ａは、凹凸《おうとつ》のはげしい道をバイカル湖へむけて快調に走り続けていた。

そもそもが軍用車両なのだ。戦場では深い未踏の森林であれ、湿原であれ、戦車なみの走破力が必要とされる。積雪の荒野や、氷結した山岳地帯を走ることもある。

そんな苛酷な要求にこたえて、一九五四年に製造された国産車がワズ４５０だった。それ以後さまざまに改良され、ソ連最初の四駆として二十一世紀の現在でも現役ではたらいている。

〈前世紀のシーラカンス〉

などと揶揄《やゆ》する声もあるが、むしろレジェンドといったほうがいいだろう。泥くさくて、頑丈で、頼りになる、いかにもロシア的な名車なのだ。

イルクーツクの市内を正午に出発したその車は、バイカル湖から流れ出るアンガラ川ぞいの道路を巡航していた。ＯＨＶ、２４５５cc、76馬力の四気筒エンジンは、水牛のように実直に無骨な車体を運んでいく。

そのワズ４５０Ａは、側面に十字のマークと幅広《はばひろ》の赤いラインがはいっていた。病院用の救急車として改造された車のようだ。

前方のシートには、二人の男が坐っている。ハンドルをにぎって、たくみにギヤチェンジをくり返しているのは、五十代前半とおぼしき背広姿の男性だった。

中折れ帽をかぶり、黒いベストにニットタイという姿は、だれの目にもシベリアには似つかわしくない。ケンブリッジかオックスフォードの学究といった感じだ。

しかし、ハンドルを操作する彼の腕は、おそろしくたくましかった。肩パッドが逆に反《そ》ってみえるほどに盛りあがった筋肉の持主である。首筋も太く、顔も大きい。

浅黒い肌と、太い眉毛。つよい光をはなつギョロリとした目に迫力がある。唇も分厚く、頑強そうな顎《あご》をしていた。多民族のるつぼといわれるこの地方でも、容易に彼のルーツを推定するのは難しそうだ。

「やめたほうがいい」

と、その男は前方を注視しながら、隣りのシートに坐っている青年に声をかけた。はっきりした日本語だった。

「どう考えても、無茶な話だ」

「わかってます」

日本語で答えたのは、二十代のなかばとみえる青年である。

こちらははき古したカーキ色のパンツに、Vネックのシャツ、その上にぼろぼろの革のジャンパーという、いかにもむさくるしい恰好《かっこう》だ。

中肉中背の体つきだった。運転している男にくらべると、敏捷《びんしょう》そうだが、どこか繊細な感じをあたえる。目立つのは濃い眉の下の切れ長の目と、意志的な口もとだった。無精《ぶしょう》ひげがのびたまになっていて、それがかえって青年らしい印象をかもしだしていた。

左の足首に分厚い包帯が巻かれている。ギプスで固定してあるらしい。金属パイプの杖《つえ》が二脚、車のドア側に立てかけてあった。

運転している男が、道路のくぼみを、巧みにシフトダウンして通過しながら言う。

「足の怪我《けが》は、簡単には治らない。ただの捻挫《ねんざ》とちがって踵骨《しょうこつ》の骨折にはかなり長期のリハビリが必要なのだよ。この地方では九月の末にはもう雪が降ったりもする。そうなるとたちまち冬将軍のおでましだ。シベリアの冬は凄《すご》いぞ。この頑丈なワズでさえも、オイルが凍ってエンジンがかからないことがある。そうなると、クランクを使って手回しでエンジンをスタートさせなきゃならないんだからな」

男はため息をついた。

「左足に後遺症をかかえた浮浪者が、そんな中をどうやって何千キロの道を踏破できるんだ。え？」

男の言葉に、青年は答えなかった。無言でフロントガラスのかなたにひろがる果てしない氷面をみつめている。

「おれの話をきいているのか、イブーキー」

と、男は言った。

青年はだまってうなずいた。

〈伊吹信介《いぶきしんすけ》――〉。それが、かつてのおれの名前だった〉

いまはちがう。パスポートももたない。身分証もない。帰国する当ても、行方すら定まらない左足の不自由な不法入国者である。まわりからはイブーキーと呼ばれる放浪者にすぎない。

信介は、一年ほど前に自分が奇妙な一行とともに、この国に入ったときのことを思い返した。

その一行のリーダーは、日本の政財界の陰の仕掛け人といわれていた影之原隆元《かげのはらりゆうげん》という人物だった。どういう関係かはわからないが、かつて〈二丁目ローザ〉と呼ばれていたカオルも彼のパートナーとして同行していた。

新聞記者の西沢《にしざわ》。

国際的な漂流者であるジョン。

日ソ漁業の裏のプロモーター、岩本悟郎《いわもとごろう》。彼はソ連の警備船と日本側のレポ船の非公式ルートの元締めだ。

ロシア人の血を引く少女、立原襟子《たちはらえりこ》。

そして二重スパイの気配のある公安調査庁の安川《やすかわ》。

それぞれが全くちがう立場の一行が、非公式のルートでこのシベリアへやってきたのである。

そしてハバロフスクで彼ら一行を迎えてくれたスミルノフ将軍とそのグループ。

影之原隆元とスミルノフ将軍のあいだには、なにか大きな連携プレーの計画がありそうだった。極東シベリア共和国独立計画とかいう、信介にとっては夢のような動きもあるらしい。

そして、ユーラシア大陸横断を夢見て彼らと別れたのち、まだ風の冷たい五月に、アムールというモンゴル系の男につれられてシベリアの寒村を出発した。それから九十日あまり、やっとイルクーツクの近郊までたどりついたのだ。

針葉樹の原生林《タイガ》を抜け、川を渡り、雪山をこえた。ほとんど道路らしい道路は使わずに、山間の集落から集落へと移動してきたのである。

どの村もアムールとは顔なじみのようだった。五頭の馬の二頭に荷を積み、アムールと、信介と、アニョータが、それぞれの馬で旅をつづけた。

ソ連邦という巨大な組織のなかに、こんな人びとの暮らしがあるのかと驚くばかりだった。集落はほとんど孤立していて、なんとロシア語が通じない場所すらあったのだ。二十世紀の現代に、ほとんど文明から隔絶した生活があるのが奇蹟《きせき》のように思われた。

国からは異端とされた古い信仰を守って、孤立した暮らしを何世紀も続けている集落があった。古儀式派とか分離派《ラスコーリニキ》とか呼ばれて、弾圧された人びとの末裔《まつえい》である。

スターリンの時代に強制的に土地を追われ、そこから逃れて山中に隠れ棲《す》んだ人びともいた。タタール人やチェチェンの人びともいた。

そんな場所を転々とたどって、アムールは信介たちをイルクーツクの近くまで連れてきたのだ。そこで信介は大きな失敗をした。つい油断をして落馬し、左足の踵《かかと》をいためてしまったのである。杖をつかなければ歩けないひどい状態だった。

しかし、イルクーツクの近くまでたどりついていたのが幸運だった。その街の市民病院に、かつて日本人で、いまはソ連に帰化しているという不思議な医師がいたからだ。

ドクトル・コジャーエフという名前で街の人びとに尊敬されているその医師が、信介の治療にあたってくれた。そのうえ、手続き上、入院ができない信介を自分の住居の一室に同居させてくれたのである。いま車を運転しているのが、そのドクトル・コジャーエフだった。

彼はかなり以前からアムールとは親しい仲だったらしい。その医師が、かねてから従事しているあることの調査を、アムールが案内して協力していたという話だった。

ちょうどその時期、ソ連と中国の間に極度の緊張関係が生じていた。国境警備体制が異常にきびしくなり、そのためにアムールの旅の計画もかなり狂ってしまったようだった。

〈ここはひとつ、時機を待つしかないね〉

と、アムールは言った。

〈あんたのことは、ドクトル・コジャーエフが面倒をみてくれることになっている。うまい具合いに、なにか現地調査のことで適当なアシスタントを探していたところだったらしいよ〉

足がなおったら、ドクトルの仕事を手伝って、お返しをすればいい。そのうちにきっと、再チャレンジの機会もやってくるだろうから、とアムールは言ったのだ。

一緒にきたアニョータは、後に残してきたおばあちゃんのことが心配になったらしい。アムールと一緒に故郷の街へもどる気になったらしかった。

最初から吹っきれた娘だったのだ。大それた夢はあきらめて、地元でフィギュアスケートの人気者にでもなる気だろう。

そんな回想にふけっている信介の耳に、運転しているドクトルのけげんそうな声がきこえた。

「なんだろう。こんな場所で検問とは——」

「検問？」

信介は思わず顔をあげて、フロントガラスの向うを注視した。

褐色《かっしょく》の軍服を着た兵士が数人、艶《つや》消しの銃を胸にかかえて、車をとめている。先行していたトラックや乗用車が、五台ほど列をつくって停止していた。幅広のベルトをしめ、軍帽をかぶった将校らしき男が、運転者たちの身分証を確認しているらしい。腰につけた軍用拳銃の革のホルスターが妙に目立っている。

「まずいですね。どうします」

信介は赤いザポロジェッツ965のうしろについて徐行したドクトルに言った。

「あともどりしますか」

「うしろに車の列ができているから無理だな」

と、ドクトルが首をふった。ここで無理にUターンして走り去れば、必ず怪しまれて追跡されるだろう。

「これまでこの辺で検問なんか一度もなかったのに」

と、ドクトルは首をかしげた。信介は深呼吸をして、心を落ち着かせようとした。これまで幸運にも検問らしい検問には一度もあっていない。このシベリアの奥地に暮している先住民たちのなかには、そもそも出生届すら出していない連中もいるという。あきらかに外国人旅行者とわかる者たちはともかく、この地に暮している人びとはほとんど検問など受けることもなかったようなのである。

〈ここで捕まったら、どうなるのだろう〉

タイミングの悪いことに、このところ中ソの関係が一触即発という気配もあるらしい。スパイ容疑で逮捕されて、強制収容所送りになることも考えられないことではない。そもそも不法な密入国者なのだ。

「もしもの時には――」

と、信介はドクトルに言った。

「調査旅行にいく途中で、足の悪い男をみつけて乗せてやったのだ、と言ってください。迷惑がかかるといけませんから」

革の拳銃ホルスターをベルトにつけた将校は、かなりしつこく前の車のドライバーを問いつめている。

信介は思わず胸が圧迫されるような感じをおぼえた。映画で見た陰惨な拷問のシーンや、シベリアの各地にあるという強制収容所のイメージが反射的に浮かんでくる。

「心配するな。なんとかなるだろう」

ドクトルの声には緊張したなかにも、なにかしら不敵な自信が感じられた。

〈そもそもがあまりにも幼稚な考えだったのだ〉

と、信介は思った。

パスポートも、旅行者のビザも持たずにソ連に残ったというのが、そもそものまちがいだった。カオルや、西沢や、ジョンさんと一緒に日本に帰国しておけば、それなりの将来はひらけたかもしれない。もし不法入国者としてこのシベリアで人知れず重労働の日を送り、朽ちはててしまう人生でよかったのか。

未知の冒険に賭けるということは、そういうことではないはずだ。生まれついての性格とはいえ、あまりにも身勝手な甘い計画だった。冒険とは緻密《ちみつ》な計画に裏づけられた行動でなければならない。

明日は明日の風が吹く、みたいな適当な考え方で世の中を渡っていこうというのが、そもそもまちがいだったのだ。つくづくそう思う。

〈しかし――〉

ここまできたら、じたばたしても仕方がない、と、信介は心の中でつぶやいた。

〈おれは馬鹿だった〉

と、あらためて思う。だが、信介の頭の中にかすかに響く声があった。いまは亡き人びとの声だった。

〈馬鹿も利口も命はひとつたい〉

塙 竜五郎《はなわりゅうごろう》の声のようでもあり、父親、重蔵《じゅうぞう》の声のようでもある。義母、タエの凛《りん》とした声にもきこえる。

〈なんとかなるだろう〉

と、彼は思った。しかし、その瞬間、思いがけない身震《みぶる》いが彼をおそった。

コンクリートの取調べ室。ＫＧＢの男の執拗な質問。彼がすべてを告白するまでそれは続くだろう。密航船の話ぐらいならまだいい。スミルノフ将軍のシベリア独立計画までしゃべってしまえばどうなるのか。国家に対する反逆を企《くわだ》てたとして、強制労働ぐらいでは済まないかもしれない。

〈おれの人生も、これで終るのか〉

前方の車が一台、少し動いた。ソ連軍の将校の検問まで、あと二台。

「いろいろお世話になりました」

と、信介はドクトルに頭をさげた。

「どうやら、おれの運も、これでつきたようです」

前方の車が、ゆっくりと走りだした。

あと一台。

「馬鹿も利口も命はひとつ――」

信介はあらためて声にだしてつぶやいた。自分の声がかすかに震えているのがわかる。

「さて、と。どうするかな」

ドクトルがハンドルから手をはなし、腕組みして言った。不思議なほど平然たる声だった。

「きみはパスポートを持っていない。旅行許可証もない。この土地の人間のふりをするにしても、身分証は絶対に必要だ。この国では十六歳になると国内旅券が交付されるんだよ」

「わかってます」

信介はごくりと唾《つば》を飲みこんだ。落ちついているふりをしようと思っても、声がかすれた。

「ここで捕まると、ぼくの場合はどうなりますかね」

信介がきくと、そうだな、とドクトルが冷静な口調で言った。

「まず、不法入国というだけではすまないだろう。今はあいにく中ソ関係がピリピリしている時期だから、なおさら悪い。スパイ容疑で徹底的にしぼられるはずだ。実際に、きみは怪しい連中と一緒にこの国にやってきたんだからな」

うーん、とドクトルは自分で自分の言葉にうなずきながら、ロシア語で何か言った。芝居がかった口調だった。

なんですか、それ、と信介は眉《まゆ》をひそめた。ドクトルは小さな笑い声をたてた。

「つまりだな、おれの考えだと、きみは裁判ではまちがいなくこんなふうに宣告されるだろう。〈ロシア共和国刑法第五十八条第六項、および第四項により、被告、シンスケ・イブキに対して二十五年の刑を科すこととする〉。安心しろ。死刑にはならない。貴重な労働力だからな」

「冗談でしょう。旅券法違反ぐらいで国外退去とか、そんなふうにはいかないんですか」

「いかない」

ドクトルは分厚い唇をゆがめて、かすかに笑った。

「この国はそれほど甘くはない。おれも、かつてこの土地のアレクサンドロフスキー中央監獄に六年間ぶちこまれたことがあるんだよ。イルクーツク郊外にある帝政時代からの監獄だ。そことブトィルカ、それからウラージーミルの監獄、これらをロシア三大監獄というんだ」

信介は悠然《ゆうぜん》とそんな解説をするドクトルに猛烈に腹が立ってきた。

「それなら、ぼくをかくまったことで、あなたも厄介なことになるんじゃないですか」

「ならんね」

ドクトルの口調は、妙に自信と余裕を感じさせるものだった。むしろ事態を面白がっている気配さえある。そのふてぶてしさは一体《いったい》どこからきているのだろう?

一台、前方の車が動いた。その車を追いはらうように手をふった将校が、けわしい表情で次の運転者の書類をあらためはじめた。しばらくじっと書類をたしかめていた若い将校が、その中からパスポートを抜きだして、自分の軍服の胸ポケットにしまった。

どうやら何か問題でもあるのだろうか。将校は、とってつけたような微笑をうかべてなにか言っている。ドライバーに車から降りるように命じているらしい。

車内から片腕をだした運転者が、憤慨《ふんがい》した口調で大声で抗議している。将校は無言で背後の兵士に合図をした。自動小銃を抱えた若い兵士ふたりが車のドアをあけ、運転者を引きずりだした。白い背広を着た裕福そうな中年男である。手首に太い金色のブレスレットをつけていた。

助手席のドアをあけて、体格のいいマダムがおりてきた。たぶん運転者の夫人だろう。仕立てのいいツイードのスーツを着て、パールのネックレスをつけ、黒い光沢のある毛皮の帽子をかぶっている。この土地の女性にしてはめずらしく、ヒールの高い靴をはいていた。驚くほど胸が大きい。

そのマダムは舌打ちするような傲慢《ごうまん》な表情で、将校の目の前に指を突きつけた。内容はわからないが、ぐいと胸を張って、見くだすような態度で将校をなじっている。

「ああいうのは、まずいんだよな」

と、ドクトルが苦笑しながら言った。

「いくらオッパイを突きだしても、カラシニコフにはかなわない」

「カラシニコフ？」

「あの兵士たちが抱えてる自動小銃だ。ＡＫ－47。以前は俗にマンドリン銃と称されたＰＰＳｈ－41がソ連兵の定番だったんだがね。カラシニコフ銃の凄いところは、このワズと同じで、機構がシンプルで、踏んでも叩いてもこわれない。砂嵐で汚れても、ザッと水で洗えば撃てるんだそうだ。とにかく、国境警備隊に文句をいってもはじまらんよ。ましてあの将校はＫＧＢの関係者みたいだしな。しばらく時間をかけてもめてくれりゃ、こっちも対策を考えられるから助かる。さて、と」

ドクトルは目で背後のキャビンを示した。

「きみは患者用のベッドにはいって、毛布にくるまるんだ。おっと、その前に、タチアナが作ってくれたサンドイッチがあるだろう。ハムと胡瓜《きゅうり》と、それからビートがはさまっているはずだ。それを出してくれ」

「サンドイッチを、ですか」

「そうだ。手提《てさ》げバッグの中にあるんじゃないか」

信介はドクトルが何をしようとしているのか見当がつかなかった。だが、この局面では彼の言う通りにするしかないだろう。

手造りの無骨《ぶこつ》なバッグの中に、『プラウダ』に包んだ大きなサンドイッチがある。最近ではあまり新聞を読む者も少くなった。『プラウダ』は共産党の機関紙だが、包装紙として使われることも多い。

「こんなときに、よく食欲がありますね」

「そうじゃない」

ドクトルは新聞紙をひろげて、中から褐色《かっしょく》のパンに野菜をはさんだサンドイッチをだした。そのパンをはがして、はさまれた野菜の中から輪切りにした赤いビートをつまみだす。

ロシア人にとって、ビートはなじみの深い野菜である。赤い小ぶりな蕪《かぶ》のようだが、蕪ではない。最近はビーツと呼ばれることが多いが、ロシア語では「スビョークラ」と呼ぶ。ボルシチが濃い赤味をおびているのは、このビートのせいである。

ヨーロッパに近いほうでは小さく、タンザクに切ったりするが、モスクワ風だとやや大きめになる。シベリアではさらに豪快に、ぶつ切りにして使う。看護婦長のタチアナが持たせてくれたサンドイッチにも、赤いビートがしっかりはいっている。

「それを顔に当てて、しっかりこするんだ」

と、ドクトルが言った。

「え？　顔に、ですか」

「そうだ。はやくやりたまえ。顔だけじゃない。首筋《くびすじ》にも、胸もとにも、それから手にもビートの色をたっぷりしみこませる」

信介は言われる通りに冷たいビートをつまんで、顔をこすった。バックミラーをのぞくと、びっくりするほど赤く染まった顔が映った。

「よし。それでいい。あとの仕上げは――」

ドクトルは上衣の胸ポケットから万年筆を抜きだした。そしてインクを指につけ、それを信介の顔や首筋、さらに手の甲にまで斑点《はんてん》のようにすばやく押しつけた。

「さあ、患者用の寝台に寝て、毛布をかぶれ。窓のシェードはおろして、キャビンを暗くするんだ。なにかあっても喋《しゃべ》るなよ。苦しそうに口をあけて呼吸しろ」

信介は言われるままに寝台によこたわった。芝居をしなくても心臓が激しく波打っている。かすかに震えもきた。ドクトルはグローブボックスの中から、何枚かの紙片をとりだしてチェックしている。やがてうなずいて一枚の汚れた紙きれをポケットにしまった。

ドクトルがローにギアを入れて、じわじわと前に進んだ。どうやら前の車のトラブルが片づいたらしい。

「あと一台だ」

ドクトルの声がきこえた。

〈アレクサンドロフスキー中央監獄――〉

一度きいただけで、ドクトルの不吉な言葉が耳に刻まれてしまってよみがえってくる。

〈ロシア共和国刑法第五十八条第六項、および第四項により、二十五年の刑を科すこととする〉

馬鹿も利口も命は一つ、などと意気がってみても、体の芯《しん》まで凍りそうな恐れはどうしようもない。ドクトルは、一体どんな成算があるのだろう。顔中に塗りたくったビートの滴《しずく》が、冷たい汗とともに目にしみた。車がさらに前進した。

ワズの2455ccの四気筒エンジンが低いうなりをあげて振動する。車はじわじわと前方へにじり寄っていく。

ギアがニュートラルになった。サイドブレーキを引く音。運転席のウィンドウがゆっくりとおろされる。

《書類《ドキユメートウイ》を》

と、高圧的な声がひびく。ドクトルがそれに無言で書類をさしだす気配がある。たぶん国内旅券《パスポート》、運転免許証、そして最後に党員証などだろう。

一九六一年現在、フルシチョフがひきいるソ連は、有人宇宙飛行を世界で最初に達成した社会主義大国だった。いたるところで無気味なきしみ音が発生していたとしても、党を頂点とする国家体制は、まだゆらいではいない。

イルクーツクの日常生活の場でも、党員証は大きな力を持っていた。ショッピングから住居、職場にいたるまでそれは思いがけない力を発揮する。

《移動許可証がありませんね》

と、将校の声がきこえた。いくぶん丁重《ていちょう》な言い方だが、党員証ぐらいでおどろかせられてたまるか、といった感じの言い方だった。信介は耳をすました。

信介はまだロシア語を片言しか話せない。たぶんこういうことだろうと勝手に想像するだけだ。それでもなんとなくいくつかの単語をつなぎあわせて、内容を察することができた。

《この車が救急車だとわかっているだろうな》

と、ぶっきらぼうにドクトルが言う。

《車体を見ればわかります。第三病院の所属ですね》

《そう。緊急の運搬だ》

《だれを？》

《もちろん患者を》

《その患者は、どこにいるのですか》

《うしろのベッドに》

《見せてください》

《見る？　本気かね？》

《なにか不都合でも？》

《これは緊急の患者の移送だ。移動許可証など申請しているひまはなかった》

《キャビンのドアを開けてください》

《マスクはつけないのか》

《マスク？》

《どうか中にはいって、たしかめてみてくれ。きみは勇気のある男だな》

キャビンのドアが半分ほどひらいた。ドクトルが運転席から降りてきて、中に乗りこんだ。彼は信介の顔にかかった毛布を、わずかにめくって車外の将校にみせた。

《スイプノイ・チフだ》

ドクトルのロシア語を信介は理解できなかった。薄暗い車内で、彼はぜいぜいと喉《のど》を鳴らした。ドクトルの声がきこえた。

《強力な伝染性がある。イルクーツクの市内にはおけない。山中の小屋に隔離する必要があるのだ。緊急に！》

ドアがしまった。

将校の声はきこえなかった。たぶん口を押さえて後ずさり、手で行けと合図をしたのだろう。

ワズは車体を震わせてゆっくりと発進した。信介は大きく息を吐いた。

しばらくして、助手席にもどると、信介はドクトルにたずねた。

「あの将校に、なんと言ったのですか」

ドクトルが、ごほんと咳《せき》をして言った。

「スイプノイ・チフ」

「そんなロシア語、きいたことないけど」

「発疹《ほっしん》チフス。おそろしく伝染性のつよい病気だと教えてやった」

本当は空気伝染などしない、シラミが媒介するんだ、とドクトルは愉快そうに笑った。

「タチアナねえさんが怒るだろう。せっかくのビートのサンドイッチを口に入れなかったと言えばな」

「口には入れなかったけど、汁が目に入りましたよ」

それじゃ赤目になるぞ、ウサギみたいだ、と、ドクトルは大笑いした。

「おかげで二十五年、助かりました」

そうかな、とドクトルはつぶやくように言った。

検問を無事にくぐり抜けたことで、信介はようやく落ち着きをとりもどした。さっきまでドクトルにきこえそうなくらいに、心臓の鼓動がはげしく高鳴っていたのである。

ひと安心したせいか、急に眠気がおそってきた。四駆の太いタイヤから、リズミカルな振動が伝わってくる。信介はいつのまにか、しばらく居眠りをしていたらしい。

信介は夢を見ていた。幼いころ、父の伊吹重蔵《いぶきじゆうぞう》に背おわれてボタ山の山裾を駆けている夢だった。

赤い香春岳《かわらだけ》が見える。タエの白い顔が迫ってくる。

〈待たんかい〉

と野太い声がした。筑豊の新興やくざ、塙竜五郎の声だった。

いつのまにかおぶわれている相手が、父親から義母のタエに変っていた。二人は小高い丘の上にいた。目の下に炭住《たんじゆう》と呼ばれる炭鉱労働者の住宅が見えた。住宅というより長屋《ながや》といったほうがいい粗末な建物である。そこが信介の生まれ育った筑豊の土地だった。

遠くの道を、白い花輪と黒い人影が見える。その行列はボタ山の下を、ゆっくりと進んでいく。

〈あれは、なんばしよっとね〉

信介はタエにたずねる。

〈骨嚙《ほねか》みたい〉

〈ホネカミ?〉

〈ああ。骨嚙み〉

〈骨ば嚙むとね〉

タエはしばらく黙っていたが、ぽつんと言う。

〈落盤事故で、人が死なしたと〉

信介はなんとなく恐ろしくなって、タエの白い肩に顔をうずめる。タエは化粧をしていなくても、なぜかいい匂いがした。

「おい、イブーキー」

耳もとで呼ばれて、信介ははっと夢から目を覚ました。

「あれがバイカル湖だ。見えてきたぞ」

「バイカル湖——」

信介は目をこすって、ドクトルの肩ごしに青く光る湖面をみつめた。

〈これがバイカル湖か〉

窓をあけると、冷気が勢いよく吹きこんできた。思わず胸が高鳴るのをおぼえた。信介にとってバイカル湖は、憧れの湖だった。一九五〇年代の学生たちにとっては、パリのセーヌ川よりも、カリブの海よりも、シベリアのバイカル湖のほうがはるかに心をそそる神秘な存在だったのだ。

信介が九州から上京した頃、〈うたごえ運動〉という大きなムーブメントが、日本列島をゆるがせていた。フォークソングや、ロカビリーが時代を席巻《せっけん》する少し前のことである。当時の学生も、労働者も、家庭の主婦たちも、みんながその波の中にいた。

『青年歌集』という小型の歌本が、人気を集めていた時代だ。

《かあさんの歌》《仕事の歌》《原爆を許すまじ》《国際学連の歌》。そして《赤とんぼ》《ふるさと》などの歌にくわえて、各国の民謡や流行歌などが国民的に口ずさまれたものである。外国の歌も多かった。《草原情歌》《おおブレネリ》《カチューシャ》《ともしび》《カリンカ》《峠の我が家》《さらば恋人よ》などなど、呉越同舟といった感じだったが、ことに愛唱されたのはロシア民謡だった。

さらに民謡というより、現代歌謡というべき同時代の歌も少くなかった。『石の花』とか『シベリア物語』などのソ連映画に出てくる歌である。

そんな「うたごえの歌」のなかでも、ことに愛唱されたのが《バイカル湖のほとり》だった。この歌も映画『シベリア物語』の挿入歌として、一世を風靡した歌である。

〽豊かなる　ザバイカルの
はてしなき野山を
やつれし旅人が
あてもなく　さまよう

大学の先輩の緒方《おがた》と一緒に、その歌をうたいながら夜の道を歩いた記憶が、あふれるようにこみあげてきた。

「そうか、これがあのバイカル湖か――」

信介はまばたきもせずに、車窓にひろがる水面を眺めた。

「ひとつチャレンジしてみるか」

と、耳もとでドクトルの声がきこえた。

「道をはずれて、湖面の近くまでいってみよう。かなりの急勾配《きゅうこうばい》だが、そこはこの車の実力の見せどころだ。しっかりつかまっておけよ」

ドクトルはクラッチをふみ、すばやくギアをローにシフトした。ワズのエンジンが吠えるような音をたてた。四つのタイヤががっしりと斜面をつかむ。

道路の下は湖の波打ち際である。小石まじりの浜がカーブを描いて続いている。そこへ崖から滑り落ちるように四駆のワズが降りていく。車高が高いので、岩の突起をなんとか乗りこえられそうだ。今にも転覆しそうなくらいに車体を傾けて、きしみ音をたてながらワズは波打ち際に着地した。

「やったぜ！」

と、ドクトルがハンドルを叩いて大声をあげた。

「さすがは軍用車だな。一瞬、ヤバいと思ったんだが」

エンジンを切ると、おそろしいほどの静寂があたりにただよう。まだ八月というのに、目の前にひろがる湖面を吹く風は冷たい。ワズのエンジンがチリチリと虫の鳴くようなかすかな音を立てている。

「自分で降りられるかね」

と、ドクトルがきいた。

「大丈夫です」

信介は金属パイプの歩行杖を腋の下にはさみ、ギプスをはめた足をかばいながら車から出た。風に吹かれて広大な湖面の前に立つ。ドクトルも信介と並んで、煙草《たばこ》に火をつけた。

ひたひたとかすかな波の音がきこえる。

バイカル湖の波打ち際は、砂ではなく無数の小石が大きなカーブを描いて続いていた。

どこからか白樺の樹液の匂いが流れてくる。ほんの一、二ヵ月の短い夏のあいだに、森の樹々たちもその生命を精いっぱい謳歌しているのだろうか。

はるかかなたに薄くけむった山脈が見えた。あたりに人家はなく、人影も見えない。

信介は不自由な足をかばいながら、岸辺の古い流木の端に金属の杖を立てかけて腰をおろした。

風が冷たい。

ドクトルが言うように、あと一、二ヵ月もすれば、ふたたび長く厳しい冬が訪れてくるのだろう。

ドクトルが信介の横に並んで腰をおろした。

「これで顔をふいたらどうだ」

彼は内ポケットからハンカチをだして信介に渡した。

「それじゃまるで酔っぱらった孫悟空みたいだぞ」

「すみません」

信介は杖にすがって立ちあがり、石ころの間を注意して水際へいった。転ばないように片足重心でしゃがみこむと、透明な湖の水を手ですくって顔を洗った。

まだ信じられない気持ちだった。上京してまもなく、新宿のうたごえの店にいったことがある。ステージにルバシカを着たリーダーがいて、アコーディオンの伴奏で《バイカル湖のほとり》を客の全員でうたったものだった。

いま、自分はそのバイカル湖のほとりにいるのだ。しかも法を犯したさすらい人《びと》として。

信介の胸に言いようのない感慨がこみあげてきた。感傷ではなく、もっと奥深い感覚だった。

「ドクトル——」

と、信介はふり返って言った。

「これ、本物のシベリアのバイカル湖ですよね」

「なにを言ってるんだ」

ドクトルが笑いながらそばへやってきた。

「そうとも。きみは二千五百万年前にできた地上最古の湖のほとりにいるんだよ」

信介は湖面をわたってくる風を、両手をひろげて胸一杯に吸いこんだ。

ボタ山の立ち並ぶ炭鉱地帯に生まれ育って、そしていつもまだ見ぬ新天地を夢見ていた少年の頃。知らない土地を見てみたいと思い、知らない人びとと会いたいと願い、そしてついにここまでやってきたのだ。

自分は生まれつきの漂流者なのかもしれない。ひとつ所に根をおろして、着実に自分の生活を築いて暮らす生き方もある。家族や仲間との絆を大事に育てて、つつましい幸せをはぐくむ人生もある。

〈しかし、おれにはできない〉

まだ見ぬ世界を見たい、知らない人びとと出会いたい、そして予定できない明日をさがして生きてみたい。それは自分の心の病いなのだろうか。いまこうして危険と紙一重の旅を、おれはいつまで続けるのか。

「このバイカル湖は、世界一という条件をいくつもそなえた湖だ」

と、ドクトルが言った。

「まず、世界最古の湖といわれている。約二千五百万年前に誕生したらしい。これがひとつ。そして二つ目が——」

「世界一、深い湖ですよね」

「そうだ。最深部で千六百八十メートルあるんだからな。それともう一つ——」

「知っています」

信介は以前、本で読んだことのある情報を頭の中で思いおこした。

「透明度が世界一、とか」

「それは百パーセント断言できないがね。いろいろ異論もあるんだが、一応、透明度も世界一、ということにしておきたいところだ」

どこかで琵琶湖の約五十倍の大きさだと読んだことがあった。信介は心の中で、《バイカル湖のほとり》のメロディーを思い浮べた。

「きみがいま、なにを思っているか、当ててみせようか」

と、煙草の煙を吐きながらドクトルが言った。

「わかりますか」

「たぶん、あの歌、ほら、豊かなるザバイカルの——という、あれを思い出してるんだろう」

「そうです。どうしてわかるんですか」

「あの歌は——」

と、ドクトルは言った。

「ここにくる日本人は、みなあの歌を口ずさむのさ。だが、なにかがちがうんだな」

「ちがう、って、どこがですか」

「あれは感傷的にうたう歌じゃない」

煙草の煙が風に流れた。かすかな音をたてて、湖水が小石の浜に寄せている。ドクトルは言葉を続けた。

「日本人のうたいかただと、なんとなく哀れな流れ者がとぼとぼとさすらいの旅を続けているような感じがする。だが、そうじゃない。このバイカル地方は、そもそも豊かな大地だった。そしてまた反逆者たちの流刑の地だ。そこを逃亡した男が敢然と放浪する。この土地では、逃亡者も、流浪の民も、ある意味で権力とまっ向から対峙《たいじ》する英雄なんだ。コサックだってそうだ。それは土地や牢獄にしばりつけられている人々の憧れなんだよ。やつれし旅人が当てもなくさまよう、とかいうんじゃない。ロシアでは、権力から逃亡する人間は、空飛ぶ鷹のイメージがあるんだ。イブーキー、きみは一体、なんのためにシベリアにきたんだ。島国日本から逃亡してきたんじゃないのか。きみは迷った雀か。それとも無限の高みをめざす鷹なのか。どっちなんだ、え？」

信介は黙っていた。それをいま自分で考えていたところではなかったか。筑豊に生まれて、上京して、なすこともなく学生生活を送り、事のなりゆきにまかせて、その時その時の場当り的な生活を続けてきた。

なにをなすべきかが、いまだに自分には見えていない。同じ筑豊で育った織江《おりえ》は、いろんな汚濁にまみれながらも、歌い手としての道を必死に歩もうとしている。それにくらべて、自分はどうだ。なにをなすべきかさえ、まだ見えていないのではないか。

目の前に広がる広大なバイカル湖は、今の信介にとって夢や希望の象徴ではない。逃亡する？何から？　どこへ？　なんのために？

信介は金属の杖で体を支えながら、黙然と風の中に立ちつくした。しばらくすると、悩んでいる自分が馬鹿馬鹿しく感じられてきた。

「こうして実際にバイカル湖を見ただけでも、生きていてよかったような気がします」

と、信介は言った。ドクトルへの感謝の気持ちを込めたつもりだったが、その反応は意外だった。

「そうか。しかし、きみはそう言うが、このバイカル湖は美しいだけの湖じゃない」

ドクトルは言った。

「来月の末には、雪が降りはじめる。この湖もやがて見渡すかぎりの氷原に変るんだ。冬のバイカル湖は凄いぞ。白い地獄だ。おれはこの湖を見ていると、なぜか恐ろしくなる。世界最深といわれる湖の底に、なにが沈んでいるのかを想像するからだよ。それは隠された大きな謎といっていい」

「謎、ですか」

「そうだ。現代史の謎というべきかな。それをときあかすために、おれは日本に引揚げずに、この地に残った。そして日本人であることを捨てて、ソ連の国籍を取得したのさ。それはおれの運命かもしれん。きみは人間の運命を信じるかね」

「さあ、わかりません」

「おれが押しかけてきた不法入国者のきみを、危険をおかして治療したのは、なぜだかわかるか」

「アムールと、長いつきあいがあるとか」

「ちがう。そうじゃない。ひょっとしたら、きみがバイカル湖のほとりをさまよう逃亡者じゃないかと思ったからさ。傷を負った若い鷹かもしれないと感じたからだ」

「あなたも逃亡者だからですか」

と、信介はきいた。それには答えず、ドクトルは言った。

「きみは、シベリア出兵、という事件のことをどれだけ知ってる？」

「シベリア出兵、ですか。うーん、ほとんど知りません。函館にいたとき、新聞記者だった西沢という人から、シベリア派兵とか、なにかそんなことを聞いた記憶があるくらいで」

君たち若い世代の問題点は歴史に無智だということだ、と、ドクトルは小さく舌打ちしながら言った。

「イブーキー、きみは大学生だったんだろう？」

「そうです。途中でドロップアウトしてしまいましたが」

「しかし、多少は、本も読んだだろう」

「あまり読んでいません」

信介は少し小声になって答えた。正直なところ、活字を読むのは苦手なほうだった。高校生の頃には、当時の若い音楽教師、梓《あずさ》先生にすすめられて、何冊かの文学書も読んではいる。森鷗外とか、樋口一葉とか、芥川龍之介とか、太宰治なども、ひと通りは読んだことがある。しかし、いま一つピンとこない感じだった。

〈おれは文学とは縁がないのだ〉

と、その頃からずっと思っている。

大学に入ってからは、先輩の緒方《おがた》にすすめられて、あれこれ社会科学系の入門書などに目を通したものだった。当時、二丁目にいたカオルさんからも、ポール・エリュアールの詩集や、カミユやドストエフスキーの小説を借りて読んだこともあった。しかし、正直にいって、本当に魂がゆさぶられるような感動をおぼえたことがない。

その頃、信介が読んで感動したのは、葉山嘉樹の『セメント樽の中の手紙』という小説ぐらいだった。そのことを緒方に話したとき、彼が苦笑して、

〈まあ、それはそれで悪くはないけど〉

と言ったことで、少し傷ついた記憶がある。

「ぼくは炭鉱育ちですからね」

と、信介は再び流木の上に腰かけてドクトルに言った。

「もともと、あんまり知的じゃないタイプの人間なんです」

ドクトルの煙草の煙が風に流されて消えていく。

「そうかね」

と、ドクトルは信介と並んで流木に坐ると、がっしりした手で信介の肩を叩いた。

「きみは一週間前に、アムールにつれられておれの病院にやってきた。あの第三病院というのは、少数民族や、あまり公《おおやけ》にできないような怪我人、病人の面倒を見るところなんだ。第一病院は軍と党関係のお偉方《えらがた》、第二病院は一般のソ連市民専用」

その辺のことは、信介にもなんとなくわかっていた。第三病院の待合室には、ブリヤート人、タタール人、朝鮮人、モンゴル系の住民、そして浮浪者にちかい貧しい患者が集っていたからである。

「きみをかつぎこんできたアムールという男には、いろいろと借りがあるんだ。身分証ももたない怪しげな東洋人を連れてきて、とにかく面倒をみてやってくれの一点張りだ。でも、きみを看てやっているうちに、この青年をなんとか助けてやりたいと思うようになった」

どこかでかすかに飛行機の爆音がきこえた。しかし、どこにも機影は見当らない。ドクトルは言葉を続けた。

「こっちの連中は、体はでかくても結構、痛みには弱いんだ。大男がひいひい泣きわめいたりする。きみの足の骨折は、相当に痛みがはげしいはずだが、きみはどんなに手荒な治療をしても、ひと言も痛いとは言わなかった。そういう患者は、これまで一人もいなかったね」

「瘦せ我慢です」

「アムールが連れてきた時点で、これは訳ありの人間だな、と思ったよ。だが、おれも五十歳を過ぎて、里心《さとごころ》というわけじゃないが日本語で話ができる相手が欲しくてね。それで、せまい家だが、君をあずかることにしたんだよ」

「すみません。ご迷惑をおかけして」

「いいんだ」

だが、とドクトルは言葉を続けた。

「きみを見ていると、勇気はあるが、はっきりいって知識がない。きみが世界を見聞するためには、歴史的な視点を身につける必要がある。そうだろ。バイカル湖を見て、海は広いな、大きいな、みたいな感想をもったところで仕方がないだろう。きみはちゃんと歴史を学ぶべきだ。若いうちにそれをやらなきゃだめだ。そうは思わんかね」

「はい」

信介は素直にうなずいた。あの日、はじめてイルクーツク郊外のドクトルの家に連れていかれたとき、信介は本当にびっくりさせられたのである。

こぢんまりした家屋だったが、居間と寝室のほかに、もう一部屋、ゆったりした書庫があった。その壁一面に天井までぎっしり並べられていた本の数には、圧倒されてしまったのだった。

ロシア語や英語、フランス語やドイツ語の難しそうな本のほかに、日本語の書籍も壁の一面を占めていた。マルクス・エンゲルス全集やレーニン全集などと並んで、むずかしそうな本がずらりと揃っている。現代史関係の本も少なくない。どれも信介が一度も読んだことのない本ばかりだった。

信介はまだドクトル・コジャーエフという日本人医師の経歴をよく知らない。アムールが別れぎわに、

〈この人は、男だ。信用できる本物の男だ〉

と言い残した言葉を憶えているだけである。

ドクトルの声がきこえた。

「おれは、きみを見ていると、昔の自分の若い頃のことを思いだすんだよ。まったくきみとそっくりだった。知らない世界が見たい、未知の体験がしたい。後先を考えずに、まず動いてしまう。若いあいだは、ずっとそうだった。だから、偉そうにこんなことが言えるのさ。きみは勉強する必要がある、そうでなければ、どんな体験もただの思い出になってしまうだけだ。たとえばこのバイカル湖だ。いまこうしてバイカル湖を前にして、きみは一体なにを考えてる？　言ってみろよ」

信介は肩をすくめて、しばらく黙っていた。それから感じたままを言った。

「すごく大きい。そしてすばらしく美しい。やがて寒くなって、この広大な湖一面が氷におおわれたら、一体どんな風景になるんだろう、と」

「それだけかい」

「そうですね」

信介は目をあげて、はるかに広がる湖をみつめた。

「えーと、それから――」

信介は言葉につまった。ついさっきまでの感動は一体なんだったのだろう。

「ひとつきかせてやろう。この湖の底には、なにが沈んでいると思う?」

「湖の底に、ですか?」

「そうだ。千六百八十メートルの湖底を想像してみたまえ」

「なんでもアザラシが生息しているとかいう話をききましたが」

「そんなことじゃない。このバイカル湖の底には、二十数万人の死体と、数百トンの金塊が沈んでいるといわれているのだ」

「え?　まさか」

「それはいわば現代の伝説だ。今ではフィクションだといわれている。しかし、その伝説には歴史がからんでいる。古代の話じゃない。それこそ何十年か前の出来事だ。シベリア出兵の頃の話だからね」

急に強い風が吹いてきた。

シベリア無宿

その日、バイカル湖の湖畔でドクトルがはなしてくれた内容は、信介にはほとんど理解できないことばかりだった。

そもそもシベリア出兵、などといわれても、これまで聞いたこともない話なのだ。なにしろ大正時代の事件であるらしい。信介が生まれるはるか以前の出来事である。

「そんなことも知らんのか」

と、ドクトルは話を中断すると、何度も呆《あき》れたようにため息をついた。

「それで大学生とはねえ」

「すみません。ぼくに知識がないだけです。なにしろ、理屈は言うな、やることをやれ、とか言われて育ったもんですから。小学生に教えるつもりで話してくれませんか」

ナンチカンチ言イナンナ。馬鹿モ利口モ命ハヒトツタイ、という塙《はなわ》竜五郎《りゅうごろう》の声が頭に浮かんだ。それにしても、自分は本当に勉強していなかった、と、つくづく思う。

「最近の若い連中ってのは、自分の国の歴史さえ知らんのだな」

と、ドクトルは苦笑して言った。

「歴史を知らない者には、現在が見えない。きみはもっと学ぶ必要がある。こんな調子じゃ茶飲み話の相手にもならん」

「はい」

「足が完治するまで、当分おれの家で勉強しろ。おれが家庭教師になってやる。タチアナねえさんがきみの下手なロシア語をブラッシュアップしてくれるだろう」

第三病院の看護婦長であるタチアナは、どうやらドクトルの恋人であるらしい。大柄で妖艶な中年の女性だった。

湖畔の道路に車をもどすと、ドクトルは車をせまい林道に乗りいれた。

「さっきの道だと、また検問に遭いそうだ。少し揺れるがワズの実力をためしてみようじゃないか」

空が見えないほどに生い茂った針葉樹林の中に、雑草に隠された車輪の跡がある。車は前後左右に揺れながら、凹凸を乗りこえていった。ハンドルを素早く操作しながらドクトルが話しだした。

「一九一七年の革命で帝政ロシアが倒れたあと、ここシベリアは戦乱の巷《ちまた》になった。反革命の白軍《はくぐん》、革命派の赤軍《せきぐん》、国外脱出をめざすチェコ軍団、コサックやモンゴルの私兵グループ、そして七万二千の日本軍を筆頭に、アメリカ、イギリス、フランス、中国、それに少数のイタリア軍までがこのシベリアに乗り込んできたんだからな。三国志どころじゃない。このあたりも当時の激戦地だったのかもしれん」

やがて針葉樹林を抜けて、イルクーツクへの道路にでた。

「きみは九州の出身だといっていたな」

ドクトルがハンドルから片手をはなして、煙草をくわえながら言った。

「そうです」

「九州はどこかね」

「筑豊です。筑豊ってわかりますか」

「もちろん。福岡県の有名な炭鉱の街だろ。いまは合理化で大変なようだが」

信介は少しためらってからドクトルにきいた。

「ドクトルは、どこの出身ですか」

「沖縄」

しばらくしてドクトルは面白そうに言った。

「むかし南の島に生まれて、いまは北のシベリアで暮している。人生というやつは、わからんもんだな」

ドクトルは煙草に火をつけると、窓をあけた。煙がすばやく車外に流れていく。

「きみの実家の仕事は？　親は、やはり炭鉱の関係者なのか」

「まあ、そうです」

父親は地元の炭鉱で働く労働者たちの斡旋《あっせん》業のような仕事をしていたのだ、と信介は説明し、つけたして言った。

「まあ、昔は口入《くちい》れ稼業《かぎょう》とかいっていたようですけど」

「口入れ稼業か。いうなれば、ヤクザみたいなもんだな」

「そういう感じもありました。父は早く亡くなりましたけど」

「親父さんの名前は？」

「重蔵、伊吹重蔵です」

「そうか。ジューゾーか。じゃあ、この土地でのきみの名前は、シンスケ・ジューゾノヴィッチ・イブーキー、ということになる。ロシアでは父称《ふしょう》といって、名前と姓のあいだに父親の名前が入るんだよ。おれの名前は克己《かつみ》、親父は古謝己晴《こじゃみはる》だから、おれはカツミ・ミハイロヴィッチ・コジャーエフというわけさ。まあ、駄洒落《だじゃれ》みたいなもんだがね」

「シンスケ・ジューゾノヴィッチ・イブーキーですか。なんだかくすぐったいな」

そのうち慣れるさ、とドクトルは笑った。

やがて大きな橋を渡ると、車はイルクーツクの街に入った。

緑の樹々のあいだに、青いドームと白い塔が見える。信介は函館で見たことのあるロシア正教の教会を思いだした。

「きれいな建物ですね」

と、信介はふり返りながら言った。ドクトルはうなずいて、

「十八世紀に建てられたスパスカヤ教会だ。いまは博物館になっている」

「イルクーツクが、こんな美しい街だとは思っていませんでした」

「せっかくだから、少し観光ガイドをつとめてやろう」

ドクトルは広場を左折して公園の横を抜け、ゆっくりと車を走らせた。

「ここがレーニン通りだ」

窓に縁《ふち》どりをした建物や赤レンガの家並みに見とれていると、やがて青々とした街路樹が立ち並ぶにぎやかな通りにでた。ドクトルは車のスピードを落としながら少し得意そうに、

「カール・マルクス通り。この街のメインストリートさ」

「シベリアのイメージが一変しました」

信介が言うと、ドクトルは笑って、

「このイルクーツクは、かつて〈シベリアのパリ〉と呼ばれた街だ。歴史的にも、文化的にもえらく豊かな伝統のある都市なんだよ」

車は右折してアンガラ川ぞいの道をしばらく走り、ふたたび橋を渡ると、そこは鉄道の駅だった。ドクトルの住居は、そこからやや離れたひなびた住宅地の一画にある。

「いいドライブだったたな」

ドクトルが車を徐行させながら言った。

古風な木造二階建ての家の前で、大柄なロシア人の女性が果物の行商人となにか話している。こちらの車に気づいて、大きく手を振った。

「今夜はターニャねえさんが料理の腕をふるってくれるそうだ。彼女は料理の天才だぞ。楽しみにしてろよ」

ドクトルが言い、軽くクラクションを鳴らして車をとめた。
《はやかったのね》
と、タチアナが近づいてきて声をかけた。
《どうしたのよ、その顔——》
と、彼女は車から降りた信介を見て、目をみはった。
《昼間からウオッカでも飲んだの?》
《そんなんじゃない》
ドクトルが手を振って、タチアナを抱きよせ、軽くキスをした。
花柄の派手なワンピースを着ているせいで、今日の彼女はひどく妖艶な感じである。胸とお尻のラインがはちきれんばかりの体つきだが、なぜか脚はすんなりして、顔も細おもてで色が白い。髪が黒いのは、どこの民族の血が入っているのだろうか。
病院で白衣の姿しか見ていないので、信介は思わずどぎまぎした。ドクトルにキスされて、ぼうっと上気したような彼女の首筋がなまめかしい。
《じつは——》
と、ドクトルが検問のいきさつを説明すると、タチアナは豊かな胸を波打たせて大笑いした。
《スピョークラにそんな使い道があったとは》
タチアナは信介の肩をたたいて、
《こちらへいらっしゃい。まず、その赤い色を洗いおとさなきゃ》

彼女は信介の体を支えるようにして、洗面台のほうに連れていった。むせ返るような強い体臭に信介は思わずたじろいだ。

建物は古いが、一階の居間は落ちついた感じでととのえられていた。レースのカーテンや、長椅子の下の敷物などは、タチアナの好みで選んだのだろうか。壁には色あせたイコンがかかっており、棚にはよく磨かれた銀色のサモワールが置かれている。壁際《かべぎわ》に古いアップライト・ピアノがあった。

広い木の机の上に、赤いナプキンとナイフ、フォーク、スプーンなどがセットされている。窓の外にリンゴの樹が風に揺れていた。

ドクトルはシャワーを浴びているらしい。顔を洗ったあと、信介は頑丈な木の手すりのついた階段を一段ずつのぼって、二階にあがった。

二階には二つの部屋がある。庭に面した東向きの部屋は、ドクトルの寝室だ。道路側の部屋は書斎兼事務室である。天井まで本棚が組みこんであり、ロシア語や英語や日本語の本がぎっしり並んでいる。

机と本棚の間に、鉄パイプ製の簡易ベッドがあった。タチアナが病院から持ち込んできたものだ。それが当面の信介のベッドである。

書斎の窓からは、舗装されていない道路が見えた。木造の農家のような建物や、古いレンガづくりの家も眺められた。どの家も、窓や玄関が青や白のペンキで塗られて、なんとなくメルヘンふうの趣きを感じさせる。

どこかでかすかにアコーディオンの音がきこえていた。

信介が着替えのシャツを持って居間にもどると、ドクトルとタチアナはすでにピーヴォを飲んでいた。ロシア産のビールである。「馬のションベン」などとけなす連中もいるが、信介は結構、好きだった。

《はじめてのバイカル湖はどうだったの？》

と、タチアナがたずねた。

《大きくて、広くて、それから——》

信介はロシア語のうまい表現がみつからずに口ごもった。

《子供のような言い方ね。そのうち、わたしがロシア語をみっちり仕込んであげるから》

とタチアナが笑って言った。白いエプロンをかけ、髪をうしろにまとめてゴム紐でしばっている姿が、とても綺麗だった。

テーブルの上には、皿に盛られたサラダやピクルス、塩漬けのニシンの切身などが並んでいる。

ドクトルがテーブルの上の透明な瓶を引きよせて、栓《せん》をあけた。

「とりあえず乾盃といこう。こいつは地ビールだ。大した銘柄じゃないが、おれは好きなんだよ」

ビールを飲み終えると、ドクトルはそれぞれの小ぶりのグラスに、ウオッカを注いだ。

「この国では乾盃のときには、なにかひと言《こと》、短いスピーチをすることになっている」

彼はロシア語で言った。
《タチアナ嬢の美しさをたたえ、日本からやってきた流れ者の明日のために、乾盃！》
タチアナがグラスをあげて、一息に喉に放りこむようにウオッカを飲みほした。白い喉が生きもののように動いて、信介は思わず見とれた。
ウオッカを一口飲むと、火のような激しいものが口の中にひろがった。
《イブーキー、ウオッカというのは、そんなふうにちびちび飲むもんじゃない》
ドクトルが笑いながら言った。
《知ってます。前に教わりました》
と信介は応じた。ロシア語と日本語のチャンポンの会話にも少し慣れてきた。
《じゃあ、やってみろ》
信介はたじろいで、タチアナの顔をみた。
《やるのよ《ダヴァーイ》》
と、タチアナがうなずいた。
信介は思い切ってグラスのウオッカを一気に喉の奥に放りこんだ。息がむせて、ごほん、ごほんと咳をすると、ドクトルとタチアナが愉快そうに笑った。
腹の中が燃えるようだ。
《よし。それでこそ一人前のブラジャーガだ》
ドクトルが信介の肩をたたいて笑った。

《ブラジャーガって、なんですか》
「流れ者のことさ。つまりシベリア無宿《むしゅく》ってことだ」
と、ドクトルが日本語で言った。
窓の外がようやく暗くなってきた。
暗いといっても、夜の闇の暗さではない。青味をおびた透明な薄暗さである。庭のリンゴの樹の葉が、かすかに風にゆれるのが見える。
《きょうはスビョークラが活躍したそうね》
と、タチアナが笑いながら言った。
《イブーキーの顔が赤いのは、ウオッカのせいだけじゃないみたい》
正確な言葉のニュアンスまでは信介には理解できなかったが、表情の豊かな彼女のロシア語はよくわかった。
たぶん彼女は、信介の貧弱な語学力に合わせて、やさしい単語を選んでくれているのだろう。
《一生、この色が落ちなかったらどうしよう》
と、信介は首をすくめて片言のロシア語で言った。
《いつも酒に酔ってるように思われそうだ》
《そういう人生も悪くはないさ》
ドクトルが信介のグラスにウオッカを注ぎながら、乾盃、とうなずいて、
《どうだ、すごいごちそうだろ。タチアナねえさんのそのときの感情は、手づくりの料理のメニ

ューにでるんだよ。イブーキーは、すっかり彼女に気に入られたみたいだな》
《わたしは好きよ、この人》
と、タチアナが言い、信介にいたずらっぽいウインクをした。
《でも、彼がわたしを気に入ってくれるかどうかは、この手料理の食べかたによるわね》
《そうだ、イブーキー》
と、ドクトルが手を打って笑い声をあげた。
《じゃあ、タチアナねえさんの心づくしのロシア料理のメニューを、僭越《せんえつ》ながらおれが解説しよう》
ドクトルはテーブルの左端に置かれている大皿を手で示して、
《ロシア料理の先兵は、当然ながらザクースカだ。イブーキー、ザクースカという言葉ぐらいは知ってるよな》
《ええ。つまり、前菜のことですよね》
《まあ、そうだが、ロシアのザクースカというやつは、ただのオードブルじゃない。冷めたいザクースカがあり、熱いザクースカもある。量もたっぷり。それだけで堂々たる料理なんだよ》
ドクトルは手をのばして、大皿の上のニシンの身をひょいとつまんで口に入れた。そして、その横に並んだ絵模様の皿に顎をしゃくった。ゆでたジャガイモなど、いろんな材料を混ぜたヴォリュームのあるサラダである。全体が深みのある赤で染まっている。
《これは一般にロシアサラダと呼ばれるヴィネグレートだが、今夜のきみにはぴったりのザクー

スカだ》
横からタチアナが言葉をはさんだ。
《この深みのある赤い色は、ゆでたスビョークラから出ているの。きれいでしょう》
《それからこっちの皿の野菜の盛り合わせも逸品《いっぴん》だぞ》
と、ドクトルは色鮮やかなガラス皿を指さして、うなずいた。
《サワークリームをたっぷりかけたニンジンのサラダ。サラート・イズ・マルコーフィという。クルミの実や香草の配分がタチアナの腕だ》
ドクトルはちらとタチアナに視線を向けて、早口の日本語で信介に言った。
「おれが彼女と仲良くしてるのも、タチアナの料理の腕のせいさ。それを言うと怒るけどな」
《なにを言ったの？》
と、タチアナがドクトルをにらんだ。すごく勘がいい。なんとなく雰囲気で意味が伝わったらしい。
《ターニャは料理の天才だ、と言ったのさ》
ドクトルが弁解するのにタチアナは首をふって、
《嘘。なにか悪いこと言ったのよ》
病院ではしっかり者の婦長で通っているタチアナの愛すべき一面をかいまみたような気がして、信介は思わず微笑した。
「さあ、食べろよ。ターニャねえさんをいい気持ちにさせてやれ」

と、ドクトルは日本語で言い、自分もサラダを皿にとりわけて、勢いよく食べはじめた。まるで馬が飼い葉を食べているみたいだ、と信介は思った。この土地で生きていくには、これくらいのエネルギーが必要なのだろう。

しかし、それにしても相当な量である。ザクースカというからには、たぶんほかに出てくるものがあるにちがいない。信介はやや手加減しながらそれぞれの皿から、サラダ料理をとりわけて食べた。

ビートの入った赤いヴィネグレートは、ちょっと酸味があってウオッカにはぴったりだ。ニンジンはマルコーフィ。トマトはパミドール。玉ねぎがルーク。そしてもちろんビートはスビョークラ。きゅうりのアグレェーツは、どうしてもおぼえきれない。

信介は一品ごとにロシア語をたしかめて嚙みしめた。

タチアナが新しい料理を運んできた。

《夏だから冷たいボルシチをどうぞ》

ハロードヌイ・ボールシィとタチアナの発音はきこえる。

ビートの鮮やかな赤色に、白いサワークリームをたっぷりまぜる。ピンクの優しい色が皿一杯にひろがった。

スプーンですくって口に運ぶと、信介がこれまでに味わったことのない微妙な味が、全身にしみわたるようだった。

《こんなボルシチ、生まれてはじめてです》

と、信介は言った。
《以前、函館のレストランで普通のボルシチをごちそうになったことがあるんですが、まったくちがう感じですね》
《ボルシチにもいろいろあるの》
と、タチアナは言った。
《わたしは子供の頃からこの味で育ったのよ。冷たいボルシチは、バルト海地方のスタイルだと聞いたことがあるわ》
彼女は深い翳《かげ》りのある目で、信介の顔をみつめた。
タチアナは黒みがかった深い色の瞳をしている。
〈まるでバイカル湖みたいな目だ〉
と、信介は思った。そんな目でまっすぐにみつめられると、なぜかたじろがずにはいられない。決してやましい考えを抱いているのでなくても、そうなのだ。
心の内側をのぞきこまれるような、そんな気分になって、つい目をそらせてしまう。
ウオッカの酔いがタチアナの美しい肌にほのかな赤味をそえていた。
ロシア語で赤をあらわすクラースヌイという言葉は、〈美しい〉という意味をも含んでいると
タチアナが教えてくれたことを信介は思いだした。
《イブーキー。わたしの料理、気に入った？》
《すごく》

《よかった》

ウオッカのせいだろうか、胸がどきどきするのを信介は感じた。

《いいか、イブーキー。これからが本番なんだぞ。覚悟しろよ》

と、横からドクトルが言った。

それからどんな料理が出たのか、信介にははっきりした記憶がない。ウオッカの酔いのせいだろうか。おぼえているのは、日本でもなじみのある料理ばかりである。

生クリームをこってりかけたロールキャベツが出た。ガルブツィーという名前を、信介は十回くり返しておぼえた。

びっくりしたのは、白い皿からはみだすように横たわっている焼き魚だった。バイカル湖からの帰り道、ドクトルが車をとめて道端で買った魚である。オームリというその魚は、ほかの料理にくらべるといちばん信介の舌になじんで、とびきり美味だった。

そしてペリメーニ。

「シベリア風水餃子《すいぎょーざ》」というメニューで、ハバロフスクの伊庭敬介《いばけいすけ》の家でもご馳走になったことがある。

《ペリメーニのルーツは、満州だろう。モンゴル族やブリヤート族から伝わって、シベリアではおなじみのメニューになった。こいつはきっとイブーキーの口にあうはずだ》

ドクトルは少し酔いの回った顔で信介の肩を叩いた。

それまですでに腹一杯食べていたにもかかわらず、信介はペリメーニにかぶりついた。妙な話だが、何年ぶりかで故郷の味にめぐり合ったような気がしたのだ。

「シベリア修行の第一歩は、食べられるときに食べておくこと。食べることは、生きることだ。おれは六年間の刑務所生活で、つくづくそのことを実感したのだ」

ドクトルは日本語で言った。

「その頃はボルシチともいえないスープの上澄みだけを、一日二回すすって暮らしたこともある。ロシアの女は泣きながらボルシチを作る、という言い方があるが、おれは、ながいあいだその言葉の意味が理解できなかった。ボルシチが貧しい農奴の生活の象徴だったからか？　ちがう」

ドクトルはかなり酔いが回ってきているようだった。それはちがう、と彼は首をふった。

「そのことがわかったのは、今は閉鎖されたアレクサンドロフスキー中央監獄に六年間いたからだ。いいか、イブーキー、このシベリアは帝政ロシア時代から何千何万の政治犯が送りこまれてきた土地だ。その当時、彼ら政治犯の家族たちは、夫や息子たちの後を追って、囚人と一緒についてきたんだ、このシベリアまで。そして監獄の近くの土地に住んで長い冬をすごした。囚人の妻や、母親や、娘たちは台所でボルシチを作るたびごとに獄中の男たちを思って泣いたんだよ。この温かいボルシチを、せめて皿一杯でも食べさせてやれたら、と」

ドクトルはいつのまにか、すっかり日本語になっていた。タチアナはじっと目を伏せてドクトルの話に耳を傾けている。彼女にもドクトルの話が理解できるのだろうか、と信介は思った。

「これにはいろんな解釈がある。ロシアの女性たちは、じつによく働くんだ。それも男と同じ肉体労働さえつとめる。そして死ぬほど働いて帰ってきて、それから台所でボルシチを作る。男はウオッカを飲んで食事を待っている。そんな暮らしに疲れて、涙を流すのだという説もある。この国は、女がつらい国なんだ。たぶん、昔はそうだった」

《いまも変らない》

と、横からタチアナが言った。信介はびっくりしてタチアナの顔をみつめた。ドクトルの日本語がどれだけ理解できたのだろうか。それとも彼女には言葉の壁をこえて話の内容を直感的に理解する希有《けう》な才能がそなわっているのだろうか。

《お茶をいれるわ》

と、タチアナは立ちあがってキッチンのほうへいった。

「ああいう女なんだよ。特異な才能の持ち主かもしれん。ときどき怖くなることがある」

と、ドクトルが声をひそめて言った。

《さあ、お茶にしましょう》

と、タチアナがテーブルを片付けはじめた。信介は思わず立ちあがって、皿を運ぶ手伝いをした。ドクトルの話をきいているうちに、男であることが申し訳ないような気持ちになってきたのだ。

《ありがとう《スパシーバ》》

とタチアナが言った。彼女は手際よく紅茶をいれ、弱い電燈の光のもとに民芸調の紅茶のカップが並んだ。

《これを日本人は紅茶に入れようとするのはなぜ?》
と、タチアナがジャムの小皿を指さして言う。
《紅茶にジャムを入れて飲むのがロシアふうの紅茶の飲みかただと、ぼくもこれまで思いこんでました》
と、信介は言った。
《そうじゃないんですね》
《よくわからないけど、わたしたちは紅茶にジャムを入れて飲んだりはしない。だって、せっかくの紅茶のきれいな色が濁るじゃありませんか》
タチアナは首をかしげてドクトルにたずねた。
《でも、なぜそういう話になったのかしら?》
《ターニャの質問は、なかなか興味ぶかい問題だ》
と、ドクトルが言った。
《一般に日本ではロシア式紅茶の飲みかたとして、ジャムを中に入れてかきまぜて飲む、と信じられている。はじめてこの地を訪れる日本人たちは、おおむねそうするんだよ。それを見て、ロシア人はびっくりするんだ》
《わたしも最初はおどろいたわ》
それが日本式のマナーかと誤解して、自分もあわてて紅茶にジャムを入れたものだった、と、タチアナは白い喉をそらせて大笑いした。

「おれが考えるにだな――」

と、ドクトルが日本語になってしゃべりだした。

「ロシア革命のあと、たくさんのロシア人が国外にのがれた。シベリア経由で日本へやってきたロシア人も少くない」

「白系《はっけい》ロシア人、と呼ばれた人たちですね」

信介は言葉をはさんだ。函館にはそんなロシア人が集団で住んでいた場所もあったのだ。

革命をおこした側を「赤」と呼び、その軍団を赤軍《せきぐん》と称した。革命によって追われた帝政ロシア側は「白」だ。白軍《はくぐん》というのは、過激派の革命軍に対抗した反革命軍をいう。

白系ロシア人というのは、旧体制派の人びとである。貴族や特権階級だけでなく、共産主義に反対する市民たちも多くいた。

彼らは革命ソ連を逃れ、シベリアから日本経由で全世界へと散っていったのだ。上海やアメリカへ渡った白系ロシア人もいたし、少数だが日本にとどまって定着した人びともいた。

ドクトルは、噛んでふくめるように丁寧にその間の事情を信介に説明した。

小学生にでも教えるようなドクトルの説明に、信介はいささか鼻白む感じがあった。

「わかったかね」

と、ドクトルは念をおした。

「よくわかりました。でも――」

「でも、じゃない」

ドクトルは体を近づけて、信介に言った。
「赤軍と白軍、これが大事だ。シベリアはこの二つの勢力が血みどろの争いをくり返した土地なんだ。革命軍と反革命軍。よくおぼえておけよ」
《紅茶にジャムを入れる話はどこへいったの？》
と、横からタチアナが茶化すように言葉をはさんだ。
《ドクトルはいつも話がおおげさなんだから》
《そうだ、紅茶にジャムの話だったな》
ドクトルは肩をすくめて紅茶をひと口飲んだ。
《これにはいろんな説があって、はっきりしないんだが、おれ流の解釈だとこうなる》
ロシア革命後に、多くの白系ロシア人が日本へやってきた。なかには日本が気に入って住みつく人びともいた。神戸には、白系ロシア人の実業家、ヴァレンティン・フョードロヴィチ・モロゾフがいた。
モロゾフ家は最初はハルビンに逃れ、アメリカへ渡ったが、その後、日本へと移住した一家だという。
神戸はインターナショナルな街である。モロゾフはそこで白系ロシア人の職人をやとってロシア風チョコレートを売りだし、大成功をおさめたという。
その後、さまざまな苦難を乗りこえて、チョコレートといえばモロゾフといわれるほどの成長をとげた。

戦前、そのモロゾフ家に招待された日本人実業家が、モロゾフ家の子供の一人が、いたずらに紅茶にジャムを入れて飲むのを見て、ひどく印象的だったらしく、そのときのことを周囲の人びとに得意になって吹聴したのが世間に広まったのだ、という説がある、とドクトルは説明した。
《これは昔、おれがハルビンにいたころ、神戸からきた友人に聞いた話だから、何の根拠《こんきょ》もない作り話かもしれん。だが、流行なんてものは、そんな楽しい誤解から広まることもあるんだよ。紅茶を飲みながら、あれこれ想像するのもおもしろいじゃないか》
タチアナはドクトルの話を、うなずきながら聞いていた。そして紅茶をゆっくりと飲みながら、つぶやくように言った。
《モロゾフ家といえば、あの絵のことを思いだすわ》
タチアナが白く繊細な指を二本たてて、目を伏せた。
《刑場に送られるモロゾフ夫人の絵だな》
と、ドクトルは言った。信介にはなんのことか、まったく見当のつかない話だった。自分が急に仲間はずれにされたような気がして、信介はうつむいた。
そんな空気を察したように、タチアナがたちあがった。
《歌をうたうわ》
《よし、おれが伴奏しよう》
ドクトルが紅茶のカップをおいて、壁際のピアノのところへいった。
《だいじょうぶ？　ちゃんと弾けるの？》

《まかせておけ。例のあの歌をイブーキーにきかせてやろうじゃないか》

ドクトルがピアノの蓋《ふた》をあけ、椅子にすわった。

ドクトルのごつい指が、ピアノの鍵盤の上を優雅に、そして信じられないほどすばやく滑った。

その最初のフレーズをきいた瞬間、信介は激しく心がうずくのを感じた。音というものがこれほど美しく、そして心を揺さぶるものであるとは、考えもしなかったことだった。

これまでに音楽をきいていい気持ちになったことはたびたびある。しかし、いまドクトルの指から流れでる音は、それとはちがうものだ。体が羽毛のように透明に軽くなり、空中をふわふわと漂うような感覚である。心の渇いた部分に、音をたてて清冽な水が流れこんでくるような感じでもあった。

やがてタチアナがうたいだした。

信介は無意識に両手を組み、頭をたれてその歌をきいた。

ロシア語は単なる意志伝達の道具ではない、と、以前どこかで読んだ本の中の文章がよみがえってきた。美しい音、美しい言葉、そして、美しい人。

〈この一瞬だけでシベリアへきた甲斐《かい》があった――〉

と、信介は感じた。

一瞬。

それを体験するために自分は無謀な不法入国をあえて行ったのではなかったか。

目的のない放浪の旅にも、人生の意味があったのだ、と思う。

歌の言葉のはしばしはなんとなく意味が理解できた。だが、いまの信介の語学力では、ただひたすらその声の美しさに陶酔するしかない。

不意に涙がこぼれた。

歌を聞いて涙するなどということが、これまで何度あったことだろう。

織江にこの歌を聞かせてやりたい。

信介は突然、そう思った。

タチアナの豊かな胸が、大きくふくらみ、そして声をはりあげると、カップの中の紅茶にさざ波のような波紋が震えた。

歌が終った。

一瞬の間をおいて、ドクトルがピアノからたちあがり、タチアナにキスをした。そしてゆっくりと拍手をし、ブラボー、と声をあげた。

《ブラボー!》

と、信介も小声でいい、タチアナに賞讃の拍手を送った。

《ありがとう《スパシーバ》》

タチアナは、ステージのバレリーナがするように、優雅に片脚をまげておじぎをした。

《いつもは二人だけだけど、今夜は遠来のお客がいて、うたい甲斐があったわ》

ドクトルがタチアナの肩を抱いて席につかせると、自分も椅子に腰をおろし、ウオッカを一杯注いだ。
《偉大な歌手、ターニャのために、乾盃！》
今夜の歌は、とくによかったよ、とドクトルは優しく言った。
《イブーキー、どうだった？　ターニャねえさんの歌は》
《言葉にならないぐらい、すばらしかったです》
と、信介は言った。
《言葉にならない、ったって、きみのロシア語じゃ当然だろ》
ドクトルは笑いながら言った。タチアナもうれしそうに笑った。
《いずれそのうち、ちゃんと批評できるように勉強しますから》
それにしても、ロシア語というのは美しい言葉ですね、と信介は正直に言った。
《以前は、なんとなく野蛮で、粗野な言葉のように思っていたんですが》
《この歌はだれの詩か知ってるかね》
と、ドクトルはきいた。
《いいえ、知りません》
《この歌を知らないようじゃ、お話にならない。これはエセーニンの詩なんだよ》
《エセーニン、ですか》
《聞いたことないのか》
《プーシキンぐらいは知ってますけど》

プーシキン、レールモントフ、チュッチェフ、ネクラーソフ、フェート、と、ドクトルは信介のはじめてきく名前を並べたてた。
《そんな大詩人たちにはじまって、エセーニン、アフマートヴァ、ブローク、などなど、ロシアは詩人の国なんだよ。おれの知っているクレムリンの大物政治局員が、エセーニンの詩を口ずさんで涙を流しているのを見たことがある。エセーニンの詩のひとつも知らないロシア人はいない。おれは監獄のなかで、しょっちゅう仲間の囚人たちにねだられて、詩の朗読をさせられたもんだ》
《ドクトルの詩の朗読は、すごくすてきよ》
と、タチアナが言った。
《わたしはこの人のセックス・アピールに惹かれたんじゃないの。レールモントフの詩を朗読する声をきいて、ぐらっときたのよ》
《おれがきみの料理の腕にぐらっときたのと同じことだ》
タチアナが指をピストルの形にして、片眼をつぶり、ドクトルを撃つまねをした。
〈なんて素敵な女性だろう〉
と、信介は思った。そんな気持ちをドクトルにみすかされそうで、あわててうつむいた。
《それじゃ、こんどはイブーキーに歌をうたってもらおうじゃないか》
と、ドクトルが言った。タチアナが盛大に拍手をした。信介は絶句して頭を抱えた。
《さあ、うたって。イブーキー》

タチアナがまっすぐに信介をみつめて言った。

「どうした、イブーキー」

と、ドクトルが日本語で言い、笑った。

「タチアナねえさんの歌に圧倒されて、おじけづいたか」

「いや、そんなわけじゃないんですが——」

信介は頭をかきながら、

「彼女の歌があまりにも格調高くって、いったいおれは何をうたえばいいんだろうと戸惑《とまど》っているんです」

「歌はハートだ。上手、下手《へた》なんて問題じゃない。さあ、うたえよ。聞こうじゃないか」

「そんなふうに言われると、かえって緊張しちまう。困ったなあ」

信介は頭の中で、いくつかの歌のレパートリーを急いで点検した。シベリアの地で和製ロシア民謡でもないだろう。といって、流行歌もちょっとそぐわない気がする。九州だから《炭坑節》か《黒田節》というのも、なんとなくエセーニンの後には違和感があった。

そのとき、不意にひとつのイメージが浮かんで消えた。

体ごと吹きとばされそうな激しい風だ。

〈そうだ、あの風だ。鷗島《かもめじま》のタバ風のなかできいたあの唄だ〉

立原襟子《たちはらえりこ》、という名前が突然、意識の深部で点滅した。

《では、うたいます》

信介は椅子を引いて立ちあがった。一、二度、深く息を吸いこんで、後は下腹に力をこめてうたいだした。

〽鷗のなく音《ね》に　ふと目をさまし

耳の奥で、ごうごうと鳴る風の音がきこえた。押しよせる波と、降りかかるしぶき。タバ風と呼ばれる日本一つよい風が吹きつける江差《えさし》の港の夜景が目にうかぶ。あの北の街で出会った人びとの顔が早回しのフィルムのように流れていく。

〽あれが蝦夷地《えぞち》の　山かいな

はじめて《江差追分《えさしおいわけ》》をきいたときの、なんともいえない哀感がなまなましくよみがえってくる。信介は胸からでなく、腹からしっかりと息を吐きながらうたい続けた。

〽忍路《おしょろ》　高島《たかしま》　およびもないが
　せめて歌棄《うたすつ》　磯谷《いそや》まで

上手にうたおうとか、息つぎを工夫しようとか、そんな気持ちはまったくなかった。信介は自分がいま海をへだてたシベリアの地にいることさえ忘れていた。江差という街よりも、そこですごした鬱屈《うっくつ》した日々と、出会った人びとへのなつかしさが胸にあふれた。

うたい終って、信介は大きなため息をついて椅子に腰をおろした。ドクトルもタチアナも、黙っていた。拍手もせず、ブラボーとも言わなかった。

《下手な唄で、すみません》

と、信介は言った。するとタチアナがテーブルを回って信介のうしろへきて、黙って背後から信介を抱きしめた。そして信介の頬に暖かいキスをした。

《感動したわ》

と、タチアナは信介の体に腕を回したまま言った。

《すごくよかった》

「里《さと》ごころをそそる唄をうたってくれるじゃないか」

と、ドクトルが日本語で言った。そしてタチアナに説明した。

《これは日本の北の海の船乗りや漁師たちの唄なんだよ》

《どこかモンゴルの唄に似てるような気がする》

とタチアナが自分の席にもどりながら言った。

信介の頬にはタチアナの唇の感触がなまなましく残っている。なぜか彼女と目を合わせるのが怖かった。

《そろそろお開きにしましょうか》

と、しばらくしてタチアナが立ちあがった。
《ぼくが後片付けをします》
信介は不自由な脚をかばいながらテーブルの上のポットや紅茶のカップをまとめて、キッチンに運んだ。
《皿もぜんぶ洗っておきますから》
《足の悪い人にそんなことさせられないわ》
タチアナが笑って、
《日本の男の人って、家庭では何もしないっていてきいてたけど》
《ただでお世話になってるんですから、せめてそれぐらいはしないと》
《そう。じゃあ、おまかせするわ。イブーキーが働いているあいだに、ドクトルとわたしは二階で愛し合うことにしましょう》
《それはいい案だ》
と、ドクトルは言った。
ドクトルとタチアナは、腕を組んで二階への階段をあがっていった。タチアナの豊かなヒップが別な生きもののように揺れるのを、信介は目の端で盗み見た。
〈あの二人は、いったいどういう関係なんだろう〉
と、皿を洗いながら信介は思った。
結婚しているわけではない。といって、ふつうの愛人関係という感じともちがう。

そもそもドクトルは、この国でどういう立場にあるのだろうか。出身が沖縄だということはきいている。しかし、それ以上のことは、まだ何ひとつ教えてもらっていない。

二階の書斎に並んでいる大量の本は、いったいどのようにして集めたのだろうか。医学書もあったが、むしろそれ以外の本のほうが圧倒的に多いのだ。しかもロシア語だけでなく、中国語や、ブリヤート族などの言葉にも通じているらしい。

ドクトルのほうから話してくれない限り、こちらからたずねるのはまずいように思われて、これまで一切、私的な質問はしなかったのだ。

ふと、どこかでかすかな声がきこえた。信介は皿を洗う手をとめて、耳をすました。どうやらその声は二階のドクトルの寝室のほうからきこえてくるらしい。

信介はズボンで手をふいて、杖をとりあげた。音を立てないようにそっと二階への階段のところへいった。

タチアナがうたっている。いや、うたっているのではない。歌声とはちがう動物的なあえぎ声だった。

信介は自分が盗みぎきをしている哀れな男に思われて、体が熱くなるのをおぼえた。タチアナの嬌声が次第に大きくなって、やがて不意に静かになった。信介は片手でズボンの中の固くなった部分をにぎりしめ、ぎこちない歩きかたでキッチンへもどった。冷い水で顔を洗うと、少し昂《たかぶ》った気持ちが静まった。

一応の後片付けが終って、椅子に腰かけ、今夜のメニューをロシア語で復習していると、ドクトルが二階からおりてきた。すこしおくれてタチアナが姿をあらわした。白い肌がバラ色をおびて、目がうるんでいる。

《帰るわ。あすが早いから》

と、彼女は言った。彼女の住んでいるところは、ここから歩いて十五分ほどの場所らしい。

《夏の夜あるくのは気持ちがいいけど、蚊がいやね》

《酒をのんでると、蚊が寄ってくるんだろう》

《そうじゃなくて――》

タチアナは手で顔をあおぎながら、いたずらっぽい表情で言った。

《あれをした後だと、やたらと蚊が寄ってくるのよ。わかるのかしら》

タチアナは手さげ袋を持って、ドクトルと信介に軽くキスをして出ていった。

《おやすみなさい《スパコイノイ・ノーチ》》

《おやすみ《スパコイノイ・ノーチ》》

とドクトルが言った。

差別のない世界

タチアナがいなくなると、部屋が急にくすんだ感じになった。

「坐りたまえ、イブーキー」

と、ドクトルが煙草《たばこ》に火をつけて言った。

「しばらくぶりで日本語で話をすると、なんとなくほっとするな」

「きいてもいいですか」

と、信介は椅子に坐ってドクトルに言った。

「いいとも」

「ドクトルは沖縄の生まれだとおっしゃってましたね」

「そうだ」

「沖縄のどこの生まれなんですか」

「離島」

「え？」

「離島といってもピンとこないかな。要するに本島からずっと離れた先島諸島《さきしま》といわれる島の一つだ。五歳までそこにいて、小学生のころ、福岡にいる親戚に養子に出された」

「養子に――」

「旧制中学は県で一番の名門校だったんだが、なんとなく落ち着かなかった。言葉のことで笑われたりね。それで、日本でもっとも差別のない世界を考えた。どこだと思う?」

さあ、と信介は首をひねった。

「軍隊だよ、軍隊」

「でも、軍隊って二十歳ぐらいからなんじゃないんですか」

「当時陸軍は幼年学校というのがあったのさ。エリート軍人を養成する学校だ。そこを出て士官学校、陸軍大学校といけば誰にも馬鹿にされることはないだろう、と単純に考えたんだな。しかし――」

ドクトルは煙草の煙をふうっと天井にむけて吐きだすと、かすかに笑った。

「士官学校に入って二年目に、事件をおこしたんだ。差別的な言葉を吐いた教官を殴っちまったのさ。おまけに自室から赤がかった本が何冊も発見されて、まずいことになった。そのとき中に入って話を穏便にさばいてくれたのが、中学の先輩で、養子先の親戚でもある政治家だった。おれの保証人になってくれてたんだよ」

中野《なかの》正剛《せいごう》という人を知ってるかね、とドクトルはきいた。

「なんとなく名前は聞いたことあります。たしか戦時中に東條英機《とうじょうひでき》首相を批判して、問題になった人でしょう?」

まあ、それだけじゃないが、とドクトルは言って、煙草を灰皿に押しつけた。

「福岡の出身でジャーナリストとして活躍したあと、代議士になった人物だ。終始、軍部と対立して、目のかたきにされてた人だが、最後は東條批判で憲兵隊にとっ捕まり、自殺に追いこまれたんだよ。舌鋒《ぜっぽう》火を吐くというか、その演説たるやもの凄い迫力があった。おれは尊敬してただけでなく、好きだったね」

「いつ亡くなったんですか」

「昭和十八年」

ドクトルの声には、その政治家に対する深い思いがこもっているのが感じられた。信介は黙って、ドクトルのほうから話しだすのを待った。

「ふだん身上話などしない性《たち》なんだが――」

と、ドクトルは苦笑して、

「今夜はきみの《江差追分》なんかを聞いて、いささか懐古的な気分になっちまったもんでね」

「無理に話してくれなくてもいいですよ」

と、信介は言った。

「なにしろ世代がちがうもんで、話についていけないところも少なからずありますから」

「しかし、中野正剛ぐらいは知っていてもらいたいもんだな。個人的に世話になったから言うんじゃないんだよ。石橋湛山《いしばしたんざん》と中野正剛のことは、きみたち若い人にも関心をもってもらいたいもんだ」

「すみません」

「いや、謝らなくたっていい。しかし、こんな話をして退屈じゃないのかい」

「退屈じゃないです。もっと聞きたいんですけど」

「じゃあ、話そう。これまで誰にも話したことがない本当のことをな。とても信じられないかもしれないが」

ドクトルは新しい煙草に火をつけた。


その晩、ドクトルと信介は、夜が明けるまで語りあって時間をすごした。

語りあうといっても、ほとんどがドクトルの独演である。長いあいだ日本語で話す機会がなかったのだろう。ドクトルは、堰《せき》をきったように早口でしゃべり続けた。

いい話相手がみつかって、気分が昂揚《こうよう》していたのかもしれない。

やがて窓から朝の光がさしこむころ、ドクトルは二階の自分の部屋に引きあげていった。信介も書斎の簡易ベッドにもぐりこんだ。

眠ろうとしても、なかなか寝つけない。頭の奥に、タチアナの歌声がよみがえってくる。心にひびくエセーニンの歌と、もうひとつの別な歌声。

信介は頭をふって、タチアナのイメージを追いはらおうとした。だが、階段の下で盗みぎきした彼女の声が、つきまとってはなれなかった。信介はひさしぶりに自分で自分の欲望を処理した。それでも眠りは訪れてこない。

〈おれはなんという下劣な男だ〉

自己嫌悪にさいなまれながら、信介はベッドをでて、窓から外を眺めた。

通りにはすでに人の姿が見える。家々の窓や玄関に塗られた青や黄色の塗料が、光をあびて輝いていた。短い夏の光を精一杯に受けようとするかのように、白樺の樹々が揺れている。

カーテンをしめ、部屋を暗くすると、信介はふたたびベッドに体をよこたえた。しかし目がさえて眠れない。

信介はドクトルからきいた話の内容を、あらためて反芻《はんすう》した。

ドクトルの話は、かなり内容が輻輳《ふくそう》していて、信介には十分に理解できていない。それは信介の知識の不足や、理解度の問題だけではなさそうだった。

そもそも生きてきた時代がちがうのである。陸軍幼年学校とか士官学校とかいわれても、イメージがわかないのは当然だろう。

ドクトルは沖縄の離島から福岡の親戚の家に養子に迎えられたという話だった。

信介はドクトルがその養家について話していたことを思いだした。

〈その親戚の家は、どんな家だったんですか〉

と信介がきくと、ドクトルは煙草の煙をふーっと吐いて、きみは無煙炭《むえんたん》という石炭を知ってるかね、とたずねた。

〈無煙炭？　いえ、きいたことないです。それがどうかしたんですか？〉

おれが養子に迎えられた先の福岡の古謝家は、玄洋《げんよう》交易という小さな輸入商だったんだ、とドクトルは説明した。

〈その家は、当時の満州から無煙炭を仕入れる輸入会社をやっていたんだよ〉

〈なんで石炭を輸入したりするんですか。福岡には筑豊という石炭王国があったのに〉

信介が首をかしげると、ドクトルは笑って言った。

〈無煙炭というのは、普通の石炭じゃない。炭素含有量が九〇パーセント以上あって、燃やしてもススや煙がほとんど出ないうえに、火力がうんと強い。その辺の石炭とはモノがちがうんだよ。満州の撫順《ぶじゅん》の炭鉱で、露天掘りで大量に採掘されていた。国内産の石炭とはちがうんだ〉

〈筑豊の石炭を安物あつかいするなんて、失礼だなあ〉

と、信介が冗談めかして言うと、ドクトルは手を振って、

〈いや、国内炭を馬鹿にしたわけじゃない。無煙炭が特殊な石炭だと説明しただけさ。きみが筑豊の出身だということを、つい忘れてたよ。失敬、失敬〉

信介は笑ってドクトルに話の続きをうながした。ドクトルはうなずいて話しだした。

〈福岡の家というのは、おもしろい家だった。玄洋社とか水平社とか、いろんな人が出入りしてたんだ。中野正剛さんも、その中の一人だった。どうやら養家の満州との商売も、中野さんの口ききがあって始めたらしい。まあ、ある意味で資金面での中野さんの後援者でもあったらしいが〉

〈立ち入ったことをきいてもいいですか〉

と信介は言った。いいとも、今夜はなんでも話してやろう、とドクトルはうなずいた。

〈その陸軍の、えーと、なんといいましたかね、士官学校でしたっけ〉

〈そうだ。陸軍士官学校だ〉

〈そこで問題をおこしたんでしたね。なんでも、教官を殴ったとか——〉

〈ああ、おれ一人じゃなかったんだが〉

その辺のことを聞かせてくれませんか、と信介は言った。

〈これまで絶対に人には話さないことにしてたんだが、まあ、いいだろう〉

ドクトルは椅子に背中をもたせかけて、脚を組んだ。そしてどこか自嘲的な口調で話しだした。

〈地方の幼年学校から中央幼年学校を経て、陸軍士官学校に進んだまでは、おれも順調にエリートコースを歩んでいたんだがね〉

信介はだまって耳を傾けていた。

〈あれは陸士の二年のときのことだった。おれの同期の親友に、ひとりの青年がいた。なぜか気があって、兄弟のようにつきあっていたんだ。彼は、被差別部落の出身だった。軍隊に入れば差別がないと考えて職業軍人の道を選んだらしい。やがてそれは甘い考えだと知らされた。教官の一人に下士官あがりの将校がいてね〉

その教官がことあるごとに彼の出自を話題にしたという。

あるとき、その教官が彼に質問をした。士官学校を出た後はどうするつもりだ、と。

〈陸軍大学校へ進むつもりです、と彼は答えたんだ〉

〈陸軍大学校へ、ですか〉

〈そうだ。すると、その教官が笑って、お前なんかが陸大にいってどうするんだ、部落出身者は陸大を出てたって出世はできんぞ、と言ったんだ〉

ドクトルは腕組みして、ひとりごとのように言った。

〈そんな偏屈な男の戯《ざ》れ言《ごと》には腹を立てることもない。下士官あがりのその教官は、ふだんから陸大出のエリート将校たちに反感をもっていたんだろう。しかし、彼がそう言ったとき、まわりの同期の連中がいっせいに笑ったんだ。おれはカッとしたね。そこで、つい口をだしてしまった。そんなことを言うべきではない、同じ天皇の赤子《せきし》じゃないですか、と〉

すると、その教官が顔を真赤にして、貴様、沖縄の土人《どじん》が何を言う、とどなった。

〈それで、どうなったんですか〉

〈どうもこうもないさ。その友人と一緒になって、教官を殴り倒しちまったんだよ〉

しばらくドクトルは何も言わずに天井を眺めていた。それから苦笑して、

〈なにしろ生徒が教官を殴るなんてことは、士官学校はじまって以来の事件だからな。なんとか内々におさめようというんで、いろんな勢力がかかわってきた。もちろん厳重な箝口令《かんこう》がしかれ、最後は水面下で結着した。外部団体と軍のあいだに立って問題を仕切ったのが、代議士の中野正剛さんだったんだ。おれと友人は公式の罪に問われることなく、健康上の都合という名目で士官学校を退学することになったのさ〉

士官学校をやめて、福岡の養家にもどったドクトルは、しばらく家業の無煙炭輸入の仕事を手

伝ったらしい。しかし鬱積《うっせき》した思いは、日々つのるばかりだった。酒を飲んだり、空手の道場に通ったりもした。だが、心の奥にわだかまった思いは、ますます大きく固まっていく。

〈そんなおれに声をかけてくれたのが、中野さんだ。東京へきて秘書をやらんか、という話だった。ありがたかったが、あまり気がすすまなかった。中野さんがおれに、なんで士官学校なんかに行ったんだ、ときくので、正直に答えた。この国でいちばん差別のない場所は軍隊だと思ったからです、と〉

ドクトルはちょっと首をすくめて、

〈すると中野さんは、おれの肩に手をのせてこう言ったんだ。差別はどんな世界にでもある。おれはシベリア出兵を批判して以来、ずっと軍部とは不倶戴天《ふぐたいてん》の仲だ。いずれは軍にやられることになるかもしれん。きみは士官学校をやめて本当によかったなあ、としみじみと言ったんだよ〉

〈政治家の秘書は、いやだったんですか？〉

〈おれはもっと大きな世界を夢みてたのさ〉

〈大きな世界、って、なんですか〉

〈うん。それを言うと、中野さんは笑って、こう言ったんだ。そうか。それなら、満州へ行かんか、とね〉

〈満州へ？〉

〈うん。おれはびっくりしてたずねた。どうして満州なんですか、と。すると中野さんはこう言ったんだ。おれの友人に、小澤開作《おざわかいさく》という男がいる。だれよりも差別を憎み、アジア民族の解放を夢見ている人物だ。彼はいま満州で、五族協和・民族自決をとなえて活動している。満州青年連盟という組織を作ってがんばっているんだ。満州ではいま関東軍を先頭にして、日本人が支配者として肩で風を切っている。彼はそれが許せない。五族協和とは満州という新天地に、さまざまな民族が一体となって生きていくということだ。それは楽に実現できることじゃない。だが、そこには夢がある。きみは満州へ行け。おれが手配する。いいな、と。なにしろ政界一といわれた雄弁家だ。中野さんの熱っぽい語り口に、おれはたちまちその気になってしまった〉

信介は目をぱちくりしてドクトルの話をきいていた。いろんな知らない人物の名前がでてきて、話の行方がつかめないのである。しかし、ドクトルの心にひそんでいる何かが少し感じられるような気がした。

〈五族協和というのはな〉

と、ドクトルが言葉をつづけた。

〈単に五民族というだけの話ではない。満州には、漢族、満州族、蒙古族、朝鮮族、それにロシア人も、日本人も、また多くの少数民族が入り乱れて住んでいる。五族どころじゃない。十族、百族の世界だ。その民族の壁をこえて、新しい天地を作ろうという人たちがいたんだ。五族協和というのは、一つのスローガンにすぎん。だが、若いおれには、たとえようもなく魅力的な文句だった。よし、行ってやろう、満州へ。おれはそのとき二十代のはじめの青年だったんだよ〉

信介は寝返りを打った。おそくまで話をしていたので、頭が熱っぽくて眠れないのだ。

まだまだドクトルには聞かせてもらいたいことが山ほどある、という気がした。

そのとき、階下で電話が鳴る音がした。どこか不吉な感じのベルの音だった。電話のベルが鳴りつづけている。

ドクトルはすでに勤め先の病院へでかけており、この家にいるのは信介ひとりだった。

〈どうしよう?〉

信介はベッドからおきあがった。不自由な足をかばいながら階段をおりていった。

黒い無骨《ぶこつ》な電話は、階段の下、居間とのあいだのせまい廊下の隅にある。

しばらく鳴っていたベルがやんだので、信介はほっとした。しかし、いったんやんだ電話のベルは、ふたたび鳴りはじめた。ひょっとしてタチアナからの電話かもしれない。ドクトルが病院に着くのがおそいので、心配してかけてきたのだろうか。

信介は鳴りつづける電話の前で、迷いながら立っていた。ふたたび切れた電話のベルは、ちょっと間をおいて、またもや鳴りだした。どこか威圧するような強引な鳴りかたである。

〈よし、出てみよう〉

タチアナからの電話とも考えられるし、ドクトルが自分に何か用事があるのかもしれない。

そもそも信介は、昔からなぜか電話が苦手だった。まして相手がタチアナでもドクトルでもなかったらどうしよう。信介の片言のロシア語では、意思の疎通さえおぼつかない。

それでも信介は受話器に手をかけた。

日本語では「もしもし」だが、ロシア語ではどう言えばいいのか。ドクトルが電話にでるときに、「クトー・エータ?」と応じているのを思いだした。「どなた?」といった語感だろうか。

〈よし、当ってくだけろ、だ〉

信介は決心した。もし相手が知らない相手だったときは、黙って切ればいい。

信介は受話器をとりあげた。

「クトー・エータ?」

思いきって声をだすと、相手は一瞬、間をおいて、いきなり早口でしゃべりだした。男の声だった。金属質の甲高《かんだか》い声だが、どこか人を威圧するような気配がある。

信介には相手の言っていることが、ほとんど理解できなかった。

信介は黙って受話器をおいた。

「すみません《イズヴイニーチエ》」とでも言えばよかったのだろうか、と信介は後悔した。

ちょっと間をおいて、電話のベルがもういちど鳴った。こんどは信介は受話器をとらなかった。

顔を洗って、湯をわかし、紅茶を飲みながら、信介は後悔した。いっそのこと電話に出なければよかったのだ。そうすれば相手は留守だと思ってあきらめただろう。

たぶん何でもない電話だったのだろう。ドクトルが帰ってきたら、電話があったことを伝えればいいのだ。

だが、信介の心の中には、妙にその電話の相手の口調がしこりのように残っている。人に命令することに慣れた人間の独特な声だった。その相手は役人か、それとも軍人か、それとも——。

信介は昨日、ドクトルに連れられてバイカル湖を見にいったときのことを思いだした。銃をもった兵士たちをしたがえて、車をチェックしていた若い将校。

〈KGBの関係者だろう〉

と、ドクトルは気にもかけぬ様子だったが、信介はずっと気になっていたのだ。虫の知らせというか、理由のない不安が心の端に引っかかっていた。

〈ドクトルが帰ってきたら、すぐそのことを伝えなければ〉

と、信介は思った。

その日の夜、ドクトルは十時すぎに帰ってきた。

「晩飯は食ったか」

と、ドクトルは信介の顔をみて言った。

「ええ。きのうのボルシチの残りと、黒パンですませました。ドクトルは？」

おれは病院で食ってきたからいい、とドクトルはばさっと新聞紙で包んだ食べものをテーブルにおいた。

「土産にもらってきた。よかったら食べろよ。カトラマというんだ。まあ、アジアふうピロシキといったところかな」

中にはこんがりと金色に焼いたギョーザのようなパイが五個入っていた。

「なにか飲みますか」

信介がたずねると、ドクトルは首をふって、

「いや、今夜はさんざん飲んできたからやめておこう。紅茶でもいれてくれないか」

信介はタチアナに教えられたやり方で紅茶をいれ、土産のカトラマを皿にのせてテーブルにおいた。

「いただきます」

黄金色のカトラマを一つかじると、玉ねぎとツナの身の味が口の中にひろがった。

「どうだい」

「うまいです」

信介は一個食べ終えると、二つ目に手を出した。ドクトルは紅茶を飲み、煙草に火をつけた。

「じつは、きょう、ちょっと気になることがあったんですが――」

と、信介は言った。

「なんだい」

「変な電話がかかってきたんです」

「変な、というと？」

「いや、内容はわからなかったんですが、なんとなくそう感じただけです。早口のロシア語がほとんどわからなかったもんですから、そのまま切ってしまいましたが、そちらには何か連絡はいってませんか」

「ない」

ドクトルは煙草の灰を灰皿に指でたたいて落とすと、おもしろそうな表情になってきいた。

「どんな相手だったかね」

「声だけですからわかりませんが、妙に威圧的というか、上からものを言うような口調だったな。警察とか、官僚とか、そんな感じがして、電話を切ったあとでちょっと不安になったものですから」

「ふむ」

ドクトルはうなずいて、ひと口、紅茶をすすった。

「このソ連では、そういう電話がしばしばかかってくるんだよ。ひょっとすると、この部屋にも盗聴器が仕掛けられているかもしれん」

「え？　盗聴器が？」

信介は驚いて部屋の中を見回した。ドクトルが笑って、

「いまのは冗談だ。この家に限って、その心配はない。だが、かけてきたのは誰だろうな。病院のほうにも連絡はなかったし、タチアナでもない。ふだんの連絡はぜんぶ病院のほうにくるようになっているんだが」

「ぼくのことで、ご迷惑がかからなければいいんですけど」

信介はうつむいて言った。

「余計な心配かもしれませんが、こんなふうに私的に身元不詳の患者の面倒をみていていいんでしょうか」

ドクトルは信介の顔をみつめて、かすかに微笑してうなずいた。

「心配はいらない。きみの身元については、いずれターニャと相談してなんとかする。当分、ここで勉強しろ。きみはどうみても再教育の必要ありだ。おれは本気で言ってるんだぞ。ここを〈私の大学《モーイ・ウニベルシチエート》〉と思え。ターニャはきみにロシア語を教える。おれは歴史の真実を、とことん叩きこんでやる。中野正剛さんがはたせなかった志《こころざし》を、小澤開作さんが願った夢を、おれは引きつぐつもりだったが、それは結局はたせなかった。だから、せめて歴史の闇に埋もれてしまった本当のことを、きみに教えておいてやりたいんだよ。わかるか」

ドクトルは一体なにを言ってるのだろう、と、信介は思った。

そもそもこの古謝克己とは何者なのか。どんな経緯をたどって今ここにいるのか。そのふてぶてしい自信の背後には、はたして何があるのか。

よし、いいだろう、と信介は考えた。どうせパスポートもたない無宿人《ブラジャーガ》としてここに流れついたのだ。なりゆきに身をまかせて、ドクトルの言う通りにしてみよう。

禅寺に入って坐禅を組む若者もいる。山林で荒行《あらぎょう》にはげむ修行者もいる。おれはほとんど勉強らしい勉強もせずに二十代の半ばまで生きてきたのだ。これ以上、失うものなどありはしない。よくわからないことばかりだが、ここはひとつドクトルの掌《てのひら》に乗ってみよう。

「わかりました。身柄をドクトルにおあずけします」

「おいおい、なんだかヤクザが組に入るときのようなせりふだな」

ドクトルはおもしろそうに大声で笑った。

その数日後から、ドクトルのいう〈再教育〉がはじまった。

毎日、朝はやくタチアナがやってくる。六時から七時の一時間がロシア語の特訓である。前の日に宿題として出されたテキストを、徹底的にやっておかなければついていけない。少しでも手抜きすれば、タチアナは鬼のように怒った。大声で発音を直され、毎週あたらしい詩を暗記させられた。

ドクトルとタチアナが出ていった後、後かたづけを終えてから夕方までは復習と予習に専念する。辞書や参考書と格闘しながら、信介はなんども学習を投げだしそうになった。

だが、信介は決死の覚悟でロシア語の学習に取り組んだ。むなしく過ぎた二十代の前半をとりもどすつもりでノートをとり、大声で詩の朗読をくり返した。

翌朝、信介がちょっとでも詩の言葉につまると、タチアナは氷のように冷たい目で信介をにらむ。反対に信介がうまく朗誦《ろうしょう》しおえると、花が開いたようにほほえみ、信介の頰にキスをしてくれるのだ。

ドクトルは毎朝くり返されるタチアナ式ロシア語の授業について、笑いながらこんなことを言った。

「タチアナの特訓は、型破りだがすごい。ロシア語は、入りかたが難しいが、中に入ってしまえばすごく自由になる言葉だ。逆に英語は入り口は広いが、入ってからが難しい言語だとよく言われる。見ているところ、タチアナは硬軟とりまぜて、すばらしい授業をしてるようだ」

そして夜、ドクトルが帰宅して少し酒をのんだ後の夜の時間が、第二の授業だった。それはほとんど雑談にちかい自由な会話だった。ドクトルは煙草をふかしながら、いろんな質問を信介になげかける。

信介が何も知らないとわかると、突然、一方的に長い物語をはじめる。それはドクトルの身上話でもあり、信介がはじめてきく歴史の物語でもあった。

「いいかね、イブーキー」

と、ドクトルは言う。

「きみが何も知らないということは、ひょっとするときみの強味《つよみ》かもしれん。いわゆる常識にひたりきっている奴には、おれの話は信用できないだろう。教科書や世間に通用している話は、ほとんど体裁《ていさい》のいいお話にすぎない。歴史の実態はもっとどろどろして猥雑なものだ。どうしてそんな上っ面《つら》の話がまかり通るのか、おれにはわからん。きみもおれの話を、眉につばをつけて聞くことになるだろう。だが、おれは自分が体験した事実を話すだけだ。それを信用するもしないも、きみの勝手だ。いいな」

信介はドクトルの目に、強い光が宿っているのを見た。ドクトルが夢を見ているのなら、自分も一緒にその夢を見てやろう、と信介は思った。たとえそれがドクトルの妄想であったとしても。

そんなふうにして、まったく未体験のふしぎな授業がはじまったのだった。

「きみは満州国というのを知ってるかね」

と、ある晩、ドクトルが信介にきいた。

タチアナをまじえての夕食のあと、夜おそく彼女が帰って、信介と二人になったときだった。

煙草をふかしていたドクトルが、ふと真顔になってたずねたのである。

信介は、いささかむっとした口調で応じた。

「それくらいは知ってますよ。旧満州ですよね。いまは中国東北部と呼ばれている地域でしょう」

おれの言っている満州国というのは、それじゃない、とドクトルは首をふった。

「おれが言っているのは、満州国の成り立ちを知っているかということだ」

途端に、信介はうろたえて口ごもった。

「ええと――」

「なんだ。せっかく小澤開作の話をしてやったのに、それじゃ話の半分も理解していないじゃないか。しょうがない。最初から教えてやろう」

そう言って、ドクトルは語りはじめた。

「ふつうにいう満州とは、地理的にいえば北はシベリア、南は朝鮮半島、そして西はモンゴルに接する広大な地域だ。古代からいろんな民族の興亡の舞台となってきた。かつてそこに生きる狩猟民は、マンジュと呼ばれ、やがてマンジュ族の地ということで満州という字が当てられたのだ。万里の長城の端が山海関《さんかいかん》だが、その外側ということで山海関の東、関東《かんとう》とも呼ばれることもあったそうだ」

「へえ、関東ですか。ぼくは関東というのは、東京を中心とした関東地方のことだとばかり思ってました」

「その満州を舞台に、ロシア軍と日本軍が戦った戦争は？」

ドクトルにきかれて、信介は苦笑した。

「子供でも知ってますよ。日露戦争ですね。乃木将軍が旅順を占領し、日本海海戦で東郷元帥がバルチック艦隊を殲滅《せんめつ》して小国日本が大国ロシアに勝った。世界中を驚かせた歴史的事件です」

あの戦争は結局、満州をめぐる攻防だったのだよ、とドクトルは言った。

「おおまかにいうと、当時の満州は実質的にロシア帝国の支配下にあった。さらに朝鮮半島にまで進出しようとするロシアの動きに危機感をおぼえた日本が、窮鼠《きゅうそ》かえって猫を噛むの反撃にでたのが日露戦争だ。しかし、最後には武器弾薬も不足し、戦費もつきて、なんとかギリギリで終戦にもちこんだというのが事実だろう」

「だからロシアから賠償金もとれなかったんですね」

そうだ、とドクトルは言った。

「その前の日清戦争に勝ったときには、清《しん》国から戦争前年の国家予算の四倍以上といわれる巨額の賠償金を手にしたんだぞ。それがロシアとの戦いでは、日本海海戦で快勝したというのに、相手国から一文の賠償金も取れなかったというので国民は大騒ぎさ。東京では日比谷公園で国民集会が暴動化し、死者十七人、負傷者二千人あまりをだした。大臣邸、警察、新聞社なども襲撃され、電車十五台が焼かれた。日比谷焼打ち事件として有名だ。日本人も決しておとなしくはないんだぞ」

「でも、ロシアに勝ったことで、樺太《からふと》の半分とか、南満州にロシアがもっていた利権とか、いくつかは手にしたんですよね」

「まあな。沿海州の漁業権とか、韓国への優越支配権とか、遼東半島南部の租借権とか、いろいろある。なかでも南満州の鉄道に関してのロシアの権利をとりあげたのは大きかった。鉄道は人間でいうなら動脈だ。鉄道を支配する者が、その国土を支配する。それがその当時の鉄則だったんだよ。それだけじゃない」

ロシア人は清に対してなかなか巧妙な手を考えだしていたのだ、とドクトルは言った。

「鉄道を通す権利に、付属地権《ふぞくちけん》というやつをくっつけて認めさせていたんだ」

信介にはドクトルの言っている言葉の意味がよくわからなかった。

「フゾク地権、ですか?」

「そうだ。その鉄道を守るために必要だと称して、路線にそった場所の司法権や、沿線の鉱山開発、経営権までを認めさせていたのさ」

「満州国にですか」

ドクトルはあきれたように信介の顔をみつめた。

「きみは馬鹿か? それとも冗談を言ってるのか?」

おれのいう満州国の誕生は、まだ後の話なんだよ、とドクトルは怒ったように言った。

「当時、満州の地は清のものだ。欧米列強に食いものにされて屋台骨がゆらいでいるとはいえ、清は超大国だぞ。ロシアは日清戦争の戦後処理の際に列強と組んで、清国に恩を売っている。それをたてに、遼東半島南部の租借権とか、鉄道の敷設権とか、いろんな利権を強引に清に認めさせていたんだ。日本はそれらの権利をロシアからとりあげて、ロシアにかわる利権者となった」

「しかし、遼東半島南部というと、満州全体からみると、ちっぽけな地域ですよね」

「だが、そこには大連があり、旅順がある。その一帯は関東州と呼ばれ、満州支配の出発点となるのだ。関東州は、いわば満州の喉仏《のどぼとけ》だったといっていい」

そこに駐留させた軍隊を、関東軍と呼んだのだ、とドクトルは言った。

「関東軍――。最初は小さな守備隊だ。それがのちに満州全土を支配し、ひいては近代日本の命運を制する一大勢力となる。この関東軍については、またあらためて話そう。とりあえず頭の中でいまの話を整理しておきたまえ」

信介は額《ひたい》に手をあてて、ため息をついた。

「ドクトル――」

「なんだ」

「ぼくは本当に馬鹿なのかもしれません。いまうかがった満州についての話が、ごちゃごちゃになって整理できないんです。抽象的な思考に向かないタイプというか、そういう人間も世の中にはいるんですよね」

ドクトルは煙草を灰皿にもみ消して、小さな笑い声をたてた。

「さっきは乱暴なことを言ったが、決してきみは馬鹿じゃない。ただ、直観的に物事を判断するくせがついてるだけなんだ。バラバラの知識は意味がないんだよ。二階の書斎を自由に使っていいから、おれの蔵書を読んでみろ。満州国政府のあと押しで書かれた建国史もある。それで勉強すればいいさ。ところで――」

と、ドクトルはからかうような目つきで信介にたずねた。

「タチアナのロシア語の特訓は、うまくいってるかね」

信介は首をかしげた。

「必死でやってはいるんですが、そう短時間で外国語を身につけるのは無理みたいです」

「無理じゃないさ」

ドクトルは真剣な表情になって言った。

「死ぬ気でやれ。そうしたら必ずなんとかなる」

「古いですよ、そんな言い方。ドクトルも戦中派なんですね」

「じゃあ、きみはどういうふうにやるつもりだ」

ロシア語をマスターすれば、タチアナが何かとほうもない褒美をくれるだろう、と信介は勝手に想像していた。眠れぬ夜に、そのことを考えて体が熱くなることがあった。しかし、そんなことをドクトルに話すわけにはいかない。

「なんだい、急ににやけた顔になって」

と、ドクトルが信介の額を指でこづいた。

「それは秘密です」

と、信介は言った。

信介の足の症状も、日がたつにつれて少しずつ回復にむかっていた。足を固定していたギプスもとれ、杖なしでもなんとか歩けるようになってきたのだ。

信介の生活に一定のリズムが生まれていた。彼は忠実に自分の役割をこなしながら日々をすごした。

毎日、早朝のロシア語のレッスンは休むことなく続いている。発音に関しては、どうやら才能があるらしい。Ｐ《エル》の音を舌を震わせながら発音することも自然にできたし、喉音《こうおん》という日本語にない音にも慣れて、タチアナを感心させた。

だが、ロシア語の文法だけは、どうしてもなじむことができない。

ドクトルは日本版のロシア語の入門書を信介に貸してくれたが、くり返し読んでもなかなか頭にはいらなかった。

掃除と洗濯、庭の菜園の手入れと夕食の仕度が信介の役割りだった。タチアナに叱られながら、料理の手ほどきも受けた。どうやら信介にはコックの才能もあったらしい。ドクトルは信介の作った夕食を、いつもほめてくれた。どこかに日本的な味つけが加わっていたからだろうか。

ドクトルが病院にでかけていった後、朝、タチアナから教わったロシア語の復習をする。昼になると簡単な食事をすませ、しばらく足のリハビリをかねて庭の菜園の手入れをする。そのあとふたたび部屋にこもって苦手な文法にとりかかる。

信介は小学生の頃からきょうまで、こんなに長く机の前に坐ったことはなかった。そもそも頭を使うより体を動かすことのほうが好きなのだ。

〈死ぬ気でやればできる〉

とドクトルに言われたことが、ずっと頭に残っている。今の自分にはこれしかないのだ、という気持ちが信介をかりたてていた。

〈よし、やってやろうじゃないか〉

と彼は自分に言いきかせ、ストイックな生活に全精力を集中させていたのだ。

しかし、自分の心の中に不純な動機がひそんでいることを、信介は認めないわけにはいかなかった。それは一糸まとわぬ姿でタチアナと寄りそい、なめらかなロシア語で語りあう夢だ。

自分が育った筑豊のことを、そして美しい義母、タエへの想いを、幼い頃から親しかった織江とのことを、上京して出会ったさまざまな仲間の記憶を、信介はタチアナに話したかった。

そして、タチアナが語ろうとしない彼女の生い立ちや、少女時代の夢、またドクトルとの関係などについて聞きたかった。

それが妄想であることはわかっている。だが、信介には勉強に打ちこむ動機が必要だった。教養を身につけようというのでもない。職業として学ぼうというのでもない。生きるための道具としてロシア語を学ぶ気持ちもなかった。

ドクトルの家に寄宿して、タチアナと接するたびに信介の心は彼女に惹きつけられていくのである。

信介はタチアナがエセーニンの詩を歌った夜のことを忘れることができない。彼女は成熟した大人の女性である。その見事な胸も、生きもののような腰も、すばらしく魅力的だ。

しかし、信介は彼女の目差《まなざ》しや、声や、動作《しぐさ》に漂う深い哀しみの気配を最初から強く感じていた。それはこれまでに信介が感じたことのない一種、内面的な深さのようなものだった。

それが何であるのか、信介にはわからない。だが、信介が課題としてあたえられたロシア詩を暗誦しているとき、じっと目を伏せて聴《き》き入っている横顔にそれはあった。

いちど何かのはずみで、タチアナの生まれたのはどこか、とたずねたことがある。

タチアナは肩をすくめて、かすかに微笑しただけだった。その微笑には、自分のことには立ち入らないで、という無言の拒絶感が漂っていた。それ以後、信介はタチアナの個人的なことをたずねたことはない。

彼女は週に何日かは、夕食を一緒に食べ、少し酒を飲んでドクトルと二階へあがっていく。自分の声が階下の信介にきこえることを気にしてはいないようだった。

その声は、シベリアの短い夏を精一杯に生きようとしている命の声のように信介にはきこえた。信介はその声に逆らうようにロシア語の語尾変化を声にだしてくり返した。だが、ドクトルの部屋からきこえてくるタチアナのあの声の前には、いつも力を失って尻すぼみに終ってしまうのだった。

一九六一年十二月

伝説のディレクター

師走《しわす》の風は冷たい。

芸能プロダクションKオフィスの社員、山岸守《やまぎしまもる》は、思わずコートの襟を立てて首をすくめた。しかし彼の周囲を流れていく人波は、奇妙な活気をおびて、だれもが生き生きと幸せそうだ。岩戸景気の余波が、まだ残っているせいだろうか。

数寄屋橋《すきやばし》の交差点から新橋へ向けて、彼は広い通りの歩道をゆっくりと歩いていった。

〈すこし早く着きすぎたかな〉

ミリオンレコードのディレクター、高円寺竜三《こうえんじりゆうぞう》との待ち合わせの約束は七時だった。少し早目に先に行って待つにしても、まだ時間の余裕はある。

山岸守は立ちどまって道路の向かい側のビルを眺めた。日動ビルの壁面に街の灯りが反射し、その先のほうには重厚な電通本社のビルがそびえている。心の隅に通りすぎる感慨があった。

〈おれも素直に生きる道を選べば、ああいう大きな組織に身を置くこともできたのかも――〉

彼は大学を卒業するときに、先輩や親戚の人びとがすすめてくれた就職先のことを思った。銀行役員の父親も、そこへ入社することを期待していたはずだった。三年前のことである。

しかし、卒業間際になって彼は周囲を驚かせる決断をした。大手とはいえ、芸能プロダクションのKオフィスを就職先に選んだのである。

キリスト教系の女学校を出ている母は、露骨に眉をひそめて言った。

〈どうしてそんな水商売みたいなところへ勤めるのよ。あなたの成績なら、一流会社にでも簡単に受かるでしょうに。お父さんのコネだって、役に立つんだから〉

〈それがいやなんだろう、守は〉

と父親は言った。

〈まあ、しばらく好きな世界で遊んで、その後アメリカの大学院にでも留学すればいいさ。やりたいようにさせてやれ〉

池田内閣の所得倍増プランが成果をあげて、日本経済が追い風に乗っている時代だった。昭和三十三年頃から始まった好景気は、十二月に入って株が急落したとはいえ、三年たってもいまだに失速してはいない。

今年、一九六一年の実質経済成長率は、十四パーセントを超えるという予想もあった。大学卒業生の就職も、売手市場といわれている。

そんな時代に、山岸守は、あえてKオフィスという芸能事務所を進路に選んだのである。

芸能プロダクションではかなり名を知られた会社とはいえ、その世界に対してまだ世間の見る目は厳しい。中学、高校、大学と私立の一流校をかなりの成績で通過してきた彼がKオフィスに就職したと知って、首をかしげる同級生も少なくなかったのだ。

山岸守はちらと腕時計を見て、歩きだした。待ち合わせの喫茶店はすぐ近くだった。少し早目に着いて相手を待つのが礼儀だろう。なにしろ今夜、彼が会うのはレコード業界では指折りの大物ディレクターなのだ。山岸守は一軒の店のショーウィンドウに映る自分の姿を、あらためて点検した。そこに映っているのは、どこか気弱そうな痩せた青年の姿だった。

最近の若い男たちのように長髪ではなく、襟足を短く刈りあげ、ひげもきちんと剃《そ》っている。灰色のコートの下に白のシャツと黒いウールのタイ、ヘリンボーンのツイードのジャケットにチャコールグレイのスラックスという、いかにも地味な服装だった。靴だけは思いきって贅沢なやつをはいている。平凡に見えるが、月給以上の値段の黒のウイングチップだった。

〈ま、いいか〉

痩せているので貧相に見えるが、百七十センチはある。父親と体型が似ているので、いろんな服をお下がりでもらって使っていた。地味なシルエットの服が多いせいで、最近のファッションとは多少ちがっていても、それほど異和感がない。

待ち合わせの場所の前まできた。行きつけの店ではないが、業界の先輩たちがよく使っているウエストという喫茶店だ。

ドアをあけて店内に入ると、制服の女性がおだやかな微笑で「いらっしゃいませ」と迎えてくれた。白を基調にした店内に、かすかにプロコフィエフのピアノ曲が流れている。

「二人です。待ち合わせで」

山岸守が告げると、制服の女性がうなずいて奥の壁際の席のほうへ案内しながら、

「高円寺さんは、もうお見えになっておられます」

「え？」

まだ十五分前なのに、と戸惑う山岸守に壁際の席から声がかかった。

「こっち、こっち。待ってたぞ」

手招きしたのは、五十代後半と見える革ジャン姿の小柄な男性だった。こげ茶色の鳥打帽《ハンティング》をかぶり、黒いタートルネックのセーターを着ている。唇の端に煙草《たばこ》をくわえたまま、目尻に深いしわを寄せて微笑すると、顎《あご》で自分の向かい側の椅子を指し示した。

「きみが山岸くんか。堅苦しい挨拶はいらん。まあ、坐れ」

胸ポケットから名刺を出しかけた山岸守は、あわててコートを脱ぎ、直立して頭をさげた。

「申し訳ありません。お待たせして失礼しました」

「いや、いや、失礼なんてしていない。まだ約束の時間にはだいぶある。名刺なんていらんよ。この世界は顔が名刺だ」

「失礼します」

山岸守は唾を飲みこんで椅子に坐った。変った人だとは噂に聞いていたが、たしかに大手レコード会社を背負う花形ディレクターという感じではない。

テーブルの上には飲みかけのコーヒーと、山のように吸い殻が盛り上った灰皿と、何種類かの競馬新聞が置いてある。

贅肉のついていないスリムな体つきだった。髪はやや薄くなりかけているが、予想していたほど鋭い表情ではない。笑うと欠けた前歯のせいで、むしろ愛嬌のある顔に見えた。

高円寺竜三。その名前は、レコード業界だけでなく、広く知られた存在である。名門ではあるがここ数年、沈滞気味だったミリオンレコードを、一挙に復活させた凄腕《すごうで》のディレクターとしても注目されていた。超の字のつく大物歌手に何度も録《と》り直しをさせて、あげくのはては当日の録音をキャンセルして文句の一つも言わせなかったという武勇伝もある。

録音をアシスタントにまかせて、自分は競馬場にいたという伝説もあった。いまをときめく売れっ子作詞家の歌詞原稿を、本人の目の前で破り捨てた、という話もきいたことがある。

山岸守は、まだほんの駆けだしの無名のマネージャーにすぎない。ちょうど一年前の今ごろ共同企画という小プロダクションから移籍してきた牧《まき》オリエという新人歌手を担当させられた。その後、必死で努力したものの、期待したほどの成績はあがっていなかった。

迷いに迷った末に、高円寺竜三に直接、手紙を書いたのが先月のことだった。牧オリエが所属するレコード会社の担当ディレクターが体をこわして、長期療養することになったのがきっかけである。

一度お会いしてお話をうかがいたい、と長文の手紙を書いたのだ。だめでもともと、という気持ちだった。しかし、ひょっとして何かの気まぐれで、若いマネージャーの話をきいてみようという気にならないとも限らない。同期の仲間にそのアイデアを話してみたが、笑われただけだった。

「高円寺先生みたいな大物が、どうしてお前さんなんかの相談にのってくれると思うんだ。ファンレター扱いされて、ごみ箱にポイだろうな」

しかし、奇跡は起こったのだ。電話がかかってきたのはきのうの午後だった。

「どこかのお寺の人からですけど」

事務所にいたとき、電話に出た女性社員がけげんそうな顔で声をかけた。

「山岸くんと話をしたいんですって」

「お寺の人?」

不思議に思って受話器をとると、しゃがれた男の声がきこえた。

「高円寺竜三だ。手紙は読んだ。話をきこう。あすの夕方でいいか」

山岸守は思わず大声をあげた。

「本物の高円寺さんですか。あの——」

周囲の同僚や女性社員がけげんな顔をするのに、手を振って適当に言葉をにごした。ミリオンレコードの高円寺竜三と会う、などと言ったら厄介なことになるかもしれないと思ったのだ。この世界ではいまだに序列とか立場とか、面倒なことがある。駆けだしの新人マネージャーが、常識はずれの行為にでたとなれば、社内で問題にならないわけがない。

それがきのうのことだった。そしていま、山岸守はその伝説の人物の前にいた。

「きみは、競馬はやるかね」

と、高円寺がきいた。

「いいえ、やりません」

「そうか」

高円寺はうなずいて煙草に火をつけた。

「酒は？」

「あまり――」

「飲まないのか」

「はい」

「煙草は？」

「吸います」

「じゃあ、吸っていいぞ」

「はい」

山岸守がポケットからハイライトの袋をとりだすと、

「そんなもの吸ってるのか」

「パッケージのデザインが好きなんです」

「ふむ。きみは自分の吸う煙草を、袋のデザインで決める男か」

「高円寺さんは、何を吸ってられるんですか」

と、山岸守はたずねた。少しでも言葉をかわして気を落ちつけようと考えたのだった。

「おれか？　おれはこれさ」

高円寺竜三は床に置いた革のバッグの中から、ピースの五十本入りの缶《かん》をとりだした。

「一日にひと缶までと決めてるんだが、つい吸いすぎるんだよ」

彼はしゃがれた声で笑った。そのあと、ごほん、ごほんと咳をしてハンカチを取りだした。

「医者からは止められているんだが」

大学生の頃は吸わなかったんだよ、と高円寺は言った。

「きみはおれが大学を出てないと思ってるんだろう」

と高円寺は言った。そして苦笑した。

「そりゃそうだよな。酒だ、涙だ、別れだ、船出だ、未練だ、なんて歌ばかりつくってる男だからな」

「そうは思いません」

と山岸守は言った。

「ぼくはこれまで高円寺さんが制作された作品が大好きです」

「作品？　ほんとは商品といいたいんだろ」

「ぼくの父親は銀行マンです。ぼくも大学を出たら銀行関係か商社にはいるつもりでいました。でも、卒業する年の夏、ある歌謡曲をきいて、電気ショックを受けたような気がしたんです。いろんな音楽を聴《き》いてきたけど、本当は自分は歌謡曲が好きなんじゃないのか、と気づいたんです。それで、両親がすすめる就職先をけって、Kオフィスに入社しました。ですから――」

高円寺竜三はくわえた煙草を灰皿においた。そして頬にしわをよせて、かすかに笑った。

「本当は歌謡曲が好きだと気づいた、か。それは、嘘だろう」

と、彼は言った。

それは嘘だろう、と言われて山岸守《やまぎしまもる》は一瞬どきりとした。自分の言葉は嘘ではない。それは大学四年の夏に、実際に彼のなかにおこった意外な出来事だった。だが、そのことはこれまで誰にも言ったことがなかった。説明したところで、とうてい素直に信じてはもらえないだろうと思ったからである。

しかし、ひょっとして高円寺竜三という人物なら、わかってくれるのではないかという気がしていたのだ。どこかに甘えがあったのかもしれない。いきなり嘘だろうと言われて、彼は口をつぐんで目を伏せた。

嘘じゃありません、と反論したところで仕方がない。

〈おれは、会う相手をまちがえたかな〉

と、山岸守は思った。

黙りこんだ山岸守に高円寺が思いついたように言った。

「年明けに、ホーレス・シルバーのクインテットが来日することになっている。知ってるよな」

「はい」

何を言いだしたのだろう、と山岸守はあっけにとられた。

ホーレス・シルバーは、かつてアート・ブレイキーとともに〈ジャズ・メッセンジャーズ〉を結成してファンキー・ジャズ旋風を巻きおこしたピアニストだ。年明けからの来日コンサートのチケットは、すでに入手してあった。

「今度のバンドのメンバーの名前、言ってみな」

と、高円寺は言った。一瞬とまどった後に、山岸守は顎に手を当てて呟《つぶや》くように答えた。

「トランペットがブルー・ミッチェル。サックスがジュニア・クック。ロイ・ブルックスのドラムに、ベースが、えーっと——」

「ジーン・テイラーだ。クリス・コナーも一緒にくる」

「そうです」

高円寺はピースの缶から一本抜きだすと口にくわえた。ポケットから取りだしたマッチをシュッとすって火をつけると、深々《ふかぶか》と煙を吸いこんだ。

「きみは、そういう人なんだよ。見たとたんにわかった。おれたちとはちがう世界の人間なんだってね。気軽に歌謡曲がどうのこうのと言ってほしくないな。おれはそういう話をする奴は嫌いだ。商売として話をしようというんならまた別だが」

「すみませんでした」

山岸守は唇をかんで頭をさげた。そして、しばらくして言った。

「不愉快な思いをさせたのなら謝ります。でも、歌謡曲が好きになったというのは、嘘ではありません。正直、手紙を一本書いたぐらいで会っていただけるとは思っていませんでした。お話しできただけでも光栄です。ありがとうございました。またいつかお目にかかることができれば、うれしいです」

山岸守は立ちあがった。高円寺はそれを制するように手をのばして、上衣の袖を引っぱった。

「おい、おい、喫茶店に入ってコーヒーの一杯も飲まずに帰る手はないだろう。まあ、坐って、少し話をきかせてくれ。おれが会うことにしたのは、ちがう世界の人の話をききたかったからだ。手紙を読んで、そう思ったんだよ。まあ、坐れ」

高円寺は片手をあげてウエイトレスを呼んだ。そして制服を着た若い女性に、この人の注文をきいてくれませんか、と丁重な口調で言った。山岸守はコーヒーを頼み、少しかしこまって高円寺の前に坐った。

店内は次第に混みはじめていた。放送局や広告業界の住人たち、それにデザイナーや音楽業界の関係者がほとんどだ。高円寺に頭をさげて挨拶をする男たちは、ちらと好奇心にみちた視線を山岸守に投げかける。コーヒーをひと口飲むと、山岸守は少し気持ちが落着くのを感じた。

「きみがマネージャーとして担当しているのは、たしか牧オリエという歌い手だったよな」

と、高円寺は言った。

「はい。お手紙でそのことを書きました」

「うちの社の田崎《たざき》ディレクターが体調を崩して社をやめることになって、まだ彼女の次の担当が決まってないわけか。そいつはちょっとまずいな」

山岸守はうなずいた。

「そうなんです。彼女がうちに移ってきてから初めて出した曲が、まずまずの売行きで、ぼくも張り切ってたところなんですが」

「《あの夏に帰りたい》とかいう曲だろう」

「知ってくださってるんですね。ありがとうございます」

「たしか詞が泡津《あわつ》淳《じゅん》、曲が宗友《むねとも》光児《こうじ》のコンビだったよな」

「はい。両先生ともすごく力を入れて書いてくださった作品です。編曲も新鮮で、地方のラジオ局などにいっても若いスタッフがえらく気に入ってくれまして」

「しかし、まずまずどころか、あんまり数字がでてないじゃないか」

「え？」

自分には関係のない新人の歌い手のレコード売上げの実績を、この人はどうして知っているのだろうか。

「牧オリエのことを、高円寺さんは注目してくださってたんですか」

山岸守は少し体を乗りだすようにしてきいた。高円寺は、いや、と首を振って言った。

「べつに彼女に注目してたわけじゃない。社の専属のアーチストは、一応それぞれ動きをチェックしてるだけさ。今年の三月に出したあの曲は、発売当初はキャンペーンのせいもあって、そこそこよかったんだが、その後の伸びがいま一つ鈍い、とか営業のほうで言ってたぞ」

「すみません。力足らずでご心配かけています」

山岸守は頭をさげた。たしかに高円寺の言う通りだった。春の新曲発表の際には、レコード会社が主催するキャンペーンやイベントに組みこんでもらって、そこそこの数字が出ていたのだ。しかし、結局のところ尻すぼみの状況だった。ことに担当ディレクターの田崎の退社が決まってからは、ぱったりと動きが止まっている。

「じつは、高円寺さんにお願いがあります」

山岸守は意を決して言った。

「ほう。おれにお願い、ね。初対面にしては、ずいぶんストレートな球《たま》を放ってくるじゃないか」

「土下座《どげざ》をしてでも、きいていただくつもりで来ました」

「そういうのは、おれは好きじゃない。土下座なんかしてもズボンが汚れるだけだ。やめておけ。おれに何をさせたい？」

「牧オリエに会っていただけませんか」

「会ってどうする」

「ただ、それだけでいいんです。彼女をじかにご覧になれば、高円寺さんならきっと牧オリエの持っている独特な何かに気づかれると思います。彼女はまだ無名の新人です。すごい美人でもありませんし、有力なスポンサーもついていません。でも——」

ひと息いれて、山岸守は言葉を続けた。

「彼女にはサムシング・エルスがあります。何かほかの歌手にはない特別なものがある。ぼくはまだ駆けだしのマネージャーですが、まちがいなくそれを感じるんです。もし高円寺さんが彼女に会って、それでピンとくるものがなかったとしたら、ぼくはいまの仕事をやめるつもりです。才能を見る目がないようでは、この業界には向いていませんから」

高円寺は、煙草の煙をゆっくりと吐くと、おだやかな口調で言った。

「一度でいいから本人に会ってくれ、そういう頼みをおれがこれまで何百回受けてきたと思うかね。会ってもらえさえすれば、必ずそれが本物だとわかる、みんなそう言うんだよ。それでもおれは断らなかった。百に一つ、いや、千に一つでも本物の才能にめぐり会うかもしれんと考えたからだ。だが、残念ながら人に紹介されて今まで一度も本物の才能に出会ったことがない」

高円寺は独り言のように言った。

「結局、待っててもだめなんだ。だからおれは自分で出かけていくようにしている。それでもなかなか本物には出会えない。おれが地方ののど自慢大会の審査員などをやってるのは、遊びじゃない。本物の才能に出会うためだ。人が連れてくる人間には、期待しないんだよ」

山岸守は冷めたコーヒーをひと口飲んだ。

「高円寺さんのおっしゃることは、わかります。初対面のぼくが、いきなり歌い手に会ってくれなんて言いだすのが非常識でした。縁がなかったものとしてあきらめます」

高円寺は煙草を灰皿にもみ消すと、

「変なやつだな」

と言った。山岸守は肩をすくめた。

「変なやつ、というのはぼくのことですか」

「そうだよ」

高円寺はピース缶から新しい煙草を出して火をつけた。

「そうだ。えらく強引なようで、そのくせ妙に投げやりだ。相手がうんと言わなければ、なんとか粘って口説いたらどうだ。そうあっさり引き返されたんじゃ、調子が狂っちまうぜ」

「わかりました」

山岸守は両手をテーブルにそろえて頭をさげた。

「お願いです。牧オリエに会ってください。そして、彼女がどういう人間かを見てほしいんです。土下座なんかしませんが、心で土下座してます。お願いします」

ふっと高円寺が笑った。

「心で土下座か。そいつはいいや。きみはおもしろいことを言う。そうだな、よし、会わせてもらおう。いつがいい」

本当ですか、と山岸守は思わず大きな声をあげた。

「おい、静かにしろ。ほかのお客が見てるじゃないか」

高円寺は手で山岸守を制して、

「彼女のことを少しきかせてくれ。どこの出身だい」

「九州です」

「だろうな。北のほうじゃないと思ってたよ」

「福岡の筑豊で、炭鉱の町に育ちました」

「筑豊か。いま、いろいろと大変なところだろう」

「はい。彼女の父親は坑内の事故で亡くなりました。母親と二人で暮してたんですが、その母親も死んで、しばらく小倉のほうで働いていたようですが、やがて上京して——」

「その辺のことはいい。いま、いくつなんだ」

「二十二歳と公表してますが、本当は二十四歳です」

「サバをよんでるのは、事務所の方針か」

「はい、まあ、そうですね」

「歌手は年齢《とし》じゃない。少女歌手じゃないんだから、実際の年齢に直しておいたほうがいい。二十四、上等じゃないか」

「はい。そうします」

「そっちの事務所にくるまでは？」

「最初は井原《いはら》プロというところにいて、何年か下積みをしていたようです。そのときの芸名は〈高見沢《たかみざわ》タエ〉でした」

高円寺は首をひねって、記憶にないな、と言った。

「ええ。ぜんぜん売れなかったようですから。ですけど、どこか人好きする性格なのか、作詞家の宇崎秋星《うざきしゆうせい》先生とパイレーツレコードのチーフディレクターの笠井隆《かさいたかし》さんには、ずいぶんかわいがられたようです」

「宇崎秋星さんって、あの戦前の大物作詞家か。去年の夏に、倒れたというニュースが流れたが」

その後、井原プロから共同企画へ移り、さらにKオフィスに移籍していまは牧オリエと名乗っていることを山岸守は手短かに説明した。

高円寺は煙草を深々と吸い、天井にむかって煙を盛大に吐くと、言った。

「ふむ。あのうるさ型の宇崎秋星が目をかけたというなら、ちょっとはおもしろい子かもしれん」

「え？」

「きみたちの世代は知らんだろうが、宇崎秋星といえば、われわれの年代の者からすれば大した人なんだ。戦時中、軍部に協力して戦意高揚の歌を沢山つくった自責の念から筆を折った硬骨漢でもあるしな。その彼が興味をもった新人というなら、きく人がきけば、おもしろく感じるところがあるのかもしれんな」

山岸守は、高円寺の言葉をうれしく思いながら、〈そういうことなのだろうか？〉と心のうちで首をひねっていた。宇崎秋星という老作詞家の過去をよく知らないからでもあった。

高円寺もその様子を察したのか、苦笑いをうかべて、質問を変えた。

「まあいい。で、男関係はどうなんだ」

「以前は同郷の恋人がいたようですけど、今はそういう関係はないようです」

「きみとは？」

「え？」

山岸守はあわてて手をふった。

「ぼくは彼女のマネージャーですよ」

「好きじゃないのか」

「そういう感じじゃないんです」

「どういう感じだ」

山岸守は腕組みして、考えこんだ。

「ぼくは恋人にするなら、もっと存在感のない平凡なタイプがいいですね」

と、彼は言った。そう言ったあと、自分の言葉に思わず笑った。

「高円寺さんには、もうおわかりでしょう？　ぼくという人間は、小市民的な、線の細い人間なんです。芸能プロに就職するだけでも、大冒険の感じだったんですから」

「そうか。じゃあ、彼女はそうではないタイプなんだな」

「ぼくにはわかりません。でも、自分とはまるでちがった人間だと感じるんです。だからこそ彼女と一緒にチャレンジしてみたい、と思ったのかもしれません」

「わかった。じゃあ、出よう。いまからいこうじゃないか」

「どこへ？」

「本人に会いにさ」

高円寺は伝票を手に素早く立ちあがった。山岸守はあっけにとられて彼の後を追った。予想もしなかった展開である。

「高円寺さん」

と、そのとき一人の男がどこからともなく現れて声をかけた。長身の異様な男だった。髪を肩までのばして、黒いマントをはおっている。整った顔だちだが、どこかに世の中を斜めに見ているような凄味を感じさせる気配があった。

「おう、ヨウさんか」

と高円寺がうなずくと、その男は軽く高円寺の肩をたたいて笑顔を見せ、

「いつぞやはどうも」

とうなずいた。

高円寺に対して少しも物おじしないその人物に、山岸守は一種の畏敬の念をおぼえて、いったい何者だろう、と思った。

「じゃあ、また」

「ボスによろしくな」

と高円寺は言った。その男はマントの裾をひるがえして店を出ていった。

「彼だよ」

と、高円寺が言った。

「え?」

「ホーレス・シルバーを呼んだ男さ。ワールド・アーツ・プロモーションで仁《じん》社長の片腕といわれている」

「いまの人が、ですか」

山岸守は驚いてきき返した。

「ワールド・アーツ・プロモーションといえば、あのドン・コザック合唱団やボリショイ・サー

カスを呼んだWAP《ワップ》ですよね。今年はアート・ブレイキーとジャズ・メッセンジャーズも呼んだ会社でしょう？　すごいなあ」

「若いが度胸のある男だ。業界では怪人ヨウさんと呼ばれている」

さて、と高円寺は山岸守をうながした。

店の勘定は高円寺が払った。

「すみません。ご馳走になります」

山岸守は恐縮して頭を下げた。ポケットから丸めた札束をとりだして、何枚かを無造作にレジにおくと、高円寺は釣り銭を受けとって山岸守に顎をしゃくった。

「いま、彼女の居どころはわかってるのか」

「はい。今夜はひさしぶりのオフで、自宅の近くの喫茶店にいるはずです」

「場所は？」

「はい。中野ですが」

「中野か。じゃあ、中央線だな」

ミリオンレコードの看板ディレクターである高円寺のことだから、タクシーを使うかと思っていたので意外な気がした。

歳末の夜の銀座には、独特の活気が漂っている。点滅するネオンの光と街頭放送の音楽が流れる中を、二人は有楽町の国電の駅へ向けて歩いていった。

「紅白の出場者の顔ぶれを見て、どう思う？」

と、高円寺がきいた。

「そうですね」

「そうですね、って、きみは紅白のニュースに関心はないのか」

「いまのぼくにとっては、別世界の話ですから」

一応、新聞の記事で概略は知ってはいる。女性グループは、朝丘雪路、淡谷のり子、藤沢嵐子、石井好子、越路吹雪、松尾和子、美空ひばり、ペギー葉山、西田佐知子、ザ・ピーナッツ、こまどり姉妹、坂本スミ子、寿美花代、雪村いづみ、島倉千代子、中原美紗緒、水谷良重、など大物ベテラン勢が目立っていたようだ。

「関心がないわけないだろ。痩せ我慢もほどほどにしろよ」

高円寺はジャンパーのポケットに手をつっこんで、早足で歩きながら笑った。

「この業界で働いている人間で、紅白が気にならない人間なんているわけないじゃないか」

「高円寺さんでも気になるんですか」

「当り前だ。おたくのKオフィスだって、相当がんばって運動してたらしいじゃないか。きき目はなかったようだが」

二人は東京駅で中央線に乗りかえ、電車を中野駅で降りて、北口に出た。正面に中野美観街という商店街がある。ジングルベルの音楽が流れ、人波が商店街へ吸いこまれていく。

「すぐ近くですから」

と、山岸守は言った。

「仕事のない日は、彼女はいつもその店にいるんです」

高円寺はけげんそうに、

「まさか無駄足ふませるんじゃないだろうな」

「絶対、大丈夫です。必ずいますよ」

山岸守は先に立って商店街の中に入っていった。しばらく歩いて、左側の小路に折れた。表通りとは裏腹に、街の活気とは反対のひっそりとした狭い通りだった。

「ここです」

と、山岸守は高円寺をふり返って言った。

〈クレッセント〉という木の看板がかかっていて、気づかなければ見すごしそうな店の構えだった。どことなく時代に取り残されたような雰囲気が色濃く漂っている。

「へえ。これが喫茶店かい」

と、高円寺がきいた。

「はい。〈名曲と珈琲〉とか、昔はそんな看板も出てたんですが」

「やってるのかな」

「大丈夫です」

山岸守はうなずいて店のドアをあけた。古びた木のドアがきしんで開いた。店内は薄暗かった。オペラ『ナブッコ』の合唱曲が流れている。

「こいつは凄えや」

高円寺が背後で唸り声をあげた。さっき通ってきた商店街とは、まったく別世界のような店内のたたずまいである。

黒光りした木造の店内は、一見、廃墟のようでもあり、舞台の凝《こ》ったセットのようにも思えた。いたるところにアンティークふうの照明具が置かれ、くすんだ光が店内をぼんやりと照らしている。

壁際にはレコードのジャケットが山のように積みあげられ、真空管式のアンプがかすかな光を放っていた。壁面にどこかシャガールを連想させる油絵が並んでいる。

一つの様式で統一されているというわけでもない。しかし雑然とした中に、独特の雰囲気がつくりだされていた。まばらに椅子に坐っている客たちは、本を読んだり、音楽に耳を傾けたりしている。

アルバイトらしい若い娘に、山岸守は声をかけた。

「マスター、いる?」

「はい。お二階に――」

「ありがとう」

山岸守は呆然と店内を見回している高円寺をふり返って、

「びっくりされましたか」

「いや、いや、いや」

高円寺は首を振って、大きなため息をついた。

「こんな店がいまどきまだあるとはな。とんでもない空間だぜ」

建物自体は大正期のものだそうです、と山岸守は説明した。

「この店がオープンしたのは、戦後のことらしいですけど」

「一体《いったい》、どういう道楽者がこんな店をやってるんだい」

「いま会えますよ」

山岸守は木の手すりのついた階段を、慣れた足どりで二階に向けて上っていった。

「大丈夫かい。いまにも崩れおちそうな感じじゃねえか」

高円寺は一歩ずつ慎重に階段をのぼってついてきた。

二階の奥の端に、こぢんまりしたスペースがある。そこに二人の人影があった。

大きなスケッチ帖を抱えて、デッサンをしている初老の男性がいた。日本人にしては彫りの深い立派な顔だちである。蝶ネクタイをして、派手な柄のジャケットを着ていた。ハンティングともちがう、どこか中国の人民帽にも似た変った帽子をかぶっている。

その前に、一人の若い女がこちらに背中を向けて坐っている。黒いセーターにグレイのパンツという地味な服装だ。どうやら彼女をモデルにしてスケッチをしているらしい。男は下からあがってきた山岸守に気づくと、やあ、と顔をほころばせて手を上げた。

「そろそろくる頃だと思ってたよ。お客さんかい？」

背中を見せて坐っていた若い女がふり返って笑顔を見せた。牧オリエだった。

「いいタイミングで現われたわね。ずっと坐りっぱなしで疲れてたんだ」

「マスター、差しつかえなければ、ぼくが尊敬している大先輩をご紹介させていただいていいでしょうか」

と山岸守は言った。

「もちろん。新しいお客さんは大歓迎さ」

マスターと呼ばれた男性は立ちあがって、山岸守の背後の高円寺に笑顔を向けた。

「この店のオーナーで、画家でもある三《み》好諒二《よしりょうじ》さんです、こちらは――」

と、山岸守は高円寺をふり返った。高円寺はうなずいて笑顔を見せると、

「ミリオンレコードのディレクターをやっております高円寺竜三と申します。よろしく」

「えーっ」

と、牧オリエがのけぞって口を手でおさえた。

「高円寺先生が、どうしてここへ――」

「きみに会いたいとおっしゃるんで、お連れしたんだよ」

「あー、びっくりした」

牧オリエは胸を手でおさえて、ため息をついた。

三好画伯が階段を上ってきたウエイトレスの少女に、椅子をあと二脚増やして、ついでにコーヒーを持ってくるように、と命じた。

「すみません。下でコーヒー券を買ってくるのを忘れてました」

山岸守は首をすくめた。

「いいんだよ、きょうは私のおごりにしておく」

マスターが人なつっこい笑顔をつくってうなずいた。鼻が高く、目がくぼんで、どこかエキゾチックな風貌《ふうぼう》だ。

椅子が運ばれてくると、四人はコーヒーを前に二階席の端《はし》のコーナーに向きあって坐った。牧オリエが緊張して固くなっているのが山岸守にはわかった。

オリエの涙

二階席には客の姿はない。むきだしになった天井の梁《はり》に、アールデコふうの電気スタンドの黄色い光が奇妙な陰翳《いんえい》をつくっている。

「この店に飾ってある画は、ぜんぶ三好先生がお描きになったものなんですか」

と、高円寺がたずねた。

「先生、などと言わんでください。画壇とは無関係にこつこつ描いているだけですから」

高円寺はうなずいて、

「わたしは好きですね。どれも自分たちが忘れてしまった感情を思い出させるところがあります。なんとなく画の背後に、歌が流れているような気がしてきました」

「ありがとう」

三好画伯は素直に礼を言うと、

「まだ人には見せていませんが、このところずっとオリエちゃんをモデルに描いていましてね。いつかシリーズで発表できたらと思ってるんですよ」

横から山岸守が口をはさんだ。

「彼女は、以前からずっと三好さんの絵のモデルをやらせてもらってるんです。生活が苦しかったときなど、ずいぶん助かったみたいで」

「モデルというと、いま描いておられるポートレイトみたいなものですか」

高円寺がきいた。三好画伯がかすかに微笑した。牧オリエが高円寺をみつめて、

「ヌードもやりました」

そして笑いながら言葉を続けた。

「だって、そのほうがギャラがいいんですもの」

「いまでも休みの日には、いつもこうしてこの店に訪ねてきてくれるのです。義理堅い子でね」

と、三好画伯が言った。

「高円寺先生は――」

と、オリエが遠慮がちにたずねた。

「きょうは、どうしてここへ？」

「きみに会ってみたいと思ったからさ」

「ありがとうございます。でも――」

「でも？」

「あたし、いまみたいな歌の世界には、どうしても合わないような気がしてるんですけど」

「ちょっと待てよ」

山岸守はあわててオリエの言葉をさえぎった。

「高円寺さんみたいなかたが、わざわざ新人のきみに会ってくださるってことは大変なことなんだぞ。それを一体、何を言いだすんだ。甘えるんじゃない」

「甘えてなんかいません」

オリエはまっすぐに山岸守の目をみつめて言った。

「山岸さんはいい人よ。マネージャーとしても抜群に優秀だと思うわ。でも、あたしはいまの自分が歌が好きとは思えないの」

山岸守は激しい怒りがこみあげてくるのを感じて言った。

「きみは今度の新曲のキャンペーンのために、どれだけの人たちが必死でがんばってくれてるかを、わかっているのか。事務所のほうだけじゃない。レコード会社も、ファンクラブの人たちも、本気で応援してくれてるんだぞ。そのことを考えてみろよ。一体、どういう気なんだ」

「まあ、待ちなさい」

と、高円寺が言った。

「乗りかかった船だ。今夜はとことんつき合おうじゃないか。牧くんの言いたいことを、おれが全部きく。いいな」

牧オリエがうなずいた。マスターが手をのばして、黙ってオリエの肩を叩いた。

「ここはちょっと狭いから、奥の席に移りましょう」

マスターが立ちあがって、二階のやや広い席に皆を案内した。オリエとマスターが並んで坐り、高円寺と山岸守がその向かい側に腰をおろした。

「なにか大事な話がありそうだから、私は席をはずしたほうがいいのかな」

と、マスターは高円寺のほうに目をやって言った。オリエが首を振って、

「だめよ。大事な話だからこそマスターにいてもらわなきゃ」

「そう。三好画伯のご意見もうかがいたいから、ぜひ一緒にいてください」

高円寺が言うと、マスターははにかんだようにうなずいた。

「そうですか。それじゃ私も同席させてもらいましょう。それにしても高円寺さん、その画伯とかいうのはやめてもらえませんか。マスターでも三好さんでも結構ですから」

高円寺は苦笑して、すみません、と頭をさげた。

「それじゃ遠慮なく三好さんと呼ばせてもらいます。いや、わたしどものようなやくざな業界で暮らしてますとね、初対面のかたにお会いするたびについ適当に先生とか、巨匠とか、調子のいいことを口走っちまうんですよ。お恥ずかしい限りですが」

「じゃあ、あたしは高円寺先生のことを、なんとお呼びすればいいんですか」

と、オリエが横から口をはさんだ。高円寺は笑って、

「高円寺さん、で結構。きみは牧オリエくん。こちらは山岸くん。それでいいじゃないか」

オリエは首をすくめた。

「新人のあたしが高円寺さんなんて呼んだら、先輩たちからいびり殺されます。だって大ベテラン歌手をはじめ、有名な作曲家や作詞家のかたたちも、みんな高円寺先生っていうじゃありませんか。あたしだってそれくらいの常識はあります」

「じゃあ、好きなように呼びたまえ。先生だろうがさんだろうが、こっちは全然かまわんよ」

ナブッコの音楽が終って、やがて不思議な感じのピアノ曲が店内に流れはじめた。

「あ、またあのお客さん、きてるのね。やってくるといつもこの曲をリクエストする人がいるのよ。なんだか前衛舞踏をやってるらしいんだけど。変った曲よね」

と、オリエが小声で言った。それは山岸守もはじめて耳にする音楽だった。どことなくイスラムふうの雰囲気もあり、なんとなくギリシャ的な響きも感じられる奇妙な曲である。

「グルジェフだね。いや、グルジェフの曲をモチーフにしたピアノ演奏というべきかな」

高円寺が耳を傾けながら言った。マスターが驚いたように目をみはって、

「ほう。よくご存知ですね、高円寺さん。今かかっているのは、アルメニア生まれの神秘主義者、ゲオルギー・グルジェフの舞踏のための音楽です。幻の名盤です。これまでそれを知ってた人は、ほとんどいませんでしたよ。高円寺さんは、そちらのほうにも関心がおありなんですか」

高円寺は照れくさそうに手をふって、いや、そういうわけじゃないんです、と言った。

「わたしの知り合いに暗黒舞踏のグループの手伝いをしている青年がいましてね、たまたま彼から何度か録音したテープを聴かされたことがあるもんですから。わたしにはそんな音楽の素養はありません。なにしろやくざ歌謡や《海峡みれん》なんて、演歌ひと筋できた人間ですから。涙だ、別れだ、港だ、夜霧だ、と何十年もやってきた男でして」

この高円寺という人は、じつはとんでもない人物なのかもしれない、と山岸守はふと思った。

高円寺竜三は、歌謡曲、ことに演歌といわれる大衆的な曲を、ずっと一貫して作りつづけてい

るベテラン・ディレクターとして有名である。彼が新宿や渋谷の街を歩いていると、流しの連中や、その筋の男たちが最敬礼するという話もきいていた。無名の新人から大歌手に育てあげた伝説は数えきれないほどあった。そういう業界の大立者《おおだてもの》として考えていたのだが、さきほど銀座の喫茶店でホーレス・シルバーの話題がでて、ん？　と思ったのだ。どうやら高円寺竜三という人物について、少し考えなおす必要があるのかもしれない。

〈得体のしれない人だ〉

と、山岸守はあらためて思った。

「ところで、さっきのオリエくんの発言だが――」

と、高円寺が煙草に火をつけて言った。牧オリエが隣りの席から灰皿をもってきて彼の前においた。

オリエは黒の丸首のセーターにグレイのパンツという、すこぶる地味な格好をしていた。ネックレスやブレスレットもつけず、靴はゴム底の平凡なスリップオンである。

手首に古風な女性用の腕時計をしている。なで肩で首が細いために、どことなくモディリアーニの絵の女性を思わせるところがあった。仕事がオフの日は、ほとんど化粧もしていないので、二十四歳よりかなり若く見える。

体がスリムなわりには、胸が大きい。本人はそれをいやがって、控え目に見えるように工夫しているらしいが、事務所のほうではもっと強調するようにと山岸守には指示している。

高円寺は煙草をふかぶかと吸うと、顔に手をあててオリエをみつめた。

「きみはさっき、おだやかならぬことを言ったんだぞ」

と、高円寺は言った。彼のややくぼんだ目に、つよい光が感じられた。

「はい」

オリエは両手を膝の上にそろえて、小さくうなずいた。逆さまつ毛の奥の目が、まっすぐ高円寺をみつめている。

「いまきみがやってるのは、たしか《あの夏に帰りたい》という歌だったよな」

「そうです」

「作詞も作曲も、いま乗りに乗っている売れっ子のコンビだ。アレンジも悪くない。地方のラジオ局では、ベスト二〇ぐらいにははいってるらしいじゃないか。発売は三月だったかな」

「はい」

と、オリエに代わって山岸守が答えた。

「最初はそこそこの数字が出ていたんですが、正直、いまは頭打ちの状況です。しかも――」

「担当ディレクターの田崎が社をやめることになったわけだ」

「そうです」

山岸守はうなずいた。

「田崎さんは牧オリエの歌い手としての資質を、とても高く買ってくださっていた良心的なディレクターだったんで、なにか突然、突っかい棒をはずされたような感じでした。本当に得がたいかただったんですが」

「あとをだれが引きつぐか、まだ決まっていないんだよな」

「はい。それで今回、思いきって高円寺さんにご相談しようと、イチかバチかのお手紙を差上げた次第です」

山岸守はオリエにきかせるために、高円寺との会話を、もういちどくり返した。

「わかった」

と、高円寺はうなずいた。

「しかし、問題は後任のディレクターの件だけではないようだ。彼女自身の問題じゃないのか」

高円寺の言葉に続けて、山岸守は牧オリエに目をやると、責めるような口調で言った。少し感情的になっていることが自分でもわかった。

「だいたい、きみは一体、唐突《とうとつ》に何を言いだすんだよ。自分の歌が好きだの嫌いだのと、新人の歌い手が口にすることか。自分を何様だと思ってるんだ。頭がおかしくなったんじゃないのか。しかも初対面の高円寺さんにむかって、そういう態度をとるなんてどうかしてるぞ。マネージャーのぼくが気に入らないのなら、会社にそういって明日からでもやめてやる。どうなんだ、え？」

「まあまあ、待ちなさい」

高円寺が山岸守の膝を手で軽くたたいて、体を前にのりだした。

「オリエくん」

と、高円寺は言った。

「おれの察するところでは、いま、きみは何かにひどく腹を立てているようだ。ちがうかね」

オリエは答えずに、大きなため息をついた。横からマスターがおだやかな口調で言った。

「さっきからオリエちゃんの顔を何枚か描かせてもらいながら感じてたんだけど、きょうのオリエちゃんはひどく動揺しているみたいだ。ほら、こんなに――」

と、マスターはデッサンした絵をひろげて皆に見せた。

「いつものきみと全然ちがうんだよ。いまにも泣きだしそうな表情をしている。なにがあったのかね。よかったら聞かせてくれないか」

マスターの声はひどく優しく、そして率直な感情がこもっていた。高円寺も山岸守も、口をつぐんでオリエをみつめている。

オリエは口を固くむすんで目を伏せた。セーターの下の胸が大きく動いている。はげしい感情が彼女のなかで揺れているのを、山岸守は感じた。マスターは黙ってオリエの膝の上の手に、自分の手を重ねた。

「なにがあったんだい。話してごらん」

オリエは唇を嚙《か》んだ。大きく深呼吸をして、おさえた声で言った。

「今朝、福岡の友達から電話がありました。中学の同級生で、中洲《なかす》で働いている人です。きのう筑豊で炭鉱《やま》の事故があったんですって。まだどれだけ犠牲者がでたかはわからないけど、彼女の兄さんも巻きこまれたらしいわ」

オリエは舌にからんだ言葉を押しだすように言った。

「今年、何度目の事故だと思いますか？　大きな会社の鉱山《やま》の事故は大きく報道されるけど、筑豊にたくさんある小さな炭鉱《やま》の事故はニュースにもならない。極端な合理化と保安予算の削減のために、年間かぞえきれないくらい事故がおきてるんです。その都度、サイレンが鳴って、家族が坑口《こうぐち》に駆けつけるんだわ。そして炭住《たんじゅう》に白木の棺が運びこまれ、骨嚙《ほねか》みの行列が続き、残された女子供は、長屋から追いだされる。あたしもそうでした。エネルギー政策の転換とかなんとかいってるけど、こんなことが許されるわけがないじゃないの。坑内火災であたしの父が死んだのは、八月でした」

それなのに、とオリエはつぶやいた。

「あの夏に帰りたい、なんて、あたしは絶対に思わない。炭住ってわかります？　骨嚙みって、知ってます？　どうせみんなわかろうともしないのよ。いまうたってる歌は、いい歌だと思うわ。あたしも最初はそう思った。でも、何かがちがう。あたしは歌が好きで、なんとかしてプロの歌手になりたいと思ってた。でも――」

牧オリエは、両手で顔をおおって、声はださずに嗚咽《おえつ》した。

山岸守は椅子に坐りなおしてテーブルに手をつき、高円寺にむかってふかぶかと頭をさげた。

「申し訳ないです。せっかくおこしいただいたのに、こんな醜態をさらしてしまって、お詫《わ》びのしようもありません。ぜんぶマネージャーとしてのぼくが未熟だからです。なにしろKオフィスに入社して三年目で、はじめて担当をまかされたものですから。歌い手の管理もろくにできない青二才と、笑って許していただけませんか」

山岸守はさらに深く頭をさげた。コーヒーのカップが額に当って、ごつんと音をたてた。

「あっ、コーヒーがこぼれる」

いままで泣いていたオリエが、急に笑い声をあげてハンカチでテーブルを拭いた。

「山岸さん、頭のさげ過ぎよ。なにも米つきバッタみたいに謝らなくたっていいじゃない。あたし、本当のことを言っただけなんだから。ね、高円寺先生、そうでしょう？」

高円寺は、ク、ク、ク、と喉の奥で笑って肩をすくめた。

「おもしろい子だな、きみは」

「おもしろい？」

けげんな顔をするオリエに、高円寺はうなずいて言った。

「新人の歌手というのは、普通、はい、とか、すみません、とか、そんなことしか言わないもんなんだよ。合理化とか、エネルギー政策の転換とか、そんなことを口にする流行歌手に会ったのははじめてだ。これまで何百人という歌手を手がけてきたが、きみには驚かされたぜ、本当に」

高円寺の言葉に、オリエはちょっと首をすくめただけだった。

ひょっとして、この子は歌の世界から身を引こうと考えているのかもしれない、と山岸守は二人のやりとりを眺めながら思った。そうでなければ、初対面のレコード業界の実力者にこういう挑発的な態度はとらないはずだ。それにしても春からきょうまでの新曲キャンペーンのなかで牧オリエは少しもこんな反抗的な気配は見せなかった。しかし、ひょっとするとたまりにたまった鬱積した思いが彼女のなかにあったのかもしれない。

ときどきうたっている最中に、ふと放心したような表情を見せることがあったのは、そのせいだったのだろうか。

四六時中、行動を共にしている自分がそのことに気づかなかったのは、マネージャーとして失格といわれても仕方がないだろう。これまでよくわかっているつもりの牧オリエのことが、いまの山岸守には見知らぬ女性のように見えた。

〈彼女を直接、高円寺さんに会わせたのは失敗だったのかもしれない〉

と山岸守は後悔した。

「オリエちゃん」

と、さっきからずっと口をつぐんでいたマスターが、おだやかな声で言った。

「きょうは長い時間、モデルをやってくれたんで疲れただろう。せっかくのお休みだから、帰ってのんびりしたほうがいい。送っていってあげようか」

オリエはうなずき、コーヒーをひと口飲んでたちあがった。山岸守があわてて、ぼくが送ろう、と言うと、オリエは、ふっと自嘲的な笑いを浮かべた。

「いいの。ひとりで帰ります。山岸さん、うち、あすから生理やけん、今夜は八つ当りしてごめんね」

そして、失礼します、と丁寧に頭をさげると、階段を足ばやにおりていった。古い木の階段がギシギシとかすかにきしむ音がきこえた。

「すみませんでした」

オリエがいなくなると、山岸守はあらためて高円寺に頭をさげた。

「失礼しました。ふだんは素直ないい子なんです。きょうは郷里の親友の身内の事故の知らせで、気が動顛《どうてん》してたんだと思います」

高円寺は首をふって、いや、そうじゃないだろう、と低い声で言った。

「おれは、あれが彼女の本音だと思うね。彼女は牧オリエという歌手である前に、一個の人間なんだよ。めずらしい子に会った。うーん、なんとなく今夜は飲みたい気分になってきたな」

三好さん、と彼はマスターに声をかけた。

「ここは喫茶店で、酒を飲む店じゃないですよね」

「ええ。でも――」

と、マスターは腰を浮かせて笑顔になった。

「よろしかったらすぐ近くに、ここの姉妹店というか、小さな酒場がありましてね。トリスのハイボール五十円という手軽な店ですが、もしなんならご案内しましょうか。いかがです？」

「ほう。いいですね。なんというお店ですか」

「〈ルドン〉というんです。彼の絵が好きで私がつけた名前でして。私の連れ合いにやらせている店なんです。学生やアーチストの卵なんかがくる安酒場ですが」

「それはありがたい。ではここのコーヒー代はわたしが――」

「いや、いや」

マスターは目尻をさげていたずらっぽく笑うと、

「きょうのところは店のおごりということで」

手をふるマスターの風貌は、どことなくフランス映画にでてくるジャン・ギャバンに似ている、と山岸守は思った。

夜の酒場にて

その店は商店街をぬけて、薄暗い道路を曲った一角にあった。〈ルドン〉と小さな看板がかかっている。どこかひっそりとうずくまっているような感じの店だった。

「こんな店ですが」

とマスターがドアをあけて高円寺と山岸守を招き入れた。

とりたてて変ったところもない小さな酒場である。カウンターのほかに、テーブル席が壁ぞいに二つほどあった。棚に並んでいる酒の種類も、実用的で気取った気配はなく、国産のウイスキーのボトルが適当に並んでいるだけだ。壁にルドンの花を描いた絵が一点かかっている。

カウンターに学生らしい若者が三人並んですわっているだけで、ほかに客の姿はない。

マスターにすすめられて、高円寺と山岸守は奥のテーブルに坐った。

カウンターの中には、二人の女性がいた。一人は髪をショートカットにしたアルバイトらしい娘で、もう一人は中年の好人物そうな婦人だった。

「あちらがこの店をとりしきっている私の家内です。若いほうは女子美の学生のエリちゃん。むずかしいカクテルを注文する客なんかいない店でして」

と、マスターが紹介した。

「いらっしゃい」

と、年上の婦人が柔和な笑顔で挨拶した。エリという学生アルバイトの娘が、ちらと山岸守を見てヒュウと口笛を吹いた。

「なんだい、エリ」

マスターがたずねると、彼女は綺麗な歯を見せて笑った。

「このお店に、きちんとネクタイを締めてくるお客さんなんて、めずらしいんだもん」

「それもそうだね」

マスターは苦笑して、

「で、なにをお飲みになりますか。トリス？　それとも角瓶？」

「最近はやりのコマーシャルのやつを」

「〈トリスを飲んでハワイへ行こう〉ですね」

その年、新聞、雑誌、そしてラジオと、あらゆるメディアにその広告の文句《コピー》が氾濫して流行語となっていたのである。

ハイボールが運ばれてくると、高円寺はピースの缶をだしてテーブルに置いた。

「では、乾盃！」

と、高円寺がグラスをかかげて、

「きょうは山岸くんのおかげで、めずらしい体験をした。あのアンティークの美術館のような喫茶店にもはじめていったし、新人歌手からあんな率直な言葉をきけたのも、はじめてだったな。礼を言うよ。ありがとう、山岸くん」

山岸守は両手を膝の上にそろえて、頭をさげた。

「今夜はほんとうに失礼いたしました。いきなりお手紙を差しあげて会っていただけただけでもラッキーですのに、こんなに身近かにお話をうかがえるなんて、本当に奇跡みたいです」

「堅苦しいことは言わんでもいい。あしたは君に会っても知らん顔してるかもしれんぞ。今宵一夜《こよいひとよ》を、だよ。今宵一夜を語り明かそうじゃないか。三好さん、少々おそくまで粘らせてもらってもいいですか」

「お客がいるあいだは、ずっと開けているのがこの店の名物なんです。朝までといわず昼までどうぞ」

「では、中野の〈クレッセント〉と〈ルドン〉のために乾盃！」

高円寺は一息にハイボールを飲みほすと、おかわりを頼んだ。

「ところで山岸くんは、ハワイに行ってみたいと思うかね」

と、高円寺が煙草に火をつけながらきいた。

「はい。もちろん行ってみたいです」

「だが、現在《いま》は一般日本人の海外渡航は認められていない。フルブライトの留学生とか、政府の関係者とかだけしか外国へは行けないんだ。この国はいまだに被占領国だからな」

高円寺は二杯目のハイボールをひと口飲んで、言葉を続けた。

「まあ、二、三年すれば一般市民のわれわれもハワイに行けるようになるだろうが、今は憧れの夢の国だ。きみは《憧れのハワイ航路》という歌を知ってるかい」

「岡晴夫という歌手の大ヒット曲だったそうですね。一応、きいたことはあります」

「〈トリスを飲んでハワイへ行こう〉という広告の文案は、現在の日本人の願望に強く訴えかけるところがある。この文句を作った連中は凄い。おれはね、いまの作詞家たちにこういうセンスを求めているんだ。だが、専属の先生がたは、広告だのCMソングだのを馬鹿にして興味も示さないんだよ。それじゃ駄目なんだ。どう思う？　きみは」

「広告の文句ですか。CMソングとか、そういうのは歌の世界とはちがった分野じゃないんですか」

「きみみたいな若い人が、そんなこと言ってちゃだめだぞ」

高円寺は体をのりだして山岸守の肩に手をおいた。

「《フニクリ・フニクラ》って歌、知ってるだろう」

「はい。イタリア民謡ですよね」

「あれはナポリの登山電車の広告ソングだ。そもそも演歌だって、その源流は明治の自由民権運動の宣伝歌だったじゃないか。これからはテレビの時代だ。テレビから流れる歌が時代をリードする歌になるんじゃないかとおれは見ている。どうかね」

「演歌の巨匠といわれる高円寺さんの口からそんな言葉を聞くとは意外です」

「なにを言ってる。先月、早川電機は約三〇パーセントのカラーテレビの大幅値下げを発表したんだぞ。十七インチ型が、なんと二十五万円で買えるんだ。一家に一台のテレビ時代が、もうそこまできてる。そうなれば、歌謡曲もテレビと共存しなければ生きていけない時代がくるだろう。おれはそう思うな」

高円寺の口調は、熱をおびて激しかった。山岸守は、これまで自分がイメージしていたベテランディレクターの姿とまったくちがう彼の言動に戸惑い、どう対応していいかがわからなかった。

そのとき、カウンターにいる若い客たちが、突然、声を合わせて歌いはじめた。

それはこの数年、若者や労働者のあいだで爆発的に流行していた《ともしび》という歌だった。

〽夜霧のかなたへ　別れを告げ
雄々《おお》しきますらお　いでてゆく
窓辺にまたたく　ともしびに
つきせぬ乙女《おとめ》の　愛の影

カウンターに坐っている学生らしき三人組の客の一人が澄んだテノールでメロディーをうたうと、あとの二人がハーモニーをつけた。いかにもうたい慣れた巧みな歌声である。

カウンターの中で、アルバイトのエリという娘がグラスを洗う手をやすめて、うっとりと聴きほれていた。中年のマダムも、腕組みして耳を傾けている。

山岸守はなんとなく彼らの歌声に反撥《はんぱつ》する気持ちをおぼえて、つぶやいた。

「この店は〝うたごえ酒場〟じゃないんでしょう?」

「まあ、いいじゃないか」

高円寺がおだやかな笑顔で、

「下手な演歌をがなりたてる客よりましだろう」

マスターがうなずいて、

「この店では、いろんな歌がうたわれるんですよ。《インターナショナル》や《ワルシャワ労働歌》から、《王将》までね。最近は酔っぱらってドドンパを踊る連中までいます。《佐渡おけさ》から《スーダラ節》、《北帰行》から軍歌までなんでもありなんだ。私はシャンソンが好きなんですが、あれはやはりフランス語でうたわないと雰囲気がでませんね。山岸さんはどうやら、うたごえ的な歌はお嫌いのようですが」

「いや、そんなことはないです」

山岸守はあわてて手を振った。そして声をひそめて続けた。

「ただ、ぼくは〝うたごえ〟の人たちの、いかにもイデオロギー的な雰囲気が肌に合わないものですから。ことにロシア民謡などをうっとりした表情でうたわれると寒気がしましてね」

山岸守はハイボールのグラスをテーブルに置いて、おれは少し酔ってるのかな、と思った。アルコールに弱い彼は、薄目のハイボールでもかなり努力しなければ飲みほせないのだった。

「ロシア民謡じゃないんだよ、この歌は」

と、ピースの缶のふたを開けながら高円寺が言った。すでに彼は二杯目のハイボールをひと息で飲みほして、三杯目にとりかかろうとしている。

「ロシア語で《アガニョーク》というこの歌は、ロシアの歌でもなければ、民謡でもない。これは一九四二年ごろに発表されたソ連の現代歌謡の一つなんだ。詞を書いたのは、ミハイル・イサコフスキーという人でね。第二次世界大戦のドイツとの戦い、いわゆる大祖国戦争といわれる時代に熱烈にうたわれたものなんだよ」

「ほう、そうですか」

マスターが興味ぶかそうに体を乗りだして、

「高円寺さんは、演歌だけじゃなくて外国の歌にもおくわしいんですね。びっくりしました」

「いやいや、これも仕事のスタッフの受け売りでして。なにしろ客商売ですから、世の中に流行《はや》っているものなら、なんでも興味があるんです。ちなみに《カチューシャ》という歌、ご存知ですよね」

「もちろん」

マスターは、リンゴの花ほころび、とその出だしの一節を口ずさんだ。高円寺は話を続けた。

「あの有名な《カチューシャ》も、このイサコフスキーの作詞です。みんなはすぐにロシア民謡などといいますが、これらはソ連時代の流行歌でしてね。ロシア民謡とはちょっとちがうのです」

山岸守は、ほう、と、うなずきながら高円寺の話に耳を傾けた。高円寺は続けた。

「偉そうなことを言う気はないんですが、わたしたちがひと口にロシア民謡と呼んでいる歌にもいろいろあるらしいんですね。ウクライナ民謡もあれば、グルジアの歌もある。リトアニアなどバルト三国の民謡もあるし、さまざまなんですよ。ざっくりロシア民謡と言っていますが、沖縄の歌を日本民謡というと、ちょっと違和感がありますでしょう？　それに、民謡と現代歌謡は区別するべきだとわたしは思うな」

「なるほど」

「《ともしび》の歌詞はいろいろあるんです。いま彼らがうたっているのは、楽団カチューシャの訳詞だね。しかし、死を覚悟して戦場へ向う兵士を送る歌だから――」

高円寺は首をかしげた。学生たちの歌声はスリーコーラスめにさしかかっていた。彼らが感情をたっぷりこめて最後のフレーズをうたい終えると、エリとマダムが熱烈な拍手を送った。

「ありがとうございます」

と、学生の一人がうれしそうに礼を言った。

高円寺がゆっくりと拍手したので、山岸守もそれにならって手を叩いた。

「しびれたわ。トリハイ一杯ぐらいサービスしなきゃね」

と、マダムが言った。マスターがふり返って、笑いながら、

「だめ、だめ。そうでなくったってうちの店は出血サービスなんだから」

高円寺が手をあげて、

「おれがごちそうしよう。エリちゃん、若い衆に一杯ずつ注いであげてくれないか。いい歌をきかせてもらったお礼だ」

「ごちそうさんでーす」

と、カウンターの三人組が礼を言った。

「きみたちもこちらへきて一緒に飲まないか」

と、高円寺が言った。学生たちは顔を見合わせて、いいんですか、と言いながらテーブル席にやってきた。エリが椅子を寄せて六人分の席をつくった。

「きみたちは、ここへはちょくちょくきてるみたいだね」

と、マスターが笑顔で言った。学生たちはうなずいて、テノールの青年が首をすくめながら、

「すみません、あまりお客さんがいない時だけお邪魔してます。なにしろ三人で九十円しかない時が多いもんですから。トリスのシングル三十円でしょ。十円玉三つずつ握りしめてのぞくんです。だれも客がいないとラッキーですが、混んでるときにはあきらめます。一人三十円の客じゃ商売にならないでしょうから」

「この人たちの払う十円玉は、なんとなく暖かいの。きっと握りしめて汗ばんでるのかもね」

と、マダムがカウンターごしに言って笑った。

「とりあえず〝うたごえ〟に乾盃」

と、高円寺の音頭で全員がハイボールのグラスをかかげた。

「ところで、ぼくたちの歌、どうでした？」

と、学生の一人が高円寺にきいた。高円寺は、ちょっと首をかしげて、

「コーラスはよかった。だが――」

学生たちは顔を見合わせた。

「だが、って、何か？」

「うん。まあ、せっかくいい歌をきかせてもらったんだから、ケチつけたりする気はないんだけど、ちょっとね」

長髪の学生の一人が、グラスをおいて、

「ちょっと、というのはなんでしょう？」

「おれたちは、やっぱり日本人だなあ、ってしみじみ思ってたのさ」

三人は顔を見合わせた。高円寺はハイボールをぐっと飲みほすと、

「きみたちの歌がどうこうというんじゃない。自分のことを考えてたんだよ」

山岸守はグラスを置いて、高円寺の言葉を待った。自分も学生たちの歌声に、どこかかすかな違和感をおぼえていたからである。高円寺は控え目に続けた。

「きみたちの《ともしび》は、とても良かった。お世辞じゃない。本当にしんみりした気持ちになった。いや、古い言葉で、琴線《きんせん》に触れるとかいう表現があるだろう？　まさにきみたちの歌声は、たしかにおれの心の奥にひそむ日本人の情感に触れる何かがあった――」

「ほめていただいて恐縮です。でも、さっき、だが、っておっしゃいましたよね。そこのところをきかせてもらえませんか」

と、眼鏡をかけた痩せた学生の一人が言った。

「ロシア民謡がお嫌いなんですか？」

民謡じゃないんだよ、と山岸守は思ったが、黙っていた。学生は続けた。

「聴き手の側の率直な感想をぜひうかがわせてください。ぼくらは自分たちが楽しんでうたってるだけじゃ駄目なんです。うたごえ運動というのは、一般の流行歌みたいに、聴く人と、聴かせる人を分けたりはしません。全員が歌い手だし、全員が聴き手なんです。民衆の声に率直に向きあうことが、ぼくらの立場ですから」

「高円寺さん」

と、マスターが目尻にしわを寄せて微笑した。

「どうぞ若い人たちに思うことを遠慮なく話してやってくれませんか。わたしもぜひききたいところですね」

「いや、いや、まいったな、こりゃ」

と、高円寺は頭に手をやった。

「じゃあ、酔っぱらいおっさんの感想をひとつしゃべらせてもらおうか。気にしないできいてくれるかい。これも、きみたちのいう〝民衆〟の一人の声としてね」

「もちろんです」

学生たちは高円寺をみつめて、グラスをテーブルに置いた。マダムとエリも、カウンターの中で耳をすませているようだ。高円寺は話しだした。

「さっきわたしは、いや、わたしなんて言うと調子がでないから、おれ、にさせてもらうよ。おれは、きみたちの歌声にしびれた。だが、そこで、だが、がでてくる」

高円寺はグラスの底に残った氷をひとつつまんで口の中で転がした。

「だが、さっきのきみたちの歌い方は、死を決して祖国のために戦場へいく青年を見送る民衆の胸にあふれる感情じゃないな。もっと甘酸っぱくて、センチメンタルな感傷だ。それは正直に言って、いい気持ちであり、ノスタルジーであり、ロマンチックな気分なんだよ。しかし、そもそもこの『アガニョーク』という歌は、ファシズムに対して一歩も引かない決意と、死地へおもむく青年をはげます防人《さきもり》の歌といっていい。きみたち、防人、という言葉を知ってるかい？」

「防人、ですか？　えーと、万葉集にでてくる、辺地へ送られる兵士、のことですよね」

「えらい。それだからこそ、〝ますらお〟なんて訳もでてくるんだ。雄々しき〝ますらお〟というのは、字に書くとこうだ」

高円寺は指に水をつけてテーブルの上に、何か字を書いた。山岸守は昔、受験のときにおぼえた益荒《ますら》男《お》という字を思いだした。

高円寺は言葉を続けた。

「きみたちは知らないだろうけど、昔、戦争中に、こんな歌があった。軍歌というより戦意《せんい》昂揚《こうよう》のための国民歌謡だがね」

高円寺がマスターに、その一節をハミングして、

「三好さんならご存知でしょう」

もちろん、とマスターはうなずいて小声で口ずさんだ。

〽勝って来るぞと　勇ましく
ちかって故郷《くに》を　出たからは
手柄たてずに　死なりょうか
進軍ラッパ　聴くたびに
まぶたに浮かぶ　旗の波

「さすがですね」

と、高円寺が拍手をした。マスターは手をふって、

「いや、本当はシャンソン専門なんですけど、どうして何十年もたってるのに、こんな歌を憶えているんでしょうね。お恥ずかしい」

高円寺は学生たちに向かって、言葉を嚙みしめるようにして言った。

「これが日本の《ともしび》だ、と言ったら、きみたちは憤慨するだろうな」

「えー？」

学生たちは顔を見合わせた。長髪の学生が少しむっとした口調で、

「憤慨はしませんけど、戸惑っています。ぼくは全然ちがうと思いますけど。そもそも音楽的に
――」

「いや、ちがわない。ちがうのはきみたちの歌い方のほうだ」

学生たち三人は顔を見合わせた。眼鏡の学生が、むっとした表情で、どこがどうちがうんですか、と言った。

高円寺はうん、とうなずいて言った。

「きみたちの歌はだね、抒情的すぎるとおれは思う」

学生の一人が首をかしげた。

「抒情的すぎる、というのは、いけないことなんですかね」

「いや、いけないとは言わない。だがはっきり言って、センチメンタルな歌い方だった。切なすぎるんだよ。目を閉じてきいていると、思わず涙がこみあげてきそうになる。泣きたくなって、しみじみとして、切なくなってくる。感傷の海におぼれそうになるというか、短調《マイナー》の世界にどっぷり身をひたす快感というか、理屈はいいから、さあ、一緒に泣こうよ、という感じになってくるんだ」

〈ベタな演歌を作っている高円寺さんの言葉にしては奇妙な発言だな〉

と、山岸守は思った。だが黙って高円寺竜三の言葉に耳を傾けた。

「今年、流行った歌に《北上夜曲》というのがあるだろう」

と、高円寺は言った。学生たちはうなずいた。

「いろんな歌い手がリリースしてますが、マヒナスターズのものが一番売れたようですね」

と、山岸守が口をはさんだ。高円寺はそうらしいな、と言った。

「五社か六社で競作になったんだよ。映画化もされたし、大ヒットといっていいだろう」

「うたごえの店でもよくうたわれるナンバーですよね」

と、長髪の学生が言った。

「で、その《北上夜曲》がどうしたというんですか？」

高円寺は、いや、いや、と片手をふって、

「文句をつけてるわけじゃない。おれもあの歌をきくと、ついしんみりしてしまうんだ。匂い優しい白百合《しらゆり》の――なんて歌詞は乙女チックだが、メロディーが泣かせる。まさに日本的抒情の典型といっていいだろう。だが、《ともしび》とは、向いている方向がちがうような気がするんだよ」

「両方とも短調《マイナー》の曲ですよね。ぼくは両者がちがうとは思いません」

眼鏡をかけた学生が口を尖らせて、

「失礼ですが、先輩は抒情を否定なさるんですか？《北上夜曲》は、どこか石川啄木の世界とあい通じるものがあるような気がするんですが」

「たしかに」

高円寺は相手の発言をおだやかに受けとめて、

「では、偉そうなことを言わせてもらおう。これも人の受け売りだがね」

高円寺は脚を組みなおして煙草に火をつけた。そして、ゆっくりと話しだした。

「《ともしび》は、たしかに抒情歌だ。しかし、その抒情は決して濡《ぬ》れてはいない。第二次世界大戦では当初、ソ連軍はドイツの誇る機甲師団の精鋭にゴミを掃くように蹂躙《じゅうりん》されたんだ。そこへおもむくことは死地にのりこむことだった。愛する祖国を防衛するために、若者たちは死を覚悟して戦場へむかう。それを見送る人びとは、老人や女性たちだ。いや、ソ連軍には女性だけの狙撃部隊もあった。少年兵たちも少くなかった。その兵士たちを送る歌が《ともしび》だ。だからこの歌は激励の歌であり、祖国防衛の誓いをこめた歌でもあった。だから、もっとテンポをあげて、堂々と勇壮に歌うべきだろう。実際にソ連では行進の際にマーチのように朗々とうたう。これは一種の戦意昂揚歌であり、軍歌なのだよ。もちろんこの曲は抒情的だ。しかしこの歌の抒情は悲壮の抒情で、ノスタルジーじゃない。そこのところがきみたちの綺麗なコーラスには感じられなかった。だから、だが——、と言ってしまったのさ。《ともしび》は、もっと力強く、テンポをあげて堂々とうたわなきゃ。いや、これはおれの勝手な感想だがね」

学生たちは無言で考えこんでいるようだった。そのうち、でも、と長髪の学生が遠慮がちにつぶやいた。

「この曲は短調《マイナー》で書かれているんですよね」

「だから？」

「そんな士気を鼓舞するような勇壮な歌なら、長調《メジャー》の曲のはずじゃないのかな」

高円寺がため息をついた。そして静かな口調で言った。

「きみたちは西洋音楽の悪しき理解に毒されている。残念なことだ」

「それはどういうことですか」

長髪の痩せた学生が、どこか反抗的な口調できいた。彼はアルコールに弱いらしく、一杯のハイボールの半分を残していながら、赤い顔をしていた。

「高円寺さん」

と、それまで黙って話をきいていたマスターが体をのりだして、

「私も若い頃からクラシック音楽やオペラをずっときいてきた人間です。シャンソンを含めて、西洋音楽にどっぷりつかって今日まできたんですよ。いま高円寺さんがおっしゃった西洋音楽の悪しき理解とは、どういうことでしょう。ぜひ、うかがいたいものですな」

「ぼくもです」

と、山岸守も横から言った。

「弱ったな」

高円寺が水割りのお代りを頼みながら首をすくめた。

「名曲喫茶のオーナーを前に生意気なことを言えるわけがないじゃないですか」

「いや、じつは私もですね、かねてからずっと疑問に思ってたことがいろいろあるのです。日頃、バッハやモーツァルトをいやというほど聴きながら、ときどきふっと《北上夜曲》の一節を口ずさんでいることがある。音楽的には、貧しいと言っちゃなんですが、演歌などの五音音階で書かれた短調《マイナー》の曲に共鳴したりするときがあるのを恥ずかしく感じたりするんですよ。その辺、どう考えればいいんでしょうね」

三人の学生たちは意外そうにマスターの顔を眺めた。山岸守が催促するように、

「ぼくもぜひ高円寺先生のご意見をうかがいたいです。ぼくは学生時代からずっとジャズを聴いてきた人間なんですが、いまの仕事は職業と割り切ってやってきました。でも、ずっと引っかかっていたのは、日本人の歌のことです。どうして日本の流行歌には短調《マイナー》の曲が多いんでしょうか」

高円寺は水割りをぐっと飲みほすと、首をふって言った。

「おれは正直なところ音楽の素養はゼロなんだよ。ろくに譜面も読めないような人間なんだが、ゴシップみたいな話なら山ほど知っている。それでいいなら、おれの考えを話させてもらおう。まあ、独断と偏見にもとづく暴論だがね」

「お願いします」

と、長髪の学生が頭をさげた。若いのに意外に柔軟性のある連中だな、と山岸守は思った。

「まず、きみたちが言ってた長調《メジャー》と短調《マイナー》の話からはじめよう。一般に短調《マイナー》の音楽は淋しくて感傷的だと思われているよな。そうだろう?」

「ええ」

学生たちがうなずいた。高円寺はうなずいて続けた。

「それに対して、長調《メジャー》の曲は健康的で明かるく、力強い、と」

皆がうなずいた。

「ではきこう。かつて戦争中はたくさんの軍歌が作られた。戦意を鼓舞し、勝利をめざす歌が軍歌だが、意外に短調《マイナー》の曲が多いことを知っているかね」

学生たちは顔を見合わせた。

「戦争中、ぼくらは子供でしたから」

と、眼鏡の学生が言った。

「でも、父親がよくうたっていた軍歌はおぼえています。あれ、なんという歌でしたっけ。ほら
――」

〽徐州《じょしゅう》　徐州《じょしゅう》と　人馬は進む
　徐州　居よいか　住みよいか

と、彼は調子はずれの軍歌を口ずさんだ。

「えらい。その後はおぼえているかね」

「ぼくは歌えます」

山岸守が手をあげた。少し酔いが回っているのかな、と思いながら彼は続きの歌詞を声にだして歌った。

〽洒落た文句に　振り返りゃ
お国訛《なま》りの　おけさ節

「ひげがほほえむ麦畠——でしたね」

と、マスターが後を口ずさんだ。

「たしか《麦と兵隊》とか、そんな題名だったな。東海林太郎《しょうじたろう》の歌でしょう」

「そうです」

高円寺は欠けた歯を見せて微笑した。

「詞が藤田まさとさん、曲は大村能章さんです。戦後十六年たった今でも、この歌をうたう人は少くないです。《戦友》とか、《歩兵の本領《ほんりょう》》とか、古くから軍歌には短調《マイナー》のものが多かった。そもそも〈明治維新は短調《マイナー》でやってきた〉という学者もいるくらいです。明治の官軍の軍楽は短調《マイナー》でしたからね」

「それは日本人のメンタリティなんでしょうか」

と、眼鏡をかけた学生がたずねた。高円寺は首をふって、

「ところがそうじゃない。きみたちも《トルコの軍楽》という物悲しい曲をきいたことがあるだろう。オスマン帝国軍はこの曲とともにヨーロッパを席巻したんだ。《ジェッディン・デデン》という短調《マイナー》のメロディーがたくましい勇壮な音楽とされた。短調《マイナー》で書かれた曲が弱々しいセンチメンタルな音楽だと思うのは、とんでもない誤解なんだよ。世界各国の革命歌や軍歌には短調《マイナー》の曲が無数にある。アラブ、イスラム、ユダヤの音楽、またかつてジプシーと蔑視されたロマの音楽もそうだ。ラテンアメリカのフォルクローレやタンゴも血が騒ぐ短調《マイナー》のメロディーじゃないか。短調《マイナー》がもの哀しく、長調《メジャー》が明かるく健康だなんてとんでもないとおれは思うね」

「じゃあ、どうして――」

と、長髪の学生が口を尖らせて食ってかかった。

「じゃあ、どうして日本人は短調《マイナー》の物哀しい歌が好きなんですか」

学生の問いかけに対して、高円寺はすぐには答えなかった。

「さあ、わからんな。おれは学者じゃないから音楽を理論的に解き明かすことは無理だ。しかし、短調《マイナー》の曲だからといって、やたら湿っぽく抒情的にうたうのは、ちがうと思ってるんだ。おれの友達にシベリアに抑留されていた奴がいる。戦後、シベリアで日本兵の捕虜が強制労働させられた話、知ってるだろう？」

「ええ。《異国の丘》とか、ああいう歌をうたって帰国の日々を待ちのぞんだ旧関東軍兵士たちですよね」

「そうだ。そのシベリア帰りの男がこんなことを言ってたのを思いだしたよ」

高円寺は腕組みして、遠くを見るような表情になった。

「彼が帰国してしばらくたったある日、地元の若者たちが集って歌をうたっている場面に出会ったんだそうだ」

「うたごえ運動の集会ですかね」

学生の一人が口をはさんだ。高円寺はうなずいた。

「まあ、そんなところだろう。彼は思わずその歌声に聴き入ったんだが、なんとなくしっくりこないところがあるのを感じたんだそうだ」

「彼らは何をうたっていたんですか」

「ほら、有名なあれだよ、《バイカル湖のほとり》といったかな。〈豊かなるザバイカルのはてしなき野山を――〉とかいうやつ」

「〈やつれし旅人があてもなくさまよう〉ですね」

「そう、そう、それだ」

「どういうふうに違和感をおぼえたんですかね、そのシベリア帰りのお友達は」

「うーん、なんというのか、要するにどこか物哀しげに切々とうたわれていたのが気に入らなかったらしい」

「でも、あれは歌詞にあるように、やつれた放浪の旅人が当てもなくさまよっている悲しい歌ですよね。つまり――」

　学生の言葉を高円寺は、ちょっと待て、というように手をあげて押しとどめた。

「問題はそこだ。彼は首をかしげてこう言っていた。あの、やつれし旅人というのは、自由を求めて逃亡した放浪者なんだ。ロシアでは権力から逃亡する者を英雄として尊敬する伝統がある。彼らはつまり誇り高き勇者だ。だからあの歌は堂々と雄々《おお》しくうたわなきゃいけない。バイカル地方に抑留されて、重労働させられていたあいだ、自分はいつも収容所から脱走することを夢見ながら、その勇気がなかった。逃亡者はおれの憧れの勇者だったんだ。だからそいつをたたえる讃歌として胸を張って朗々とうたわなきゃいけない。あんなセンチなうたい方じゃ、逃亡者が泣くぞ、と、そんなことを言ってたんだよ」

三人の学生たちは、首をかしげたまましばらく黙っていた。やがて長髪の学生が仲間をふり返って、そろそろいこうか、とうながした。

「ごちそうさまでした。おもしろいご意見を今後の課題として受けとめます」

彼らはたちあがってポケットをさぐり、十円玉を出しあってカウンターにおいた。

「失礼します」

彼らが店を出ていくと、冷い風がどっと吹きこんできた。行進曲のように強いリズムで《ともしび》をうたう彼らの歌声が次第に遠くなっていった。

「若い人たちはいいわね」

と、カウンターの中のマダムがため息をついた。

「思いがけない長広舌《ちょうこうぜつ》をふるってしまいました。お許しください」

と、高円寺がマスターに頭をさげた。

「いや、いや、とんでもない。私も面白く拝聴していました。それにつけても――」

と、マスターは山岸守をふり返って、

「オリエちゃんのことを高円寺さんにおまかせしようという山岸さんの判断は、正しいと思うよ」

「いや、そんな僭越《せんえつ》なことは考えていません」

山岸守はあわてて手をふった。

「ぼくはただ、高円寺さんに彼女と会ってもらいたかっただけです。担当ディレクターがいなくなって、この先、すごく不安だったものですから。何かひとことアドバイスでもいただけないかと、藁《わら》にもすがる気持ちでお手紙を差上げただけです。それなのに彼女があんな態度で本当に申し訳なく思っているところです。申し訳ありませんでした」

山岸守は膝の上に手をそろえて、ふかぶかと頭をさげた。

「山岸くん」

と、高円寺が言った。

「彼女のこと、おれが面倒みようか。いや、きみたちさえよければの話だが」

山岸守は一瞬、高円寺の言葉に耳を疑った。

「え?」

「おれが引受けると言ったんだ」

「本当ですか」

「一応、社の専属のアーチストだから、おれにも責任はある。ただ、彼女がなんというか、その辺は微妙だな」

「とんでもありません。ああ見えても根は素直ないい子なんです。きっと感激して泣くと思いますよ」

「高円寺さん」

と、横からマスターが高円寺の手を両手で包むようににぎって言った。

「彼女はただの無名の歌い手ではありません。わたしはあの子をモデルとして描きながら、それを感じるのです。あの子には何かがある。だが、その何かはまだ彼女の内側に隠されている。高円寺さんならそれを掘りおこすことができるような気がするんです。初対面のわたしがこんなことを言うのはおこがましいのですが、わたしからもぜひお願いします。彼女を一人前のプロの歌手に育ててやってくださいませんか」

高円寺は、黙ってうなずいた。

カウンターの中から、マダムが声をあげた。

「なんだかわからないけど、オリエちゃんを応援してくださるんなら、わたしからもお願いするわ。彼女はほんとにいい子なんですから」

横でエリというアルバイトの娘が口を尖らせて、

「いいな、オリエちゃんは。応援団が多くって」

と、不服そうにつぶやいた。

「さて、ではそろそろ引き揚げるとしようか」

高円寺が立ちあがりかけたときに、店のドアがガタンと音をたててあいた。乱暴なあけ方だったので山岸守がふり返ると、一人の男がくわえ煙草で入ってきた。厚手の革のジャンパーを着た瘦せた中年男だった。リージェントの髪をチックで固め、片方の耳に金色のイアリングをつけている。ととのった顔立ちだが、削《そ》げた頰のあたりにどこか険しい蔭《かげ》があった。煙草を床におとし、踏みつけると、カウンターの中のマダムに軽く会釈して、どうも、と言った。

カウンターにも、テーブルにもつかず、つっ立ったままでちらと山岸守たちのほうへ目をやると、

「お客さん、結構入ってるじゃないですか」

と言った。

「なんの用？」

と、マダムが硬い声できいた。男は舌打ちして、

「何の用って、きまってるじゃありませんか。先日の話、どうなったかと思いましてね。そろそろご返事をうかがわないと」

「返事はもうしたでしょう」

と、マダムが言った。

「うちは大した売上げのある店じゃないし、半分趣味でやってるようなもんだから、おしぼりも、乾きものもいらないのよ。こないだそう申し上げたじゃありませんか」

立ちあがりかけた山岸守と高円寺が、椅子に坐り直した。マスターが不安そうにマダムとのやりとりをみつめている。

「流行《はや》る流行《はや》らないは、そちらさんの都合で、こっちには関係がないんですよ」

と、その男はカウンターに近づいて言った。

「このあたり一帯の店は、みんなおつきあいいただいているんですがね。おたくだけがつきあってくださらないんじゃ、困るんです」

言葉づかいは丁重だが、声にどこか危険な気配がある。アルバイトのエリが不安そうにマダムの背中に隠れた。男は続けた。

「保健所のほうでもきびしく指導してるでしょ、客商売は清潔にって。おしぼりぐらいはちゃんと用意してくださいよ。月極めの額だから大した負担にはならないんだし。この辺のお店のしきたりだから、おたくだけが例外ってわけにはね。ま、すんなりとつきあってくださったほうがお店のためだと思いますがね」

「うちのお店は、開店からずっとこうしてやってきてるの。わかってるでしょ」

「そうらしいね。だからわたしがこうやってお願いにあがってるんじゃないですか。ここは一つ、わたしの顔を立てて、うんと言ってくれませんか」

「お断わりします」

マダムの声が震えているのを山岸守は感じた。高円寺が黙って新しい煙草に火をつけた。マスターはこわばった表情で男とマダムのやりとりをきいている。

「断わる――。へえ、そうかい」

男の声が低くなった。

「話には聞いてたが、ずいぶん突っぱるお人だな。そっちがそうでるなら、こっちも遠慮はなしだ。おい」

と、男はドアを足で押しあけると、店の外に声をかけた。三人の男たちがどやどやと店に入りこんできた。

一人はプロレスラーのようなごつい体格の若い男、もう一人は白い半コートを着た長身の男で、濃いサングラスをかけている。最後に入ってきたのは角刈りの頬に傷のある中年男だった。

「金を払えばおれたちも客だ。そうだな」

三人を呼びこんだ男が、カウンターの上に丸めた千円札を投げて、ウイスキー、ロックで、と言った。

サングラスの男が、

「おい、ねえちゃん」

と、アルバイトのエリを手招きした。

「こっちへおいで。怖くはないから、お酌をしなよ。可愛い子じゃねえか。ほら、こいって言ってるだろ。きこえないのか」

エリがマダムの陰に隠れて震えているのを見て、山岸守は激しい怒りをおぼえた。マスターは無言のまま、顔をそむけて肩で息をしている。

「どうした、ねえちゃん」

と、白いコートを脱ぎながらサングラスの男が言った。

「べつにやらせろとか言ってるんじゃないだろ。ちょっとこっちへきて酒の相手をしてくれと頼んでるんだ。この店は客の頼みもきけねえのか」

「わたしがお相手します」

マダムが男たちの前に立った。

「引っこんでろ、ババア」

と、体格のいい男が言ってマダムの肩を押しやった。マスターが立ちあがりかけるのを、高円寺が腕をとって坐らせた。山岸守は高円寺の顔を見た。どうしていいのか判断がつかなかったのだ。高円寺はマスターの腕から手を放すと、煙草を灰皿でもみ消した。

カウンターの中でエリが泣きだした。

ここで何かしなければならない、と山岸守は思った。相手は四人だ。しかも素人ではない。山岸守などあっというまに吹っとばされてしまうだろう。しかし、そうでもしなければ高円寺に顔が立たないような気がしたのだ。

山岸守は覚悟をきめた。立ちあがろうとしたとき、ドアの開く音がきこえて冷い風が吹きこんできた。そして、赤いダッフルコートを着た女が店に入ってきた。オリエだった。

「あー、びっくりした」

と、オリエは目を見張って、すっ頓狂《とんきょう》な声をだした。

「どうしたのよ。〈ルドン〉にこんなにたくさんのお客がつめかけてるなんて、信じられない」

「オリエちゃんこそ、どうしたのよ。〈クレッセント〉から家に帰ったんじゃなかったの」

と、カウンターの中からマダムが言った。

「そうなんだけどね」

オリエは赤いダッフルコートを脱ぎながら、高円寺たちのほうへちょっと恥ずかしそうに肩をすくめて会釈した。

「いっぺん家に帰ったんだけど、やっぱり自分の態度が悪かったかな、と反省したんです。あのあと、たぶんマスターが〈ルドン〉にお誘いしたんじゃないかと推理してのぞいてみたらバッチリ。出なおしてきてよかったわ。山岸さん、さっきはごめんなさい」

「おい」

と、イアリングをつけた男がカウンターをおりてオリエの肩をつかんだ。

「どこのねえちゃんかしらないが、いいところへきてくれたな。この店のサービスが悪いんで、ちょっと気分を害してたところでね。一緒に飲もうじゃないか。さあ、こっちへきな」

「すみません」

と、オリエは消え入るようなか細い声で言った。

「あたし、お酒は苦手なんです。それに——」

カウンターにいるやけに体格のいい男が、よく響く声で笑った。

「なかなか可愛い子じゃないすか。お嬢ちゃん、こっちへおいでよ。さあ」

「引っこんでろ、山野。強要はいけねえよ。いまおれが丁寧にお誘いしてるところじゃねえか」

仲間を一喝したリーダーの男は、薄笑いを浮かべてオリエにうなずいた。

「おれは、この中央線一帯を仕切っている錠西《じょうさい》組の武井《たけい》拳司《けんじ》ってもんだ。昔、流しをやってたことがあるんで〈流しの拳《けん》〉で通ってる。今夜は客としてこの店で飲んでるんだが、男四人じゃ殺風景でね。そこでひとつカクテルの一杯でもつきあっちゃもらえねえか。いかがです？」

山岸守は思わず立ちあがろうとした。牧オリエの担当マネージャーとして、ここはどんな目にあっても体を張ってタレントを守るべきだ。これまでにも、何度かそういう場面には遭遇してきている。そのつど策略か金かで対応してきり抜けてきたのだ。

そのとき山岸守は、自分の膝を何か固いものが押さえつけているのを感じて身をよじった。目をやると隣りに坐っている高円寺の左手が、ピースの缶で山岸守の膝を強く押しつけているのが見えた。

山岸守は唾をのみこんで高円寺の顔を見た。彼はかすかに首を振って、動くな、と無言の合図を送っている。

「どうなんだ、え?」

と、武井と名乗った男が凄味をきかせた声でオリエに言った。弱い小動物を目の前にした蛇のような目つきだった。

「すみません」

と、オリエはふたたび小声で言った。胸の前で手を合わせて、首をふると、いまにも泣きだしそうな声で、

「あたし、いま体調が悪くてお酒は飲めないんです、本当に」

「ほう。錠西組の武井拳司がお願いしているのをこけにするってのかい、え?」

オリエが顔をあげた。少し目が充血して、首筋に青い血管が浮きでているのを山岸守は見た。まずい、と彼は思った。オリエの目尻が少し釣りあがったように見えた。

「あんた」

と、オリエが言った。それまでとは全くちがう鋭さをおびた低い声だった。背後で大男が身じろぎした。オリエの声がひびいた。

「あんたが名乗ったけん、うちも名乗らせてもらうばい。うちはミリオンレコードの歌手、牧オリエちゅうもんたい。生まれは九州、筑豊の川筋者《かわすじもん》や。小倉でホステスやってたときは、ボタ山オリエと呼ばれちょった。縁あっていまはレコード会社の専属歌手ばってん、どうせ新人やけん、名前は知らんやろ。それでも、うちはプロの歌手ばい。うたえといわれりゃ童謡でもうたうが、遊びの相手はせんとよ。あんたらもこげんこまか店でとぐろ巻いとらんで、はよ帰るがよか。いま筑豊じゃ組合が分裂して、労働者同士が殺し合いやっとるちゅうに、こげなところで、いい若いもんがなんばしよっとね。帰れ！」

店内の全員があっけにとられてオリエをみつめた。流しの拳と名乗った男も、カウンターに並んで様子をうかがっていた三人も、一瞬あっけにとられたようにオリエをみつめている。

一瞬、奇妙な沈黙のあとに、武井拳司が両手をポケットにさしこんで、体を震わせて笑いだした。背後の三人組も顔を見合わせて笑い声をたてた。

「おい、ねえちゃん、売れない歌手だって？」

武井は肩をすくめて、かすれた声で言った。

「レコード会社が怖くて興行がやれるか？　え？　おれがいま、なんでポケットに手を入れていると思う」

彼はひょいと上体を揺らしてダッキングの真似をしてみせた。

「おれの右フックは、野球のバットよりもきくんだぞ。女相手に腕力をふるう気はないが、そっちの大ボラには頭にきた。こうなりゃ後へは引けねえ。おれたちの酒の相手をするか、それとも高慢ちきな鼻柱を折られるか、どっちでも好きなほうを選びな。さあ、どうする？」

山岸守は膝の上のピースの缶を手で押しやろうとした。だが、強い力で高円寺の手が彼の下半身を押さえ続けている。

〈馬鹿なやつ。なんという女だ。いくら生理前でも、どうかしてるぞ、オリエは〉

山岸守は心の中で歯ぎしりした。高円寺の前で、あんなとんでもないセリフを吐くなんて。せっかくオリエの身柄を引きうけてくれようとしている高円寺の気持ちに冷水をあびせかけたようなものではないか。

「返事がないのは、つきあうってことだな」

と、武井拳司は舌なめずりするような口調でいった。そのとき、不意にオリエの手が動いた。バシッと鈍い肉を打つ音がした。オリエの右手が激しく武井の頬を叩いたのだ。

両手をポケットに突っ込んだまま、無防備に顔をつきだしていた男の頬を、オリエの掌がまともに直撃したのである。

武井拳司の目の色が変った。彼はポケットから右手をだすと、ゆっくりと自分の頬を触った。

「そうかい」

と、彼はまわりを見回して、低い声で言った。

「これで先に暴力をふるったのがこの女だとはっきりした。そうだな、ここにいる全員がそれを見たんだぞ。おや、口の中が切れたと見えて、血の味がする。おれは、この味が好きなんだ。お前さんにもそれを味わわせてやるよ」

　オリエが歯をくいしばった。肩がかすかに震えている。

「やめろ！」

　と、山岸守が大声で叫んだ。武井拳司はふり向きもしなかった。無言でゆっくりと両手をこすり合わせた。片方の手の指に、太い金色の指輪が光るのを山岸守は見た。

　オリエは、もう震えてはいなかった。血の気の引いた顔で、まっすぐに武井拳司をみつめている。

　そのとき店のドアが音をたてて開いた。冷たい風とともに店内に入ってきたのは、さっき帰っていった三人の学生たちだった。

「どうも」

　と、眼鏡をかけた長身の学生が言った。

「さっき駅前で、この連中とすれちがったんです」

　と、彼はマダムにむかって言った。

「そのとき、この連中が今夜こそ〈ルドン〉のマダムを締めあげてやる、とかなんとか喋っていたのを耳にはさんだんです。それでこっそり後をつけてきて、表で様子をうかがってたんですが、心配になりましてね。マダム、なにかありましたか」

「すっこんでろ！」

と、サングラスの男がカウンターからおりてきて威嚇するような声をあげた。

「ガキが口を出すことじゃない。帰れ!」

「どうやらおだやかならぬことが起こりそうですね。ぼくらは学生ですが、しょっちゅう機動隊の精鋭とやりあってるんで、乱闘はお手のものなんですよ。チンピラにおどされたぐらいでは、びくともしません。お手伝いしますよ」

「おれたちをチンピラと呼んだのか」

と、体格のいい男が唸った。学生の一人が笑った。

「一般市民を暴力で威嚇するのは、チンピラだろう。文句があるか」

「文句はこれが言う」

瘦せた角刈りの男がゆっくりとカウンターをおりてきた。その手に光る刃物のようなものが見え、山岸守は息がつまりそうになった。

そのとき高円寺が立ちあがった。ゆっくりと椅子を押しやると、落ちついた動き方で武井拳司の前にいき、やあ、と、うなずいた。

「なんだ、てめえは——」

「あんた、〈流しの拳〉とか言ってたな」

「それがどうした」

武井拳司は眉をひそめて高円寺をみつめた。高円寺はおだやかな口調で言った。

「本当に流しをやっていたなら、わたしの名前ぐらい知ってるだろう。わたしはこういう者だ」

高円寺は胸ポケットから一枚の名刺をとりだして、武井拳司の目の前にさしだした。

「ん？」

けげんそうに名刺を受けとった武井拳司は、しばらく目を細めてその名刺をみつめていた。それから高円寺の顔と、名刺とを何度か見くらべると、突然、ぴくっと感電でもしたように手を震わせて、あ、と小さな声をあげた。

「高円寺——竜三!!　あんたが——」

「そうだ。わたしが高円寺竜三だ。渋谷、新宿、池袋、流しの世界でわたしを知らない者はいないだろう。あんたも名前ぐらいは先輩からきいて知ってるんじゃゃないのか」

「存じあげています」

と、武井拳司は直立不動の姿勢で、どもりながら答えた。

「高円寺先生のことは、わたしの兄貴分からも、くり返しきかされておりました。うちの組も興行の件では、いろいろお世話になっておりますようで」

「おたくの組の錠司《じょうじ》さんとは、ながいつきあいだ。そういうわけで、今夜のことはすべてわたしにまかせて、引きとってもらえないだろうか。悪いようにはしない。あとで錠司さんのほうにきっちり話は通しておく」

「はあ、でも——」

「高円寺竜三が頭をさげて頼んでいるんだよ」

「わかりました」

と、武井拳司は頭をさげた。店内にいる全員が顔を見合わせて驚いているうちに、武井拳司は仲間に顎をしゃくった。

「いくぞ」

「兄貴——」

と、角刈りの男が唸った。武井拳司が一礼して先に店を出た。あとの三人も肩をそびやかせて姿を消した。

「どうなってるのよ」

と、マダムがつぶやいた。山岸守は、ようやく息ができるようになって、椅子に腰をおろした。安心と大きな不安とが、同時におそってきた。

新しい年に

クリスマスが近づいていた。

北陸や東北、北海道からは雪のニュースがくり返し送られてきて、テレビの画面を飾っている。

山岸守の勤め先であるKオフィスの社屋は四谷一丁目の表通りにあった。社屋といっても五階建てのビルの二階から五階までを事務所として借りているだけで、一階は家主である不動産屋が店を構えている。

何の変哲もない灰白色のビルだが、ビルの左側に〈芸能プロダクション Kオフィス〉とゴシック文字で書かれた看板がでていた。

Kオフィスの〈K〉は、オーナーで会長の川口昌治《かわぐちしょうじ》の頭文字からとった社名だろう。会長は六十代なかばのでっぷりと肥った男で、どことなく置物の大黒像に似ている。彼はせまいエレベーターが苦手らしく、会長室と応接室を二階においていた。

富山出身だというが、話す言葉が特別だった。広島弁と北陸弁と下手な関西弁がごっちゃになったようななんともいえず奇妙な言葉をつかう。最初はガソリンスタンドの店員からはじめて、いろんな仕事を手がけ、四十代で小さなタクシー会社を経営するところまできたと聞いたことがあった。現在では〈三つ葉交通〉というタクシー会社の社長であり、同時にKオフィスのオーナーでもある。血色のいい童顔で、一見、好人物そうな印象だが、数字にはめっぽう強いという噂もあるらしい。

その日の午後、思いがけないことに山岸守は会長室に呼ばれて、川口会長と向きあっていた。このKオフィスに入社して以来、彼は川口会長と二人だけで話をしたことは一度もなかった。いつも会議の席で眠そうに皆の話を聞いている会長の様子を、末席からうかがっているだけである。ふだんは直接の上司である制作部三課の課長である三島裕司《みしまゆうじ》からの指示で動いていた。専務や常務とはほとんど話す機会もない。

社長の木島良平《きじまりょうへい》は、会長とは対照的に痩せた小柄な人物だったが、ほとんど事務所にいたことがない。放送局、広告代理店、レコード会社、そしてタイアップ企業やマスコミ、銀行などとも一人で対応していると聞いていた。

川口会長は光沢のある大きな机を前にして、山岸守に自分の正面の椅子に坐るように命じた。

「わしは、ああいう応接セットみたいなソファーが嫌いでな。それに暖房をきかせすぎる部屋もや」

額の汗をハンカチでぬぐいながら会長は言った。彼が指さしたのは、部屋の中央におかれた革の豪華な長椅子で、さらにその上に虎の毛皮までしかれている。

「あれに坐ると、体ごと沈みこんでしまうやろ。体にええわけがない。椅子は固いのがいちばんや。ほんとはタクシーのシートもそのほうがいいんやが、客にはふんわかした座席のほうが喜ばれるから仕方がない。ドイツのメルセデス・ベンツを見てみ。ほんまにちゃーんと尾骶骨《びていこつ》を支えるように、ようできとる」

全国各地の言葉をミックスして関西弁を加えたような奇妙な喋り方でまくしたて、勝手にうなずくと細い目を見開いて山岸守をみつめた。

「きみが、山岸くんか」

「はい。山岸守です」

山岸は背筋をのばして返事をした。会長はしばらく値踏みをするように山岸守のジャケットからシャツ、ネクタイ、髪型から表情までを眺め回して、うなずいた。

「あんたが牧オリエの担当マネージャーなんやな」

「はい」

「わからん」

と、川口会長は首をふった。

「どう見てもこの世界の人間には見えんのだよ。顔つきといい、着ている服といい、なんやら高校の先生みたいやないか。そのくせ、こんどは、独断でえらいことをやらかしたそうやな」

山岸守は黙ってうつむいた。会長室へくるようにと告げられたときから、覚悟はしていたのだ。オリエの去就と、高円寺の件にちがいない。

「うちの社長はんが高円寺さんに呼ばれて、会うて話をしたら、びっくりするようなことを言われたという。牧オリエにいまの歌を手仕舞《てじま》いさせる。そして今後は自分が面倒をみるから、一切まかせてもらいたい、そういう話だったとか」

「はい」

「きみが直接、高円寺さんに話をもっていったそうやな」

「はい」

「事情を説明してくれんか」

「はい」

山岸守はごく手短かにその間の経過を説明した。

レコード会社の担当ディレクターが身体をこわして退社したために、オリエの担当が宙ぶらりんになったこと。今後の彼女の進路について、ひと言でもいいからアドバイスをもらえたら、と思いきって手紙を書いたこと。思いがけなく高円寺から返事があり、銀座の喫茶店で会って話をしたこと。

「銀座の喫茶店？　いや、そんな話じゃなかったぞ。なんでも中野界隈のバーで、その筋の連中ともめ事をおこしたそうやないか。そのとき牧オリエが地元のチンピラ相手にとんでもないことをやらかしたとか――」

「すみませんでした」

山岸守は起ちあがって、会長にむかって最敬礼をした。

「申し訳ありません。すべて担当マネージャーである私の責任です」

会長の細い目が急に大きくなった。

「責任、ねえ。ふーん」

「はい」

「どう責任をとるつもりなんや」

「これを——」

山岸守は上衣の内ポケットから、あらかじめ用意して持ち歩いていた〈退職願〉をとりだして、会長の前においた。

「なんや、これは」

「ですから——」

「これはしもうとき。かわりにこっちから出すもんがあるさかい」

会長は自分の派手なジャケットの内ポケットから、白い封筒をつまみだした。

「あんたを呼んだのは、これを渡そうと思うてのことや。暮れのボーナスやないで。三十万はいっておる。千円札で三百枚や。当分の活動資金に自由に使うてや」

山岸守は会長の言葉の意味が理解できずに絶句した。会長の声が続いた。

「ミリオンレコードの高円寺先生ちゅうのは、わしらにとっても高嶺《たかね》の花やったお人や。社長の木島はんが麻雀、ゴルフ、銀座、ありとあらゆる手をつくしても、わしらとつきおうてくれんお人やった。ほかの大手のプロダクションとは、結構、仲良くやっておられる。うちと縁がない理由がわからんのが、わしの悩みやった。ところが、どこでどうなったかこんどうちの牧オリエの面倒を見てくれるという話をきいて、わしは頬っぺたつねって夢やないかと思うたくらいや。そのきっかけを作ってくれたのは、あんた、山岸守くんや。三年先、いや十年先でもええ。高円寺さんが牧オリエをきっと紅白に出してくれる。わしはそう信じてるんや。あんたは、これから高円寺先生の手足となって働け。高円寺さんが牧オリエを煮て食おうと焼いて食おうと知ったことやない。いいか。高円寺さんを離すんじゃないぞ。わかったな」

「はい」

と、山岸守は答えた。もう後へは引けないという気がした。

その年の暮れはあわただしく過ぎた。

巷《ちまた》にはドドンパのリズムが流れ、《北上夜曲》と《スーダラ節》が、そして《上を向いて歩こう》と《王将》が、混然一体となってあふれていた。テレビが家庭に普及し、受信契約者数はまもなく一千万を突破すると予想された。

正月早々、オリエが福岡へ行くことになった。前年から決まっていた仕事で、地元のラジオ局にゲスト出演することになっていたのだ。《あの夏に帰りたい》のキャンペーンは中止しても、早くからスケジュールに組みこんであった仕事はこなさなければならない。ミリオンレコードの新年祝賀会には、一応、顔は出したものの、ほとんど無視されたような感じですぐに帰ってきた。なんといっても担当ディレクターのいない歌手は、会社からもほとんど相手にされないからだ。

高円寺が牧オリエを引き受ける、という話は、一部の事情通のあいだでは注目の的になっていた。しかし、まだ公には発表されてはいない。

「九州に行ってきます」

と、山岸守が高円寺に報告すると、高円寺は少し考えて、

「彼女の里帰りかね」

と、きいた。

「いえ、去年から約束のあった地元のラジオ番組に出るためです」

「九州はどこだい」

「福岡です。地元ですよ」

「筑豊へも行くのか」

「さあ。もう親戚も知り合いもいないようですから」

「おれも一緒に行ってみようか」

高円寺が腕組みして言った。

山岸守は驚いて大きな声をだした。

「本当に一緒にきてくださるんですか」

「彼女がいやでなければだが」

と高円寺は腕組みして、きいた。

「きみは行ったことがあるのか、筑豊へは」

山岸守は首をすくめた。

「いいえ。話にきいて知っているだけです」

「そんなことで、彼女の歌が作れると思うかね。マネージャーは、ある意味でプロデューサーでなけりゃならんのだぞ」

高円寺の言葉に山岸守は忸怩《じくじ》たるものがあった。しかし、その反面、そういう発想はどこか古いんじゃないか、と思うところもないではない。

ただ、この高円寺竜三という男は、古いことの大事さを常に強調して生きてきた人物のようだ。そこにはそれなりの理由があるのかもしれない、とも思う。いまはただ、彼の言葉を信じて、ひたすらついていくだけだ。おれはこの人に体をあずけるしかあるまい、と山岸守は自分に言いきかせた。

なにはともあれ、これまでのすべてを捨てて歩きだそう。もし高円寺に従って失敗したとしても、なにを後悔することがあろうか。

両親のすすめを蹴って、あえてこの世界に飛びこんだ自分ではないか。

「先生とご一緒に旅ができれば、彼女もよろこびます」

「先生はやめろよ。さん付けでいい」

オリエに高円寺が同行することを知らせると、オリエはぱっと朝日がさしたような顔をした。

「うれしい」

と、彼女は言った。

「ぼくもだ」

なにか明るい未来がひらけたような気がした新年だった。

新年の第一週の金曜日に、Kオフィスの恒例の新年会が催されることになっていた。会場は赤坂のホテルである。そのホテルは、年末のディナーショーに大物の歌手とバンドが出演することで有名だった。

Kオフィスのオーナーである川口昌治の口ぐせは、

〈いつかあのホテルの年末のディナーショーを、うちの歌手でやりたいもんや〉

というのだった。

Kオフィスは、歌手だけでなく、ミュージシャン、作曲家やアレンジャー、司会者、演出家なども抱えている大世帯である。かつてNHKの紅白歌合戦の番組にも一度出場したことのあるベテランの女性歌手も一人いた。しかし今では〈懐しのメロディー〉とか〈思い出の歌〉などの番組にお声がかかる程度で、ほとんどビジネスにはなっていない。

Kオフィスには、歌謡曲、ポップスなど合わせて七人の歌い手が所属していた。一昨年暮れに入った牧オリエは、その中でも最も新参の歌い手である。

新年会では所属の歌手が舞台に並んで紹介され、短い挨拶をすることになっていた。Kオフィスに拾われて三年目を迎えたオリエは、それが苦手で、新年会が近づくと気が滅入《めい》ってくるらしい。

「守さん、あしたの新年会を欠席するわけにはいかないわよね」

と、前日、彼女は山岸守に言いだして叱られていた。

「Kオフィスの新年会には、業界のお偉方《えらがた》や新聞雑誌の記者、有名な作詞家、作曲家の先生たちも大勢あつまるんだぞ。名前と顔をおぼえてもらうチャンスじゃないか。子供みたいなことを言うんじゃない。プロなんだからな」

「守さんも一人前のマネージャーに成長なさいましたわね」

と、オリエは山岸守をからかって首をすくめる。

「新年会に業界の人が大勢くるのは、Kオフィスの籤引《くじび》きの景品がすごいからでしょ。ね、知ってる？　今年の一等賞品はシャープの完全自動テレビらしいわよ。十四インチの画面でダブルコーンスピーカー。五万八千円もするんですって。欲しいと思わない？」

「ぼくの欲しいのは、サンヨーの電子同調の最新型だ。超高感度真空管だぜ。4ウェイスピーカーで六万九千円のやつ」

「守さんって、結構凝り性なんだ。でもKオフィスの得意技は籤引きの景品だけじゃない。参会者にもれなく高額のタクシー券をくばってるらしいわよ」

「会長の持ってる〈三つ葉交通〉のだな」

「そうそう」

オリエは小さく笑った。そして声を低めて山岸守にささやいた。

「あたし、川口会長って嫌いじゃないな」

「へえ」

「見た目はただのデブのおじさんだけど、ちょっと人生に対して、謙虚なところがあるのよ。そこが可愛いんだ」

「人生に対して謙虚だって？　あの川口会長がかい」

「うん」

　オリエはうなずいて話しだした。

「どこかの業界紙にね、会長のインタヴューがのってたの。なんで〈三つ葉〉なんですか、って記者がきいたんだ。〈四つ葉タクシー〉にすればよかったのに、って。そしたら会長、なんて答えたと思う？　自分は特別な幸運など縁のない人間なんだ。だから幸福とか幸運とか考えずに、コツコツ努力してここまできたんです、って、そう言ってた。ちょっと意外じゃない？　自分は四つ葉じゃなくて、普通の三つ葉だって覚悟してるところがいいんだな。それにくらべると社長の木島さんは、やり手かも知れないけど、あたしはちょっと苦手。新年会にでたら、スピーチしたり、社長をはじめいろんな人にご挨拶したりしなきゃならないんでしょ？　それがねえ」

「とにかく明日はちゃんと出席するんだぞ。ぼくだってかならずしも喜んで出てるわけじゃないんだ」

「はい、はい。おおせの通りに」

　その晩、山岸守は自分のアパートに帰らず、成城の実家に泊ることにした。

「どうしたの？」

と、母親は山岸守の顔を見ると、不思議そうにきいた。ソファーに寝転がって横文字の本を読んでいた父親が、眼鏡をはずして、

「守がやってくるときには、なにか相談があるんだよ。そうだろう？」

父親は一流の大学を出たあと、当然のように銀行に就職した。在職中には、会社から派遣され、アメリカの名門大学で経済学を学んで順調な出世コースを歩んできた。いまは銀行の役員をつとめているが、それ以上の野心はないらしい。そのうち退職して、どこかのシンクタンクにでも籍をおくつもりでいるようだ。山岸守の進学や就職に関しても、相談されれば意見を言うが、強要することは全くなかった。

母親のほうは、なにかと一人息子の行動に意見を言う。だが、強制はしない。呆れたように首をかしげて、ぶつぶつ独りごとを言うだけだ。父親と同じように外国語が達者で、若い頃にはロンドンだのパリだのと、夫に付いて海外に出かけるのがなによりの楽しみだったという。五十歳をこえてからは、キルトづくりに凝って、自分がキルティングした作品を海外のコンテストに出品したりしている。これまで何度か入賞したこともあるらしい。

「一杯いくか」

と、ガウン姿の父親がソファーから起きあがってきて、テーブルに坐った。彼はウイスキーの通で、あれこれ注釈がうるさいのだが、山岸守はほとんど聞いていなかった。彼にとっては、猫に小判みたいな話なのである。

「ウイスキーを水で割ることを軽蔑する人がいるが、そうでもないと私は思うね」

と、父親は山岸守にグラスをすすめながら言う。

「批評家の河上徹太郎は、ウイスキーを水で割るのは、ウイスキー本来の味をきわだたせるためだ、と言っている。異質のものと出会ったときに、本来の味がきわだつのだ、と。私もそう思う」

「人間もそうなのかなあ」

と、山岸守は父親に言った。

「そうだと思うね」

父親はグラスの中のウイスキーの色をじっと透視するようにみつめながら、

「守も自分のことが少し見えてきたんじゃないのか」

「どういうこと？」

「大体、おまえという人間は――」

グラスのウイスキーをひと口飲んで、うなずくように父親は言った。

「子供の頃から線の細いタイプだった。たぶん学校の教師か、学者に向いているんじゃないかと見ていたんだ。ところが予想に反して、得体の知れない芸能界なんかに身をおいた。おまえにとっては異質の世界だ。その中で自分というものが見えてきたんじゃないのか。本当の自分がね」

母親が横から口をはさんだ。

「お父さんみたいに、二、三年外国に赴任する仕事につけばよかったのよ。今からでもおそくはないわ。キルトづくりのお友達に、息子さんどちらへ就職なさいましたの、って聞かれるたびに口ごもっちゃうんだもの。そろそろ飽きたんじゃないの？　ふだんは寄りつきもしないのに自分からやってくるなんて、何かあるんでしょう。きいてあげるわ」

「意見をききたくてね。まあ、相談というか、なんというか」

「どういうこと？」

母親は椅子を引きよせてテーブルの前に坐った。若いころより少しは肥ったようだが、姿勢がよく、肌も張りがあるので年齢《とし》には見えない。昔からお洒落のセンスは抜群の人だった。

「あす、ぼくが担当している女の子が、会社の新年会に出るんだ」

「女の子って、歌い手さん？」

「うん。そうなんだけど、ちょっと変り者でね。そういう華やかな場に、いつも黒っぽい地味な服しか着てこないんだ。まあ、それしか持ってないのかもしれないけど」

「なるほど」

「持ち歌に合わせてステージ用の衣裳はあるんだけど、歌を披露するわけじゃないし」

「ふん、ふん」

母親はがぜん興味をそそられたらしく、体をのりだした。

「その新年会って、どこであるのよ」

山岸守はホテルの場所と名前を言った。

「そこの二階の宴会場が会場なんだけど」

「あすはどんな服を着てくるのかしら」

「いつもは黒の光沢のあるパンタロンスーツ。それ一着なんだ」

「変った子ね。靴は？」

「一応、ヒールのある靴をはいてはいる」

「わかった」

母親はたちあがって、自分の部屋へいった。そしてすぐにもどってきた。黒い革のケースを二箇もってきて、テーブルの上においた。

「これは？」

山岸守は、けげんな顔で母親をみつめた。

「あけてごらんなさい」

しっとりとした革のケースの大きなほうをあけると、中に小振りのネックレスがはいっている。目立たないデザインだが、ひどく繊細な感覚がある。小さな石がはまっていて、それが一瞬キラリと光った。

「こっちは、イアリング」

母親が小さいほうの箱をあけた。ネックレスと同じ感覚の耳飾りである。

「セットなんだね」

「そう」

母親は父親をふり返って、あの頃、わたしたちは若かったのよね、と言った。

「あなたが生まれる前だったわ」

と、母親が言った。

「パパとヨーロッパを回ったの。そのときに買ったアクセサリーよ。ブランドは言う必要がないけど、本物の、それも上等のダイヤなの。この品の凄いところはね、百万ドルの服にはそれなりに、百円の服にはそれなりに、いい感じで服を引き立たせる不思議な品なんだわ。安っぽい服だろうが、オートクチュールの服だろうが、それになじんで、その服を倍にも三倍にも素敵に見せる。まるで魔法のような品なの。これを貸してあげるから、明日、その子につけてあげなさい。だれが見ても、最高の女性のように感じられるはずよ」

「母さんの言う通りだ」

と、父親が横から言った。

「私はそのアクセサリーに欺《だま》されて、ますます母さんの捕虜《とりこ》になってしまったんだよ」

「これを持っていきなさい。用が済んだら返してね」

山岸守はうなずいてケースの蓋《ふた》をしめた。


両親のところに泊った翌日、山岸守は午後すこし早目に中野の〈クレッセント〉へいった。年の暮れに高円寺竜三を案内した喫茶店である。

Kオフィスの新年パーティに出席するオリエと、そこで待合わせたのだ。

オリエはその店から歩いて五分ほどのアパートに住んでいる。だが、山岸守が部屋まで迎えにいくといっても、なぜかかたくなに自分の部屋に彼を近づけようとはしなかった。

最初の頃は、ひょっとして恋人の男性と同棲でもしているのかも、と疑ったことがある。しかし、山岸守がそのことを控え目にきくと、オリエはちょっと首をすくめて、

「自分の部屋に飼うんなら、猫のほうがいいな」

と、くすくす笑っただけだった。

しかし、いつか大阪でラジオ番組の公開録音のステージがあったとき、オリエを訪ねてきた若い男がいたことを、山岸守は奇妙に鮮明におぼえていた。彼はオリエのことを郷里の幼馴染《おさななじみ》だといっていた。だが、その若者がオリエのかつての恋人であったことは、直感的にわかったのだ。

そのとき山岸守は、自分でも思いがけない大胆な行動にでて、彼を追い返したのだった。しかし、オリエの心の中には、今でもその青年に対する思いが生きているらしい。

彼女がマネージャーである山岸守を、自分の部屋に寄せつけないのは、なにか彼女の生き方にかかわりがありそうな気がしないでもない。

〈クレッセント〉の二階の片隅でコーヒーを飲んでいると、約束の時間より五分おくれてオリエがやってきた。

いつもの赤いダッフルコートの下に、例の黒の奇妙な服を着こんでいるらしい。幅広のパンツのすそは、大ぶりのセミブーツの中におしこんである。いかにもオリエらしいラフなやり方だった。

ほとんどメイクらしいメイクもしていない顔に、口紅を塗った唇だけが妙に新鮮で個性的な印

象がある。

「まだ時間あるわよね」

と、オリエは椅子に腰かけると、山岸守の飲みさしのコーヒーを指さして、

「守さん、一日に何杯ぐらいコーヒー飲むの？」

ときいた。

「打ち合わせが多いからな。三杯から五杯ぐらい飲むこともある」

「そんなに飲んじゃ体に悪いよ。そのコーヒー、残りはあたしが飲んであげる」

オリエは山岸守のコーヒーカップをとりあげて、ひと口飲んだ。

「あ、口紅がついちゃった」

指先でカップの縁《ふち》をぬぐいながら、

「パーティなんて、守さんも気が重いでしょ」

「まあね。でも、仕事だから」

「そうだね。割り切って仕事しなきゃね。守さんって、育ちのいいわりにはしっかりしてる。あたしなんて、貧乏人の子のくせに勝手なことばかり言ってるし。こんな厄介な子を担当させられて、後悔してるでしょ。ごめんなさい」

「いまさら何を言ってる。ところで話は変るけど――」

と、山岸守は言った。

「今夜のパーティに、まさかその長靴をはいて出るんじゃないよな」

「だめ？」

「赤いコートにブーツとくれば、まるで季節おくれのサンタクロースみたいだ。おまけに大きなバッグまで抱えてるし」

「このバッグは商売道具。中に入っているのは、うんと高いヒールの靴と、化粧道具と、それから――」

「服を見せてくれないか」

「ここで？」

「ああ。一応、チェックしておかないと。コートをぬいで、ハイヒールをはいてみせてもらえないかな」

「いいわよ。見るだけならタダだもんね」

　オリエはダッフルコートを脱いだ。かついできた大きな布のバッグから黒いヒールの高い靴をとりだすと、ブーツを脱いではきかえた。幅広のパンツのすそがふわりと広がった。

「どう？」

　オリエは古い木の壁を背に、ファッション雑誌に出てくるモデルのようにポーズをとってみせた。

　自分で切りそろえたらしいボブの髪型と、光沢のある黒の服が、とても似合っていると山岸守は思った。とびきり高い舞台用のヒールのせいで、ふだんよりはるかにプロポーションがよく見える。

「悪くないね」

と、山岸守は立ちあがって腕を組み、オリエの姿を眺めた。

「いや、すごく素敵だ。しかし――」

そのとき階段をあがってくる足音がして、かなり白髪《しらが》のまじった頭をした女性が姿を見せた。

彼女は山岸守に首をふって、

「しかし、じゃないでしょ。こういう時は、ワーオ！ 最高だよ、って言うものよ」

〈クレッセント〉の姉妹店、酒場〈ルドン〉のマダムだった。どこか買物にでもいった帰りらしく大きな紙袋をいくつも抱えている。彼女はどさりと空いた椅子に腰をかけると、ほれぼれするような目でオリエをみつめた。

「ちょっと時代おくれの服だけど、そこがかえって味があるのね。オリエちゃん、出るところは出てるくせに、けっこうウエストは細いし、首は長いし、とてもチャーミングよ。今夜は何かあるの？ ひょっとして山岸さんと新年のデートとか」

「そんなんじゃないです」

山岸守は手をふって、

「会社の新年会が今夜なんです。業界の人がたくさんあつまる会なんで、彼女の服装チェックをしてたんですけど――」

「なるほど」

「服装といっても、彼女はこの服が一張羅《いっちょうら》なんですから。悪くはないけど、なんとなく地味に見えません?」

「そうねえ。パーティとなれば、なにかもう一つほしいところね。わたしのスカーフでも貸しましょうか」

「こんなものがあるんですが」

山岸守はバッグの中から、母親からあずかった黒い革のケースをとりだした。

「へえ。なんとなく格調を感じさせるケースじゃないの」

マダムは山岸がテーブルにおいた二つのケースを眺めて首をかしげた。

「わたし、こういうケース、見たことがある。若いころ、うちの三好といっしょにパリで暮してたときよ。ショーウィンドウに飾ってあったのが、こんなケースに入ったアクセサリーだった」

「あけてみてください」

マダムが服で指をこすって、おそるおそるケースの蓋《ふた》をあけた。そしてうなずいて言った。

「ヴァンクリ、ね。ケースを見て、すぐにそう思ったわ」

オリエがそばへきて、のぞきこんだ。

「きれい。これ、高いの?」

「たぶん」

と、山岸守はケースからイアリングをだしてオリエに手渡した。

「明日、会社のパーティに出る、っていったら母が貸してくれたんだ。一緒に行くひとにつけてもらいなさい、って」

「ふーん」

オリエが首をふってため息をついた。

「野良猫に小判、ってこのことじゃないの」

山岸守はそんなオリエにおだやかな口調で言った。

「こんなことを自分で言うのはおかしいかもしれないが、うちの母は欠点も多いけど、美的センスは抜群の人でね。きみのことを少し話したら、なんだかすごく興味をもったみたいだった。このイアリングとネックレスは、不思議な品で、高価な服にはそれらしく、また安い服にもそれなりに似合う魔法のような作品なんだそうだ。ほら、水は方円の器《うつわ》にしたがう、とか言うだろ。きっとオリエの服にもぴったりくるからって、強引に言い張るんだよ。いやならつけなくてもいいけど。明日、返してくるから」

「安い服でもそれなりにっていう、お母様の言葉にじんときたわ」

と、オリエが言った。

「いまの服にきっと似合うと思うわよ」

横から〈ルドン〉のマダムがオリエの耳にイアリングをつけながらつぶやいた。

「どうせわたしたちの命だって借りものだしね。今宵《こよい》一夜の空騒《からさわ》ぎなんだから。あら、すごくいい。ネックレスもつける？」

「あとでつけさせてもらいます」

と、オリエは言った。いつにもなく神妙な声だった。

「不思議ね。高価なアクセサリーなんて軽蔑してたけど、これをつけるとなんとなく猫背がしゃんとするような感じ。守さんのお母様って、じつは魔法使いじゃないのかな。夜中にホウキに乗って飛んでない?」

「ひょっとすると、飛んでるかも」

「いちどお会いしてみたいな」

横から〈ルドン〉のマダムが手を叩いて、

「そうよ。このお店にご案内したら? きっと面白がってくださるかもよ」

そうかもしれない、と山岸守は思った。

「そろそろいこうか」

と、オリエが靴をはきかえながら言った。パンツのすそをしわにならないように丁寧に長靴の中におしこんでいく。

「会場は赤坂のホテルだったわよね」

と、オリエは独り言のように、

「中央線の四ツ谷駅で降りて、あとは歩きか」

「パーティでしょう?」

と、〈ルドン〉のマダムが笑う。

「赤坂のホテルなら、ジャガーやベンツ、キャデラックなんかがじゃんじゃんくるのよね。あなたたちも外車にしなさい。それもフランス車じゃなきゃ。アクセサリーが泣くわ。マスターを呼んで相談しましょ」

「え?」

テーブルを離れて階段を降りていったマダムは、しばらくしてマスターの三好画伯をつれてもどってきた。

「やあ、山岸くん」

「明けましておめでとうございます」

挨拶もそこそこに、マダムがマスターに言った。

「あなた、この若いお二人を赤坂のホテルまでお送りしてちょうだい」

「ほう。なにごとだね」

「オリエちゃんが、すてきなアクセサリーをつけてパーティに出席するの。あなたはショーファーとして例の外車でお送りするのよ」

「例の外車って、なんですか」

山岸守がきくと、マダムが手をふって、

「この人ったら、柄にもなくフランスの車を手に入れたの。もちろんオンボロの中古車よ」

「なにを言う、れっきとしたシトロエンの2CV《ドウシヴォ》だぞ。水平対向二気筒のトラクション《前輪駆》・アバン《動》。乗り心地は最高だ」

「能書きはいいから、その車でこの二人を丁重にお送りして」

と、〈ルドン〉のマダムが言った。

た。

〈ルドン〉のマダムと山岸守と牧オリエの三人が〈クレッセント〉を出ると、風が冷たかった。いまにも雪が降りだしそうな空模様である。

三人は小路を抜けて、広い通りへでた。その場所へ三好画伯が車で迎えにくることになっている。

「ご迷惑じゃないかしら」

とオリエが不安そうな表情をした。マダムが手を振って、

「ぜんぜん大丈夫。あの人、若いころフランスでも自分で運転してたんだから。もっとも何十年も昔の話だけどね」

「それにしても外車を手に入れるなんて凄いじゃないですか」

山岸守は少し高揚した気分になっていた。Kオフィスでも看板歌手の姉崎美也《あねざきみや》ぐらいになると、自分の車と専属の運転手をもっている。

中堅の歌い手だと仕事の場合は〈三つ葉交通〉のハイヤーを使う。だが新人のオリエと、もう一人の十代の歌手は、電車やバスを乗りついで仕事場にむかうことが多い。

〈きょうは外車で赤坂のホテルへ乗りこむんだ〉

そう思うと、なんとなく自分の服装が気になってきた。秋冬の季節は判で押したようにツイードのジャケットに黒のタイという恰好なのだ。靴だけは新年会ということもあってチャーチのシャノンをはいてきた。ジャケットも靴も、父のお下《さが》りである。

〈マネージャーは目立たないほうがいい〉

と、彼は思っている。会長の川口からは、高校の先生みたいだ、と言われたが、これも派手な服装が多いこの世界では、ひとつの個性ではないかと自分では思っているのだ。

「あ、きた、きた」

〈ルドン〉のマダムが道路にのり出して、手を振った。バタバタという耕耘機のような音をたてて、奇妙な物体が近づいてくる。

「なーに？　あれ」

と、オリエが呆れたような声をあげた。

三人の目の前に止まったのは、ブリキで作ったような変な形をした小型の自動車である。それを自動車といっていいのかどうか、山岸守は思わずため息をついた。四つの車輪は、いかにも頼りなげに細く、おまけに天井はキャンバス地の布製である。

「さあ、乗った、乗った」

左ハンドルの運転席に坐ったマスターは、パイプをくわえていかにも満足そうだ。

「これに乗るの？　大丈夫？」

「シトロエンって、こんな車でしたっけ」

山岸守はオリエの大きなバッグをリア・シートに押しこんで、自分はマスターの隣りに坐った。オリエもおそるおそるうしろの座席にもぐりこんだ。

「あっ、変なの、このシート。ふわふわだぁ」

二人が乗りこむと車体がぐっとさがる。

「これがシフト・レバーだ」

棒のように突きだしたレバーをマスターが操作して、アクセル・ペダルを踏みこむと、バタバタというエンジン音をひびかせて車は走りだした。なんだか空中を浮遊しているようなソフトな乗り心地である。

すれちがう車や通行人がみんな振り返るので、山岸守はひどく照れくさかった。

「これがシトロエンなんですか」

「そう。ドゥ・シヴォといってね、フランスの誇る国民車だ。意外に乗り心地がいいだろう」

「うん、なんだかブランコに乗ってるみたいな感じ」

オリエは勝手なメロディーをつけて、

〜プリンセスは　カボチャの馬車に乗って　宮殿の舞踏会へ〜

と、歌いはじめた。マスターは火のついていないパイプをくわえて、なにかフランス語のシャンソンをハミングしている。

赤坂見附のホテルの近くまでくると、山岸守は、車をとめてください、とマスターに頼んだ。

「いや、会場のホテルの前まで送るよ」

マスターがけげんな顔をして言う。

「でも、ぼくたちは外車で会場に乗りつける立場ではありませんから。その辺で結構です」

「おっ、いろんな外車がやってくるな。ジャガーに、キャデラックに、メルセデスまでいるぞ。でも、さすがにフランス車はいないね」

「あの、ほんとにここでいいですから」

ホテルの車寄せ手前で強引に車をとめてもらうと、山岸守とオリエはシトロエンをおりた。

「マスター、ありがとうございました」

と、バッグを抱えてオリエが手を振った。バタバタと二気筒エンジンの音をひびかせて、シトロエンは遠ざかっていく。

受付にKオフィスの社員たちが、かしこまって来客を迎えていた。

制作部三課の三島課長が、山岸守とオリエをみつけて、すばやく近づいてきた。

「牧くん、なんだ、その恰好は。長靴はいてステージにあがるつもりか」

神経質そうに顔をしかめてオリエに言う。

「いいえ。ここにちゃんとドレスはもってきてます。いま洗面所で着替えますから」

オリエは大きなバッグをかついで、ロビーに入っていった。

「しょうがないやつだな。山岸、おまえがちゃんとしてないから、こういうことになるんだ。お客たちより先に会場へいって、入口で皆さんをお迎えするのを忘れるなよ」

縁なしの眼鏡の奥で神経質そうに目をしばたたきながら文句を言いかけた三島課長は、山岸守の肩ごしにミリオンレコードのお偉方をみつけると、満面の笑みを浮かべてそちらにすっ飛んでいった。

「化けてくるからね」

と、オリエがロビーを横切っていく。

ロビーはその日の新年会に出席する客たちや関係者で、かなり混雑している。二階の会場へむかうエレベーターの前には行列ができていた。制服姿のホテルのスタッフが丁重に客たちをさばいている。

オリエがトイレで準備をしているあいだ、山岸守はロビーの片隅で客たちの顔ぶれを見るともなく眺めた。

Kオフィスは新興のプロダクションだが、社長の木島良平が人脈づくりに奔走しているだけあって、かなりの数の有名人や業界の実力者などが集っているようだ。派手好きの国会議員の姿も見えたし、レコード会社の幹部やディレクターたちもいた。新聞社や雑誌の記者たちやカメラマンも多い。作詞家や作曲家、それにラジオ局、テレビの関係者たちもグループをつくって会場へむかっている。

山岸守が学生時代からファンだったジャズのミュージシャンの姿をみつけて、山岸守ははっとした。以前、学生の頃、演奏会にいって楽屋でサインをもらったことがあったのだ。

オリエはまだ姿をあらわさない。山岸守は腕時計を眺めて少しあわてた。三島課長が言っていたように、Kオフィスのタレントたちは会場入口で来客を迎える手はずになっている。ほかの歌い手やスタッフは、すでに集っているだろう。三島課長がさぞかし立腹しているにちがいない。

　そのときオリエが洗面所から出てきた。一瞬、山岸守はそれがオリエだとは気づかずにどこかの女優かな、と思った。ロビーの客たちが振り返って彼女を見ていた。さっきまでのオリエとは見ちがえるほど目立つ女性がそこにいたのだ。

「おまちどおさま」

　彼女は山岸守に近づいてくると、大きなバッグを彼の手に押しつけた。

「これをクロークにあずけておいてくださいね」

　山岸守は一歩うしろへさがって、変身した牧オリエの姿を眺めた。

　黒い光沢のある幅広のパンツ。かなり高めのハイヒール。少年っぽいボブヘアの下の濃い眉と赤い唇。首が長く、なで肩なのでとてもスリムに見える。わずかにラインを引いた目もとがラテン系の女性のように情熱的に光っていた。

　周囲を通りすぎる人の波が、彼女の前で一瞬、動きをとめる。男の客も女性客も、すばやく彼女に視線をはしらせ、かすかなため息をもらしたりする。

「どう、あたし」

　と、オリエはちょっとポーズをとるまねをした。すると、耳もとに隠れていたイアリングとネックレスがかすかに揺れた。

〈これが、あのオリエか〉

　山岸守は思わず唾を飲みこんだ。これまでステージでライトを浴びるオリエを何度となく見てきたのだ。舞台ばえのする顔だとはよく照明の人から言われていたが、それとはちがう異様に美しい女がそこにはいた。

「すごい。きみがこんな美女に変身するとは思わなかった」

山岸守はため息をついた。

「メイクがうまくなったんだな」

「ちがう」

オリエが微笑すると、花が音をたてて開いたような気がした。

「メイクのせいじゃない。守さんのお母様に貸していただいたこのアクセサリーのおかげよ。鏡を見て、自分でもなんて綺麗なんだろうって思った。ありがとう、守さん」

オリエが近づいてきて、山岸守の頬に顔をちかづけ、チュッとキスの真似をした。

「さあ、いきましょう。三島課長がカンカンになってるかも」

オリエは気軽に山岸守と腕を組んで歩こうとした。山岸守はあわててオリエの腕をふりほどいた。普通のカップルだったなら、当然、彼はオリエをエスコートすべきだろう。彼女はいつもとちがって、思いきり高いヒールの靴をはいているのだ。それに彼女がふだん、かすかに左脚を引きずる癖があることを知っている。人前では無理してそれを隠すようにしていた。それと気づかぬほどの軽いアンバランスだったが、山岸守の前ではときどきそれを見せることがあった。

だが、いまのオリエは極端に高いハイヒールをはきながら、凛とした姿勢で少しも足を引きずってはいない。

山岸守はオリエと少し距離をおいて二階への階段をのぼった。エレベーターはあいかわらず長い行列ができていて、ぎゅうぎゅう詰めの空間に彼女を押しこむのは避けたいと思ったからだった。

「転ぶなよ」

「守さんこそ、あたしに見とれて転ばないようにね」

「素顔を知ってるから大丈夫」

「よく言うわ」

オリエを連れて会場に近づくと、三島課長が駆けよってきた。彼は一瞬、呆然と立ちどまってオリエをみつめ、縁なしの眼鏡を外して、もう一度たしかめた。

「どうかしましたか」

と、山岸守は彼に言った。

「おくれてすみません、お客さまに御挨拶をさせます。衣裳がえとメイクに手間どったものですから」

「いや。そろそろ会長の挨拶がはじまる。ステージの横の歌手席で待機するんだ。急げ」

人垣を押しわけて、山岸守とオリエはステージのほうへ歩いていった。オリエが歩くと、人波が自然にわれて、全員が彼女のうしろ姿へ視線をむけた。

胸に大きなリボンをつけた会長がこちらへやってきた。派手なストライプのダブルのスーツは川口会長の定番のスタイルである。

肥満した体を揺すって近づいてくると、あたりをはばからぬ大声で山岸守に呼びかけた。

「山岸くん、高円寺さんはまだお見えになっておらんのか」

山岸守は頭をさげて、

「もうまもなくいらっしゃるはずです。こられたら会長のところへおつれしますから」

「お迎えの車はちゃんと出したんだろうな」

と、会長のうしろから木島社長が神経質そうな声で言った。

「はい。ちゃんと手配いたしましたからご心配なく」

「おっ」

と、川口会長が牧オリエを見て、驚いたように目をみはった。

「えらい別嬪《べっぴん》さんがおると思うたら、なんや、牧オリエちゃんやないか。あんた、本当はこんなに綺麗やったんか。びっくりしたな、もう」

「ふだんはみっともなくてすみません」

と、オリエは会長に笑顔を見せた。

「会長さんこそ派手なスーツがよくお似合いですこと」

社員のだれもが会長の前にでると緊張するのに、オリエは近所のおじさんに対するかのような口をきく。会長の背後で木島社長が露骨に顔をしかめるのがわかった。

「きみたちはお客さんじゃないんだぞ。入口のところで皆さんを丁寧にお迎えしたまえ」

と、木島社長は厳しい表情で二人を追いはらうように手を振った。

「はい」
山岸守はオリエをうながして、会場の外の廊下にでた。並んだ机の上に、名前を書いたリボンがずらりと並んでいる。参加者や来賓の胸にリボンをつけるのはオリエにまかせて、山岸守は廊下のあちこちで立ち話をしている男たちの様子を眺めた。すぐに濃紺のスーツに薄色のサングラスをかけた精悍な中年の男性が目についた。ミリオンレコードの制作本部長の黒沢正信《くろさわまさのぶ》だ。半年ほど前に親会社の電機メーカーから出向してきた評判の人物である。

彼はこの数年間に、いくつかの経営不振の企業を建て直した凄腕の経営者として、しばしばジャーナリズムでも取りあげられる存在だった。徹底した合理化と業務の近代化が彼の役割だという。

ミリオンレコードの制作部は、大きく三つの部門に分かれている。一般の歌謡曲やポップスを手がける文芸部。童謡やホームソング、テレビ主題歌やアニメ番組の音楽などを主に扱う学芸部。そしてクラシック音楽や外国音楽を専門に制作する洋楽部がそれである。

以前はそのほかに民謡や伝統音楽などにかかわる邦楽部という部門があったのだが、黒沢の判断で廃止された。

これまで勤務時間などあってなきがごときだったディレクターたちに、タイムカードを押させるようにしたのも彼の方針だった。

ミリオンレコードの主力である文芸部の部長は、大スター歌手や作詞、作曲家たちを何人も育てあげてきたベテランの大友敏郎《おおともとしろう》という人物で、音楽芸能の世界では天皇と呼ばれた男である。

ミリオンレコードの文芸部長といえば、アーチストたちの間では役員や社長以上の重味をもつ立場だった。いわばミリオンレコードの顔といっていい存在だ。

この企業経営のエースと、音楽制作の現場のリーダーとが、この半年あまり激しく対立してきた事情は山岸守も聞いて知ってはいる。

しかし、実際に目の前に見る黒沢本部長の姿には、どこか普通でない威圧感があった。肩幅も広く、胸も厚い。ポケットに両手をつっこんだまま相手の話を聞いている姿には、企業の生命を左右する冷徹なエネルギーが感じられる。山岸守は思わず首をすくめた。

業界のゴシップでは、黒沢正信が狙っているのは高円寺竜三だという話だった。いくら指示してもタイムレコーダーを押そうとせず、経費の精算伝票も提出しようとしない高円寺を追放しようともくろんでいるというのである。それを体を張って阻止しているのが大友文芸部長だという噂だった。

山岸守には企業の内幕はわからない。しかし、たしかに高円寺竜三のやり方は古く、黒沢本部長のめざす方向が新しいことは理解できる。だが、数字だけで音楽は創れない、という気持ちはあった。いま、目の前にその注目の人物を見て、山岸守はわずかに鼓動が速まるのを感じた。

「山岸さん！」

オリエに呼びかけられてふり返ると、そこに文芸部長の大友敏郎とつれだった高円寺の姿があった。

「あ、お待ちしておりました」

と、山岸はあわてて二人の名札のついたリボンを探しだし、手にとった。

「そんなもの、いらんよ」

と高円寺が言った。彼は新年にふさわしいとはいえない恰好で、黒いタートルネックのセーターの上にいつもの革のジャンパー姿である。さすがに鳥打帽《ハンティング》は脱いで手にもっているが、無精ひげと尻ポケットにつっ込んだ競馬新聞はどうみてもその日の会にふさわしいとは思えない。

「まあ、いいじゃないか。新年の余興だと思ってリボンぐらいつけたまえ」

六十歳かそれ以上に見える大友文芸部長は、子供をあやすように高円寺に声をかけると、

「それにしても、どうだ。このお嬢さんの美しいこと。たしかわが社の専属で、牧――なんといったかな」

「牧オリエです」

「そうだったな。失礼。きょうは、ご苦労さん。あとで歌を披露するんだろう?」

「いいえ。きょうはご挨拶だけです」

「そうか。それは残念。ところで、こんどから高円寺くんがきみを担当してくれるらしいね。がんばるんだよ」

「ありがとうございます」

ふだん口もきけない雲の上の文芸部長の励ましに、さすがにオリエも感激した様子だった。

「なにをしてるんだ、山岸」

と、人をかきわけて近づいてきた三島課長が高円寺と大友文芸部長に最敬礼しながら、

「さっきから会長がお待ちかねなんだぞ。すぐにお二人を会長席へご案内したまえ」

三島課長は山岸守の体ごしに廊下の端の黒沢制作本部長の姿を見ると、バネ仕掛けの人形のようにそちらへすっ飛んでいった。

山岸守が来客のあいだをすり抜けて、ステージ近くの会長の席に二人を案内すると、まず会長より先に木島社長が駆けよってきた。そして大友文芸部長と高円寺に、いかにも親しげに挨拶しながら、

「さ、どうぞこちらへ」

と、山岸守を無視して二人を会長のところへ先導した。そして振り返ると、山岸守を犬でも追い払うように手を振った。

山岸守が白けた気持ちで人混みを抜け、受付にもどりかけたとき、横から誰かに肩を叩かれた。ふり返ると、〈オール・スポーツ〉紙の文化・芸能担当記者の谷崎《たにざき》という男だった。

「たしか山岸くん、といったよな」

と、彼はシャンパンのグラスを片手に、山岸守に話しかけた。

「はい。谷崎さんでしたね。去年の春には牧オリエの新曲に触れてくださって、ありがとうございます」

山岸守は頭をさげた。ほんの二、三行の紹介記事だったが、新人にとっては貴重な露出である。

「さっき牧オリエを受付のところで見かけたんだが、サナギが蝶になったような変身ぶりじゃな

いか。だが、担当ディレクターの田崎くん、ミリオンレコードをやめたそうだね」

「はい。残念ですが」

「それで、今後はどうするの？」

山岸守はちょっと返答に迷って、まだ決まっておりません、と、口ごもりながら答えた。

「へえ、そうかね」

谷崎記者はシャンパンをひと口すすると、小声で、

「高円寺さんが引受けたという話を耳にしたが、本当かい」

「はあ、いや、まだ正式に決まったわけじゃありませんので」

「これまでそうそうたる大歌手を世に送りだしてきた巨匠だ。あの人が目をつけたとすれば、彼女はただ者じゃない。いったい、それにしても、どういういきさつで高円寺さんは――」

「ですから、まだ正式には決まってないんです」

「隠す必要があるということは、何か大きな仕掛けがあるんじゃないのかい、え」

「そうだといいんですけどね」

谷崎記者はうなずいて独り言のように言った。

「面白い。しかし、だな」

彼は山岸守の耳に顔を近づけて、ささやくように言った。

「いま高円寺さんに近づくのは危険だぞ。わかっているのか」

「危険？　どういう意味ですか」

「彼は切られるよ。ミリオンレコードを追われるようになるかもしれん」

「え?」

「あちらさんの狙いは、高円寺センセイだ」

と、谷崎記者は会場の壁際に顎をしゃくった。そこには黒沢制作本部長と、Kオフィスの木島良平社長の姿があった。二人はなにやら顔を寄せあって話し合っている。

谷崎記者は声を低めて話しだした。

「ミリオンレコードといえば業界の戦艦大和だ。いや、これまではそうだった。だが、いま音楽業界はかつてない大きな変革の波に洗われようとしている。いずれ将来、専属制度は崩れるだろう。レコード会社に所属しないアーチストたちが、自分たちで自分たちの歌を作り、ユーザーがそれを支持する。すでにアメリカではそういう新しい動きが始まってるんだ。それを見こして黒沢正信はミリオンレコードにやってきたんだ。彼はやるぞ。レコード会社は夢の花園じゃない。一つの企業なんだ。他社に先がけて合理化と近代化をすすめるために、黒沢正信は送りこまれた。そして、いろんな体質改善策を試みたが、いまのところうまくいってない。ガンは文芸部と、ディレクターの高円寺さんだ。あの人が屈服するまでは、他の連中は動かない。みんなが彼を見ているんだよ。高円寺さんにとって、勤務時間などあってなきがごときもんだからな。金の使い方もそうだ。私腹は肥やさない。しかし、使うところには勝手にどんと注ぎ込む。これまでそれで成功してきたんだ。コレとの――」

谷崎記者は指で素早く片頬をなぞって言った。

「つきあいも浅くないという噂だ。だが黒沢本部長はそういうのが大嫌いな男らしい。おれの見るところでは、いずれ近いうちに高円寺さんは切られるだろう。そしてこの世界から身を引くか、それとも独立して新会社を起《た》ちあげるか。そうなれば大ニュースだ。おれがそのニュースはもらう。人には渡さない」

谷崎記者は、ぐいとシャンパンを飲みほした。

拍手がおきた。ステージで会長の挨拶がはじまったようだ。

「失礼します」

と、山岸守は谷崎記者に頭をさげてその場を離れた。会場のうしろの壁際に高円寺の姿をみつけると、人垣をぬって近づいていった。

「福岡行きの切符、取りました」

と、山岸守は言った。

「特急〈あさかぜ〉です。東京を夕方の六時半ごろに出て、博多着が翌日のお昼前です」

「そうか。寝台車かい？」

「ええ。二等寝台で勘弁してください」

「ぜいたく言うんじゃない。おれが若い頃は、四人掛けの夜行列車を乗りついで行ったもんだ」

「高円寺さん」

と、山岸守は言った。さっきの谷崎記者の言葉が気になったのだった。

「なんだい」

「いや、いいです」

ステージで来賓の政治家の挨拶がはじまったらしく、一段と大きな拍手が湧きあがった。

一九六一年十月

シベリア出兵の幻

短い夏が過ぎ、やがて十月も半ばを過ぎると、日ざしが弱まり、夜が長くなった。空気が引きしまり、冷たい風が吹いた。シベリアの冬が近づいてきたのだ。

ある日、いつもの通りロシア語の早朝レッスンと朝食をすませると、タチアナは、

「きょうは別行動ね。イリーナによろしく」

と言って、仕事に出ていった。

「イリーナさん、って?」

信介がきくと、ドクトルは食後の紅茶を飲みながら言った。

「ああ。べつの診療所の看護婦だ。きょうは、そっちで仕事する」

「どこにあるのですか」

「バイカル湖の近くの村だ。ワズで二時間ほどのところにある。月に一回、日帰りで往診にいくんだ」

イルクーツク市内まででてくる交通の足がない人が、まだまだ大勢いるからなのだという。

信介は、ハバロフスク郊外のアムールの家でも馬を飼っていたことを思いだした。ここイルク

ーツク郊外の村落でも、前時代的な移動手段しかないのだろう。

「イブーキー、足の具合はだいぶいいんだろう。二ヵ月も経ったからな」

「はい。おかげで、杖《つえ》なしで歩けるようになりました」

「前に教えたリハビリをしっかりやるんだぞ。そうしないと後遺症が残って厄介なことになる。足の故障を簡単に考えちゃいかん」

「はい」

「じゃあ、きょうは一緒についてくるか。家に閉じこもってばかりでは退屈だろ。たまには、外の空気を吸えよ。ロシア語の勉強は、おれが診療しているあいだに別室でやればいい」

「官憲にみつかると、それこそ厄介なことになりませんか?」

「大丈夫だろう。なにか起きたら、また発疹チフスになればいい」

そう言って、ドクトルは豪快に笑った。

一時間後、四輪駆動のワズで出発すると、ハンドルを握ったドクトルは、ロシア語のほうはどうかね、と助手席の信介にきいた。

「死にもの狂いでがんばってはいるんですけど――」

信介は苦笑して答えた。

「タチアナさんに叱られてばかりいます。彼女、まちがえると本当にこっちの頭をピシャリと叩くんですからね。もっと優しい人かと思ってましたよ」

ドクトルは愉快そうに顎をそらせて笑った。

「おれが監獄にいたときのロシア語の教師は、人を三人も殺したという兇悪なブラトノイだったんだぞ。胸に骸骨《がいこつ》の入《い》れ墨《ずみ》をした本物のブラトノイだ。こっちが言いまちがいをしたり、単語を忘れたりすると、本当にぶっとばされる。がん、といきなりパンチをくらって失神したこともあったな。タチアナにピシャリとやられるぐらいどうってことないだろ。彼女はきみを愛撫しているつもりかもしれんじゃないか」

ドクトルは笑い声をたてた。信介は肩をすくめた。そしてきいた。

「ブラトノイですって？　そのブラトノイというのは、一体なんですか」

うーん、とドクトルはしばらく考えて、それから、よし、話してやろう、とうなずいた。

「どうせきみには本当のこととは思えんだろうがね」

ドクトルが話してくれたのは、信介の想像をこえる不思議な物語だった。

ブラトノイ。

それは信介がはじめて耳にするロシア語だ。

「やつらは見方によっては、社会の害虫といっていい存在かもしれない」

と、ドクトルは言った。

「害虫、ですか」

「善良な市民から見れば、そういうことになるだろう。ぴったりくる日本語がないんで、うまく説明できないんだが」

「悪党、ということですかね」

いや、ちょっとちがうな、とドクトルは頭のうしろを片手でかきながらうーむ、とうなった。

「まあ、ヤクザとか、ごろつき、というのともちがう。無法者というと西部劇みたいだし、そうだな、要するに無頼の徒《と》、といったところだろうか」

「極道、という言い方もありますけど」

「極道者、ね。そう、アウトローという感じもある。要するにロシアには、古くからそういう連中がいた。彼らは彼らだけの独特の掟《おきて》を守って生きてきたんだ」

話は十六世紀にさかのぼる、とドクトルは話をつづけた。

「武力をもった権力者が各地にあらわれて、おれが領主だ、と勝手に宣言する。まあ、暴力団の親方みたいなもんだ。そこに住んでいた農民たちには、三つの道があった」

ドクトルは指を三本立てて、一本ずつ折ってみせた。

「ひとつは圧倒的な暴力の前に怖れおののいて服従する。これが農奴《のうど》だ」

「なるほど。有名なロシアの農奴制のはじまりですね」

「ふたつ目は——」

ドクトルは指を折って、信介にきいた。

「屈服して農奴にならないやつらはどうすると思う？」

「逃亡する」

そうだ、とドクトルはうなずいた。

「農奴なんて冗談じゃない、おれたちは農奴なんかにはなるもんか、と自由な天地を求めて出ていく連中がいた。彼らが集団となって、辺境に自衛力をもった共同体をつくる。これがいわゆるコサックだ。ロシア語ではカザークという。彼らのリーダーというか頭目《とうもく》を、アタマンとよんだ。このアタマンという言葉をおぼえておきたまえ。あとで大事な話に関連してくるから」

アタマン、アタマン、と信介は口の中でくり返した。

「要するにヤクザなんかのいう頭《あたま》ですよね。日本語と似てるじゃありませんか」

きみは駄洒落でロシア語をおぼえる気か、とドクトルは苦笑して、

「この反抗者集団コサックは、のちにその機動力や戦闘力を買われて、ロシア帝国の傭兵として使われるようにもなった」

そして三番目が、とドクトルは愉快そうな調子で言った。

「屈服もせず、逃亡もしないヤクザな連中がいたのさ。彼らは少数者だが、その土地で勝手に生きる道を選んだ。領主の奴隷にもならず、逃げだしもしない。その土地の中でゴキブリのように生きる。それがブラトノイの立場だ」

「でも、そんな生き方が可能なんですかね。専制領主の支配下で」

信介は率直にドクトルにきいた。ドクトルはうなずいた。

「いいか、どんな世界にもアンダーグラウンドはある。この社会主義ソ連だってそうだ。国境警備隊がどれほど厳しく取り締まっても、シベリアと中国、ソ連とモンゴルなどの国境を勝手に行き来している連中はごまんといるんだぞ。現にきみだって、不法入国者のひとりじゃないか」

「ぼくはブラトノイじゃないですよ」

当り前だ、とドクトルは言った。

「ブラトノイには、厳しい掟があるんだよ。極道のエリートだ。それを満たさなきゃ、本物のブラトノイとは呼ばれない」

彼らは一匹狼だ。仲間は守るが決して徒党を組まない。組織も作らない。ナニナニ一家とか、ナントカ組などというものはブラトノイには無縁だ。

一生独身で生きる。労働はしない。権力とは絶対につながらない。裏切者や密告者は必ず殺す。仲間と組むことはあっても、事が終れば別れる。集団を作らないのが掟だ。

「ブラトノイとはそういう連中だ。現在のソ連にもそういう男たちは生きている」

ドクトルは懐しい友達の話でもするように、ブラトノイという不思議な男たちの話をした。ドクトルはどこかで彼らに共感するところがあるのだろうか、と信介は思った。


出発してから一時間半ほどで、バイカル湖が見えてきた。

八月に見た風景とは、すこしちがうように感じる。信介が車窓から眺めながらそう思っていると、

「いま走っているのは、前にきたときの反対側の湖畔だ。こっちのほうに集落があるんだ」

と、ドクトルは言った。

十分ほどすると、ドクトルは道路の端にワズをとめた。

「失礼」

そう断って車外に出ると、大きな木の根元に立ち小便をしはじめた。信介も外に出て、大きく伸びをして体をほぐした。

午前十時近くとあって、陽はだいぶ上ってきている。だが、バイカル湖畔に吹く風は、そよ風くらいなのにひどく冷たい。

これがシベリアの秋なのか。日本の秋とは、まったくちがう。

信介が感慨にふけっていると、ドクトルが煙草を吸いながら近寄ってきた。

「かなり順調にきたな。予定よりも早く着きそうだ。ここでしばらく休憩とするか」

そう言うと、ドクトルは信介にも煙草をすすめながら話しはじめた。

「中野正剛という政治家の話を、以前、きみに少し話したことがあったな」

「ドクトルが士官学校で事件をおこしたとき、身柄を引きとってくれた政治家でしたね」

そうだ、とドクトルはうなずいて、ふと懐しそうに遠くを見る目つきをした。

「きょうは中野さんの話をしてやろう。聞いてくれるか」

「ぜひ」

と信介は体を乗りだして、話を聞く姿勢になった。

「中野正剛さんのことは、不思議と世間に広く知られているというわけではないらしい。じつにおもしろい人物だったんだが」

おれは中野さんのことが好きだった、とドクトルは目を伏せてため息をついた。

「きみは、中野正剛という人物のことをどれくらい知っているかい」

「前にドクトルに教えてもらったぐらいです」

信介は正直に答えた。

「学生の仲間たちのあいだでも、話題になったことがなかったと思います」

そうか、とドクトルは煙草をもう一本、火をつけ、ふかぶかと煙を吸いこんでから言った。

「ざっとしたアウトラインだけ説明しておこう。本当はおれにもよくわからないところもあるんだ。いずれ誰かがちゃんとした評伝でも書くと思うがね」

中野さんは福岡の人だった、とドクトルは話しだした。

「たしか明治十九年の生まれだったと思う。おれがしばらく通った中学の先輩なんだよ。修猷館《しゅうゆうかん》という九州でも指折りの名門校だ」

彼はとびきりの秀才だったが、根っからのひねくれ者で官立の学校に進まず、当時は一段低く見られていた私大に進んだ。学費を稼ぐために雑誌に原稿を書き、それが縁で玄洋社の頭山満《とうやまみつる》の知遇をえたという話だったが、その辺はよくわからない、とドクトルは話を続けた。とても懐しそうな口調だった。

「中野さんは早稲田を卒業して当時の東京日日新聞に入社し、やがて朝日新聞に移る。二十代で『明治民権史論』を書き、政治評論などでも注目されたというが、たいした名文家だったんだろう。政治の現場に登場したのは、大正九年、二度目の衆議院選挙だったらしい。とにかく口八丁手八丁の雄弁家でね。悍馬《かんば》御《ぎょ》し難し、と周囲に言われたとか。彼の演説はとにかく凄いものだったと聞いている。中野さんが演説をはじめると、聴衆は二時間でも、三時間でも一体となって熱狂したんだそうだ。その雄弁でもって彼が激しく攻撃したのが、シベリア出兵だった。ここから中野正剛と軍部の宿命的な対立がはじまる。シベリア出兵について、きみはほとんど知らんのだよな。まあ、仕方がないか。そもそもシベリア出兵というのは、ほとんど日本人に関心がない戦争だったから」

「え？　戦争なんですか、シベリア出兵って」

「宣戦布告こそしていないが、出兵総数七万二千、戦死、病死三千三百三十三人、戦費七億四千万円以上だ。当時の日本国の歳入が二十億円程度だから、どれほどの大事件だったか想像がつくだろう。れっきとした大戦争だ。日本軍は、この地のバイカル湖付近まで攻めこんできて激しい戦闘をくりひろげたんだぞ」

信介にはドクトルの話が、ほとんど理解できなかった。

おれには学ぶべきことがたくさんある、と彼は思った。イルクーツクのドクトルの家に置いてもらっている間に、五分の時間も惜しんで勉強しなければ、とあらためて自分に言いきかせた。

「あとでまた昼飯のときに、話の続きをしよう。中野正剛という政治家が、どうして東條英機と激しく対立し、最後はみずから命を絶つことになったかをぜひきみに話したいんだ。それはおれのこれまでの過去を語ることにもなる。おれはいずれこのシベリアで死ぬことになるだろう。だから、せめて一人ぐらいは古謝克己という人間の歩いた道を知っていてほしいんだよ。まあ、きみにその気があればのことだがね」

「ぜひ、ききたいです」

と、信介は言った。

「あとでじっくりはなそう」

と、ドクトルは言った。


その日、午前の診療を終えて、信介とともに昼食のテーブルにつくと、ドクトルは、

「一時間の休憩だ。そのあいだに、たっぷり歴史の勉強ができるぞ」

と笑った。

「中野正剛さんの話をする前に、きみには第一次世界大戦とシベリア出兵の話を理解してもらわねばならん」

昼食は、診療所が用意した豆のスープと黒パンである。タチアナのつくる料理とくらべると、お世辞にも旨いとは言えない。だが、外には秋風が吹く中、温かいものを食べられるだけでも幸せだと、信介は自分に言い聞かせた。

ドクトルと言えば、料理にはまったく頓着《とんちゃく》しない様子で、しゃべりだした。

「いくらきみが物知らずでも、一応は大学生だったんだろ。第一次世界大戦ぐらいは知ってるよな」

「第一次世界大戦ですか」

「そうだ。いつ始まったか、言ってみたまえ」

「えーと」

信介は口ごもった。あらためてそうきかれると即答する自信がない。

「たしか一九一〇──、何年でしたっけ。たぶん、その頃でしたよね」

「一九一四年だ」

「そう、そう、一九一四年。思い出しました」

「一九一四年は、大正なん年になる？」

「うーん」

そう言われても、すぐには出てこない。信介が頭の中で暗算していると、ドクトルは呆れたように首をふって、

「大正三年だよ。おぼえておきたまえ」

「はい」

昭和ならなんとか西暦に換算できるのだが、大正となるとどうも苦手なのである。

「一九一四年、大正三年に始まって一九一八年に終戦。一九年にパリで講和会議があった。日本代表も戦勝国連合の一員として、堂々と乗りこんでいったんだから大したもんだ」

ドクトルは講義するような口調で言った。

「第一次世界大戦は、それまでの戦争とまったくちがう種類の戦争だったんだぞ。いったいどれくらいの人間が死んだと思う。え？　おおまかにいうと一千万人の戦死者と、三千万人の戦傷者がでた。こんなに大量の人が殺された戦争はなかった。で、第一次世界大戦は、どことどこが戦ったんだ。言ってみろ」

「えーと、片方がドイツですよね」

「ドイツとトルコ、それにオーストリアとブルガリアだ。これを同盟国という。そして――」

ドクトルは食事をすませると、一息いれて煙草に火をつけた。

「フランス、イギリス、イタリア、ロシア、日本、それに後からアメリカが加わる。こちらが連合国」

同盟国軍と連合国軍の戦いというわけだ、と信介は頭の中にしっかりと記憶した。

「でも、英、仏、露、伊、米、日、となると圧倒的に連合国側のほうが強そうじゃありませんか。そうでもなかったんですか」

「ドイツは戦争には強いんだよ」

と、ドクトルは盛大に煙を吐きだしながら言う。

「それにロシアは戦争中に国内で革命がおきて勝手に抜けるし、アメリカは海の向うだし、日本は極東でドイツの植民地を攻めただけだ。青島の占領で日本軍の被害が千数百人に過ぎなかったことを考えると、まあ、日英同盟を名目に、漁夫の利みたいな参戦をしたと見られても仕方がないだろう。これまで日清戦争、日露戦争と、やるたびに利権を拡大してきてるんだからな」

「で、戦勝国として日本が手にしたものは、なんだったんですか」

「きまってるじゃないか。軍事的、経済的支配圏の拡大だ」

「なるほど」

「日清戦争で台湾を、日露戦争で満州、朝鮮、関東州を獲得した。そして第一次大戦では、南洋諸島と山東半島の旧ドイツの権益を手に入れる。日露戦争で八万人死なせて取った権益にくらべると、千数百人の犠牲で獲得したものはじつに大きいと思わないか」

「でも――」

と、少し躊躇《ちゅうちょ》しながら信介はきいた。

「どうして日本はそこまで勢力を拡大しなくてはならなかったんでしょうね」

「戦争の原因は複雑だ。政治、経済、民族性、国民の意識、その他さまざまな要因がからみあって戦争はおこる。しかし、視点をかえて言えば、こうなる。食うか、食われるか、なら食うしかない、と。そういう野蛮で素朴な発想は古代から現代まで生き続けてきた。資本と軍事は常に市場と戦場の拡大をめざすものだ。これは本能といっていい。一生に一度も刀を抜かない武術家というのが武道の理想だが、現実は刀を振り回したい連中がいくらでもいるんだからな。それに――」

と、ドクトルはため息をついて、しばらく黙りこんだ。

「第一次大戦のときの連合国と同盟国の戦いは、一進一退、なかなか簡単に決着はつかなかった」

と、ドクトルはふたたび話しだした。

「そんななかで、連合軍に大きな亀裂が生じる。なぜだかわかるか」

「ロシア革命ですね」

それくらいは信介にも推測できた。飢えた市民、労働者、兵士たちが起ちあがって、ロマノフ王朝を倒したのだ。退位させられた皇帝一家は処刑される。その二月革命のあとに、帰国したレーニンらによってさらに新しいソヴィエト政府が成立したのだ。

「そうだ。ドイツと戦っている最中に、連合国側のロシア帝国が倒れたのだ。国内は大混乱で、とても外国との戦争どころじゃない。国民はパンと平和を求めていた。レーニンは全交戦国に戦争をやめようと提案したが相手にされなかった。そこで新しい革命政権は自分たちだけで戦争をやめることを決意する。連合国を抜けて、ドイツに休戦を申し込むのだ。多くの領土をドイツに渡して、ソヴィエト政権は講和をはたす」

「ということは、第一次世界大戦は、必ずしもドイツの完敗じゃないですね。すくなくともロシアには勝ったことになるんじゃありませんか」

「そう言っていいだろうな。その記憶はドイツ人の意識下にずっと生き続けていたんだろうと思う。おれたちはただ一方的にやられたわけじゃない、と」

「ロシアが抜けたことは連合国側にとってさぞ不愉快だったでしょうね」

「当然だろう。革命自体が脅威だった上に、勝手に抜けられたんだからな」

「当然、ソヴィエト政権は大きなプレッシャーを受けることになりますよね」

「国内でも革命に反対する旧勢力は、必死の反撃を続ける。その反革命軍のことを――」

「白軍、ですよね」

「そうだ。各地で旧勢力の白軍が反撃を続けて、一時は革命派の赤軍を圧倒しかねない勢いだった。しかし、徐々に反革命勢力は赤軍に押されて、東へ後退する。そして、この極東シベリアが戦場となった」

　ドクトルは続けた。

「シベリアを制圧されれば、完全に革命が成立したことになる。だからこの地がロシア革命の関ケ原だったと言っていいだろう」

　大事な話に入る前に、もう一つだけ知っていてもらわなければならないことがある、とドクトルは言った。

「シベリア出兵、がそれだ」

　昔、新聞記者の西沢さんから聞いたこともあった、と信介はふと昔の記憶を思いおこした。明治以来の戦争で、いちばん国民に評判の悪い戦いがシベリア出兵だった、と、そんなふうなことを酒をのみながら言っていたような記憶がある。

「シベリア出兵というのは――」

　信介は額に手を当てて、ぼんやりした記憶をよびおこそうと意識を集中した。これまでの会話では、まるで小学生のようにドクトルからレクチュアされているだけだ。

〈この辺で少しでも失地回復しなければ――〉

　信介は顔をあげると、勢いこんでドクトルに言った。

「そうだ、思いだしました。あれはたしか富山の漁港からはじまって全国にまで波及した、有名な米騒動のあった年ですよね」

「ほう、いいところを押さえてるじゃないか」

ドクトルはうなずいて、灰皿に煙草をもみ消した。

「米騒動というのは、米の値段が急激に上って一般大衆が困窮したときにおこった自然発生的な暴動だ。米騒動はそれ以前にも何度もおきている。だが、第一次世界大戦の末期、一九一八年におきた米騒動が最大だろう。なにしろ北陸から全国に広がって一道三府三十八県、数百ヵ所で発生したんだからな。直接参加した人数だけでも約七十万から百万人という。それを鎮圧するために出動した軍隊は十万人以上、検挙者は二万五千人に達した。一種の内乱といってもいい規模の事件だった」

「ロシア革命のきっかけも、女性たちのパンよこせデモだったそうですね」

「そうだ。この米騒動も台所をあずかる女房たちが先頭に立ったといわれている」

「でも――」

と、信介は口ごもった。こんなことを質問して軽蔑されるのもなあ、と思ったのだった。それでも勇気をふるってドクトルに言った。

「これまで勝手に思ってたんですが――」

「うん」

「第一次世界大戦では、日本はちょっと参戦して、いろんな利権をえたんですよね。それに第一次世界大戦のおかげですごく景気が良かったとかきいてますけど、成金もたくさんでたし、輸出ものびて、世の中、ウハウハだったんじゃないんですか」

「たしかに大企業や資本家は大きな利潤を手にした。産業も大発展をとげる。しかし、好景気の反面、物価は高騰し、実質賃金は逆に低下していたんだ。少数の富める者と、多数の貧しき者が生まれてくる。米騒動はその現実への反撥だったと思えばいい」

なるほど、と信介は納得した。

「米の値段は、どれくらい上ったんでしょう」

約半年の間に倍以上に高騰したケースもあるらしい、とドクトルは言った。

「それはなぜですかね。海の向うの第一次世界大戦と米の値段は関係ないじゃありませんか」

と信介は重ねてきいた。

「そこだ」

と、ドクトルは腕組みして言った。

「投機というものを知ってるよな」

投機ですか、と信介は首をひねった。ドクトルはうなずいた。

「そうだ。一般には将来の物価の変動を予想して、あらかじめ所有を確保しておくことを言う。見込みが外れる危険性はあるが、予想が当れば利益は大きい。米の値段が必ず上ると予測した商人たちは、争って米を買占めた。そのために一気に米の値段が上ったんだよ」

「彼らはなぜ米の値段が上ると考えたんですかね」

「そこで、シベリア出兵がでてくる」

「はあ」

信介は首をひねった。

「どうもよくわからないなあ。もう少しくわしく説明してくれませんか」

「よし」

ドクトルは待ってましたというように、体をのりだした。そして大きなため息をつくと、信介の目を見て言った。

「こうしておれが今ここにいるのも、そのシベリア出兵にかかわる隠された事件のためなんだよ。このことはタチアナにも話してはいない」

ドクトルの目の奥に、なにか異様な翳《かげ》がさすのを信介は見た。

信介の目には、ドクトルとタチアナは男と女以上の深い絆《きずな》で結ばれているように思われる。そんな彼女にすら明かしたことのない過去の話を、ドクトルは信介に打ち明けようというのだ。

〈それはなぜだろう？〉

同じ日本人同士の親愛感からだろうか。いや、そうではあるまい。そんな単純な動機からとは考えられなかった。

沖縄の離島出身というドクトルの言葉のはしばしには、時おり母国日本への棘《とげ》のような批判が感じられることがあった。

〈ひょっとして――〉

と、信介は煙草の煙の向うに腕組みしているドクトルを眺めて考えた。

この人は何か危険な場所に身をおいているのではあるまいか。状況次第では、命を失なうようなあぶない立場にあるのかもしれない。

だから一人の日本人の若者に、自分の背負ってきた問題を伝えておこうとしているのではないだろうか。信介には、なぜか理由もなくそう感じられたのだ。

「小学生に教えるつもりで話してください。ぼくは決して利口な男ではありませんから」

と、信介は言った。

ドクトルは小さな笑い声をたてた。

「わかってるさ。これまでもできるだけそうしてきてるつもりだ。まあ、こちらの話も決して理論的じゃないしな。まあ、お伽話《とぎばなし》のつもりで聞いてくれればいい」

「はい」

ドクトルはコップの水をひと口飲んで、ゆっくり語りだした。

「シベリア出兵、というのはだな、日本人があまり関心をもたない戦争だった」

信介は黙って耳を傾けた。

「日本は延《の》べ七万二千以上もの兵隊を送りこんで、はげしい地上戦を展開したのだからな。戦争以外のなにものでもない。だからときには革命干渉《かんしょう》戦争と呼ばれることもある。しかし、要するに大国ロシアが共産主義国家となることを嫌う資本主義側の反革命戦争だったといっていいだろう」

戦争というものは、常に干渉戦争としてはじまるんだよ、とドクトルは言った。

「共産主義をアカという。革命軍は赤軍だ。ロシア革命では赤軍と白軍が一進一退をくり返しながら激しい戦いを続けたんだ。だが、旧勢力の白軍は次第にシベリア方面に追いつめられてきていた。白軍がシベリアで敗れれば、ロシア全土は地上初の共産国家となるはずだ。だからなんとか白軍を背後から応援し、できればシベリアから極東にかけて共産主義に対する防波堤をつくりたい。連合国はそう考えた。そして、さらに白軍が捲《ま》き返して赤軍を駆逐し、革命ロシアをつぶすことができれば最高だとな」

「しかし――」

と、信介は言葉をはさんだ。

「ぼくの記憶ではシベリア出兵というのは、なにか外国の捕虜を救出するとか、そんな目的があったんじゃなかったですか。いま思い出したんですけど」

きみも多少の知識はあるようだな、とドクトルは笑った。

「そうだ。それがシベリア出兵の大義名分だった。革命という他国の内政に軍事力で干渉するというだけじゃや、文明国としては恥ずかしいからな」

ドクトルは、手でヨーロッパの地図を宙に描きながら、噛んでふくめるように信介に説明した。

「その頃、チェコはドイツ＝オーストリアの支配下にあった。そのために無理やり徴兵されて、ドイツ＝オーストリア軍に編入されたチェコ人の兵士が大量にいたんだ。彼らは徴兵されてドイツ＝オーストリア側の兵士としてロシアと戦わされた。しかし、その連中はいやいや動員されているわけだから忠誠心もなければ戦意もない」

「当然ですよね」

「で、帝政ロシア軍と戦っても、すぐに降服して捕虜になってしまう。捕虜になるだけでなくて、逆に寝返って、ドイツ＝オーストリア軍に歯向う連中まで出る始末だった。もともとオーストリアの支配から脱して独立したいと願っていたチェコ人たちだからね」

最初はドイツ＝オーストリア軍に加わってロシア軍と戦い、革命がおこるとこんどは帝政ロシア側に立って赤軍と戦う。国際政治というのは、なんと厄介なものだろう。

「そんなチェコ兵たちを、チェコ軍団とか捕虜軍団とかいうんだ。彼らは白軍とともに次第にシベリア方面に後退して孤立する。その数三万八千五百というから相当な勢力だった」

信介は聞いているうちに頭が混乱してきて、ドクトルの話についていけなくなった。

「すみません。革命派の赤軍と白軍が戦うあたりまではわかるんですが、チェコ軍団の話になるとどうも——」

そうだろうな、とドクトルはうなずいた。

「当時の日本人にシベリア出兵が人気がなかったのも、その辺が原因だろう。たしかに話がこみいっていて、どうもややこしい感じがするな」

要するに祖国を離れて広大なロシアの大地をさまよっている異邦の軍団がいた、ということだ、とドクトルは言った。彼らは赤軍と戦って次第にシベリア方面に追いつめられていったらしい。

「みんなで協力して、その外国人軍団を救出しようという話なんですか？　なんだかずいぶん甘っちょろい動機のような気がしますけど」

「たしかに」

ドクトルは苦笑した。

「米、英、仏などの連合軍は、彼らをシベリアから脱出させて、輸送船団でヨーロッパへ送りこもうと考えた」

「海をこえてヨーロッパまで運ぶんですか」

「そうだ。そして歴戦の彼ら軍団をドイツとの戦いに投入する。それが大義名分だった。なにしろ仲間の帝政ロシアが崩壊して、勝手にドイツ側と休戦してしまったわけだし、数万の軍団は貴重な兵力だからな」

「そのシベリアへの出兵は、どこの国が提案したんですか」

「連合国側、というより資本主義各国の本音はロシア革命をなんとか阻止したかったんだろう。いろいろ複雑な要因はあるが、結局はそういうことだ。反革命の白軍を応援して、少なくともシベリア、極東までの赤化を防ぐというのが本音だった。だからシベリア出兵がロシア革命干渉戦争と呼ばれたんだよ。だが、名目はあくまで人道主義的な悲劇のチェコ軍団救出作戦ということだ。英、仏などがつよく主張して、アメリカも加わり、連合国のシベリア出兵が連合国の最高軍事会議で決定する。それが一九一八年の夏のことだった」

「日本もそれに参加したわけですね」

「そうだ」

と、ドクトルは肩をすくめ、両手をひろげてみせた。

信介は首をかしげて、独り言のように、

「なんとなく背後にいろんな意図がありそうですね」

ドクトルはうなずいた。

「そうだ。米騒動が全国に波及して、軍が民衆を鎮圧した未曾有の事件が発生した時期だ。軍は常に国民の支持を気にする。そこに連合国側からシベリアへの進軍が要請された」

「外患をもって内憂を制するチャンスじゃないですか」

「むずかしい言葉を知ってるじゃないか」

ドクトルはうなずいた。

「国民大衆は天皇の赤子《せきし》とされていた。その日の米にもこと欠く貧しい民衆と対立したことは、日本陸軍の汚点といっていい。その反軍感情を逆転させる最高のチャンスは外敵との戦争だ」

しかも軍は伝統的にロシア勢力の南下をおそれていた、とドクトルは語りだした。

「ロシアの圧力は、日本にとって常に脅威だった。シベリア出兵を機に、極東一帯に勢力をのばすことができれば大きな国益となる。シベリアに強力な楔《くさび》を打ちこむチャンスだ。しかも国内の混乱や軍への反発を一挙に静める絶好の機会ではないか。日清、日露の戦いに勝って、日本国民は戦争を待望している、と判断した連中がいた。連合軍の一員としての大義もある。しかし
——」

「そう簡単にはいかなかったんですね」

「そうだ。大正時代は労働運動も盛んだったし、反戦平和の思想も広がっていた。なかでも雑誌

〈東洋経済新報〉は編集者の石橋湛山を先頭に出兵反対の激しい論陣をはったんだよ。政府は警察を通じて発行禁止をちらつかせて圧力をかけたが、彼らは屈しなかった。これは凄いことだぞ」

「そうですね」

ややこしい話ばかりで疲れただろう、とドクトルは微笑して言った。

「いいえ、大丈夫です」

信介はそう言いながら、ドクトルの話を懸命に思い返した。

ロマノフ王朝の金塊

バイカル湖畔の村での出張診療を無事に終えて帰る途中、ドクトルがきいた。

「おれが仕事にかかっているあいだ、きみはどうしてたんだ」

「外のベンチで詩の朗読をやってました」

「タチアナがよほど怖いとみえるな」

ワズのハンドルをにぎったドクトルは、さもおかしそうに笑って言った。

「シベリアの大地で詩を朗誦する自分が、すごく格好よく思われて、寒さに耐えきれなくなるまで我慢してやってたんです」

「おもしろいやつだな、きみは。だれかと会って、ロシア語を試してみればいいのに」

「女の子にでも会って仲よくなれたらよかったんですが、だれも通りませんでした。犬がぼくの声に反応したのか、遠吠えがきこえたくらいです」

ドクトルは、また大笑いした。

外はすっかり暗くなっている。ワズのライトが照らし出す先には、いかにも寒々とした路傍が見えるだけだ。

「第一次大戦とシベリア出兵の話をきかせたところで、いよいよ本題に入る。だが、それだけ体が凍えていたら、落ちついてはきけないだろう。家に着いてから、話すことにしよう」

ドクトルはそう言って、片手で煙草に火をつけた。

「大丈夫です」

「いや。見せたい資料もあるから、あとでいいんだよ」

ドクトルはそう言って、ワズのスピードをあげた。

午後八時ごろにドクトルの家に帰り着くと、夕食がテーブルの上に用意されていた。

「タチアナさんがやってくれたんですね」

ドクトルはうなずいて、

「そうだ。日帰り診療のときは、彼女がこうやってつくっておいてくれるんだ。おれの帰りがいつになるかわからないから、本人は家に帰ってしまうがね」

食事をすませて、信介は後片付けをすると、ドクトルは立ちあがった。

「きょうは、二階の書斎で話そう」

棚からブランデーのボトルとグラスを二つ持つと、信介をうながして階段を上り部屋へいった。ドクトルは信介の前にもグラスを置き、ブランデーをついだ。

「きみは、恋人はいるのかね」

と、ドクトルはきいた。信介はすぐには答えず、強い酒を口にふくんで、ゆっくりと味わった。

〈おれの恋人というのは、一体だれだろう〉

これまで何人もの女性と深い関係をもっている。だが、ただ一人の恋人となると、誰だろう。

織江の顔が頭に浮かんだ。だが、それはいま歌い手として活動している織江ではない。幼い頃、二人でボタ山のふもとの町で遊んだセピア色の記憶の中の織江である。

「ぼくの実母は、早く亡くなったそうです。物心ついたときには、若い義理の母親が面倒をみてくれていました。タエという人です」

「ふむ、ふむ」

ちょっとおどけた口調でドクトルは応じると、

「きみはその義理の母親のことが好きだったのか」

「え？」

信介はドクトルの顔を見た。ドクトルは言った。

「その人は、きっと若くて美しい女の人だったんだろう」

「はい」

信介はうなずいた。頭の奥に、骨富士と呼ばれたボタ山の上で、自分を抱きしめてくれたタエの胸の感触がよみがえってきた。

〈おれはタエさんが好きだった〉

もし恋人というのなら、やはり織江しかいない。しかし、本当に好きだったのはタエだった、と今になって思う。

「とんだマザコン青年だな」

と、ドクトルが笑った。

「マザコンなんて、言わないでください。清らかな思い出なんですから」

「その人は亡くなったのかい」

「はい」

「きみは、タチアナのことが好きなんじゃないのか」

と、ドクトルがおだやかな口調で言った。信介は持っていたグラスを落としそうになった。

「どうしてそんなことを言うんですか」

「見てりゃわかるさ」

ドクトルはなんでもないような口調で言った。

「タチアナのほうでも、きみのことは憎からず思っているらしい。あれはいい女だ。見かけだけでなく、中身もね」

信介はあっけにとられてドクトルの顔をみつめた。

「ぼくは――」

信介はなにか言おうとして口ごもった。突然、タチアナの名前がでて、自分の心の奥を素手でさわられたような気がしたのだ。自分が彼女に特別な関心をもっていたとしても、それは恥ずかしいことではない。だが、ドクトルはタチアナのほうも自分に関心を抱いていると言う。

〈そんなことがあるのだろうか〉

信介は一瞬、朝のロシア語のレッスンの様子を思い描いた。

タチアナの教え方はきびしい。信介が少しでも予習、復習をサボっていると、突き放すような冷たい表情になる。

彫りの深い顔が氷の彫刻のように厳しくなり、時には目に軽蔑の色をうかべてにらみつけたりもする。

〈このひとは、なぜこれほどまで真剣に自分にロシア語を教えようとするのだろうか?〉

信介は、ふとそう思うことがあった。

ドクトルに頼まれたからだろうか。

いや、それだけではないような気がする。パスポートも持たずに異国を漂流している自分を、あわれんでくれているのか。

それとも、弟を気づかう姉のような気持ちで面倒をみてくれているのだろうか。

信介の記憶のなかに、ふとタチアナが顔をちかづけた時の体臭がよみがえってきた。それまで信介が知っている女性特有のほのかなにおいではない。動物的といっていい強い体臭である。それは信介の心と体を刺戟する独特のにおいだった。熟れた果実のにおいでもない。人工的な香水のにおいでもない。汗ばんだ肌のにおいでもない。

タエにも、織江にも、カオルやその他の女性にもなかった未知のにおいである。

タチアナが体をのりだして信介のロシア文字の間違いを訂正するとき、服の胸元から深い谷間が見えた。白い肌に浮いたそばかすが、かえって刺戟的だった。

信介はそんな自分の反応を彼女にさとられまいと、体を固くして緊張するのだった。

〈彼女がおれに好意を?〉

それは単なる人間的な好意だろうか。それとも――。

「彼女はじつにいい女だ」

と、気まずい沈黙をやぶってドクトルが言った。

「正直で、人間的で、しかも勇気がある。それに――」

かすかに微笑してドクトルは続けた。

「ベッドの中では、とびきりセクシーだ。このおれがもてあますぐらいにね」

「今夜は、ドクトルの身上話を聞かせてくれるんじゃなかったんですか。タチアナさんのことなんかどうでもいいでしょう」

「たしかに」

ドクトルはうなずいて、

「きみが彼女に惹かれたとしても、当然だ。おれはちっとも気にしてはいない。おれはすでに五十歳をこえている。正直にいって、タチアナはおれに不満なのだと思う。若いきみに本能的に惹かれているんだ。おれにはそれがわかるんだよ」

「ぼくはタチアナさんを尊敬しています」

と、信介は言った。

「彼女は真剣にロシア語を教えてくれています。ぼくにとってタチアナさんは恩師なんです。ぼくは義理を欠くようなことは絶対にしません」

「義理、だって？」

ドクトルはおもしろそうに笑い声をたてた。

「義理人情の義理か。ひさしぶりに懐しい日本語を聞いたよ」

よし、とドクトルはうなずいて言った。

「では、その話はおいて、おれ自身の話にもどるとしようか」

静かな夜だった。風の音もきこえなかった。ドクトルは淡々とこれまでの自分のことを信介に語った。

「シベリア出兵の話は、ひとまず後回しとして、士官学校を追いだされてからのおれ自身の話をしよう」

福岡の養家にもどって無為に日を過ごしていたドクトルに、満州行きをすすめたのは地元出身の政治家、中野正剛だった。

満州には未来がある、と彼は若いドクトルに熱弁をふるったという。

〈おれの知り合いで小澤開作という男がいる。彼は満州に五族協和の新天地をつくろうと飛びこんでいった。理想に燃える新しいタイプの日本人だ。彼は満州青年連盟という組織を作って活動している。そこへ行け。これからは満州が熱いぞ。軍や政府にまかせておけば、ろくなことにはならん〉

ドクトルは話を続けた。シベリア出兵をきっかけに極東に勢力圏をきずこうという軍と政府の野心は成功しなかった。

その出兵につぃやされた予算は膨大なものだった。当時の国の歳入は約二十億円前後だったが、軍事費がその大半をしめる有様だったという。

中野正剛はシベリア出兵には、当初から激しい反対論を展開していた。議会でも出兵反対の立場で政府や軍を追及した。中野と軍との宿命の対立は、そこから始まったといっていい。

ドクトルが満州にわたったのは、昭和五年の春だった。満州青年連盟にくわわったドクトルがどういう活動をしたかは、話してくれなかった。石原莞爾《いしはらかんじ》とか、板垣征四郎《いたがきせいしろう》とか、いろんな名前がでたが、信介にはどこかで聞いたことがあるくらいの知識しかない。

「五族協和、おれはその言葉に深く共鳴したんだよ」

満州にはさまざまな民族が住んでいる。満州族、モンゴル族、漢族、朝鮮族、ロシア人、そして日本人も少なからずいた。北のほうにはブリヤート人も、ヤクート人もいた。五族協和とは、それらの多民族が平等な権利のもとに協調して暮すことだ。そして人種や出自にとらわれない東洋の新天地を築く。

アジアの一角に、世界に類をみない協和国をつくるのだ。そのために日本人として献身的に活動する。満州青年連盟の志はそうだった、と、ドクトルは信介に語った。

「しかし、現実はつねに理想を裏切る。巨額の軍事費と兵を動員してシベリア・極東に橋頭堡を築こうとした軍のもくろみが挫折したあと、軍にとっては満州は是が非でも確保したい新世界だった。革命ロシアに対する防御線でもあり、国内に不足する資源の供給地、そして新しい市場として、満州への期待は国民の間にも高まっていた。遼東半島の片隅に逼塞《ひっそく》している関東軍にとっては、なおさらだ」

当時の満州は多くの軍閥が割拠するなかで、張作霖《ちょうさくりん》という領袖《りょうしゅう》が最大の勢力だったが、関東軍の工作で爆殺された。昭和六年九月、満鉄の鉄道線路が爆破されたのをきっかけに、関東軍は満州各地を制圧し支配権を確立する。この線路爆破は関東軍の自作自演の秘密工作だった。

翌、昭和七年には、満州国が誕生する。軍の直接支配をさけ、傀儡《かいらい》政権をたて、背後から実効支配を行うシステムだった。

小澤開作らの五族協和の夢はあえなくついえ、彼はやがて失意のうちに帰国する。

「ドクトルはどうしたんですか」

「おれも五族協和の運動から手を引いたんだ。やる気がなくなったのさ。そして満州医大に入学した。本業は医師だった小澤さんを真似てね」

そこに六年間いて、医師の資格をとってからは、ある商社が設立した民族調査研究所の嘱託医《しょくたくい》として各地の巡回調査にあたっていた、とドクトルは説明した。

「ずいぶん各地を歩き回ったものだ。ことにソ満国境の僻地《へきち》をね。敗戦後、ソ連側に捕まって、スパイ容疑で厳しい取り調べを受けたのは、そのあたりが注目されたんだろう」

話は変るが、とドクトルは煙草に火をつけて話しだした。

「中野正剛さんがどういうふうに死んだか、きみは知ってるかね」

「さあ」

「中野さんは大変な雄弁家だった」

「その話は前にききました」

「シベリア出兵に反対したときから、その軍部、官僚批判は徹底していた。攻撃的な演説なら彼にしく者はない、と言われたんだ。その舌鋒はすさまじいものだった。それだけに政府や軍部からは蛇蝎《だかつ》のように恐れられ、嫌われていた。最後の敵は総理大臣にまでのぼりつめた東條英機だった。東條もまた中野さんを徹底的に嫌った。いや、怖れていたといったほうがいいだろう。機会をみつけて彼を抹殺しようと狙っていたんだ。太平洋戦争のさなか中野さんは、早稲田大学で三時間にわたる演説をした。そこで当時の岸信介商工大臣——去年まで総理大臣だったあの男だ——と東條内閣を徹底的に批判したんだ。それだけじゃない。翌月は日比谷公会堂で長時間の演説をする。そして昭和十八年に新聞に発表した『戦時宰相論』で東條を激怒させる。司法の反対を押しきって、中野さんは検挙されたが、釈放された翌日夜中に自宅で自決した」

「どうして死を選んだんですか」

「それは想像するしかない。もうこの国は駄目だ、と絶望したのかもしれん」

ドクトルはしばらく黙って煙草をふかしていた。そしてため息をつきながら言った。

「その葬儀に、政府は会葬禁止を命じたそうだ。参列するために地方から上京した者を、駅で拘束したというからえげつないことをしたもんだ。それでも青山斎場には、乗りものが不自由な時であったにもかかわらず、さまざまな人が二万人も集ったという」

ドクトルは頭をたれて、しばらく黙りこんだ。煙草の灰がポトリと膝の上に落ちた。

「それが昭和十八年のことだった」

ドクトルはそのとき、休暇をとってすぐに内地へ帰国した。中野正剛の墓を訪れて、せめて手を合わせたいと思ったからだという。

「数日の滞在だったが、そこで墓参の世話をしてくれた一人の青年が意外なことを言いだしたんだ」

その青年にも、中野正剛は満州へいくようにすすめていた、というのである。しかし、その青年は、家庭の事情で内地を離れることができなかったらしい。

「なぜ中野さんはきみを満州へ行かせたかったんだろう、とおれはきいた。すると、思いがけない答えが返ってきたんだよ」

ドクトルは遠くを見るように顔をあげて話しはじめた。

「中野さんはシベリア出兵のときも、それに反対して軍部ににらまれていた。さらに決定的な敵対関係になったのは、田中義一《たなかぎいち》という軍人あがりの総理大臣を議会で手きびしく締めあげたことだ」

田中義一という人物は、長州人で陸軍大学校出のエリートだったという。

参謀本部ロシア班長をつとめ、日露戦争では満州軍参謀としてさまざまな秘密工作にたずさわった。陸軍大将、貴族院議員などをへて、やがて内閣総理大臣となった男だ、とドクトルは説明した。その田中義一が政友会総裁になったときに、持参金として党に渡した巨額の金について、中野正剛が激しく追及した事件があったのだそうだ。その金の出どころが、陸軍の機密費ではないか、というのが問題になったらしい。

信介にはよく理解できない話だった。

「それが、一人の青年に満州行きをすすめたこととどう関係があるんですか」

と、信介はきいた。ドクトルは煙草をもみ消すと、大きくうなずいて言った。

「それはおれが予想もしていない話だった。そして、そのことがおれの今の生き方にかかわっているんだよ」

信介はドクトルの目もとが、ピクピクとかすかに震えるのを不思議な思いで見た。

「その青年の名前は、筑紫次郎《ちくしじろう》といった」

ドクトルは遠くを眺めるような目つきで腕組みをした。

「彼は中野正剛さんの地元、福岡で中野さんの秘書というか、まあ、書生のような立場で仕事を手伝っていた男だった」

その青年の親族に、かつて玄洋社と関係のある人物がいて、その縁で中野正剛のところへ身を寄せていたらしい、とドクトルは言った。

「きみは玄洋社のことを、どれくらい知ってる？」

と、ドクトルはきいた。信介は首をすくめた。

「さあ、ほとんど知りません。名前ぐらいは聞いたことがありますけど」

高校生のころ、何かのおりに塙竜五郎の口から玄洋社の名前がちらと出たことがあった。

その頃は、玄洋社という言葉から、どこかの株式会社だろうとしか思っていなかったのだ。大学へ入って、仲間から教えられたことがあるのを信介は思いだした。

「作家の夢野久作《ゆめのきゅうさく》の父親という人が、たしか玄洋社の——」

「杉山茂丸《すぎやましげまる》だ」

きみも、まんざら知らんわけでもないようだな、とドクトルは苦笑した。

「玄洋社のことは、いずれ話そう。とにかく中野正剛さんは筑紫次郎という青年にも、満州へ行け、と強くすすめたというのだ」

「でも、すでにその頃はもう、五族協和とかそんな理想は幻となってたんじゃないんですか」

「そうだ。石原莞爾や小澤開作の理想とはかけはなれた、日本の植民地のような国になっていた。かつて関東軍参謀長として辣腕《らつわん》をふるった東條英機は、陸軍大臣から首相にまで登りつめている。彼の喉にささったトゲのある骨のような存在が、中野正剛だった。いずれおれは東條にやられるだろう、と中野さんは筑紫青年にもらしていたらしい」

かつて陸軍出身の総理大臣、田中義一を議会で弾劾して以後、中野正剛は軍の仇敵となっていたのだよ、とドクトルは言った。

「田中義一にしても、東條英機にしても、軍人が一国の総理として国政を支配するポストを掌握するためには、何が必要だと思う?」

ドクトルは信介にきいた。

「さあ」

信介は首をかしげた。

「見識、能力、政治力、それに人脈ですかね」

「いちばん大事なものが一つ欠けている」

ドクトルは皮肉な口ぶりで言った。

「政治には理想が必要だ。だが、それにもまして重要なのは金《かね》だ」

「金、ですか」

「そうだ。身もふたもない言い方だが、政治は金だ。陸軍大将田中義一も、総理をめざして政界に進出するときには巨額の資金を提供したという。中野さんに糾弾されたのも、その金の出所だったんだよ」

「なるほど」

政治は金だ、というドクトルの意見には信介は必ずしも全面的に同意できないところもある。しかし、ロシア革命にも、レーニンをはじめ革命派に、巨額の活動費が流れこんでいたと、函館にいた頃、西沢から聞いたことがあった。

「政治も金だ。軍事も金だ。予算がなければ軍は動かせない。そして軍事予算には、表の金と裏の金がある。きみは明石元二郎《あかしもとじろう》という軍人を知っているかね」

信介は記憶をたぐった。どこかで聞いたことがある名前だ。

「たしか明石大佐、とかいう人ですよね」

「そうだ。彼も福岡の出身なんだよ。明石は日露戦争のときにヨーロッパに渡って、さかんに帝政ロシアの後方攪乱工作をやった。ロシア国内の過激派に資金を流して、内側からロシアを崩壊させるための秘密作戦を展開したんだ。当時の軍が彼に渡した秘密活動費は、想像を絶する巨額なものだったといわれる。それが裏の金さ。つまり軍の機密費だ」

「軍の機密費、ですか」

ドクトルは陸軍の機密費について、手短かに説明した。

かつて陸軍は正式な国家予算のなかから一定の機密費を認められ、支給されていた。これはあくまで機密の予算であり、軍の裁量で自由に使うことができたという。

ほかの予算とちがうのは、会計検査院の検査を受ける必要がない、ということが重要だった。この資金の保管や使用に関しては、すべて陸軍大臣の裁量にまかされることになっていたのだ。

「どこへ、どれだけ出して、どれだけ残っているとか、そういうことは一切公表されない金だ。いわば完全に闇の中に存在したのが機密費だった」

ドクトルは声をひそめるようにして話し続けた。

「中野さんが調べたところでは、田中義一が陸軍大臣をつとめた時期に、その機密費が異常に増えていたらしい。その田中陸相時代がシベリア出兵の時代と重なっていることに中野さんは気づいた。これは何かある、とね。シベリア出兵のとき、もちろん陸軍の機密費は急激にふくれ上っている。だが、それだけではない。公式の機密費をはるかに上まわる出所不明の巨額な資金が機密費にプールされていたらしい。そして田中義一がのちに政党の総裁として政界入りをする際に、その機密費の中の黒い資金の一部が持ち出されたのではないか、と、中野さんは追及したのだ。それは陸軍にとっては大ピンチだっただろう」

「有名な中野正剛さんの田中義一弾劾演説というのは、それだったんですね」

頭の中にからまり合った糸が、少しほぐれてきたような気がした。

「それじゃ陸軍が中野さんを嫌ったのは当然でしょう。巨大な竜の急所に刃を向けたようなものですから」

「そうだ。しかし、結局、真相は明らかにされなかった。関係者が謎の死をとげたり、いろんな工作が行われたりして、その問題は闇の中に沈んだままになったんだ。しかし、その陸軍の機密費は、その後の戦時体制づくりのための重要な秘密工作資金として、その後も巨大な力を発揮した。陸軍大臣をつとめた東條英機が、総理大臣となって権力を把握した背後にも、その資金が大きな役割をはたしたと噂されている」

「そうすると、東條英機にとって中野さんの存在は単なる論敵ということだけじゃありませんね」

「そこに気がついたとはえらい」

ドクトルは新しい煙草に火をつけて、深々と煙を吸いこんだ。

「おれがシベリア出兵のことをあれこれ話したのは――」

と、ドクトルはひと呼吸いれてから言った。

「いいかい、田中義一という長州出身の軍の大ボスが、国の政権をになう総理となった。いわば陸軍が政治の実権を握ったようなものだ。その政治力の背景に、大きな金の流れがあった。そしてその機密費という黒い金のプールは、田中義一が陸軍大臣としてシベリア出兵を強行した時代にふくれ上がっている。公式の国の軍事費も巨額なものだったが、はたしてそれだけだったのか。ほかに大きな闇の資金のルートがあったのではないか。その出所は何だったのか。中野さんは、ずっとそのことにこだわり続けていたのだよ」

シベリア出兵のときには、表の戦闘と同時に、いや、それをはるかにしのぐ巨大な規模の秘密工作が展開されたのだ、とドクトルは続けた。

白軍の指導者に資金や武器を援助してダミーの政権を樹立させるとか、コサックの私兵グループを組織して反革命軍団をでっちあげるとか、当時、さまざまな秘密工作が展開されたらしい。さらに極東の赤化を防ぎ、シベリアに軍の傀儡政権をつくろうという計画もあった。

「それは結局、うまくいかなかった。だが、その過程で、思いがけない事件が露呈《ろてい》してきたのだ」

思いがけない事件、という部分に、ドクトルは強いアクセントを加えて言った。

「思いがけない事件、ですか」

「そうだ。大正時代のシベリア出兵からきょうまで、いまだに闇の中に眠りつづけている奇妙な事件だ。そして、その問題は戦中、戦後も尾を引いて続いている。ひょっとすると、二十世紀をこえて、さらに先の時代にまで持ちこされるかもしれない」

ドクトルはそこまで言うと、しばらく目を閉じて黙りこんだ。信介は口をはさまずに、ドクトルの言葉を待った。ドクトルの沈黙には、なにか目に見えない暗黒の幕が周囲をおおっているような感じがあったからである。

「きみは伝説というものを信じるかね」

しばらく続いた沈黙のあとに、ドクトルは静かな口調で言った。

「伝説、ですか」

「そうだ。歴史は資料によって証明される。しかし、伝説にはそれを裏づける確証がない。だから われわれ現代人は、伝説を一種の物語として歴史の外におく。だが――」

と、ドクトルは言葉を切って、しばらくして言った。

「先月バイカル湖を見にいったとき、おれはきみに奇妙なことを言った。おぼえているかい」

「さあ」

信介は首をかしげて考えた。ドクトルは言った。

「この大きな湖の底に、なにかが眠っていると話したのを忘れたのか」

「ああ、思いだしました」

たしかドクトルが謎めいたことをぽつりと言ったのだ。

「よくおぼえてはいませんが、なんでもバイカル湖の深い水の底には、大勢の人間と巨額の金塊が沈んでいる、とか、そんな夢のような話じゃなかったですか？」

「それがシベリア伝説のひとつだ。まさに荒唐無稽な伝説といっていいだろう。それじゃ、まず、世間に語り伝えられている不思議な伝説のことを話してやろう」

ドクトルは言葉を続けた。

「これは史実ではない。あくまで人びとの間にひそひそと語り伝えられている物語だ。必ずしも事実ではないが、その中には表の歴史の陰に隠された真実がひそんでいる」

信介は黙ってうなずいた。ドクトルは話しだした。

「一九一七年の革命でロマノフ王朝は倒れた。かつてロマノフ王朝は巨額の資産を保有していたことで知られていたのだ。革命の起きる前に王朝が帝国銀行にあずけていた財産は天文学的なものだった。なんと、金《きん》に換算すると、千二百四十トンに達するという。想像できるかね。全世界の金準備の二割の量なんだよ」

「大変な金持ちだったんですね、ロマノフ王朝というのは」

「あのエルミタージュ宮殿に世界の美術品を集めたくらいだからな」

ドクトルは話を続けた。

「さて、革命後、新しいソビエト政府は、真っ先に旧王朝の財産を押さえにかかる。革命軍にとってもそれは絶対に必要な資金だった」

ロマノフ王朝が残した巨大な財産は、ルーブル金貨、銀貨、金、および白金地金《じがね》、宝石その他さまざまだったらしい。革命軍はすぐにそれを押さえた。

「内戦の数年間に、かなりの財産が使われたが、それでも大量の金が保存された。内戦の激化にともなって、革命政府はその金を安全に守るために、モスクワ東方のカザン市に送った。カザン国立銀行の地下金庫におさめたのだ。ところがここに反革命派が攻め入って、その金を奪い返した。その量は九百トンと言われている」

「頭がこんがらがってきました」

信介はため息をついた。

「要するにロマノフ王朝の残した金《きん》が、革命派と反革命派の手で奪い合いになったという話なんですね」

「そういうことだ。巨大なフットボールだ。とりあえずここで、一人だけ名前をおぼえておきたまえ。コルチャック提督という人物だ」

「コルチャックですか」

「そうだ。元黒海艦隊司令官で旧勢力に人望のあった軍人だ。彼は英国その他の支持を受けて、白軍をひきいてソビエト革命軍と戦った。一時は反革命臨時政府を樹立したりして優勢だったが、やがてソビエト赤軍に追われてシベリアへ後退する」

「やっと話がつながってきましたね」

「安心するのはまだ早い」

ドクトルは笑い声をたてた。

「ソビエト革命政府がカザンに移したロマノフ王朝の金を、ふたたび奪い返して最後に持ちだしたのはこのコルチャック軍だ。そして、その財宝は、彼らがイルクーツクに到着する間に、いろんなかたちで目減りしているのだ。彼らはそれらの財産を抱えてシベリアへ後退した。破れた網からもれるように、失われていったのだ。それでもなお、数百トンの金は彼らとともに、このイルクーツクまで運びこまれたという」

ここまでは事実だ、と、ドクトルは言った。

「そして伝説がはじまる」

窓の外で強い風の音がした。


ドクトルの話は、信介には信じがたいものだった。まさに〝伝説〟としか言いようのない異常な物語である。

ロシアというのは、とほうもなく大きな国だ。その国土の広さも想像を絶するが、そこに生きる人びとの暮らしや行動も、信介の頭では理解できないことばかりである。

ドクトルは伝説であると断った上で、こんな話をした。

反革命白軍のリーダー、コルチャック提督とともに赤軍と戦った兵士の数は、およそ五十万人であったという。そして赤軍に押されて北のシベリアをめざす軍とともに、革命を受け入れない人びと、七十万人以上がコルチャック軍と行動をともにした。

まさに民族の大移動といってもいい出来事だった。

その中には、ロシア貴族、司祭、修道僧、農民、王朝政府関係者とその家族、革命を嫌う人びとなどがいた。

一九一九年の冬のことだった。零下五十度を下回る寒気のなかを、馬、馬橇、列車など、さまざまな手段で人びとは移動した。その大半は徒歩だった。想像を絶する広大な冬の大地に、およそ二十万人が倒れたという。

数百トンにおよぶ金《きん》や財宝は、次第に失われていった。しかし、それでもかなりの金はシベリアの雪原をこえて運ばれたらしい。

二月の終り頃には、残った人数は二十数万になっていた。そして、ようやくバイカル湖の湖畔までたどりついた。

ここを越えればイルクーツクである。最後の旅だった。三メートルあまりの氷の上を、ほとんど息もできない人びとが長い列をつくって渡っていく。

その頃、バイカル湖の寒気は頂点に達していた。氷点下六十九度まで下がったという。おまけに猛吹雪が荒れ狂った。橇につんだ金《きん》も、人も、やがて動きを止める。そして静かになった。二十数万人の凍死体と、残されたロマノフ家の財宝が次第に白一色の中に埋もれていった。

そして冬が過ぎ、バイカル湖の氷が溶けはじめた。氷上の二十数万の死体と、数百トンの金塊とは、ゆっくりとバイカル湖の深い底へ沈んでいく。あとには穏やかな湖面が、初夏の光を青く反射しているだけだった。

「これがバイカル湖の伝説だ」

と、話し終えたドクトルが言った。

「すさまじい話だ。なにしろ数字のケタがちがう。百二十数万人の人びとが、数千キロの荒野を移動する。それも極寒のシベリアだ。そして、二十数万人が氷上で倒れ、湖底に沈んでいく。数百トンの金《きん》とともに——。伝説としても、そのスケールに圧倒される話じゃないか」

「たしかに」

と、信介はうなずいた。

「すごい話ですね。あのバイカル湖で、そんなことがあったなんて。でも、ドクトルは、あくまでこれは作り話で、事実ではないと思ってるんでしょう?」

「もちろんだ」

ドクトルはうなずいた。

「バイカル湖の底に沈んだ死体はあったかもしれん。だが、コルチャック提督は生きのびて金塊をこの土地まで運んでいる。もちろん途中でかなりの量が失われたはずだ。それでも彼は相当の量の金《きん》をイルクーツクまで持ち込んだと、おれはみている」

「そのコルチャック提督とかは、その後どうなったんですか」

「このイルクーツクで赤軍に捕われて銃殺された。新たな伝説が、またそこからはじまる」

ドクトルは席を立って、背後の本棚から一冊の分厚いスクラップブックを引きだした。それを机の上にひろげると、その後から伝説が歴史になるんだ、と独り言のように言った。

「こういう資料がある。シベリア出兵の時期の日本政府高官からの公式の電文の一部だ」

ドクトルは、目を細めるようにして、それを読んだ。

「保有金塊の行方に関しては、その後いずれの方面よりも確報に接せざるところ、右金塊は本邦の対シベリア金融貿易等に対し唯一の信用上の基礎をなすべきものにしてその運命については本邦は深甚の利害を有するにつき、貴官は領事および陸軍側とも連絡をとり、その所在については充分御注意の上、その保全のため必要に応じ機宜の措置をとられたし——」

意味がわかるかね、と、ドクトルは顔をあげて信介を見た。

「まあ、なんとなく、ですが。用語が古めかしいので正確にはわかりませんが、とにかく残された金《きん》について日本政府も早くから注目していたということでしょうか」

「そうだ」

ドクトルは言った。

「この電文は、コルチャック提督が処刑された五日後に、日本政府の高橋是清《たかはしこれきよ》大蔵大臣からハルビンの草間《くさま》という財務官に打電されたものなんだよ。革命当初からロマノフ家の残した金《きん》は、世界中の情報機関から注目されていたんだ。もちろん日本政府もそうだった。特に強い関心をもって情報を収集していたのが陸軍だ。ある意味でシベリア出兵の鍵は、そこにあったとみていい。アメリカも、イギリスも、中国も、みな同じだ」

「なんだか宝さがしの物語みたいな感じですね」

と、信介は言った。まだ、どうしても現実感がわいてこないのだ。

ドクトルは資料を閉じると、本棚にもどした。そして別な分厚いスクラップブックをとりだした。

「また、こういう資料もある。いいか。〈コルチャックと共に保存されし金地金二万プード、昨今イルクーツクに着し、ギャナンはこれをチェック、および日本軍の援護の下にチタに回送せんことを我軍憲に申出たり〉。これは大正九年一月に松島肇《まつしまはじめ》ハルビン総領事から日本の内田康哉《うちだこうさい》外相宛に送られた電報だ。要するに赤軍に追いつめられたコルチャック側は、日本軍に金塊をあずけて、守ってもらおうとしていたのかもしれない」

「じゃあ、バイカル湖の水底に沈んだ死体と財宝の話は――」

「事実をカムフラージュするために作られた話だろうな」

「ややこしい話ですね」

「歴史とは、常に複雑なものなのだよ」

ドクトルは大きなため息をついた。

「話を整理してみよう。まず、帝政ロシア三百年の歴史を築いたロマノフ王朝は、とほうもない金持ちだった」

「それはわかりました」

「ロシア革命がおきて、その財産が革命ソビエト側に押さえられた」

「はい。そして内戦中にソビエト軍が保管した財産が、反革命白軍のコルチャック提督側に奪われ、シベリアへ運ばれた。これでいいですか」

「まあ、その間に例のチェコ軍団がからむんだが、それを考えるとややこしくなるから一応はずしておこう。シベリアまでやってきたコルチャック軍の財宝はいろんなかたちで分割されて減っていくが、それでも数百トンの金《きん》は残った。それを狙って、各国の勢力が暗躍する。革命赤軍としては、外国や反革命軍にそれを奪われたくない。そこでシベリアを舞台に激しい金《きん》の争奪戦が展開された。これがシベリア出兵の裏の戦いだ。コルチャック提督が処刑されたあとは、各勢力入りみだれての見えない戦争がはじまった」

「コルチャック提督が死んだあと、どれくらいの金《きん》が残されていたんでしょうね」

「それが謎だ。五百トンという説もあり、三百トン足らずという説もある。また、シベリアまでやってくる途中で大半が失われたという説もあるんだ」

ドクトルはため息をついた。

「伝説の陰に事実あり、だ」

と、ドクトルは腕組みして言った。

「バイカル湖の湖底に沈んだ金塊の話はつくり話にすぎないと、おれはみている。その話をつくりあげた者たちがいる。彼らは真実を隠蔽《いんぺい》するために伝説をひろめた。ロマノフ王朝の財宝は存在していた。そして相当な部分が、このイルクーツク周辺にまで運ばれたのだ。問題は、だれが、どこへそれを持ち去ったかということだ。シベリア出兵に反対し、陸軍大臣田中義一を機密費流用の嫌疑で攻撃した中野正剛さんは、その問題に注目していた。陸軍の隠された秘密資金と関係があるのではないかと考えたのだ。中野さんは満州やシベリア、沿海州などを訪れ、また興和正金銀行大連支店などからさまざまに情報を収集している。彼がのちにソ連側の手先であるとして誹謗《ひぼう》攻撃されたのは、そのことが利用されたのだろう。しかし、中野さんには、問題をとことん追及する時間の余裕がなかった。筑紫次郎という青年に中野さんが托《たく》そうとしたのは、その事実の究明だったらしい」

「でも――」

と、信介は言葉をはさんだ。

「その青年は、なんらかの事情で満州へは行けなかったんでしょう?」

「そうだ。その事情を彼は話してはくれなかった。だが、中野さんが自刃したあと、彼は自分も自決しようとしたらしい。危篤状態で病院に運ばれ、奇蹟的に一命をとりとめたのだそうだ」

ドクトルは長いあいだ沈黙していた。信介も黙っていた。やがてドクトルは目を伏せて言った。

「その青年は、おれの手をにぎって言った。ふがいない自分にかわって、ぜひ中野先生に託された仕事をやってほしい、と。要するに満州とシベリアで当時の軍が築きあげた巨額の秘密資金の出所を調査してくれないか、といったのだ。もし、それがだめなら、自分はもう一度、中野先生の墓前で腹を切るしかありません、と——」

「それで、ドクトルはその頼みを引きうけたんですか」

「そうだ。民族調査班の嘱託医として、おれは満州や蒙古の僻地《へきち》まで歩き回っていた。医師という立場で、ハバロフスクやイルクーツクなどを訪れることも可能だった。満州にもどってから、一九四五年の敗戦の日まで、おれはかなりの情報を集めることができたのだよ。かつて士官学校を追いだされたときに、野良犬みたいだったおれを引きとって面倒をみてくれた中野さんへの恩義もある。それよりも中野さんを追いつめて死を選ばせた勢力への怒りが大きかった」

ドクトルは片手で顔を押さえて、ロダンの〈考える人〉のようなポーズをとって目を閉じた。

「お茶をいれます」

信介はたちあがって、階段をおりると居間の棚からサモワールの仕度をした。湯を沸かし、紅茶の用意をととのえてドクトルの部屋へ運んだ。

「ブランデーのほうがいいですか」

と、信介は紅茶のカップをドクトルの前に置いてきいた。

「いや、今夜はもう飲まないことにする」

ドクトルは湯気のたつ紅茶をひと口すすると、どこまで話したかな、ときいた。

「ドクトルが満州で何をしていたか、ということです。敗戦後のことは、まだきいていません」

「敗戦後か――」

ドクトルは首のうしろをとんとんと手で叩いてため息をついた。

「くわしく話せば長くなる。ひと晩では無理だろう。手短かに、かいつまんで聞かせよう」

ドクトルの口調は、それまでとちがってどこか穏やかな感じに変った。

「敗戦の日まで、おれがどれだけの情報を手にしたかは、あとで話す。ソ連軍が進駐すると同時に、おれは逮捕された。おれがひそかに調べていた問題について、すでに情報が伝わっていたんだろう。MVDというのを知っているかね」

「いいえ」

「〈ソ連内務人民委員会〉というやつだ。以前はゲー・ペー・ウーと呼ばれて恐れられていた機関だよ」

「ゲー・ペー・ウーなら、聞いたことがあります」

「MVDは、それ以上に厳しい組織だ。おれはこのイルクーツクへ送られて厳しい取り調べを受けた。おれがソ満国境のあたりを歩き回って、いろんな調査をやっていたことは、すでにソ連側には筒抜けだった。現地にスパイが無数にいたんだろう。最初のうちは民族調査とか、いろんなことを言ってごまかそうとしたんだが無駄だった。半年以上ずっと調べられたあげく、スパイ罪で禁錮二十五年の刑が宣告されたんだよ」

「二十五年！」

「そうだ。おれは正式の裁判をもとめて抗議したが、無駄だった。そして、例の有名な中央監獄に送りこまれた」

「たしかアレクサンドロフスキー中央監獄、とかいいましたよね」

　よくおぼえているじゃないか、とドクトルは苦笑した。

「アレクサンドロフスキー・ツェントラルというんだ。ウラージーミル監獄、ブトィルカ監獄とならんで苛酷なことで有名なところさ。そこで六年、囚人生活を送ったんだ。おかげでロシア語がかなり上達したよ」

「その話もききました。相当なスパルタ教育だったようですね」

「そうだ。発音をまちがえると、ぶん殴られるか、食事のパンを取られるかだからな。必死でやったのさ。それまでも一応のロシア語会話ぐらいはこなせたんだが、本当に生きた民衆の言葉を学べたのは、そのおかげといっていい。アレクサンドロフスキー監獄が〈私の大学《モーイ・ウニベルシチエート》〉というわけだ」

「タチアナさんに頭をはたかれたぐらいでびびっちゃだめですね」

「そうとも。ごほうびにキスしてもらったくらいで舞い上るのも恥ずかしいぞ」

信介は思わず赤くなった。ドクトルはすべてお見とおしらしい。信介は照れかくしにいちばん疑問に思っていることをきいた。

「監獄に入って六年目に、なにがあったんです？」

「モスクワから呼び出しがあったんだよ。しかも党中央委員会のある重要人物からね」

「勝手な推測を言ってもいいですか」

と、信介は言った。ドクトルはうなずいた。

「言ってみたまえ」

「たぶん、それは——」

信介はひと呼吸おいてから、ちょっと声を低めて言った。

「中野正剛さんの墓参のときに、筑紫次郎という青年から托された調査に関係がある呼び出しじゃないですか」

「そうだ。きみは知識はないが、勘はいいようだな」

ドクトルは紅茶をひと口飲んでつづけた。

「やがてモスクワに呼び出されてきかれたのは、中野さんの墓参から満州へもどって、それ以後ずっとおれがやっていた調査のことだったんだよ」

「やっぱりそうですか」

ドクトルの口調には、どこか誇らしげな響きがくわわった。

「相手は、仮りにKとしておこう。党の若手のエリートだ。彼はソ連の国家財産の保全について関心がある、と言っていた。ふつうならその辺の高官でも直接に口をきくことはできないくらいの権力者だぞ。彼は第二次大戦中にナチス・ドイツが接収したロシア系ユダヤ人の財産や、ソ連から持ちだした美術品、その他の戦時強奪財産の回収に手腕を発揮したことで出世の階段をかけのぼったといわれている」

「そのKという人物が、ドクトルの追及していた情報に興味をもったというわけですね」

そうだ、とドクトルは言った。

「Kはロマノフ王朝の金塊にまつわる伝説をすべて知ったうえで、おれを呼びだしたんだ。Kの関心は二つあった。もし、問題の金《きん》が消えたとするならば、どこへ、どういう勢力が持ち去ったか。もう一つは、もしもその金が四散したのではなく、今もどこかに隠されているとしたら、どこに、何者によって守られているのか。Kはおれの満州時代の調査の実績を高く評価していた。そしておれに、囚人であることをやめてソ連国籍を取り、シベリアに消えた金の行方をどこまでも追跡調査する作業を続けろともちかけたのだ」

「なるほど。で、ドクトルは結局そちらを選んだのですね」

「そうだ」

と、ドクトルはうなずいた。

「それはあくまで秘密の取引きだった。アレクサンドロフスキー監獄であと十九年を過ごし、そこで枯れ果てるか、それとも祖国を捨てて秘密の調査にたずさわるか。おれは後者を選んだ。たとえ国籍を捨てても悔いはないと思ったのさ。それは中野正剛という人の遺志を継ぐことにもなるだろう。おれは迷わずにその道を選び、秘密の調査に従事することに決めたのだ。そしてソ連国籍を取得し、このイルクーツクの病院に医師として勤めながら、必要に応じてシベリア各地へ調査旅行をすることになった。調査は少しずつだが、かなりの所まで進んでいる」

そこまで話すと、ドクトルは疲れたように大きく背のびをした。

「これでおれの身上話は終りだ。大事なところで触れてない部分はあるが、おおむね正確に話したつもりだがね」

ドクトルは小さな笑い声をたてると、《バイカル湖のほとり》のメロディーを小さな声で口ずさんだ。

「きみも流れ者だが、おれも流れ者だ。タチアナだってじつはそうなんだよ」

ドクトルの声には、かすかな自嘲の気配があった。タチアナの名前がでたことで、信介は一瞬、はっとした。彼女にもなにか隠された秘密があるのだろうか。

「話は変るが――」

と、ドクトルが言った。

「バイカル湖への道で、検問をしていた若いKGBの将校がいただろう。おぼえているかね」

「あのとき発疹チフスの真似をして欺《だま》した将校ですね」

「そうだ。あの男が、最近、どうやらおれのことをいろいろ調べて回っているらしい。何を考えているのかわからないが、きみも少し注意すべきかもしれん。だが、まあ、おれにまかせておいてくれれば大丈夫だ。あまり気にしなくてもいいだろう」

信介の頭の奥に、ときどき鳴る電話の音がきこえたような気がした。タチアナが語ろうとしない過去とはなんだろう、と信介は思った。

一九六二年一月

福岡への旅

東京発博多行き特急〈あさかぜ〉は、夕闇のなかを快調に走り続けている。

高円寺と山岸守、それに牧オリエの三人は、七号車の食堂車のテーブルに坐って、流れ去っていく沿線の家々の灯りを眺めていた。

「あたし、食堂車ははじめてなんだ」

と、オリエが窓のガラスに額を押しつけるようにして言った。

「一度でいいから、こうして夜汽車の食堂でご飯食べてみたいと思ってたのよ」

「夜汽車とはまた古風な」

山岸守が笑って、

「電気機関車が牽引してるんだぞ」

「でもいいの。これは夜汽車。夜の電車だと歌にならないでしょ、ね、先生」

オリエは高円寺が何度やめてくれといっても「先生」と呼び続けている。

「まあ、古い演歌ならそうだな。しかし、歌は世につれ、だ。夜行電車をうたう歌が、そのうちでてくるかもしれんぞ」

高円寺はいつもの黒のタートルネックのセーターに革ジャンパー姿だった。鳥打帽《ハンティング》を脱ぐと、髪に白いものが混じっているのが目立つ。目尻にしわを寄せて笑うと、ふだんの鋭さが消えて、人のいい初老の男に見えた。

オリエは灰色のパンツに、セミブーツ、黒いブラウスに白いカーディガンという格好だった。レコード会社の専属歌手というより、どこかの会社の事務員といった感じである。数日前の新年会のときのゴージャスな美人歌手の面影はどこにもない。

それぞれ食事をオーダーすると、三人はビールで乾盃した。

「やっぱりチキン定食を注文すればよかった。うーん、残念」

オリエが食事のメニューを片手に、山岸に向かって情けなさそうな声をだした。

「なぜ注文しなかったんだい」

「だって、チキン定食、高いんだもん。三百五十円もするのよ。ビーフカツとライスだとその半分でしょ」

「いまからでも替えてもらえばいいじゃないか。すみません」

山岸守はウエイターを呼んで、オリエのオーダーの変更をたのんだ。

「ずいぶん気前がいいじゃないか」

高円寺はビールを一息で飲みほすと、

「寝台車だって、今度はワンランク上のクラスにしてくれたみたいだな」

「ええ。二等では申し訳ないと思いまして。それでもB寝台ですから」

「寝台車って高いんでしょ。いくらぐらい？」

オリエの質問に山岸守は内ポケットからチケットの明細書をとりだして、

「きみと高円寺さんは下段だから博多までの乗車券、特急券、それに寝台券で合計、八千円ちょっとだ。ぼくが上段で七千五百二十円か」

「えー、もったいなーい」

「きみの勤めているKオフィスは、景気がいいのかね」

と、高円寺がビールのおかわりを頼んで笑った。山岸守は手をふって、

「いえ、そうじゃないんです。会長からの指示で、高円寺さん対策特別費というのが出ましてね。高円寺先生とKオフィスの関係強化のためなら、費用を惜しむな、と」

高円寺は小皿のピーナツをつまみながら苦笑した。

「おたくの会長、川口さんとかいったな、あの人はどうやら勘ちがいしているようだ。いまのおれにそんな利用価値はないいね。すでに木島社長のほうはそれに気付いているから、黒沢制作本部長にべったりだ。まあ、木島さんのほうが正解だろうな」

黒沢の名が出たところで、山岸守はわざと話題を変えた。

山岸守はこの旅のあいだに、新年会のパーティで〈オール・スポーツ〉の谷崎から耳打ちされた話を、思いきって高円寺にきいてみようと心に決めていた。それが思いがけず、高円寺のほうから黒沢本部長の名を出してきたのだ。

高円寺はそれ以上は黒沢本部長の話題を続けず、とりとめのない会話で食事は進んだ。

「ところで、明日の予定は？」

と、高円寺がきいた。

「はい。博多到着が午前十一時半ごろです。それから一応、市内の大濠《おおほり》公園近くのホテルにチェックインしまして、午後一時半にKBCラジオに行きます。生出演で二時半過ぎには終るでしょう。そして、夜にはミリオンレコードの支社の人たちが一席もうけてくれるそうです。高円寺さんも一緒におみえになるというんで、支社のほうでもずいぶん気をつかってくださっているようです」

「あたし、その席、失礼してもいいでしょうか」

と、オリエが言った。彼女は皿のチキンを食べ終えて、紙ナプキンで口もとをぬぐいながら、

「こんどの曲については、支社の営業所の人たちも、あたしが地元出身ってことでずいぶん力を入れてくださったのよね。その曲を途中で投げだすみたいで、すごく気が引けるんだもの」

「だめだ」

と、山岸守は言った。

「《あの夏に帰りたい》は、一応のノルマはクリアしたんだ。いまは新しい曲にとりかかっているということで、みなさんにも納得してもらうつもりなんだよ。きみが抜けたんじゃ話にならないじゃないか」

「あたし、明日の晩は中洲で働いてる昔の友達と会うつもりだったんだけどなあ」

「夜の町で働いてるホステスさんだろう？　だったら深夜にでも会えばいいじゃないか」

「わかりました。そうします」

オリエが案外あっさりと納得したので山岸守はほっとした。

「先生——」

と、少しあらたまった口調でオリエが言った。高円寺は煙草を灰皿にもみ消して、

「なんだい」

「新年会のパーティに出られたとき、お客さまたちに、時代は変る、とおっしゃっていましたよね」

「うん」

「あのお話、どういうことでしょうか。たとえばですが、あたし、いまのレコードの制作のシステムって、なんとなくピンとこないところがあるんですけど」

「どんなところかな」

「偉い作詞家の先生が詞を書かれて、有名な作曲家が曲をつけて、ハイ、これをうたいなさい、って歌手がいただくわけですよね」

「うむ」

「その辺がなんとなく釈然としないんです。うまく言えないんですけど」

と、オリエは首をすくめた。

「むずかしい話は、またあらためてすることにしようぜ」

と、山岸守はオリエを制して伝票をとりあげて立ちあがった。

「さっき熱海を過ぎたから、次は浜松だな」

窓のむこうに人家の灯が点々と見えた。

食堂車を出て、三人で乗車している号車にもどると、山岸守は高円寺を振り返って声をかけた。

「ベッドでくつろぐ前に、デッキで煙草でも吸いませんか」

山岸守の意図を察したらしく、高円寺はうなずいた。

「いいだろう。あした以降の予定も、もう少しきいておきたいしな。オリエくん、きみはおれたちを気にせず、ゆっくり休んでいたまえ」

山岸守と高円寺は、デッキで煙草に火をつけて話しはじめた。

「高円寺さん、先日、ちょっと妙な話を耳にしたんですけど」

「わかっている。黒沢氏がからんだ話だろう。いずれ、きみたちのような若手の耳にも入るにちがいないと思っていたんだ。いい機会だから、なんでもききたまえ」

「ありがとうございます。では、率直にうかがいます。高円寺さんは、谷崎という新聞記者をご存知ですか」

「もちろん。彼はこの業界ではベテラン中のベテランだ。ただ、ジャーナリストというより、ちょっと仕掛け屋的な動きをするところが気になるがね」

山岸守は新年会で谷崎記者がしゃべったことを、かいつまんで話した。高円寺が黒沢正信にいまの会社を追われるだろう、という部分はカットして説明したのだ。高円寺は黙ってきいていたが、煙草に火をつけると、一服ふかぶかと吸いこんで窓の外に目を向けた。

「黒沢本部長が、文芸部長の大友さんと肌が合わないことは事実だ」

と、彼は言った。

「大友さんはね、ミリオンレコードの文芸部長というだけの人じゃない。いまの歌謡界のスターで大友さんの世話になってない連中はいないだろう。歌手だけじゃない。作詞家、作曲家もそうだ。無名のアーチストを大事に育てて、この業界で天皇といわれてきた。おれなんかも大友さんがいなければ、きょうの立場はないんだよ。あの人はなによりも歌と歌づくりを愛しているんだ。だが、黒沢本部長はちがう。彼にとってレコードは商品だし、アーチストはその商品を生みだすスタッフなんだ」

「そうでしょうね。でも——」

「いや、待ちたまえ。きみが言わんとするところはわかる。時代の流れということだよな」

「はい」

「黒沢本部長の考えは、たしかに時代の要請だろう。そもそも今の歌や音楽の世界を牛耳《ぎゅうじ》っているのはレコード会社だ。それは戦前からの古い専属制度によって支えられている。彼はそれをぶちこわして、歌手やアーチストの自由な交流を可能にするシステムを構想しているらしい」

「それは、どういうことですか」

「たとえばテレビだ。いまテレビはやっと一千万台を突破したところだが、そのうち一家に一台、いや、それ以上の時代が必ずくるだろう。新しい歌や音楽がそこから生まれるんだ。永六輔とか中村八大、いずみたくや青島幸男、そんな若い連中がレコード会社と関係のないテレビの現場から新しい歌を次々に世の中に送り出してるんだぞ。《上を向いて歩こう》にしても、《スーダラ節》にしても、古い専属制を突き破って世の中に迎えられた作品だ。しかし、黒沢氏がめざしているのは、作品をつくる会社ではない。自由に作られたいいものをピックアップして、それを商品化することだろう。彼はレコード会社から制作の現場を切り離そうとしているんだよ」

山岸守は腕組みして考えこんだ。窓の外には通過する駅の照明が光の河のように流れて過ぎていく。

歌や音楽をレコード会社が一手に作って世の中に送るというシステムは、いま崩れかかっているのかもしれない、と彼は思った。

大手ジャーナリズムの世界では、テレビやラジオで活躍する文化人たちを〈マスコミのウジ虫〉などと揶揄《やゆ》する向きもある。しかし、国民大衆が愛唱する歌や番組が、彼らの手でつくりだされ、大ヒットしていることは事実なのだ。

「時代が変ろうとしているのですね」

と、山岸守は独り言のように言った。

「どうやらそうらしい」

高円寺は煙草の煙を大きく吐きながらうなずいた。

「黒沢本部長の動きにも、それなりの理由はあるということだ」

「うちの川口会長は、そこを見ているということでしょうか」

「そうかもしれん。制作と流通とが切り離されると、歌づくりはどこがやる？　個人の仕事には限界があるだろう。そうなると、芸能プロダクションが変る可能性がある。興行やタレント管理だけじゃなくて、制作プロダクションとして新しい道を選ぶところもでてくるはずだ」

「なるほど」

川口会長は単に有名なディレクターと近づきになりたいだけではないのだ、と山岸守はうなずいた。ぽんと予算を山岸守に渡したのも、先を見越した計画があってのことだったのかもしれない。あの茫洋《ぼうよう》とした好人物そうな表情の背後には、企業家としてのしたたかな計算がはたらいているのだろうか。


〈あさかぜ〉が博多駅に着いたのは、午前十一時三十分だった。

駅のホームには、ミリオンレコードの福岡支社の男性が迎えにきていた。リーゼントの髪をポマードで奇麗になでつけた若い営業マンである。彼は高円寺の姿を見ると小走りに駆けよってきて、笑顔で挨拶した。言葉に福岡の訛りが強いところからすると、地元採用の社員らしかった。名刺には松本孝《まつもとたかし》という名前が刷りこんである。

「わざわざ出迎えにきてもらわなくてもよかったのに、悪いな」

と、高円寺が言うと、松本青年は人の好さそうな笑顔で手をふって、

「とんでもなかです。有名な高円寺先生がおみえになるというんで、支社長もえらい張り切って

ですね、自分がお迎えにいくとか騒ぎよりましたばってん、今夜、歓迎の会でご挨拶するごと、皆で説得したとですよ。お目にかかれて光栄です。それに地元出身の牧オリエさんもご一緒ということで、ほんなこつようおいでくださいました」

いかにも人の好さそうな青年は、オリエの大きなバッグを引ったくるように抱えると、先頭に立って歩きだした。

「それではとりあえず、ホテルのほうへ」

用意してあった支社の車には、最近のミリオンレコードのヒット曲のタイトルを印刷したステッカーがべたべたと貼ってある。

『あの夏に帰りたい』〈期待の新人　牧オリエ〉という文字も見えたのは、支社の配慮だろうと山岸守は思った。

「福岡の街は活気があるな」

と、高円寺が車の窓から外を眺めながら言う。風は冷たいが、行きかう人びとの表情には独特の明かるさが感じられた。

那珂川《なかがわ》をこえ、天神の繁華街を抜けて大濠公園ちかくの小さなホテルに着くと、すでに宿泊の手はずがついていた。ベッドと机があるだけの簡素な部屋だが、一応、バスもトイレもついている。地方巡業のときなど、古い旅館に泊ったりすることも多いので、オリエは嬉しそうだった。

一階のレストランで軽く昼食をすませ、支社の車で長浜のラジオ局へむかった。

KBCは一九五四年の一月に放送開始したラジオ局なので、社屋も新しく局内も若々しい空気があふれている。

オリエがゲスト出演するのは、午後のワイド番組のなかの一コーナーで、『新人さん、こんにちは』という三十分ほどの時間帯である。自分の持ち歌を一曲紹介し、あとはキャスターとアナウンサーをまじえての気軽なお喋りということになっていた。

地元ではかなり人気のある番組で、福岡支社のほうからの熱心な売り込みがあって実現した出演のようだった。

控え室のような部屋で、番組のプロデューサー、ディレクター、それに構成者をまじえて簡単な打ち合わせがあった。

「ずいぶん大人数でおいでになりましたね」

と、眼鏡をかけた中年のプロデューサーが名刺を交換しながら言った。

「それだけ牧オリエさんを力を入れてプッシュなさろうというわけですか」

彼は高円寺の名刺を見ても、何の反応も示さなかった。ディレクターも構成者もそうだった。ラジオ、テレビの世界では、レコード界の常識とはちがった新しい風が吹いているらしい。

「キャスターのゲンさんは、もう長くこの番組をやってますから、安心してまかせておけば大丈夫ですよ」

と、プロデューサーが言った。

「牧さんのプロフィールは、事前に渡してありますから」

オリエは、横で構成台本をめくりながら、不安そうな顔をしていた。最初に「よろしくお願いします」と笑顔で挨拶しただけで、あとはほとんど口をきかない。

「あの――」

と、オリエが顔をあげて、ディレクターにたずねた。

「あたし、この台本に書かれていることをその通りに言うんでしょうか」

「え？」

ディレクターは若い愛想のいい人物だが、オリエにはあまり関心がなさそうだった。

「いや、それは一応の構成案ですから、そのまま喋れというわけじゃないんです。まあ、こんなところかなと、構成の佐治《さじ》ちゃんと相談して作った台本ですから。自由になんでも話してくださって結構です」

オリエはうなずいたものの、どこか釈然としない感じだった。

「まあ、今回は司会のゲンさんにまかせて、大船に乗ったつもりで気軽にやってくれればいいんです」

と、プロデューサーは言った。

「曲はフルで使っていただけるんでしょうか」

と、横から支社の松本青年がきいた。プロデューサーが首をかしげた。

「この曲、スリーコーラスかけると四分ちかくかかるんですよね。この番組はトーク中心ということで、歌は途中でカットさせてもらうかもしれません。その辺はこちらの判断におまかせいただいて」

と、構成者が応じた。彼は長髪の芸術家ふうの青年で、さきほどのオリエの質問にどことなく不快感を抱いているような表情だった。

「よろしくお願いします」

と、文社の松本青年が最敬礼をした。

「では、十分ほど前にスタジオのほうにご案内します。皆さんはどうされますか。ここで放送をお聴きになっても結構ですよ。なにせ副調はちょっとせまいもんで」

「わたしはここで聴かせてもらいます」

と高円寺が言った。

「山ちゃん、きみは牧くんと一緒にいきなさい。そのほうが彼女も落着くだろう」

「ではよろしく」

とプロデューサーたちは控え室をでていった。

「なんとなく不安」

と、オリエがつぶやいた。

「なにが不安なんだい」

山岸守がきくと、オリエは肩をすくめた。

「だって、生《なま》番組でしょ。とんでもないこと喋ったら、とり返しがつかないじゃない」

「とんでもないこと、って?」

山岸守はさっきからオリエがなんとなく不機嫌な気配をみせていることが気がかりだったの

だ。

ラジオ局のスタッフたちにも、新人らしくもっと愛想よく笑顔で接するべきではないのか。わざわざ支社の人たちが売りこんで取ってくれた番組なのだ。新人歌手にとっては貴重な三十分の出演なのである。

そんな山岸守の釈然としない気持ちを、オリエは敏感に感じとったようだった。

「守さん」

と、オリエが呼びかけた。

「なんだい」

「なにか言いたいことがあるみたいね。さっきからずっと不愉快そうな顔してるじゃない。あたしが放送局の人たちに精一杯、媚《こび》を売ったりしないのが不満なんでしょ」

「なにを言ってるんだ」

山岸守はむっとして言い返した。

「本番を前にしてツンケンしてるのは、そっちじゃないか。仕事に私情をもちこむんじゃない」

「あたしがいつ私情をもちこんだのよ」

「まあ、まあ」

と、高円寺が割って入った。

「論争はあとにして、とりあえず気分よく三十分おしゃべりをするんだな。ほら、そろそろスタンバイする時間だろ」

「まだ始まったばかりよ。あたしの出番までは、あと二十分ぐらいあるわ」

そのとき、一人の男が控え室に入ってきた。ラジオ局の人間とは思えない、どこか無頼な気配を漂わせた四十代の男だった。その男は汚れたレインコートに手をつっこんだまま、無遠慮に部屋に入ってくると、高円寺の前に突っ立って、どうも、と軽くうなずいた。

濃い癖っ毛が眉の上までかかっている。背丈はそれほどないが、がっしりした肩幅をしていた。浅黒い肌の色とぶあつい唇が、どこかふてぶてしい印象をあたえる。

彼は勝手に椅子を引きよせ、高円寺の横に腰をおろした。コートのポケットから《ゴールデンバット》の袋をとりだし、くわえてライターで火をつけた。ふうっと煙を吐きだすと、

「あんた、高円寺さんだよね」

と、しゃがれた声で言った。

「そうです」

高円寺はうなずいて、ピースの缶を出すと一本抜いて口にくわえた。男が自分のライターをカチリと鳴らして火をつけた。

「ありがとう」

高円寺はおだやかな声で、

「そちらは？」

「夕刊フクニチの矢部《やべ》恒三《こうぞう》」

「フクニチの人か。で、わたしに何の用かね」

「あんたが福岡にくるという話をきいた。それで待ってたんだ。インタヴューをしたい」

「ほう」

「まさかミリオンレコードの広報を通せなどとは言わんだろうな」

「そういうことは言ったことがない」

横から支社の松本青年が甲高い声でその男に食ってかかった。

「あんた、失礼じゃなかね。いきなりやってきて、名刺も出さんとインタヴューさせろのなんのち、なんば言いよっと。いくらフクニチの記者でも、高円寺先生にそげか口ばきくのは、おれが許さんばい。さあ、出ていかんね」

「名刺が必要かね」

と、男が高円寺にきいた。高円寺は黙って首をふった。

「わたしの話を聞きたいというのか」

「そうだ」

「いいだろう。この番組が終ったら夕方まで体があく。どこか旨いコーヒーでも飲ませてくれる店に連れていってくれ」

「高円寺先生――」

と、松本青年が上ずった声で、

「番組が終ったら、支社のほうにお連れするごつ言われとるとですが」

「心配はいらんよ。今夜、会食の席でちゃんと挨拶はするから」

た。

と、高円寺は言っ
「フクニチさんにはちょっとききたいこともあるんでね」

そのとき、さっきの構成者が控え室に入ってきた。

「そろそろスタジオのほうへどうぞ」

と、彼は構成台本を丸めてオリエに手招きをした。山岸守はオリエをうながして立ちあがった。


「できるだけ機嫌よくな」

と、高円寺はオリエに微笑して言い、はげますように大きくうなずいた。

山岸守は構成者のあとについて、番組放送中のスタジオへむかった。いきなり闖入《ちんにゅう》してきた夕刊紙の記者のことは気になったが、高円寺のおだやかな応対ぶりには、なにか理由があるような気がしたのだ。

スタジオにつくと、大きなガラス窓ごしにマイクにむかって喋っているキャスターと相手役の女性アナウンサーの姿が見えた。ミキサーやそのアシスタント、そのほか何人もの男たちで調整室はひどくたて込んでいる。

「CMのあいだに中に入ってください」

と、ディレクターがオリエに言った。大きなガラス窓のむこうに、番組のメインキャスターの玄清一郎《げんせいいちろう》が坐っている。通称ゲンさんで通っている地元局の人気司会者だ。

すでに四十歳をこえているベテランのアナウンサーだが、現在はフリーで活躍しているという。軽妙なお喋りと、ときたままじえる九州弁が地元の聴取者《リスナー》から愛されているらしい。黒ぶちの太い眼鏡と、短く刈りあげた坊主頭がトレードマークだ。笑うときに体をのけぞらせて膝を叩くくせがある。

彼のむかい側に若い女子アナが坐っていた。アシスタント役の局のアナウンサーだ。その隣りの椅子が、オリエのための席らしい。

「はい、ここでCMです。どうぞ中に入ってください」

ディレクターに先導されて、牧オリエはブースの中に入っていった。背後でドアがしまると、中は密室のような感じだった。

「牧オリエです。よろしくお願いします」

オリエが挨拶すると、玄清一郎は片手をあげて、やあ、いらっしゃい、と、ふり返って歯切れよく応じた。

「こちら、パートナーの山根《やまね》ちゃん。牧さんのファンだそうだよ。きょうは一緒に番組の進行を手伝ってくれることになっとるけん、よろしくね」

「山根です。よろしく」

と、若い女子アナが笑顔で頭をさげた。ぽっちゃりした愛敬のある顔立ちだが、どこかに険のある視線を感じて、オリエは少し緊張した。ガラス窓のむこうに、エンジニアやディレクター、構成者や代理店のスタッフらしき男たちがいる。オリエは山岸守の顔をそこにみつけて、なんとなくほっとする気持ちになった。

「では、そろそろ始まりまーす」

ディレクターが合図を送ると、タイミングよく玄清一郎がしゃべりはじめた。

「さて、きょうのゲストは地元出身の歌手、牧オリエちゃんです。オリエちゃん、福岡にようこそ」

「ひさしぶりで福岡に帰ってきました。牧オリエです。よろしくお願いします」

「昨年は《あの夏に帰りたい》が大ヒットしてラッキーな年でしたね」

と、玄清一郎が軽快にしゃべりだした。

「わたしもあの曲、大好きでした。歌詞がとっても素敵ですよね」

と、山根アナが調子よく相づちを打つ。

オリエはちょっと口ごもって、ありがとうございます、と、頭をさげると、

「でも、大ヒットというわけでもないんです。よく言って中ヒット、いや、本当のところは小ヒット、というくらいかな」

ガラス窓のむこうで、山岸守が指を口にあてて、合図を送っているのが見えた。余計なおしゃべりは控えるように、というサインだろう。

「オリエちゃん、あなた、ずいぶん卒直な人やね」

と、玄清一郎が笑って言う。

「ふつう、この世界の人は五万枚売れたら十万、十万枚売れたら二十万とか、調子のいいことという人が多いよね。こっちが大ヒット、おめでとうといったら、はい、おかげさまで、とか応じる

のが当り前。それをわざわざ小ヒットだなんて、正直すぎて心配だなあ」

アシスタントの山根アナが無邪気そうな声で言葉をはさんだ。

「牧さんって、福岡のご出身ですよね」

「はい」

「福岡はどちらなんですか」

前もって略歴はちゃんと届けてあるはずなのに、とオリエは思った。

「筑豊です。中学校まで田川《たがわ》の炭住《たんじゅう》で育ちました」

「あら、そうなんですか」

と、山根アナは目をみはるような表情をした。オリエは微笑して、

「山根さん、でしたよね。あなた、炭住って、ご存知?」

「え? はい、知ってます。炭鉱住宅のことでしょう?」

「そう。あたし、部屋の窓から香春岳とボタ山が見える家で育ったんです」

オリエは自分の子供時代の炭住の生活について、話しはじめた。

「山根さん、骨嚙《ほねか》み、って聞かれたことあります?」

「いいえ」

オリエは山根アナの困惑した顔をみつめて話しはじめた。

「筑豊でいう弔いのことです。ほら坑内でガス爆発とか、事故で亡くなるかたがありますよね。

そんなとき――」

ガラス窓の向うで、ディレクターが顔をしかめて、しきりに玄清一郎に合図を送っている。話題を転換するようにと指示しているにちがいない。

「さあ、それじゃこの辺で牧オリエちゃんの《あの夏に帰りたい》をお送りしましょう」

玄清一郎が言葉をはさむと、待ちかねていたかのように軽快な前奏《イントロ》がはじまった。ドアをあけて、あわただしくディレクターが入ってきた。


ＫＢＣの局舎から、大濠公園ちかくのホテルへもどる車の中で、山岸守と牧オリエはちょっとした口論をした。

「せっかくの新年のラジオ番組だったのに、なんであんな話題にこだわるんだよ。調子よく向うのおしゃべりにあいづち打ってりゃよかったのに」

「だって、あの意地悪アナが勝手に話を筑豊に持っていったんだもん」

「それにしても、炭鉱事故やストライキの話なんかする必要はないだろ。歌の番組なんだぞ。報道番組じゃないんだ」

「山岸さん」

と、ハンドルをにぎっていた支社の松本青年が前を向いたまま声をかけた。

「こげなこつ言うのは失礼かもしれませんが、わたしはきょうの話、よかったと思いましたよ。なんか人間味があってね。この番組をきいて、牧オリエちゅう歌い手に共感した人が、よーけおらしたとじゃなかですかね」

「まあ、地元のかたにそう言っていただければうれしいんですけど」

と、山岸守は首をかしげて、

「支社のかたたちも、ラジオお聴きになってたんでしょうか」

「たぶん社内でガンガン鳴らして聴いとったでしょう」

「まいったなあ。マネージャーとして責任を感じてるところです」

運転席の隣りに坐っていた高円寺が、おだやかな声で言った。

「まあ、民間放送としてはユニークな番組だった。けっこう話題になると思うね。しかし、ディレクターのあわてぶりは、ちょっとした見ものだったな」

「あたしは、こういう世界には向いていないんじゃないかしら。なんかちがうんだよね。これまでネコかぶって調子よくやってきたけど、もう限界」

と、オリエが独り言のように言った。松本青年がなぐさめるような口調で、

「牧さん、うちの支社にもあなたのファンは、よーけおるとですよ。支社長も今夜お会いするのを楽しみにしよりました」

「今夜は七時からだったな」

と、高円寺がきいた。

「はい。六時半にホテルにお迎えにあがります」

「それまで地元の新聞のインタヴューを受けることになってるんだが」

「さっきのあの無礼な記者ですか。支社のほうに話も通さんと、いきなり取材というのはどんな

もんですかね」

「いや、じつはこっちも少したしかめたいことがあるんだ。時間までにはホテルにもどってるから心配はいらんよ」

「そうですか」

と、松本青年はどこか釈然としない口ぶりで首をふった。


ホテルに着くと、オリエは部屋へもどって電話をした。中洲の有名なバーで働いている中学の同級生で、このところ長く会っていない小嶋扶美《こじまふみ》という友人である。

昨年の暮れに彼女と電話で話したとき、そのうちぜひ会おうと約束した相手だった。彼女の兄が、炭鉱の坑内事故で亡くなったあと、ちゃんとしたお悔やみもしていないことが、ずっと気がかりだったのである。

小嶋扶美は、すぐ電話にでた。

「どこからかけとっと？」

と、彼女はびっくりしたようにきいた。

「福岡にきとっとよ。急な話だけど、いまからどこかで会えないかしら」

オリエはふざけて、わざと気取った口調で答えた。扶美の笑い声が大きく響いてきた。

「あんた、なんば気取っとるとね。レコードの一枚や二枚、出したからちゅうて歌手気取りは滑稽ばい。昔の織江なら会うてもよかばってん、芸能人ぶるのはやめてほしか」

「お店のほうは大丈夫？」

「うん。七時に出りゃよかけん、時間は気にせんでよかよ。どこで会おうか」

「悪いけど、こっちのホテルにきてくれる？　大濠公園の近くだけど」

オリエはとっさに九州弁が出てこずに、ふだんの口調で答えた。

「あんたのしゃべりかた、おかしかー。ながいこと東京にいたら方言わすれるのも当然ばい。歌を忘れたカナリアたいね。これからはうちに気を使うて九州弁つかわんでもよかばい。最近は福岡でもふつうの標準語で話さっしゃる人も多かとよ。世の中、どんどん変るけん、うちはもうまわりについていけんごつなった」

オリエは扶美の兄のことをどう言っていいやらわからずに、なにもふれないまま電話を切った。

ドアをノックする音がしたので開けると、山岸守が立っていた。

「なにか必要なものあるなら用意するよ。文社の松本さんが六時半に迎えにくるそうだから、あとでロビーで待ち合わせよう」

「守さん、ごめんなさいね」

と、オリエはちょっと首をすくめて舌をだした。

「ごめんって、なにが？」

「さっきの番組のこと」

「いいさ。もう済んだことだ」

山岸守は手をふって言った。

「高円寺さんは苦笑いしてたけど、支社の松本さんはおもしろがってたよ。あれはあれでよかったんじゃないのかな。ただし、KBCのほうからは当分お呼びはかからないだろうけどね」

「やっぱり、まずかったかしら。ところで、守さん、松本さんが迎えにきてくれるまでのあいだ、少し時間ある？」

と、オリエがきいた。山岸守はうなずいて、

「お城の跡など見物してみようかと思ってたんだけど、何か？」

「これから、あたしの昔の友達と会うの。なんだかしめっぽい話になりそうだから、守さん、一緒に会ってくれないかしら」

「例の中洲の店につとめてるとかいう友達かい」

「そう。けっこう美形《びけい》よ。酒場といっても超高級サロンらしいけど。ねえ、今夜の二次会、そこでやってもらえないかしら。支社長なんか、ひょっとしたら行きつけかも」

「きみがよければつきあうよ」

「うれしいわ。じゃあ、三十分後に二階のラウンジで」

「ＯＫ」

オリエはドアを閉めながら、ふと妙な予感をおぼえて苦笑した。山岸守が旧友の小嶋扶美のことを、きっと気に入るんじゃないかと思ったのだ。そしてなぜか扶美のほうでも山岸守に惹かれるような気がしたのである。オリエのそんな予感は、これまでにもしばしば適中したものだ。

オリエは山岸守を男性として意識はしていない。だが、彼が自分のことを単なるタレントとしてだけ見てはいないことは感じていた。マネージャーとして担当している歌手であると同時に、どこかでそれ以上のものを心に抱いていると思っていたのである。

オリエの中学時代の同級生とかいう女性と会うことになって、山岸守は少し緊張した。オリエが言った「けっこう美形よ」という言葉が少し気になっていたのである。

自分の部屋で顔を洗い、髪をととのえて、二階のラウンジに行ったのは約束の時間の少し前である。大濠公園の池に面した小さな喫茶室だった。ほかに客の姿はない。オリエはまだきていなかった。

〈あいつはちょっと時間にルーズだからなあ〉

自分のほうから同席をたのんでおきながら、本人がおくれてくるようなら少し説教してやらなくては、と腕時計から目をあげたとき、一人の女性がラウンジに入ってきた。大柄で白磁のような肌をしたエキゾチックな顔立ちの女だった。カールした髪が首筋から肩にかけて豊かに波打っている。濃い眉とやや中高《なかだか》な鼻、そして口角の上った唇が強烈な印象をあたえる。こげ茶色のファーのコートの前から、しなやかな脚がのびていた。

タレントや歌手たちを見慣れている山岸守にしても、思わずはっとする鮮やかな印象だった。

彼女はあたりを見廻すと、コートを脱ぎ、山岸守と少し離れた窓際の席に坐った。ラメ入りのブランドものらしい白いスーツがいかにもよく似合う体型である。ウエイトレスを呼んでコーヒーを注文するとき、彼女は一瞬、ちらと山岸守を見た。どこか人を値ぶみするような視線だった。

〈ひょっとして彼女がオリエの旧友の、小嶋扶美とかいう女性ではないだろうか？〉

腕時計を見ると約束の時間ぴったりだ。しばらく待っていたがオリエは現れない。窓際の席の女性がさりげなく腕時計に目をやるのを見て、山岸守は立ちあがった。たぶん彼女がきょうの待ち合わせの相手だろうと判断したのだ。

「失礼ですが――」

と、山岸守はその女性のテーブルの前に行き、控え目に声をかけた。

「はい？」

ハスキーな声で応じると、彼女は目をあげて、まっすぐに山岸守を見た。知らない男に声をかけられて、少しも動じない落着きがその表情にはあった。

「ひょっとして牧オリエくんのお友達では？」

「ええ。ここで待ち合わせたの。あなたは？」

「牧くんのマネージャーで、山岸といいます。ぼくも同席するようにと彼女に頼まれたんですが、まだ本人が現れませんね。お待たせして申し訳ありません」

「昔からそういう子よ」

と、彼女は笑った。不意に大輪の花が開いたような華やかな笑顔だった。

「あなたが織江のマネージャーさんなのね。守《まもる》さんっていうんでしょ？　話は織江から何度もきいてるわ」

「え？　本当ですか」

彼女は、わたし、小嶋扶美《こじまふみ》といいます、と軽く頭をさげて小型の名刺をバッグからだし、慣れた手つきで山岸守に渡した。

〈クラブ　みつばち　扶美〉

と、名刺には印刷されている。かすかな香水のにおいがした。山岸守も名刺を出した。

「Kオフィスね。川口さんの会社でしょ」

扶美がその名刺を見て、さらっと言ったので山岸守はびっくりした。

「会長をご存知なんですか」

「博多にこられたときは、いつもうちの店に顔をお出しになるの。本業はタクシー会社のオーナーよね。ちょっと品はないけど下品じゃない。あれで変な関西弁さえ使わなければね。わたし、好きよ、あの人」

オリエはまだ姿を見せない。山岸守は扶美にすすめられるままに、彼女の前に腰をおろした。小嶋扶美がシガレットケースを出して、煙草に火をつけた。流れるように優雅な手つきに、山岸守は思わず見とれた。

「織江が、なぜおくれてるのか、わかる？」

と、小嶋扶美がきいた。山岸守は首をふった。小嶋扶美はかすかに笑った。

「織江はね、昔からそういういたずらをする癖があるのよ。山岸さんにわたしを引き合わせたかったんだと思うわ」

「それ、どういう意味ですか」

「織江はね、すごいヤキモチ焼きなの」

山岸守は話の行方がわからずに首をかしげた。小嶋扶美はそんな当惑した山岸守の顔に、ふーっと煙草の煙を吹きかけながら笑った。

「彼女は山岸さんのことが好きなのよ」

と、扶美は言った。山岸守はまばたきをした。

「でも、男と女の仲にはなりたくない。なぜだかわかる?」

「わかりません」

「織江には本当は心底《しんそこ》、好きな男の人がいるの。その彼のことをさしおいて、ほかの男といい仲になることは自分で許せないんだわ」

山岸守は当惑した顔で扶美をみつめた。

「だから織江は、わたしとあなたを引き合わせた。自分のかわりに、山岸さんとわたしが仲良しになるようにね」

山岸守は苦笑した。仲良し、という言葉は単なる友達という意味ではなさそうだった。扶美は続けた。

「織江はわたしが山岸さんを気に入ることを確信している。そしてまた、あなたがわたしのことを好きになるだろうとも思っている。自分は山岸さんといい仲にはなれないけど、わたしとなら許せるのよ。いわば、わたしを自分の身がわりにしたいんだわ」

「ぼくがあなたのことを好きになるなんて、どうして彼女にわかるんですか」

「だって、山岸さん、わたしのこと好きになったでしょ」

山岸守はどう返事していいかわからずに黙りこんだ。

「嫌い？」

「いえ」

「わたし、あなたのこと気に入ったわ。織江の策略にはまるのはしゃくだけど、こういう仕事をしてるとね、お店のお客さん以外の恋人を持ちたいのよ。織江がすすめてくれる男の人なら信頼できる。ずっとでなくてもいいから、山岸さん、わたしと仲良くしてくださる？　織江もきっとよろこぶわ」

この人は頭が変なのかもしれない、と山岸守は思った。しかし心の底で、目の前にいる女性に強く惹かれていることは認めないわけにはいかなかった。ラウンジに入ってくる姿をひと目みた瞬間から、なにか言葉にならない運命的な予感のようなものを感じたのだ。

「おまたせ」

と、そのとき声がした。ふり返るとオリエがいたずらっぽい笑顔で近づいてきた。

「どうやら成行きは上々《じょうじょう》のようね」

と、彼女はからかうように言って椅子に腰かけると、

「まあ、扶美ちゃん、いつもより一段とメイクに念を入れたみたいじゃない」

「もう年やけんね」

と、それまでとがらりと変った九州弁で扶美が応じた。オリエが笑って、

「きょうは山岸さんもおらすけん、標準語で話そ」

「OK。イメージは大事にしなきゃね」

オリエは、ジントニックを注文したが、置いていないといわれてレモンスカッシュを頼んだ。

「これ、ほんのお悔みのつもり」

と、オリエは言って、バッグから黒い布に包んだものを扶美にさしだした。

「おそくなって、ご免ね」

「いらない」

小嶋扶美はその包みを押し返して、

「気持ちだけ頂いておく。あんたよりうちのほうが十倍も稼いでるんだから」

「あ、そう」

オリエはあっさりと包みをバッグにもどすと、

「お兄さん、気の毒だったわね」

小嶋扶美はきびしい口調でしゃべりだした。

「気の毒なんてもんじゃないわ。あれは事故じゃない。犯罪よ。保安設備を徹底的にケチって、事故がおきれば知らん顔。去年だって小山《こやま》の事故がどれだけあったと思う？　マスコミなんかにはぜんぜん報道されてないけどね」

「あたし、あす筑豊へ行くんだ」

と、オリエが言った。

「へえ、お里帰りってわけ？　それとも、仕事で？」

「里はもうないけどね」

扶美は新しい煙草に火をつけると、独り言のように言った。

「やめといたほうがいいと思うけどなあ」

オリエはむっとした表情で扶美の顔を見た。

「どうして？」

「あんた、地元の人たちから自分がどんなふうに言われているか、知ってる？」

オリエは黙っていた。扶美は続けた。

「最近は坑内事故だけじゃない。あっちもこっちも閉山につぐ閉山で、みんな気が立ってるのよ。若い人たちも、オッさんたちも、鉢巻きをしめて、毎日、閉山反対のデモばっかり。うたう歌は《がんばろう》とか《民族独立行動隊の歌》とか、荒木栄《さかえ》の歌とかでもう大変。そんなところに《あの夏に帰りたい》とかなんとか、呑気《のんき》な歌の歌い手が帰ってきても、歓迎してくれる人がいると思う？　ボタ山のガラ投げつけられるくらいがオチよ。やめとき、やめとき。そのうち騒ぎが落着いたら、わたしが一緒につんのうて行ってやるけん、こんどはやめときんさい」

扶美は標準語と方言がごっちゃになった言い方で首をふった。

オリエは黙って窓の外の木立ちをみつめていた。肩がかすかに震えているのが山岸守にはわかった。扶美が手をのばしてオリエの手をにぎった。彼女の目に涙が浮かんでいるのを見て、山岸守は胸が苦しくなった。

いま、小嶋扶美が言ったことは、オリエ自身も痛いほどわかっていることなのだ。高円寺に初めて会わせたとき、オリエが涙ぐみながら話していたことを、山岸守は思いだした。

「《あの夏に帰りたい》は、悪い歌じゃないです」

と、彼は思わず小嶋扶美に言った。

「いや、むしろぼくは最近の歌の世界では、とてもいい作品だと思います。でも、扶美さんの言うことも、なんとなくわかるような気もする。だから今回は――」

「わかった」

と、オリエは押しだすようにかすれた声で言った。

「明日はこのまま東京へもどることにする。でも、いつか、きっと、自分の歌をもって筑豊へ帰るけん、扶美ちゃん、見とってね」

オリエはくすんと鼻を鳴らして唐突に立ちあがり、しばらく寝る、と言い残して席を離れた。

「織江」

と、扶美が呼びかけたが、彼女はふり返らずにラウンジを出ていった。

「わたし、悪いこと言ったのかなあ」

と、扶美がため息をついて言った。

「いや、言ってくださってよかったです」

山岸守は扶美をふり返って、

「小嶋さんのお兄さんのこと、彼女から聞いていました。残念です。ぼくからもお悔み申しあげます」

「ありがとう。兄は昔気質《むかしかたぎ》の人でね、馬鹿も利口も命は一つ、というのが口癖だったの。中学のころ、織江のこと好きだったみたい。口にだしたことはなかったけどね。その頃は彼女、飯塚《いいづか》の伊吹信介っていう人に恋してたもんだから」

「ぼく、その伊吹さんという人に会ったことがあります」

扶美はびっくりしたように目を見張って、

「へえ、いったいどこで？　いつ頃の話？」

山岸守は、いつか大阪のラジオ番組収録のステージ裏での出来事を話しはじめた。小嶋扶美は体をのりだして、彼の話に聞き入った。

高円寺竜三は、その店に入ったときふと奇妙な既視感《きしかん》をおぼえた。はじめての店なのに、なぜか以前にきたことがあるような錯覚におそわれたのである。

それは大濠公園から少しはなれた静かな住宅地の一角にある珈琲店だった。「アウル」と小さな木の札がかかっているだけで、通りがかりの人は喫茶店とは気づかないだろう。薄暗い店内は、古いアンティークの家具で埋まっている。その古家具のあいだに客席がはさまっているような感じだった。

夕刊フクニチの矢部は、慣れた様子で奥の椅子に腰をおろした。奥から白い服を着た老婦人が姿を見せると、黙って席の前に立った。

「コーヒーを二つ」

と、矢部は命令口調で言った。そして高円寺の顔をみて、「いいよな、それで」と言った。

「ここのコーヒーは旨いんだ」

老婦人は無言のまま姿を消した。

「そうか。あそことよく似ているんだな」

と高円寺はうなずいた。

「あそこ、って？」

「中野の――」

「〈クレッセント〉かね」

矢部記者の言葉に高円寺は、ほう、と目をしばたたいて、

「あの店を知ってるのかい」

「ああ。若いころにいちどだけ行ったことがある」

高円寺はあらためて目の前の男を眺めた。四十代の半ばぐらいか。浅黒い肌と濃い眉。もじゃもじゃの縮れっ毛には、わずかに白いものがまじっている。目の奥に妙に鋭い光があった。

〈こういう下士官が軍隊にはいたな〉

徹底的に新兵をしぼりあげる古参兵。しかし、戦場では頼りになるリーダーだ。

「なんのインタヴューかね」

と、ピースの缶をポケットから出して高円寺がきいた。矢部も自分の煙草の袋をとりだし、一本抜いて火をつけた。

「べつに」

と、彼は言った。

「ただ会ってみようと思っただけだ。おもしろければ記事にする。つまらなければ書かない」

「いいだろう。なんでもきいてくれ。時間はある」

運ばれてきたコーヒーを一口飲んで、高円寺は、ほう、と声をあげた。

「うまい」

「よかった。この店に連れてきた甲斐があったよ」

矢部はメモ帖を出してテーブルの上においた。

「まず、ざっとした経歴をきかせてくれ」

「つまらん話だよ」

高円寺はコーヒーをもう一口飲むと、ぽつりぽつりと話しだした。これまで何度となく取材に応じて語った定番のストーリーである。矢部は黙って高円寺の話に耳を傾け、ときどき手帖にメモをした。ほかに客の姿はなく、静かな店内には音楽も流れていない。

一時間あまりしゃべっただろうか。高円寺は言葉を切って矢部の顔をみた。

「まあ、そんなところだ。これまで何度も話しているうちに、他人の身上話みたいな気がしてきたよ」

「おもしろかった」

矢部はうなずくと、

「〈艶歌《えんか》の竜〉、なんてキザな言われかたしてるんで、どんな野郎かと思ってたんだが」

「何度も話しているうちに、起承転結ができあがっちまってね。われながらいやになる。手垢のついたストーリーさ」

「一回の記事じゃ惜しい。続きものとして書いていいかね」

「好きに料理してくれ。ところで——」

と、高円寺は脚を組んで、相手を値ぶみするような目付きで眺めた。

「そっちの本当の用件は取材じゃないんだろう？　こっちがこれだけサービスしたんだ。本当のところを聞かせてもらおうか」

「いいだろう」

矢部はメモ帖をポケットにしまうと、鞄《かばん》から書類を取りだした。そして、それを高円寺に手渡してから、腕組みして言った。

「ご推察の通り、あんたに会いたかった理由はほかにもある。まずは、これを読んでくれ。こいつは、おれが書こうとしているレポートの下書きなんだ。ほんの少しだが、あんたの名前も出てくる」

「わたしの名前が？」

高円寺は首をかしげながら、原稿を読みはじめた。

◆ある男の生き方

ミリオンレコードは、文字どおり日本のレコード界の草分けであり、名門中の名門といっていいレコード会社だ。音源制作だけでなく、レコード生産、宣伝、販売などの一貫工程にくわえ、音響機器の製造、販売も行っている。いずれテレビ事業にも乗りだすことが予想されている。実演、興行部門でも圧倒的に強い。

強力な専属制度を維持していて、作詞、作曲、歌手などは、ほとんどの一流アーチストを独占している。ミリオンレコード専属の肩書きだけで、一生食っていけるといわれていた。

その社の制作部門のトップが、文芸部長の大友敏郎である。大友は数々のスター歌手を育て、レコード界の天皇と呼ばれてきた。

その彼の最大の手駒が、制作面でのエース、高円寺竜三だ。肩書きを拒んで、一介のディレクターとして現場にとどまっている。彼は洋楽、ポップスの台頭のなかで、歌謡曲、流行歌にこだわり続けてヒット曲を連発してきた人物だ。

しかし、近年、テレビ番組から送りだされる新しい歌の波は、年ごとに水位を上げてきつつある。

『上を向いて歩こう』や『スーダラ節』などの大ヒットに押されて、従来の歌謡曲はじりじりとその勢いを失う気配もあった。またレコード会社とテレビ局の二大勢力の間隙《かんげき》をぬって、フォークソングという新しいジャンルも発生して勢力を増しつつある。

そんななかで巨大企業ミリオンレコードの改革が黒沢正信という人物の手で行われようとしているらしい。親会社の電機メーカーから出向してきた人物で、彼の背後にはアメリカ資本がついているとのもっぱらの噂だ。

噂では専属制度の廃止、制作部門の下請けシステム化、興行事業の切り離し、社内機構の近代化など、これまで考えられなかった大胆な改造が計画されているという。将来はアメリカ音楽産業のアジア支部として、外国資本の傘下に再編成されるのではないかと見られている。

しかし、そこに新しい火種が生じた。そんな動きについていけない制作スタッフたちが、大友敏郎をかついで独立し、新しいレコード会社をスタートさせようとしているとの噂が飛びかっているという。

高円寺竜三が、その切り札の一つであることは周知の事実だ。

彼を慕う歌手や作詞、作曲家たちは多い。ミリオンレコードのドル箱といわれる大物歌手も、高円寺が動けばミリオンを出るだろうと見られている。その他のアーチストの大半が動けば、ミリオンレコードは巨大な空家《あきや》になるだろう。

そのために、膨大な引き留め工作費が投じられているらしい。外国資本の影が、そこにちらつく。

それに対して新会社設立をもくろむ側でも、ミリオン社を上回る金額が必要となると見られている。その資金はどこから出るのか。

人脈や義理人情の世界といっても、結局は金だ。もし新会社にだれも行かないとなれば、新人だけのお寒い発足になる。それでは半年ともつまい、というのが深層を知る関係者の推測であるらしい。事の成行きが注目される。

読み終わると、高円寺は表情ひとつ変えず、無言で煙草に火をつけた。

「どうだ」

矢部がきいた。高円寺はうなずいて、

「よく書けている」

「記事の内容は正しいと認めるんだな」

「大筋《おおすじ》では、な。ただ、まだ噂の段階にすぎんよ。わたしはそんなキナくさい話からは蚊帳《かや》の外だ。会社から独立するとかいう話を正式に受けているわけじゃない」

「ならば、核心にかかわる質問だ。あんたはミリオンを飛びだして、新しい会社に移る気があるのか」

矢部が熱をおびた視線で、高円寺をみつめた。高円寺はしばらく黙ってから、矢部の目を見て、

「いや」

と、首をふった。

「ほう。じゃあ、盟友の大友部長を裏切るつもりなのか」

意外そうな、それでいて詰問するような口調で矢部がきき返すと、高円寺は、そういうわけじゃない、と低い声で続けた。

「一宿一飯の義理がある大友さんについていくのは当然だ。しかし、新しい会社が本当にできるのかというと、まだどうも確信が持てない」

「どういうわけだ」

「わたしだって、この業界は長い。どんなに理想が高くても、結局は金の力が物を言うことくらい、わかっている。その点、ミリオンには、昔から財閥系の企業がバックについていて資金に不安はない。だが、新しい会社のほうはどうなんだ。なぜか、噂だけが先行しているが、それだけの金を出す企業なり、出資者なりがあらわれたという話は、耳に入ってこない。ひと口にレコード会社を立ち上げるといっても、簡単なものじゃないんだよ。実業というより、当るか当らないかわからない虚業にすぎない。当座の運転資金だけでとんでもない金がかかるし、あんたの記事にもある通り、歌手を引き抜くための金だって準備しなければならないだろう。そんな金をポンと出してくれるところがあるだろうか。わたしには、そうは思えないね」

「なるほど。その見方はもっともだな。では、裏を返せば、資金が確保さえされれば、前向きに考えてもいいということか」

「あんたは何か誤解している」

高円寺は苦笑いを浮かべて言った。

「わたしはただ、自分がつくりたい歌をつくるだけだ。一介の職人なんだよ。事業やら資金やらといった話は、どうにも苦手で関わりたくない。知る立場にないし、知ろうとも思わない。状況次第でなるようにしかならん。そうとしか言えんよ」

「うまく逃げたな」

矢部は仏頂面《ぶっちょうづら》で答えた。

高円寺は少し笑って、きき返した。

「質問はそれだけか。では、こんどはこっちからききたいことがあるんだ。教えてくれないか」

「何だ」

矢部は少し緊張した表情で高円寺を見つめた。

「北九州の川筋会《かわすじかい》というのは、どういう組織なんだ」

「川筋会？　ふむ、それをどこで耳にした？」

「新会社の噂をきいているときに、何度かその名があがったんだが、どうにも要領を得なくてな。こっちの関係か？」

高円寺は片頬を指でなぞってきいた。

「いや、ちがう。川筋会というのは、筑豊の遠賀川《おんががわ》に縁のある連中の集まりなんだよ」

矢部はコーヒーを一口飲んで、淡々と話しはじめた。

「遠賀川は北九州をつらぬく一級河川だ。英彦山《ひこさん》などに源を発し、飯塚あたりで支流を集めて遠賀川本流となり、かつて筑豊の石炭はその河川で運ばれた。かつての最盛期には何千という川船が往還《おうかん》したという。この国のエネルギーを支える動脈だったのさ。その流域には川筋気質《かわすじかたぎ》といわれる独特の気風がつちかわれた。その地に育った者たちの中で、やがて実業界に名をなした人びとが、往時をしのんで集ったのが川筋会だ。いまどき流行らない義理と人情を重視し、お互いに助け合う。ことにその中で結束が固いのが、小倉《こくら》師範関係のメンバーだといわれている」

高円寺は黙って矢部の話に耳を傾けていた。

「彼らは事をおこすに当っては、人がすべてだと思っているんだよ。金だけではない。九州では今だにそういう考えがつよいんだ」

「川筋会というのは、そんなに結束が固いのかね」

「もちろんだ。戦前の政治結社、玄洋社の流れをくんだ人たちもいるんだからな」

「そうか」

高円寺はうなずいてから、それまでにない強い視線を矢部に向けてきいた。

「それで、あんたはどういう立場なんだ」

その口調には有無を言わさぬ迫力があった。

「あんたが単に仕事上の関心で、ミリオンレコードの内幕を調べて回ってるとは思えない。あんたの行動には何かしらの意図があるように感じるのさ。当っているかね」

矢部はしばらく黙っていた。それから少しかすれた声で言った。

「さすがだ。わかった、正直に言おう。おれは新聞記者だが、北九州財界では名の通っているある実業家のブレーンもやっている。その人の名前はまだ明かせないが、川筋会の人間だ。おれがこうやって会いにきたのは、あんたがどれだけの男か確かめてくるようにと、その人に言われたからさ。いずれ話す機会があると思うが、おれにはおれなりの考えがあって動いているんだ」

高円寺は少し考えてから、きいた。

「わたしの想像が当っていれば、その人物は新しいレコード会社をつくる話に関わりがあるんだな」

「そうさ。あんたが福岡にくる話は、その人がある筋からつかんできたんだ」

「ある筋、ね」

そう言いながら、高円寺は顔をしかめた。ミリオンレコードから飛びだすという噂話の中で、自分の名前が想像以上に広まっていることに、いまさらながら気がついたからだった。

気になることもある。

矢部の話が本当ならば、矢部の言う実業家は新会社への出資を考えている可能性が高い。それは何者なのか。巨額の運転資金がかかるレコード会社を経営できるだけの体力があるとすれば、国内で指折りの資産家ということになるだろう。

それに、この矢部という男は、一体何の意図があって、一レコード会社の内紛に首をつっこんでくるのだろうか。

高円寺が煙草をくゆらしながら考えをめぐらしていると、矢部が沈黙を破って言った。

「矢部というのは、おれのペンネームだ。本名は、筑紫次郎という」

約束の六時半ぴったりに支社の松本青年が車で迎えにやってきた。

高円寺と山岸守、そして薄く化粧をした牧オリエは、松本青年の運転する車で那珂川ぞいのふぐ料理の店に案内された。福岡では、ふぐと濁らずに、ふく、というらしい。古いが落着いた構えの店だった。

福岡支社長の秋元《あきもと》という人物は、以前、高円寺と面識があったらしく、やや興奮気味で牧オリエたちを迎えた。

「高円寺先生が福岡におみえになろうとは、思ってもおりませんでした」

と、彼は上気した顔で挨拶した。

「それに地元出身の牧オリエさんとご一緒できて、うれしかです。ラジオもちゃんと聴かせてもらいました。よかったですよ」

「変なこと言って、すみません」

オリエは如才なく支社のメンバーに挨拶すると、山岸守をふり返って、

「なんだか今夜は酔いたい気分。いいかしら、酔っぱらっても」

山岸守が眉をひそめて、

「おい、おい、イメージをこわさない程度にたのむよ」

「二次会はあたしの親友のお店にいきましょう。ね、支社長さん、いいでしょ」

「オリエさんと一緒なら、どこへでもお供しますよ。もしかして、目当てのお店でもあるんですか」

「中洲の〈みつばち〉へ連れていってくださらない?」

「え？」

支社長は首をすくめて、

「〈みつばち〉ですか。超高級店ですよ。わたしらには、ちょっと入りづらい店ですが」

「あたしの親友がそのお店にいるの。大丈夫、まかせておいて」

まるで以前からの知り合いのように気さくに振舞っている牧オリエを、山岸守は少し切ない気持ちで眺めた。筑豊に帰らないときめたオリエの心に、どこか言葉にならない悲しみがひそんでいるのが感じられたからである。

気がかりだったのは、歌い手の生まれ育った土地を見ておくべきだとすすめてくれた高円寺だが、筑豊への訪問をやめると伝えると、何事かを察したのか、山岸守にはなにも言わなかった。

支社からは支社長のほかに三人の社員が参加していた。酒が入ると、支社長は急に饒舌《じょうぜつ》になった。

「高円寺先生――」

と、彼は高円寺の盃に酒をつぎながら、憤懣《ふんまん》やるかたないような口調で言った。

「最近、どうもおだやかならぬ噂が耳に入るんですが。本社のほうで黒沢制作本部長と大友文芸部長との間で、いろいろもめごとがあるそうですね。高円寺先生も、結構ご苦労が多いのではないですか。本当のところどうなんでしょう。わたしどもの心配することじゃないんですが」

「ま、いろいろありますけど」

高円寺は支社長の盃に酒を注ぎながら、

「現場の皆さんにまでご心配かけて、申し訳ないと思ってます」

「レコード制作部門を、切り離して下請けにだすなんて噂も耳に入ったりしまして」

高円寺は首をふって、

「それをやったら、レコード会社ではなくなる。それはありえません」

「ですよね。でも、そんな噂が流れてくると現場の士気にかかわるんです。本社がそんなつもりなら、わたしらだって黙っておられん。高円寺先生あってのミリオンレコードですから。この福岡支社は全国の支社や営業所の仲間をかき集めて、ずっと先生について行く覚悟です。東京の連中にいいようにされてたまるかっていうんだ。なあ、みんな」

支社長の言葉に、部下たちもそうだ、そうだと、威勢のいい声をあげた。

それをききながら盃をほす高円寺の表情に複雑な影が一瞬さすのを山岸守は見たような気がした。

「守さん、飲んでる？」

と、オリエが山岸守の前に坐って言った。すでにかなりピッチをあげて飲んだらしく、顔がバラ色に染まっている。

「あたし、そのうちきっと筑豊に帰るけんね」

と、オリエは山岸守の目をみつめて言った。

「みんなが泣いてよろこぶような、そんな歌をもって帰るんだ。あたし、絶対にそうしてみせるから」

オリエの目に光るものがあふれるのを見て、山岸守は思わず目を伏せた。

オリエの告白

福岡から戻ったその翌日、山岸守がKオフィスに出社すると、席につく間もなく、女性事務員から声がかかった。

「会長がお呼びです」

山岸守はオーバーを脱ぎ、ネクタイを締め直して会長室へ急いだ。

「山岸です。お呼びでしょうか」

川口会長は机の横の絨毯《じゅうたん》の上で、パターの練習をしていた。ゴルフボールが部屋のあちこちに転っている。

「待ってたところや」

会長は上衣を脱いで、腕まくりしていた。突きだした腹が苦しいらしく、ベルトではなくサスペンダーでズボンを吊っている。鮮やかなオレンジ色のネクタイをゆるめて椅子に腰をおろすと、山岸守に向い側に坐るように手で合図した。

「失礼します」

「福岡はどないやった?」

と、川口会長はハンカチで顔をふきながらいつものエセ関西弁できいた。

「高円寺さんも一緒だったそうやないか」

「はい。ご自分のほうから同行したいとおっしゃいまして」

「ふむ」

会長はちょっと考えるように首をかしげて、それから「やっぱりな」と独り言のように言った。

「あんた、ミリオンレコードの支社長と〈みつばち〉へ行ったそうやな」

「え？」

「で、どうやった、感想は？」

「超一流店で、気おくれしてよく憶えていません。なにしろ来ているお客が凄かったです。夜の商工会議所とか噂はきいていましたが、地元の名士ばかりでなく、新聞やテレビで顔を知ってる有名なかたが何人もおられまして――」

「東京の〈ラモール〉、大阪の〈太田〉、博多の〈みつばち〉というのが、わしの憧れの名店や。いくら高円寺さんでも、そう簡単には入れてもらえんやろ。だれの紹介？」

「牧オリエの親友があの店で働いているんです」

「ほう。なんという子や」

山岸守は一瞬、言葉につまったが、思いきって彼女の名前をだした。

「小嶋《こじま》扶美《ふみ》という人です。会長のことを話してました。ご存知でしょう？」

「扶美かあ」

と、会長はぽんと膝を叩いて、大きくうなずいた。

「彼女はあの店でも、とびきりの売れっ子だぞ。美人なだけやのうて、えらい実力者や。太い人脈をもってる凄腕の女やで」

「会長のこと、好きだ、と言ってました」

「わしが好きやて？　ほんまかいな」

山岸守は返事につまった。品はないが下品ではない、と彼女は会長のことを言ったのだ。それは言わなかった。

「まあ、お客として好感をもってる、というような口調でしたけど」

「それくらいわかっとるわ」

会長はため息をついて、

「どうせわしなんか刺し身のツマや。それでも名前を憶えてもろうてただけでも、よろこばなあかん。で、〈みつばち〉でどうした。酒のんだだけじゃあるまい」

「はあ」

山岸守はその晩のことを思い出して、会長に話した。途中で扶美が高円寺を連れて、奥の席へいったのだ。三十分ほどして高円寺はもどってきたと思う。どうやら扶美があいだにたって、高円寺を誰かに引き合わせたのではないかと山岸守は想像している。

「その相手の名前は？」

「聞いていません」

「ふむ」

会長は腕組みしてしばらく考えこんでいた。それから組んでいた腕をほどいて、

「そうか。そういうことやな。まちがいない」

と、大きくうなずいた。

「いいか、山岸くん」

と、会長は声をひそめて、体をのりだした。

「これから話すことは、誰にも言っちゃならん。秘中の秘や。わかったか」

「はい」

山岸守も背中をおこして、会長の話をきく姿勢になった。石油ストーブのせいで部屋は暖かく、会長の顔には汗がにじんでいる。彼は適当な関西弁と、どこかの方言がごっちゃになったような何とも奇妙な口調でしゃべりだした。

「扶美が高円寺さんを引き合わせたのは、玄海興産《げんかいこうさん》の若宮《わかみや》社長やろ。まちがいないわ。高円寺さんの一行が〈みつばち〉にくると知って、扶美がお膳立てしたんとちがうか。それくらいのことは朝飯前の女や。いずれにせよ、いよいよ事が動きはじめたんは確実やな」

「何が起きているんですか」

山岸守は話の方向が見えず、当惑してきいた。

「クーデターや。いや、クーデターいうんやないな。会社を乗っ取るんやのうて、飛びだすんや

から」

「飛びだす？」

「そや。ミリオンを割って、文芸部長の大友はんが新会社をつくるんや。売れっ子の作曲家、作詞家、それにスター歌手をぎょうさん引きつれてな」

会長はハンカチで額の汗をふきながら話を続けた。極秘の内容というには大きな声だった。

「大友はんは、いわばミリオンレコードの心臓みたいなもんや。あの人が抜けたら会社はガタガタになる。手塩にかけて育てた歌手、作詞家、作曲家、それにディレクターは、数百人といわれとる。その中でも、最大のキーマンは高円寺さんやな」

「高円寺さんが、ですか」

「そや。あの人がミリオンを出るいうたら、仕事を投げだしてついていく連中がごまんといるんや。スター歌手の地位を棒にふっても、高円寺さんと行動を共にする歌手たちもぎょうさんおる。各地のレコード店や、流しの組合や、興行関係の仲間も歩調を合わせるはずや」

山岸守は、驚きながら川口会長の話にききいっていた。〈オール・スポーツ〉の谷崎記者からきいた話と、特急〈あさかぜ〉で高円寺が明かしてくれた話が、このようなかたちでつながってくるとは思いもよらなかったのだ。

それにしても〈みつばち〉の小嶋扶美が、そんなやり手だとは。

福岡から東京へもどってきた翌日、〈みつばち〉を紹介してくれた礼にかこつけて電話したときも、しごく明かるい素直な受けこたえだったのである。ちかぢかあなたに会いに上京するわ、と冗談めかして言っていたのだ。

「小嶋扶美さんはなぜ、高円寺さんに若宮さんという人を引き合わせたのでしょう」

山岸守は会長の表情をうかがいながらきいた。さしでがましい質問をするな、と叱られそうな気がしたのである。

「きまってるやないか。大友・高円寺連合軍がミリオンを出て新会社を作ったときに、社長になるのは若宮さんやからな」

川口会長が当然のような口調でそう言ったので、山岸守は衝撃を受けた。そこまで事態が進行していたとは、想像もしていなかったのだ。

〈東京に戻るまでのあいだ、高円寺さんは何も言っていなかった――〉

しばらくして川口会長が言った。

「しかし、話はまだ決定してはおらん。問題は、高円寺さんがミリオンのレーベルに、なみなみならぬ愛着をもっているらしいことや。戦後の焼け跡の中から苦労してやってきた会社やからな。高円寺さんは、本当のところは会社を割りたくないんとちがうか。それもあって若宮さんは高円寺さんが福岡にきたのを機会に、自分の目で本人を見て、言葉をかわして、腹を決めるつもりやったにちがいない」

高円寺さんは、そのことを何か話していたか、と会長は山岸守にきいた。

なにもきいていない、と答えると、

「そうか」

会長は口を結んで遠くを見るような目つきをし、小さく二、三度うなずいた。

「どうやら若宮さんは腹をきめたようやな」

と、彼は独り言のように言った。

「どうしてそう思われるんですか」

「高円寺さんに直接会えば、だれだってそうするやろ。当り前や」

山岸守は、自分が意図しないままに、大きな嵐の中に巻きこまれようとしていることを感じて、思わず唾をのみこんだ。

「と、なると、こっちはどうでるかや」

会長は立ち上って、部屋の中を行ったり来たりしはじめた。大きな決断に迷ったとき、川口会長が動物園の熊のように、部屋の中を動き回るとは、三島課長から前に聞いたことがある。

「山岸くん。ちょっと頼みがある」

と、会長が立ちどまって言った。

「はい」

「〈みつばち〉の扶美ちゃんに電話をかけて、東京へきてくれるように頼んでみてくれんか」

「え？　扶美さんにですか」

「そうや」

「ご自分で連絡なさっては」

「ちょっと照れくさくて、だめなんや。頼む」

「近いうちに東京へくるとか言ってましたけど」

「いつの話や」

「福岡から帰ってきた後に、お礼の電話をかけました」

「油断のならん男やな、きみも」

と、会長は椅子に腰をおろすと、山岸守を指さして、

「いつのまにそんな仲になったんや。このわしをさしおいて」

「冗談じゃありません。ぼくはただ――」

「いいから、頼む」

と、会長は頭をさげる真似をした。


数日後、山岸守は中野の〈クレッセント〉でオリエと待ち合わせた。

新年といっても、ふだんとまったく変ったところのない店の雰囲気である。

午後の三時過ぎで、客の気配もまばらだった。マスターの三好画伯の姿もみえず、サン＝サーンスの曲が静かな店内に流れているだけだ。

約束の時間ぴったりにオリエは姿をあらわした。ギシギシきしむ二階への木の階段を軽快にのぼってくると、

「また同じ服着てる」

と、山岸守の前に坐って笑った。

「年があらたまっても守さんの恰好は変らないね。オジイちゃんになるまで、ずーっとそれなんでしょ。ツイードの上衣に黒のニットタイ。黒の靴にボサボサ頭。それじゃ一生お嫁さんなんかこないと思うよ」

赤いダッフルコートを脱ぐと、オリエ自身も去年と同じ黒のセーターにグレイのパンツ姿だった。

「よく言うよ。そっちこそ変りばえしない恰好じゃないか。とても歌手とは思えない服装だ。もうちょっとお洒落したらどうなんだい」

「あたしはこれでいいの。流行も変るのよ。これからはキラキラの服着て、歌をうたう時代じゃないんだから」

運ばれてきたコーヒーをひと口飲むと、山岸守は顔をちかづけて声を低めた。

「会長からうるさく言われてるんだよ。電話しろ、電話しろ、って」

「だれによ」

「あの人にさ」

「あの人って?」

山岸守が言いよどんでいると、オリエはぽんと手を打って笑いだした。

「わかった。〈みつばち〉の扶美ちゃんね。彼女、会長のお気に入りなんでしょ。でも、守さん、どうしてそんなに照れくさそうにしてるの? ふーん、守さんって、やっぱり彼女にイカれちゃってるんだ。たぶん、そうなると思ってた」

山岸守は両手をふって、そんなんじゃない、とあわてて弁解した。

「ちがう、ちがう、会長から命令されただけなんだよ。でも、店のほうへ電話するのも気が引けるし、彼女の自宅の番号はきいてないし、どうしようかと困ってたんだ。好きとか嫌いとか、そんな話じゃない。会長がぜひ東京へ呼びたいって、うるさいんだ」

「むきになって弁解するところが、やっぱりあやしい。でも、いいの。最初からそうなってほしくて紹介したんだから」

「いい加減にしろ」

山岸守はポケットからハイライトの袋をとりだし、一本抜いて口にくわえた。

「はい、どうぞ」

と、オリエが素早くマッチをすって山岸守の煙草に火をつけると、

「どう？　あたしが十代でキャバレーで働いてたときは、お客さんの煙草に火をつけるのと、水割りをつくるのが仕事だったわ。それと体をさわらせるのもね。でも、扶美ちゃんみたいな超高級ホステスは、お客にそんな初歩的なサービスはしないのよ。うちの会長さんなんか、扶美ちゃんが煙草くわえたら、あわててライター差出すんじゃないかな」

「さっきの件なんだが、きみから連絡して頼んでみてくれないか。遊びじゃなくて、何か大事な話があるらしいんだ」

「ふーん」

オリエはちょっと首をかしげて考えこんだ。そのときサン＝サーンスの曲が終り、メンデルス

ゾーンのヴァイオリン曲が流れだした。山岸守は冷えたコーヒーをすすりながら、小嶋扶美のことを考えた。

大濠公園の近くのホテルのラウンジで、はじめて彼女を見たときの気持ちが、はっきりよみがえってくる。いかにも気が強そうな雰囲気でいながら、言葉をかわすと古い友人のような親しげな笑顔を見せる人だった。

とびきりの美人にはちがいない。しかし、その美しさは、磨き抜かれたファッショナブルな美しさではない。どこかに重い存在感を感じさせる土着的な美しさだった。超高級クラブのホステス、というより、気さくなお姉さん、といった空気も身辺に漂っていた。初対面の山岸守に対しても、最初から身内の人間に接するような態度で接してくれたのだ。

しかも、こちらが思っていることを即座に察して、それを柔かく受留めてくれるおおらかさもあった。

「あたしも扶美ちゃんのこと好きよ」

と、オリエが言った。

「守さんが彼女を好きになるだろうって、わかってたんだ」

「好き、というんじゃないんだな」

山岸守は頭の中で適当な言葉がみつからなくて言葉をにごした。

「なんていうのか、気っぷがいいというか、ほら、男でいうと竹を割ったような気性、とかいうだろ。おれ自身が、うじうじしたところがあるんで、なおさら印象的だったのさ。人間として魅力を感じた、というところかな」

「吹っきれとっとよ」

と、オリエは九州弁で言った。

「あの人は、吹っきれとる女子《おなご》たい」

「なんだ、それ？」

「川筋《かわすじ》の気質《かたぎ》は、もう今の時代にはのうなってしもうたばってん、ときどきあげな女子《おなご》もおるとたい。いやだ、ちょっと福岡に帰ったら、すっかり九州弁になってしもうた」

「吹っきれた女《ひと》、か」

山岸守は煙草を灰皿にもみ消してうなずいた。

「その表現、わるくないな。吹っきれた女《ひと》。うん、ぼくは彼女のそんな気性に惹かれたのかもしれない」

「なんば気どっとるとね。好きなら好きと言えばよか」

山岸守は苦笑した。

「じゃあ、彼女に連絡して上京してくれるように、きみから頼んでくれたらありがたいんだが」

「いいわよ」

と、オリエは素直にうなずいた。

「でも、守さんが会いたがってるって、言うからね」

「おい、おい、話がちがうだろ。会長が会いたいと言ってるんだぞ」

「わかってる」

オリエは笑ってうなずいた。

「だけど、ただそれだけで上京させられる人じゃないわ。なにか理由がないと」

「ミリオンレコードの件で、といったらどうだろう。大事な話がある、と」

「わかった。じゃあ、今晩、おそくに扶美の自宅に電話する。そのかわり――」

「なにか条件があるのか」

「あたしの書いた詞《し》を読んでくれないかしら?」

「え?」

山岸守はオリエの顔をみつめた。

「詩、だって? 歌詞のことかい」

「そう。歌の文句。歌詞ともいえない独り言みたいなもんだけどね。人に見せたことはないけど。こんな歌をうたえたらいいな、って心のなかで思ってた」

「ふーん」

山岸守は意外な気がした。牧オリエという人間は行動的なタイプで、そんな詩などを書くのは苦手なタイプだと勝手に決めこんでいたのである。

「あたしのこと、気が強いだけのバカだと思ってたんでしょ」

「いや、そんなことはない。でも、きみが詩をねえ」

「詩じゃなくて、詞、なの。ゴンベンにテラのほうじゃなくてツカサのほう」

「え？」

山岸守はけげんそうにきき返した。オリエはテーブルの上に、コップの水をつけた指で詩と詞の二つの文字を書いてみせた。

「こっちのほう」

と、オリエはゴンベンにツカサの文字を指さして言った。山岸守は首をひねって、

「おなじだろ？」

「あたしも昔はそう思ってた。でも詩と詞はちがうのよね」

「ふーん。どんなふうに？」

「詩、というのは文字で書いて、それを読む言葉——かな」

山岸守はオリエの言うことがよく理解できなかった。オリエは続けて説明した。

「詞のほうは、最初から歌うことを目的にして作られる文句なんだって。つまりメロディーをつけることを想定して、歌うために書かれた言葉」

「よくわからない」

「ほら、汚れっちまった悲しみに　今日も小雪の降りかかる——なんて、あるでしょ」

「中原中也《なかはらちゅうや》だろ」

「だれの詩かしらないけどさ、ちょっと読むと歌の文句にありそうだけど、これを書いた人は言葉だけで勝負してるのよね。そういうのが、詩。そして一方で——」

といって、オリエはかすかな声で歌いだした。

〽雪やこんこ　アラレやこんこ――

「しっ」

山岸守は口を指でおさえて、

「声が大きい。わかったよ。要するに曲をつけることを前提に歌の言葉をつくるのが詞で、メロディーと関係のない独立した文句が詩、というわけか。しかし、実際にはそんなに厳密に区別して使ってはいないよね。レコード会社では専属詩人と書くところもあるし、民謡詩人とか、童謡詩人とかいうよね」

オリエはうなずいて、

「ふつうはそうみたい。でも、明治の頃までは〈塡詞《てんし》〉とかいう言葉があって、メロ先で詞を書く専門家もたくさんいたんだって。〈塡詞家〉という肩書きもあったとか」

「誰かの受け売りだろ」

「白状するわ。福岡から帰るとき列車のなかで、高円寺さんから教わったの。あの先生、なんでも知ってるのね」

と、オリエは照れくさそうに笑った。

一体オリエはどんな詞を書いたんだろう、と山岸守はにわかに好奇心が湧きあがってくるのを感じた。

「見せてごらん」

と山岸守は手をだして言った。

「大したものじゃないんだけど」

そう言いながら、オリエは手提げの中から茶色の小ぶりなノートをとりだした。かなり使いこんでいると見えて、表紙も薄汚れた感じである。1958～という数字が見えた。もう四年も前から持ち歩いていたノートなのだろうか。

「やっぱりやめとこうかな」

と、オリエはそのノートを体のうしろに隠すようなしぐさをした。

「どうせ笑うにきまってるもん」

「ぼくは他人が書いたものを見て、笑ったりはしない」

山岸守は首をふった。

「どうして？」

「ぼくも以前、文章や詩を書こうとしたことがあるんだ。学生の頃だけどね。でも結局、挫折したんだよ。言葉はしゃべれても、文章を書くことがどんなに難しいか、よくわかってるんだ。だから人が作った文章を読んで馬鹿にしたりはしない。それにぼくは歌詞を書くという仕事を尊敬してる。たとえそれがどんなに通俗的な歌の文句でもね」

「ふーん」

オリエは目をしばたたかせて山岸守をみつめた。彼女の表情に、いつにない生真面目さが浮かんでいるのを彼は感じた。

「いいから見せてごらん。オリエがどんな詩を書くのか、すごく興味があるんだ」

「詩、じゃなくて歌詞のつもりだけど」

オリエはノートを机の上においた。

「あたし、何年も前から、勝手に言葉をこっそりノートに書きつけていたんだ。有名な先生から歌詞を書いていただいて売れっ子の作曲家に曲をつけてもらうなんて、ラッキーなことよね。でも――」

オリエは目を伏せて言葉をのみこんだ。山岸守はうなずいた。

「わかってたさ。きみが会社からあたえられた作品に、心から共感してないってことぐらい、とっくに気づいていたんだ」

「でも、歌い手はどんな歌にでも命を吹きこまなくちゃならない。そうでしょ？ レコード会社に拾われて、曲をあたえられただけでも幸運なんだもの」

オリエは目をそらせて、壁のマスターが描いた少女像を見あげた。そして独り言のように小声で続けた。

「これまで担当してくれた田崎ディレクターだって、あたしに歌わせる作品を一生懸命に用意してくれたんだし、作詞、作曲の先生がたも、この子をなんとかしてやろうと熱心に面倒みてくれた。Kオフィスだって、かなりの予算をつかってキャンペーンしてくれたわ。それよりなんといったって、守さんはマネージャーとしての仕事の枠をこえてあたしをサポートしてくれた。そうよね、そうでしょ?」

山岸守は無言でうなずいた。Kオフィスに入社して、はじめて担当した歌手ということもあったが、なにかそれ以上に牧オリエという歌い手に賭ける思いもあったのだ。

彼はおだやかな口調で言った。

「《あの夏に帰りたい》は、決して悪い作品じゃない。いや、最近の流行歌としては新鮮な曲想と評価する声も多かった。売行きもヒットとはいえなくても、そこそこの数字はクリアしてる。でも——」

「でも、なに?」

「きみに言われてみれば、本気でこの歌と心中してもいい、とまでの思い入れは、さて、どうなんだろうなあ。自分でもよくわからないところがあるんだよ」

オリエは黙ってうなずいた。山岸守は短かくなった煙草を灰皿でもみ消して、あらたまった口調でオリエに言った。

「さあ、そのノートを見せてくれないか。だれにも言わない。笑ったりもしない。素直な気持ちで読ませてもらう。だから、読ませてくれないか」

オリエはじっと山岸守をみつめた。その目の奥に、強い決意と感謝の感情が宿っているのを山岸守は感じた。

「じゃあ、一つだけ見せるね。ほかのページは見ないって約束してくれる?」

「いいとも」

山岸守はうなずいた。

考えてみれば、たしかにそれは危険なことではある。現在のレコード業界の常識では、歌づくりに関する仕事の領域は、はっきりと区分されているのだ。

レコード業界では、作詞家、作曲家、歌手と、それぞれの仕事はきっちり区分けされた専門家の仕事だった。ミリオンレコードにも有名な作詞家がキラ星のごとく控えている。

戦前からの大家もいれば、戦後に頭角をあらわした気鋭の作詞家もいる。それぞれのレコード会社が専属制という固い枠の中でそれらの作家たちを大事に守り育ててきたのだ。

作詞家は作詞家、作曲家は作曲家、そして編曲者がいて、歌手がいる。その縄張りを越えて互いの世界に踏み込んだりしないことは、一種の掟のようなものだった。作詞家、作曲家は、先生であり、歌い手は、特別な大スターは例外として単なる演奏者にすぎない。

まして駆けだしの新人が勝手に歌の歌詞を書いていたりすることは、非常識な思いあがりと受けとられる可能性がある。

オリエが躊躇するのは当然だろう。そのことを告白するだけでも勇気のいることだった。彼女は山岸守を信頼していればこそ、そのノートのことを話してくれたのだ。

「あたしが自分の詞を見せるのは、自分の裸を見せるのと同じだからね」

と、オリエは言った。そして茶色のノートの開いたページをおさえると、その部分をひろげて山岸守の前に押しやった。

「このところだけ、見て。ほかはまだ見せたくないの」

「わかった」
山岸守は灰皿を押しやって、そのノートを受取った。二ページにわたって鉛筆の文字が並んでいる。稚拙な字体だが、強い筆圧に、なにかを感じさせる文字だった。

『織江の唄』

遠賀川《おんががわ》　土手の向うにボタ山の
三つ並んで見えとらす
信ちゃん　信介しゃん
うちはあんたに逢いとうて
カラス峠ば　越えてきた
そやけん
逢うてくれんね　信介しゃん
すぐに田川に帰るけん
織江も　大人になりました
月見草　いいえ　そげんな花じゃなか
あれはセイタカアワダチソウ

信ちゃん　信介しゃん
うちは一人になりました
明日は小倉の夜の蝶
そやけん
抱いてくれんね　信介しゃん
どうせ汚れてしまうけん
織江も　大人になりました

香春岳《かわらだけ》　バスの窓から中学の
屋根も涙でぼやけとる
信ちゃん　信介しゃん
うちはあんたが好きやった
ばってん　お金にゃ勝てんもん
そやけん
手紙くれんね　信介しゃん
いつかどこかで逢えるけん
織江も　大人になりました

山岸守は、その詞を読み終えて不思議な感覚をおぼえた。これまで知っていた牧オリエと、まるでちがった一人の少女の姿がそこにあるように感じられたからである。

〈そうだった。オリエは、本名は牧織江という名前だった〉

歌詞は九州の方言だろう、山岸守にはよく意味のつたわらないフレーズがいくつかあったが、そこに描かれている世界が、少しずつ頭の奥に浮かびあがってくる。

稚拙な言葉とゴツゴツした表現。七五調でもなければ、形式を踏んだリズムでもない。適当に言葉を並べただけのようにも感じられる。

〈こんな言葉に、はたして曲がつけられるのだろうか?〉

山岸守はそう思った。そして、もう一度あらためて読み返してみた。

「恥ずかしか」

と、両手で顔をおおってオリエが言った。彼女は指のあいだから山岸守を見つめて、つぶやくように言った。

「もう、よかろ。どうせ下手な詞やけん、なんべんも読み返さんでよか」

「信介というのは、きみの幼なじみの――」

「恋人だった人」

「いつか大阪で会った男性だな」

「そう」

「離れた町に住んでいたのか」

「うん。彼は飯塚、うちは田川。峠ひとつへだてた隣り町。カラス峠っていうのは、本当は烏尾《からすお》峠っていうんだけど、うちらはカラス峠と呼んでた」

オリエは手をおろして山岸守をみつめた。

「笑ってないよね」

「笑わない。でも――」

「でも、なによ」

「なんだか変った詞だよね。はたしてこれに、うまく曲がつくんだろうか」

「さあ」

「津軽弁の歌っていうのは知ってるけど、九州弁の歌はあんまりないよな」

「やっぱり心の中で笑ってる。そうでしょ」

「いや」

山岸守は首をふった。

「笑ってない。ただ、よくわからないだけだ。これまできちんと形のととのった詞ばかり目にしてたからね」

「セイタカアワダチソウって、知ってる?」

「ああ。黄色の花をつける外来種の草だろ」

「そう。それが河原にずーっと一面に咲くの。黄色い海みたいにね。そしてその向うにボタ山が連なって見える。その川岸に坐って、信ちゃんとよく話をしたんだ。大人になったときの夢をね」

その夢はどんなものだったのか、と山岸守はききたかったが黙っていた。

「いまはそんな夢も、みーんな消えたけど」

と、オリエは言った。山岸守はきいた。

「この詞をあずかっていいかな」

「だめ」

「書き写して、持っていたいんだけど」

「持ってて、どうするの」

「高円寺さんに見せる」

「やーだー」

と、オリエはノートをひったくって胸に押しあてた。山岸守は首をふった。

「いや、ぼくの直感では、高円寺さんならちゃんとした評価をしてくれると思う。あの人は古風に見えて新しい音楽や歌をいつも注意ぶかく探している人だからね。それに――」

「なによ」

「こないだちらとぼくに言ってたんだけど、これからの音楽界は、歌い手が自分で詞や曲を書いて、自分で歌う時代がくるかもしれない、って」

「歌い手が自分で歌をつくって、自分でうたう時代？」

「うん。現にそういうグループが注目されてる例があるらしい。高円寺さんに見せるだけでも見せてみたい。意見をきくだけなら、べつにかまわないじゃないか」

「ふーん」

オリエはノートを胸に抱いて不安そうに考えこんだ。

嵐の前夜

博多のクラブ〈みつばち〉の小嶋扶美が上京してきたのは、一月も終りにさしかかった土曜日の夕方だった。

芸能プロダクションの仕事には、土曜も日曜も関係ない。牧オリエのマネージメントのほかに、山岸守には先輩たちの雑用をこまめにこなす必要があった。広告代理店宛の請求書づくりに追われていた山岸守に、上司の三島課長が横柄な口調で声をかけてきた。

「山岸、牧オリエから電話だぞ。あいつ、きょうはオフなのか」

「そうです」

「お前が怠けるからあの子の仕事が減るんだよ。去年から景気が崩れかけてる時期だからな。しっかり働かせろよ」

ぶつぶつ文句を言っている三島課長の手から受話器を受けとって耳にあてると、オリエの声がきこえてきた。どこかいたずらっぽい響きのある口調だった。

「電話が鳴ったらすぐ出なさい。三島課長、機嫌悪そうな声していたわよ」

「きょうは休みだろ。なにか？」

「彼女、夕方到着の飛行機で、東京に来るって」

「え？」

「扶美ちゃんよ。やっと連絡がとれたの。そうしたら、ちょうど東京へ行く予定だったんだって。守さんに会うために」

「なにを言ってる」

「でも、よかったじゃない。今夜、時間とれるっていうから、すぐ会長に連絡するといいわ。扶美ちゃん、きょうは遅くまで空いてるって。あたしは遠慮するから、今夜は守さんが面倒みてあげて」

「きみは一緒にこないのか」

「明日、会うつもり。じゃあね。くれぐれもあたしに気をつかわないで」

「でも——」

電話はむこうから切れた。

受話器をおくと、横から三島課長がサングラスごしに山岸守の顔をみつめて、

「仕事の話でもなさそうだな。なんだい」

「ええ。ちょっと会長に報告が——」

「おまえ、なにか勘ちがいしてやしないか」

三島課長は椅子を引寄せて山岸守の前に腰をおろした。煙草を一本ぬきだして火をつけると、ふうっと山岸守の顔に吹きかけるように煙を吐いた。

「山岸、おまえ、このところ変な動きをしてるんじゃないのか。会長に話があるんだったら、上司のおれに報告すべきだろう。必要と判断すれば、おれが会長に伝える。それが筋ってもんだ」

「はい」

「入社四年目のお前が、会長と直接に話をするなんて、ありえないよな。どうも変だと思ってたよ。こないだも福岡行きの際に、なにか勝手な計画をたくらんでただろう。おれが気がつかないとでも思ってるのか。え？」

「いえ、そんなんじゃないんです」

三島課長は煙草を灰皿に押しつけるように投げこんで、じっと山岸守の顔をのぞきこんだ。

「もしかして、おまえ――」

あたりをはばかるように声を低めると、

「大友文芸部長と高円寺さんが、ミリオンを割ってでるという話に一枚かんでるんじゃないだろうな」

「まさか。そんなこと」

「もしそうなら――」

と、三島課長は息がかかるほど顔をちかづけて言った。

「下手に動くと大火傷《やけど》するぞ。あの問題は単なるレコード会社の内紛なんかじゃない。うしろに大変な勢力がからんでいるんだ。会長の使いばしりなんかしてるとヤバいことになる。おれの忠告を忘れるなよ」

「そんなんじゃないんです」

山岸守は肩をすくめて小声で言った。

「じゃあ、なんなんだ」

「博多に〈みつばち〉という超高級クラブがありまして――」

「え?」

三島課長は意外そうに首をかしげた。

「その店のホステスに電話をしろと会長にいわれたんです。上京するように説得しろと」

「はーん」

三島課長は口をぽかんとあけて、片手でぴしゃりと自分の額を叩いた。

「なんだよ。そんな話かあ。それでおまえが連絡役を――」

三島課長の表情が一気にゆるむのを山岸守は複雑な気持ちで眺めた。

小嶋扶美の上京は、単なる会長の色恋沙汰ではない。高円寺竜三に対する関心にしても、名物ディレクターを自社の人脈に加えたいという月並みな話ではなさそうだ。

会長はなにかもっと大きな狙いで小嶋扶美と会おうとしている。好人物の成金経営者のように見えて、彼は本当はもっと大きな野心を隠した人物なのだ。高円寺に対する特別資金を用意してくれたことも、なにかの下心あっての行為だろう。

安心したように席を起《た》った三島課長のうしろ姿を眺めながら、山岸守は会長室へむかった。

その晩、夕方の六時ちょうどに、山岸守は千鳥ヶ淵にちかいエルミタージュ・ホテルに小嶋扶美を迎えにいった。川口会長の指示で、三つ葉交通ハイヤー部のジャガーを用意していったのだ。

ロビーで待っていると、時間きっかりに小嶋扶美があらわれた。ひょっとするとミンクのコートでも着てくるのではないかと思っていたのだが、意外にもグレイのシンプルなオーバーコートをはおり、下にカシミヤのワンピースを品よく着こなしている。一見おとなしい服装だが、ロビーのほかの客たちが一瞬、鳴りをひそめて注視したほど雰囲気のある優雅な装《よそお》いだ。丈の短いスカートから、見とれるように綺麗な脚がのびている。そうでなくても背が高いのに、かなり高めのヒールの靴をはいているので、日本人ばなれのした長身に見えた。

髪を無造作にシニョンにまとめて、広い額がいかにも聡明そうな印象をあたえている。前に〈みつばち〉の店で見たときにくらべると、化粧も薄く、全体に控え目な雰囲気だ。

山岸守を見て微笑してうなずき、近づいてくると片手をのばして彼のネクタイに指をふれた。ふっといい匂いがして、山岸守はどぎまぎしながら、

「会長は先にいって、〈吉祥《きっしょう》〉でお待ちになっているそうです」

「九州から出てきた女に〈吉祥〉とは張り込んだものね」

「張り込む？」

彼女の言葉の意味がすぐにわからずに山岸守はきき返した。

「無理しちゃって、ということ」

小嶋扶美は笑って、

「国際興産の大佐野《おおさの》さんや、自民党の田主《たぬし》さんなんかが、ごひいきのお店よね」

「三つ葉交通のハイヤーでお迎えするようにと」

「ジャガーのマークⅨでしょ。わたしが博多でマークⅡに乗ってることを知って配慮してくれたのよね。あれで結構こまかいところに気が回る人だから」

ホテルの車寄せで待たせていた車に、小嶋扶美は身をかがめて乗りこんだ。その際、スカートがまくれて豊かな太腿が一瞬あらわになって、山岸守はあわてて目をそらせた。

彼が前の助手席に坐ろうとすると、小嶋扶美は手をのばして首をふった。

「わたしの隣りにきて」

「でも、社の仕事ですから」

「いいの。隣りに坐って。少しお話があるから」

山岸守は少しためらった後、彼女のすすめにしたがって後部のシートに腰をおろした。柔かいウールのコートを通して、彼女のヒップが山岸守の体にしなやかに触れてくる。意識的にそうしてるのだろうか、と彼は思って身じろぎした。

「ジャガーのこのタイプは、サスペンションは絶妙だけど、回転半径が大きいのが欠点ね」

と、脚を組みなおしながら小嶋扶美が言った。

「そうですか。ぼくはそのうちパブリカを買うのが夢なんだけど」

「かわいいこと言うじゃない」

脚を組みなおしながら、くだけた口調で小嶋扶美は言った。

「いい匂いですね」

「エメロードっていうの。山種《やまたね》代議士がこないだパリに行ったとき、買ってきてくれた香水よ。ヨーロッパの人たちって、先進国ぶって気取ってはいても、心の中でオリエント文明に憧れてるところがあるのね。おお、エメロード、ってうっとりした顔でつぶやくんだわ」

「はあ」

これが博多でオリエと九州弁でしゃべっていたホステスと同人物だろうか、と山岸守は首をひねった。

「なんか、よそよそしいのね。敬語なんかつかっちゃって。福岡ではあんなに仲よくおしゃべりしたのに」

「きょうは会長のお供ですから」

「なによ、野暮な人ね。決めた。わたし、これから山岸さんのこと、守くんって言うわ。いいわね。ふたりだけのときは、遠慮はなし。敬語も禁止よ」

小嶋扶美は綺麗にそろった白い歯を見せて笑った。

山岸守は苦笑いで応じながら、

「意外だったな」

と、運転手に気をつかった声で言った。

「なにが?」

「今夜のホテル。扶美さんが上京してきたときは、たぶん帝国ホテルか、そのあたりのホテルに泊ると思ってたんだけど。ちょっと予想外だった」

「目立つホテルには泊りたくないの。あそこは隠れ家にもってこいのホテルでしょ。それにエルミタージュの大株主は九州の防守《さきもり》財閥よ。知らないの？」

「サキモリというと、万葉集とかにでてくるあの防人？」

「字はちがうわね。防ぎ守るって書いて防守。あまり表には出ないけど、九州の銀行、電鉄、鉱山、電力会社などに凄い力をもった陰の大立者《おおだてもの》が、防守隆玄《りゅうげん》という怪物。おぼえておくといいわ」

「初耳だな」

「この国には隠れた財閥が結構あるのよ。絶対に表に出ないシステムで守られてるんだわ。世の中には表と裏がある。子供じゃないんだから、それくらいわかってるでしょう」

山岸守は首をひねった。自分は世の中のことはなにも知らない。いや、知ろうと思っていないのだ。そんな根深い世界の表裏を知ったとて何になるというのか。たとえ薄っぺらでも、自分は表の世界で生きていく人間なのだ。

黙りこんだ山岸守の手に自分の手を重ねて、小嶋扶美は耳もとでささやいた。

「今夜はあまり飲まないでね。会長の席が終ったら、ホテルまで送ってもらうから」

山岸守は心臓が激しく脈打つのを感じて、唾をのみこんだ。

〈吉祥〉は築地の一角にひっそりと店を構える古風な料亭である。

一晩に二組か三組の客しかとらないので、常連の客でもかなり早くから予約しておかなければならない店として知られていた。政界や財界でも〈吉祥〉の客となるためには相当のキャリアが必要だった。

戦後のどさくさにまぎれて一代で新興財閥となった国際コンツェルンの社主《オーナー》が、さまざまに手をつくしても予約が取れなかった話は有名である。腹を立てたそのオーナーが、築地のその一帯の土地を買い占めようとしたというゴシップも伝わっていた。

そんな店に小嶋扶美は少しも臆することなくはいっていった。迎えに出てきた女将と、軽く挨拶をかわしただけで二階への階段を物慣れた足どりであがっていく。山岸守が玄関で腰をおろし、急いで靴の紐をほどいていると、女将が微笑して、

「お若いのに律儀なこと」

と言う。しかし、靴の紐をほどかずに脱ぐのは、山岸守の習慣ではない。

「はやくいらっしゃい」

と、階段の上から小嶋扶美の声がした。

「は、はい」

〈吉祥〉と染め抜いた半纏《はんてん》を着た老人が、脱いだ靴を受けとると木の札を手渡した。山岸守はあわてて小嶋扶美の後を追った。

「扶美ちゃん、よう来てくれはったなあ」

と、例の珍妙な関西弁が響いた。でっぷりと太った体を派手なピンストライプのダブルのスーツに包んだ川口会長が、小嶋扶美を喜色満面で出迎えた。

「さあ、こちらへ」

と抱きかかえるようにして小嶋扶美を部屋へ迎え入れると、君は下で待っていなさい、というように山岸守に目で合図をした。

「はい。ではお待ちします」

山岸守が引き返そうとするのを小嶋扶美が引きとめて、

「今夜は山岸さんと一緒よ。彼にも同席してもらうわ」

川口会長はちょっと困惑した顔つきを見せたが、山岸守を目で招き寄せた。

「そうでっか」

「会長」

と、用意された和室の席につきながら小嶋扶美が言った。

「お願いだから、その変な関西弁つかうのやめてくれない？　一体どこでそんな卑猥な言葉おぼえたんだろう。川口ちゃん、ほんとはちゃんと普通にしゃべれるんでしょ」

「参ったな。扶美ちゃんにかかっては、交通業界の風雲児といわれるこのわしも子供あつかいだ」

急に普通の言葉づかいになると、今夜はあんたがお客さんだから、と川口会長は床の間を背にした席を小嶋扶美にすすめた。

「今夜はお招きありがとう」

小嶋扶美はごく自然に上座についた。テーブルの下が掘りごたつになっていて、暖かい空気がかすかにもれてくる。

川口会長が彼女の向かい側に、山岸守はその下座に坐った。

「これ、なんて書いてあるんだろう。最後の〝手〟だけは読めるんだけど」

と、小嶋扶美が床の間の掛け軸をふり返ってたずねた。

「ニッテンスイシュ、だね」

と、川口会長が言う。

「え？　ニッテン――」

「スイシュ。えーと」

会長は背広の内ポケットからパーカーの万年筆と手帖を取りだし、〈入鄽垂手《にってんすいしゅ》〉と書いた。書き慣れた達筆なので山岸守は、ちょっと意外な気がした。

「へえ。どういう意味？」

「うーん、〈十牛図《じゅうぎゅうず》〉というのがあってだね、その中の文句らしいよ。なんでも悟りを開いた最後の境地なんだそうだ。悟ったあとは自然体で俗世間にまじわって生きよ、みたいな話だとか。こないだお女将《かみ》さんに教えてもらった受け売りだがね」

会長が滑らかな口調で普通にしゃべったので、山岸守は驚いた。ふだんのあの変な関西弁は、一体なんなのだろうか。

酒がでて、料理が運ばれてきた。山岸守は本格的な料亭の料理を体験したことがないので、小嶋扶美のする通りに真似をして黙々と箸を動かした。

「どうだ、ここの料理は」

と川口会長が彼にきいた。

「すごくおいしいです」

「それだけか」

「ものすごくおいしいです」

「ボキャブラリーの貧しい奴だな、きみは」

と、会長が笑うと、横から小嶋扶美が、

「川口ちゃんだって、ワインっていうとマルゴーしか知らないくせに」

「こいつは一本やられたな」

と、会長は頭をかいて、ところで、と体を乗りだした。

「例の話、どんな成りゆきかね」

「だいたいのところは、まとまったようね」

「ほんとか」

小嶋扶美は、電機メーカーのM社、有力出版社のG社、バス会社のS交通の社名を挙げて、

「その三社が出資に応じるって噂。新しいレコード会社が発足したら、ミリオンレコードの大友文芸部長がスター歌手やアーチストをつれて合流する。そういう手はずじゃないのかな」

「大友さんが新会社の社長になるのかね」

「いえ、大友さんは専務。社長につくのは若宮重治《しげはる》さんでしょ」

「玄海興産だな」

「ご名答。株主は玄海興産が筆頭で、さっき言った三社がこれに続くというかたちでしょ」

「もうひとつ、聞こう。こないだ、〈みつばち〉の個室に高円寺さんを案内しただろう。そのとき、あの先生に若宮氏を引きあわせたんじゃないのか」

川口会長がそう言うと、小島扶美はにっこりと微笑んで、

「さすがは会長さんね。たしかにそうよ。若宮さんに頼まれたのよ」

「やっぱりそうか。で、新会社の話は出たのかい」

「出るわけないでしょ。そんな大事なこと、お店でなんか、おくびにも出さないわよ。若宮さんは福岡では名の知れている実業家で、高円寺さんの作る歌の大ファンだからひと言ご挨拶したいっていう体裁にしたのよ」

「若宮氏としては、まずは高円寺さんの人物を確かめようとしたんだな。高円寺さんは？　何か感づいた様子はあったのかい」

「ううん。特にそんな様子はなかったわ。若宮さんのお連れの方二人も一緒に、みんなで世間話をしただけ」

「それで、若宮氏のほうの感触は？」

「言葉では何も言わなかったけど、新しい会社の話がまとまってきたところを見ると、高円寺さ

んの印象はかなりよかったようね」

「なるほど。それで、新会社については、何か耳にしたことがあったかい？」

「こんどの新会社では、レコードのプレスとか、再生機器の製造とか、そういう生産工程は一切やらないんだって。制作と宣伝と流通に特化するそうよ。そうなると、うんと身軽になるはずって言ってたわ」

「それは――」

と、川口会長が腕組みして言った。

「ミリオンレコードに乗込んだ黒沢制作本部長がやろうとしてた方式じゃないか」

「そう。重量級のレコード会社じゃなくて、軽量、身軽な音楽メーカーが目下の流行らしいわ」

黙ってきいていた山岸守は、思わず口をはさんだ。

「それで、高円寺さんはどうされるんですか」

「あくまでご本人の決断次第だけど、もちろん新会社には参加するでしょう。あの人が制作のエースだもの。彼が動けば一緒に移籍する歌手も少なくないでしょうね」

山岸守はごくりと唾を飲みこんだ。高円寺が今の会社を出るとなれば、牧オリエも当然、行動を共にすることになるだろうか。

「相当なお金が動くと思うわ」

と、小嶋扶美は言った。

「大物アーチストを引き抜くとなれば、義理人情だけじゃ話にならないもの。引き抜かれないように、守る側のミリオンも相当な資金の準備が必要でしょうね」

「扶美ちゃん」

と突然、川口会長が掘りごたつから足を抜いて坐り直した。正座して畳《たたみ》に手をつくと、

「おれを男にしてください」

と、深々と頭をさげた。山岸守はびっくりしてそれを眺めた。

「このとおりだ。たのむ」

「なによ、唐突に」

小嶋扶美は苦笑して手を振ると、

「会長って、ほんとに芝居がかってるんだから。ここに招かれたときから、狙いはわかってたけど」

「わかってくれたか。ありがとう！」

「まだ礼を言うのは早いわ。何をどうしたいのか、ちゃんと言ってごらんなさい」

川口会長は顔をあげて、媚びるような笑顔になった。

「ざっくばらんに言う。うちの社を、その新しいレコード会社の仲間に入れてもらえんやろか」

「また変なしゃべり方になってる。その言葉づかいを直さない限り話は聞かないからね」

「ごめん、ごめん」

川口会長は手を振って話しだした。

「扶美ちゃんも知っての通り、わしは三つ葉交通というタクシー・ハイヤー会社のオーナーだ。

そしてまたKオフィスという芸能プロダクションもやっている。しかし、わしの若い頃からの夢は、レコード界にかかわる仕事をすることだった。それに一歩でも近づくための足がかりとしてKオフィスも設立したんだ。しかしレコード業界に乗りこむチャンスは、これまで全然なかった。いま、新しいレコード会社が誕生しようとしている。この機会をのがして年来の夢を実現する機会はないと思う。扶美ちゃん、わしのこの願いをなんとか実現させてもらえないだろうか。この通り、頼みます」

小嶋扶美は首をふってため息をついた。

「手をあげてよ、川口ちゃん」

と、彼女は言った。

「わたしはただのホステスよ。夜の世界で偉い人たちと友達みたいな口をきいてるだけなの。情報は持ってるけど、力はありません。わたしを買いかぶらないでね。でも、川口ちゃんの気持ちはちゃんとあずかっておくから。それでいいでしょ」

「よろしく頼みます」

川口会長は、もう一度ふかぶかと頭をさげた。いつもは抜け目のない顔が、少年のように紅潮しているのを山岸守は見て、すこし感動した。

〈この人はビジネスとしてではなく、一つの夢を抱いて生きているんだな〉

と、感じたからだった。

「ところで守くん、いえ山岸さん」

と、小嶋扶美が言って、首をすくめた。

「おっ、お安くないな、山岸。いつから扶美ちゃんとそんな仲になっとったんや。博多でなにかええことあったんとちゃうか」

「またもどっちゃった。いくら忠告しても川口ちゃんのそのインチキ関西弁は直らないんだから。ほんとにみっともないからおやめなさい」

と、小嶋扶美があきれたように首をふった。

食事のあと、少し酒を飲んで三人は〈吉祥〉をでた。山岸守が黒のウイングチップの靴紐を丁寧に結び直すのを、小嶋扶美はおもしろそうに横でみつめた。

「昔の英国の靴よね。そんな靴、どこで手に入れたの」

「父親のお古なんです。ぼくと足のサイズが一緒なんで」

店を出ると、ジャガーのマークⅨが待っていた。会長と小嶋扶美がうしろのシートに坐り、山岸守は助手席に坐った。

「扶美ちゃん、どこぞ銀座あたりの一流の店につれていってくれんか」

「たとえば?」

「〈エスポワール〉とか、〈ラモール〉とか。わしにはふだん縁のない店やけど」

「その変なしゃべり方をやめるんなら、お供するわよ」

「約束する」

「じゃあ、両方いきましょ。そのかわりお行儀よくしてね。でも、いつものおさわりはだめよ」

滑るように走る車の窓の外に、街の灯が光の河のように流れていった。

その夜、三人は銀座の有名なバーを何店か梯子《はしご》したあと、最後に六本木の鮨屋で軽く鮨をつまんでおひらきにした。

会長は小嶋扶美をホテルまで送ると言い張ったのだが、彼女は言下に断った。

「わたしを送るのは、山岸さんの仕事よ。会長は今夜はおとなしくお家《うち》へお帰りなさい」

「また薄情なこと言うて」

と、会長は情ない顔をしたが、意外にあっさり引きさがった。彼の頭の中は、色気より彼女を介しておこなう事業のことで一杯だったのだろう。

「ちゃんとお送りしろよ。彼女に誘惑されても、その気になったりするんじゃないぞ。これは仕事だからな」

と、会長は奇妙な関西弁をつかわずに山岸守に言った。

「それから扶美ちゃん、できるだけはよ玄海興産の若宮さんに会わしてや。頼むで」

「うん。わかった」

川口会長は三つ葉交通のタクシーを呼んでひとりで帰った。小嶋扶美と山岸守は、待たせておいたジャガーで彼女の泊っているホテルへむかった。帰りは自然に二人は並んでうしろのシートに坐った。

「おもしろい人ね」

と、車の中で小嶋扶美が言った。

「単純そうで、けっこう複雑。強欲そうで、子供っぽい純情な夢を抱えている」

「ぼくは会長が普通にしゃべることができることにびっくりしたな。扶美さんに言われて、すぐに口調が変わったでしょ」

「守くん、わたしにさん付けなんかしなくていいのよ。もう、他人じゃないんだから」

「そんな――」

山岸守は二人の会話が運転席の初老のドライバーにきこえないかとはらはらしながら、カーブを曲るたびにもたれかかってくる彼女の体を押しやった。何軒も回って、かなり飲んでいるはずなのに、ほとんど酔った風情がない。酒臭いどころか、彼女の息はとてもいい匂いがする。

ホテルに着くと、小嶋扶美はさりげなく小さな袋に入れた心付けを運転手に渡し、ここで帰っていいわ、と言った。

「部屋でコーヒーが飲みたいな。ルームサービスを頼むから、つきあってちょうだい」

フロントでキーを受取ると、彼女は山岸守の腕をとってエレベーターに乗った。まったく人目を気にしない堂々たる態度だった。

彼女の泊っているのは、五階の落着いたスイートルームで、窓の外に黒い堀と皇居の森が見えた。

「桜の頃はすごく綺麗よ」

窓際で外を眺めている山岸守の背後から小嶋扶美が言う。

「電話でコーヒーを二つ頼んでちょうだい。フロントにわたしの名前を言えば、深夜でもちゃんとやってくれるから」

彼女が洗面所に姿を消すと、かすかにシャワーの音がきこえた。しばらくしてバスローブをはおってもどってくると、髪をタオルで拭きながら微笑した。

「つっ立ってないで、坐ってよ。取って食おうなんて言わないから」

素足に室内履きをはいた小嶋扶美の姿は、さっきまでの妖麗さではなく、どこか草原の少女を思わせる素朴な感じがした。

ルームサービスのコーヒーがとどくと、小嶋扶美はそれをテーブルに並べて、そなえつけのブランデーのミニ・ボトルから何滴か自分のカップにたらした。

「守くんは？」

「ぼくはいいよ。長居したら申し訳ないから」

「野暮はなしと言ったでしょ」

「でも――」

「守くんは、そこが欠点ね。どことなく躾《しつけ》のいきとどいた、いい家の子って感じがする。大人の男はもっとしゃきっとしなくちゃ」

「ごめん」

「わたしなんか博多のアバズレ女と思えばいいのよ」

山岸守はコーヒーを一口飲んでうなずいた。

「わかった。要するに友達と思えばいいんだね」

「そう。今夜から他人じゃないんだから。同志よ、前へ進め、腕を組め！　アヴァンティ・ポポロ！　ってね」

小嶋扶美はソファーに坐っている山岸守の隣りに腰をおろすと、乾杯！　とコーヒーのカップをあげて言った。

「守くん、川口ちゃんの申し出、どう思う？」

小嶋扶美は急に真顔になって山岸守の顔を見た。

「びっくりしたな、正直言って」

と山岸守はため息をついた。

「いまのKオフィスを設立したのも、前々からそんな野心があったからだろうか」

「わたしは、やめたほうがいいと思う」

小嶋扶美がさりげなく言ったので山岸守は驚いた。

「え？　どうして――」

「なんとなくよ。なんとなく気になるんだ」

山岸守は黙って小嶋扶美の顔をみつめた。彼女は額に人差指を当てて、首をかしげた。

「かたちだけはきれいにまとまってるのよね。大手電機メーカーのM社、出版コンツェルンのG社、それに大手バス会社のS交通。悪くない組合わせだわ。その神輿《みこし》に九州財界では有名人の若宮さんが乗っかる。絵としては文句なしの構図だわ。でも――」

小嶋扶美は首をそらせて目を閉じた。

「やっぱり気になるんだよね、虫の知らせというか、なんとなく、だけど」

山岸守には彼女がなにを気にしているのかがわからなかった。小嶋扶美はつづけた。

「こないだミリオンの黒沢正信さんが福岡にきたらしいわ。うちの店には顔を出さなかったから、きっとお忍びできたんだと思う。守くん、ミリオンレコードが分裂するかもしれないって局面で、黒沢さんの立ち位置がどうなのか、知ってるわよね」

「ああ、すこしはね。でも、黒沢制作本部長は何をしに福岡に現われたんだろう？」

「うん。わたしの見るところでは、あの人は、ただの切れ者じゃないと思う。アメリカのある筋と深くかかわっているという噂もあるの。大友文芸部長や高円寺さんを追いだしたあと、ミリオンの社長を狙ってるとか言ってる人もいるけど、とんでもない。彼がやろうとしているのは、もっとはるかに大きなことだと思う。わたしにはわかるの。だからこそ、若宮さんたちが黒沢さんに対抗する会社をつくると言っても、そんなに簡単じゃない気がするのよ。まして、このタイミングで、黒沢さんがお忍びで福岡入りしたって噂が立つなんて、ずいぶん妙な話じゃない？」

「そんな情報が入るなんて、すごいな。会長には言わなくっていいのかい？」

山岸守がそうきくと、小嶋扶美は軽く笑い声をたてて、

「川口ちゃんにも言ったとおり、わたしはただのホステスよ。まだ噂の段階なのに、軽々しく口に出すべきことじゃないわ。わたしもできるだけ調べてみようとは思うけど、なにせ関わっている人たちが大物すぎるわ」

小嶋扶美の考えていることが、山岸守にはわからなかった。ただ、自分とはまったくちがう世界に触れている女性、という感じがした。

「さて、と」

カップに残ったコーヒーを飲みほすと、小嶋扶美は髪の毛を手でかきあげて言った。

「ごめんね、なんだかつい野暮な話になっちゃって」

そして山岸守の肩を手で軽くたたいて微笑した。

「じゃ、守くんも着替えてきたら？　今夜はいっしょに寝ましょ」

「え？」

「え、じゃないでしょ。ここまできて女に背中を見せるなんて男じゃないわ。さ、はやくしなさい」

背中を叩かれて山岸守は動揺した。

「その気にならなければ、べつに何もしなくていいのよ。朝までくっついて寝ててくれればいいんだから。一緒に部屋まできた以上、覚悟はできてるでしょ」

ここで彼女と一夜を明かしたと知ったら、オリエはどう思うだろう、と彼は考えた。しかし、彼女には心の中で大事に思っている男がいる。あの歌の中にでてくる〈信介しゃん〉が、その男だ。それに、ここまできて小嶋扶美に恥をかかせるわけにはいかない。

山岸守はたちあがった。会長に遠慮して、控え目に飲んだのでそれほど酔ってはいないと思う。彼はジャケットを脱いで椅子の背にかけると、部屋を横ぎり、バスルームのドアを押した。

キングサイズのベッドの中で、山岸守と小嶋扶美は体をくっつけて横になっていた。部屋は暗かったが、カーテンの隙間からかすかに青白いあかりが床にさしている。

小嶋扶美の肌が熱く触れてくる。服を着ているときのスリムな感じからは意外なほど豊かな体をしていた。彼女は片手を山岸守の首の下に回し、もう一方の手で彼の裸の尻をつねって笑った。

「たよりないお尻をしてるのね。プヨプヨして子供のお尻みたい。炭鉱の男たちは、鉄のように引きしまったお尻をしてるのよ」

「ぼくはスポーツマンじゃないし、学生の頃も本を読んだり、音楽を聴いたりしてたからね」

ガウンを脱いで裸で抱きあっても、二人はそれ以上なにもしなかった。彼女も積極的に彼を刺《し》戟《げき》しようとはしなかった。

「織江が信介という人とはじめてセックスしたときに、なんて言ったか知ってる?」

と、小嶋扶美がささやいた。

「知らない」

「織江はね、彼にこう言ったんだって。して、いい、って」

小嶋扶美はおかしそうに笑った。彼女の乳房が山岸守の胸で揺れた。

「信介しゃん、して、いい、って言ったんだって。おかしな子」

小嶋扶美は柔らかな太腿を彼の腰の上に乗せて、くっくっと笑った。山岸守も思わず笑った。

いかにもオリエらしい言い方だと思ったのだ。

「する？」

と、小嶋扶美がきいた。

「いや」

山岸守は彼女の背中に手を当てて首をふった。

「どうして？」

「わからない。たぶん、きみを尊敬しているからなんだろう」

「嘘。織江のことを考えてるんでしょ」

「そうかも」

「彼女はわたしに守くんを托したのよ。自分はできないもんだから」

「そんなことはないさ」

小嶋扶美の体は変った匂いがした。彼女のつけている香水の香りとはちがう匂いだった。

「わたしがその気になると、なにか独特の匂いがするんだって。ほら、匂うでしょう」

「そうだね。たしかに」

「する？」

「ぼくはきみとちがって、経験が少いんだ。ふつう男性は女性のためにいろんなことをするんだろう？　ぼくは自信がないんだよ」

「あれこれテクニックを使ってサービスされたりするのは、もう、まっぴら。守くんがよければ、こうやって体をくっつけてじっとしてるだけでいいの。守くんならきっとそんなふうにしてくれるような気がして、それで誘ったんだから」

山岸守は指で小嶋扶美の額をこづいた。

「ぼくが一人前の男じゃないと思ってるんだな」

「ちがう。わたしは——」

と、彼に背中を向けて小嶋扶美は言った。

「わたし、十二歳のときに炭鉱の労務主任の男に無理やりにされたんだ。男って、そういうものだと、ずっと思ってきた。だから守くんと話したときに、この人なら何もしないで私をただじっと抱いててくれるって、そう感じたの。怒る?」

「いや」

山岸守は彼女の体を向き直らせて両手で抱きしめた。すると、なにか暖かいものが胸にこぼれるのを感じた。この人は泣いているのかもしれない、と彼は思った。

一九六二年二月

ルビヤンカの影

シベリアの冬は長い。

つよい風が吹き、雪が降った。信介にとっては、はじめてのシベリアの冬である。想像を絶する寒気と、白一色の世界が広がっている。室内は暖かかったが、一歩外に出るとそこは未体験の世界だった。睫毛《まつげ》が白く凍り、呼吸さえ困難なほどである。

想像もつかないような寒さのことを、ロシア語では「マローズ」という。「極寒《ごくかん》」と辞書に出ているのを見て、信介は身ぶるいした。

その寒さの中でも、タチアナの授業は厳格に続いていた。信介はタチアナの話すロシア語を、おおむね理解できるようになってきた。もちろん難しい単語や、デリケートな言い回しまでは手がとどかない。それでも極寒《マローズ》の季節は、集中して学ぶには悪くない時期である。一日のほとんどの時間を、彼はロシア語の習得に注ぎこんだ。

タチアナだけでなく、ドクトルともできるだけロシア語で会話するようにした。疲れたときには、ラジオ放送をきいた。

ドクトルは獄中でロシア語を身につけたという。監獄にくらべると、いまの生活は天国みたいなものだ。言葉の壁を突破さえすれば、ドクトルはきみにも自分の仕事を手伝ってもらう、と言っていた。病院の仕事ではなくて、ドクトルが秘密のうちに調査している歴史的事件の追跡であるらしい。それは流布している伝説をあばき、真実を追求する大きな仕事のようだ。

〈おれはモスクワの指令でそれをやっているんじゃない〉

と、ドクトルは言っていた。

〈たまたま相手の要求と、おれ自身のやりたいことが重なっただけだ〉

ドクトルについていこう、と信介は決意していた。筑豊に生まれた自分が、いまシベリアにいる。パスポートも身分証ももたない漂流者として。

今後どういう運命が待ちかまえているのか想像もつかないが、いまはただこの雪の中で生きていくだけだ。

そう考えると心が落ち着いた。ただ、厄介なのは、相変らずロシア語の文法だった。信介にとって、文法の習得は苦行以外のなにものでもない。

〈こんなにややこしい語尾の変化を、ロシア人たちは無意識にこなしている。だったら自然にそれが出てくるように、会話を丸暗記すればいいじゃないか〉

一度そのことをタチアナに提案したことがある。すると彼女は「ニェート《だめよ》！」と、ひとことでそれをしりぞけた。その理由を説明することさえしなかったのだ。信介は仕方なく、ドクトルが貸してくれた『ロシヤ語四週間』という日本語の入門書を頼りに、一歩ずつ蟻の歩みのように厄介な文法をのりこえていこうと努めた。

自分はそれほど頭が良くない、と信介は思っている。記憶力も、分析力も平均以下だと認めざるをえない。
しかし、声にだして詩を朗誦するのは得意だった。いろんな詩人の詩を、タチアナは口うつしで信介に暗記させた。タチアナが教えてくれるロシア詩人の詩の文句を、信介はさほど苦労することなく憶えることができた。
エセーニンをはじめ、レールモントフ、フェート、チュッチェフ、そしてネクラーソフ、プーシキン。
信介が好きなのは、抒情的な美しい詩よりも、情熱がほとばしるような激しい作品だった。信介が暗唱するそれらの詩を、タチアナは少し顔を傾けて、じっと目を伏せて聴いている。信介がまちがわずに一章を朗誦すると、
《ブラボー！》
と、拍手して、信介の顔にチュッとキスしてくれるのだ。
あるとき、タチアナが信介を見て、思いがけないことを言った。ある朝早くのことだった。
《わたしがキスすると、どうしてそんなに顔が赤くなるの？》
《えっ？》
信介はあわてて手で顔をこすった。
《赤くなってなんかいませんよ》
《ほら、また赤くなった。まさか発疹チフス《スイプノイ・チフ》じゃないでしょうね》

信介は顔をそむけて窓の外を見た。白い雪が窓枠にこびりついて、外はまだ暗い。
《目をそらさないで、わたしを見なさい》
とタチアナは言った。そして手をのばして信介の顔を引きよせ、そっと信介の頬に自分の頬を押しあてた。信介はどうしていいかわからずに、じっとしていた。タチアナの強い体臭が感じられた。
《若い男の人は、いい匂いがする。好きよ》
と、タチアナはささやいた。
それからすぐに顔をはなすと、急にきびしい顔になって言った。
《さあ、いまのところをもう一度やりましょう》

ある晩、三人でおそい夕食の卓を囲んでいるときに、タチアナがふと思いついたように言った。
《このところ気になることはない？　ドクトル》
《気になることって、なんだい》
ドクトルは煙草に火をつけながらタチアナを見た。
《二、三日前、病院のスタッフが呼びだされて、ドクトルのことをいろいろきかれたそうだけど》
ドクトルはどこか皮肉っぽい口調でタチアナにきいた。

《だれに呼びだされたのかね》
《保安上の質問だとか言ったらしいわ》
ドクトルは煙草を灰皿でもみ消した。
信介も今ではおぼろげながら二人のロシア語の会話についていけるようになっていた。なにか厄介なことがドクトルの身の上におこりつつあるのでは、と彼は少し不安になった。
《ときどき妙な電話がかかってくることがあるんですよ》
と、信介は言った。
《ぼくが出ると、黙って切ってしまうんですけどね》
《これまでにも、よくあったことさ》
と、ドクトルは言った。
《おれの勘では、たぶんあの男じゃないかと見当をつけてるんだが》
《心当りがあるの？》
《ああ》
ドクトルは信介のほうを見て、謎めいた微笑を浮かべて日本語で言った。
「前にも言ったが、やはりバイカル湖で検問していたＫＧＢの若い将校だろう。あのときはうまく欺したつもりだったが、案外、むこうのほうが一枚上手だったかもしれない」
「どういうことですか」
「何か怪しいと見たら、すぐに手を出さずに泳がせて、じっくり攻めるのが連中のやり方だ。あの時、おれたちを見送っていたあの男の目付きが、なんとなく気になっていたのさ」

ドクトルはかすかに笑った。

「若い将校には野心がある。シベリアくんだりでいつまでもうろちょろしている気はないんだ。なにか目立つ仕事をしてモスクワのルビヤンカの本部へいくチャンスを狙ってるのさ。そこでおれの動きに目をつけて、調べ回っているんだろう」

ドクトルがタチアナにも同じことをロシア語で伝えると、

《ああいう連中を軽く見るのは危険だと思うんだけど》

と、タチアナは言った。

《わたしはそのことを、いやというくらいに知っているのよ》

《大丈夫だよ》

ドクトルはタチアナの手の上に自分の手をのせて、彼女の頰に軽いキスをした。

《心配してくれて、ありがとう》

信介はしばらく黙っていた。それから、日本語でおずおずとドクトルに言った。

「ぼくの存在がドクトルに迷惑をかけているんじゃないかと、気になってるんですが」

「気にすることはない。彼らはこちらの本当の任務を知らない。おれは組織の末端では手がだせないモスクワ中央の強力なラインとつながっているんだよ」

ドクトルと信介の会話をタチアナは首をかしげてきいていた。

《心配いらない》

と、ドクトルはふたたびタチアナに言った。
《この国に、心配いらないことなんてないのに》
と、タチアナはため息をついた。

その晩、ドクトルの帰りがひどくおそかった。夕食の用意をして待っていたのだが、十時を過ぎてもドクトルは帰ってこなかった。
少し不安になってきた。
〈なにかあったのだろうか?〉
電話が鳴ったのは、そのときだった。
《イブーキー?》
と、甲高い声はタチアナだとすぐにわかった。
《どうしたんです? ドクトルはまだ帰ってきてませんけど》
と、信介は言った。
《ドクトルが連行されたのよ》
タチアナの声はうわずっていた。
《連行って、だれにですか》
《KGBの若い将校がきて、そのまま連れていかれたわ》
《行先は?》

《わからない》
《逮捕されたんですか？》
《知るはずないでしょ。もう三時間も前のことなんだけど、帰ってこないの。どうしよう》
タチアナはふだんになく取り乱しているようだった。
《ここへきてください。一緒に連絡を待ちましょう》
と、信介は言った。電話はすぐに切れた。タチアナは、なかなか姿を見せなかった。
彼女を待ちながら信介は、いてもたってもいられないような不安をおさえきれなかった。
〈KGBの将校に連行されたとタチアナさんは言っていた――〉
信介はKGBについて、ドクトルから長々と話してきかされたことがある。くわしいことは憶えていないが、おおまかな知識だけは残っていた。信介は窓の外に鳴る風の音をききながら、そのときの話を思い返した。
どこの国にも国家の安全を守る秘密機関はある。革命前の帝政ロシアには、オフラーナという恐怖の組織があった。
一九一七年の革命後、反革命分子の摘発と対外諜報工作のための新しい保安機関が創設された。チェカーというのがそれである。
〈あれは、なんだかおそろしく長ったらしい名前の組織だったな〉
信介はドクトルの訳してくれた名称を思い出そうとしたが無理だった。
〈たしか、反革命ならびに破壊活動鎮圧なんとか非常委員会、とかいったはずだ〉

要するに国内、国外に対する秘密警察である。

チェカーは人民と軍隊を監視し、強制収容所や強制労働施設に多くの人々を送りこんだ。

このチェカーはのちに有名なゲー・ペー・ウーに変身する。GPU《ゲーペーウー》は恐怖の組織として世界的に有名だった。

スターリン時代、さらに何度かの組織の変遷があり、フルシチョフが権力をにぎると、KGBが創設された。

モスクワのルビヤンカ広場にあるKGBの本部は、恐怖の館として知られていた。拷問や銃殺などが、くり返しその建物の地下でおこなわれたからだ。

〈KGBは国家の中の国家といっていいだろう〉

と、ドクトルは教えてくれた。国境警備隊や特殊部隊などをふくめた総員数は、四十万人をこえるという話だった。

〈そのKGBが動いているとなると、ただではすまないんじゃないか〉

信介は思わず身震いした。目に見えない巨大な黒い壁が音もなく迫ってきたような気がしたからだ。

〈しかし――〉

信介の頭の中で、かすかな疑問が点滅した。以前、バイカル湖へ連れていってもらった時のことだ。

あのときKGBの関係者ではないかと思われた若い将校に対して、ドクトルは少しも怖れてはいなかったのだ。むしろ余裕さえ感じられる平然たる対応だったように見えたのである。なんとかうまく切り抜けたものの、ひとつ間違えば大変なことになりかねない状況だったのに。

ドクトルの自信の背後には、信介の知らない事情があるのかもしれない。しかし、いま現にKGBに連れていかれたとすれば、状況は楽観できないはずである。

〈ドクトルに何かあれば、おれ自身の立場もあやうくなるだろう〉

もし不法入国者として逮捕されればどうなるか。スパイ容疑で長期刑を宣告されたりすれば、と想像するだけで体が震える。

そのとき外で車のエンジンの音がきこえた。やがてせきこむような音をたてて、エンジン音がとまった。

信介は窓ガラスに顔を当てて、外を見た。見おぼえのある病院の四輪駆動車、ワズの黒い影が雪の中にあった。信介は急いで入口のドアをあけた。肌を刺す寒気の中に、二つの人影が見える。

〈ドクトルが帰ってきた！〉

タチアナの肩を抱くようにしてドクトルが玄関の階段をあがってきた。

《おかえりなさい》

《やあ》

ドクトルは毛皮の帽子をぬぐと、靴についた雪をこすり落としながらうなずいた。タチアナは青白い顔をしていた。髪が乱れ、アイシャドウがふぞろいになっている。

《何か飲みますか。それともお茶を——》
信介は二人がテーブルにつくと、紅茶の用意をしながらタチアナに言った。
《帰ってくるのがおそいんで、心配していたんですよ》
《いろいろあったから》
とタチアナは言った。
《でも、よかった。ＫＧＢに連行されて、そのまま勾留されたらどうしようと思ってたんだけど》
《大丈夫だと言ってただろ。心配することはないって》
紅茶にブランデーを入れよう、とドクトルは言った。信介はタチアナにも紅茶を用意すると、椅子に坐って、ドクトルの前に灰皿を押しやった。
「一体、何があったんです？」
信介は日本語でドクトルにきいた。
「まあ、つまらんことだ」
ドクトルは苦笑して言った。
「例の将校が、功をあせって波風を立てたんだよ。ニコライ・セルゲビッチ・ペトロフ中尉という若造だ」
「どういう容疑だったんですか」
「おれがときどき巡回治療と称してソ満国境のあたりに出かけたり、ハルビンや大連に出かけたりするのが怪しまれたのさ」

《あなたたち、何を話しているの?》

タチアナが横から不機嫌そうな声で言った。

《ドクトルは長い時間、訊問されたのよ。釈放されて帰ってこられたのは奇蹟だわ》

《奇蹟じゃない》

ドクトルは皮肉な微笑をうかべた。そしてまた日本語にもどって言った。

「おれは生意気な中尉に対して、なにひとつ説明しなかった。KGBのバッジに震えあがらなかった被疑者に、彼ははじめて会ったんだろう。顔を真赤にして逆上してたな」

タチアナは黙っていた。ドクトルが紅茶にブランデーをつぎたして言葉を続けた。

「おれは彼に、ある電話番号を教えた。モスクワへの直通電話だ。彼はそこに電話をかけた。そして十分後に、青い顔をしてもどってきた。釈放する、と彼は言った。だが、いつまでもこの電話番号の主《ぬし》が権力を保ち続けるとは思うなよ、と。燃えるような憎悪の目でおれをみつめて言った」

その電話番号の相手は、たぶんあの人物だろう、と信介は思った。

二十五年の刑を宣告され、アレクサンドロフスキー中央監獄に送られたドクトルに目をつけて、モスクワへ呼びよせ、ソ連国有財産の回収を命じたKという人物である。党中央委員会のエリートであるKが、きっとドクトルの雇い主なのだ。

KGBの下級将校では手のとどかない高みにKはいる。しかし、ペトロフ中尉の捨てぜりふはまちがってはいない。いつひっくり返るかわからないのがソ連の政治だ。ドクトルはきわめてあやうい波乗りをしている、と信介は思った。

《疲れた。今夜は早く寝よう》

ドクトルは立ちあがった。

タチアナがうなずいた。ドクトルとタチアナは寄りそって二階への階段を上っていった。ドクトルの手が、タチアナの腰をやさしく抱いているのを信介は見た。

極寒《マローズ》のあいだにも、奇蹟のように青空が見える日があった。真白な針葉樹林の上に陽の光が降りそそぐと、風に舞い上る雪がキラキラと光りながら流れていく。

四輪駆動車ワズのエンジンがかからない日がときたまあった。

数日前からドクトルは旅の準備にとりかかっていた。どこへ行くのか、くわしいことは教えてくれなかったが、二週間ほどの旅らしい。風土病の調査ということになっている、とドクトルは言っていたが、本当はそうではないと信介にはわかっていた。

例のロマノフ王朝の隠匿資産に関する調査にちがいない。

すでに足も完治して、かなりの程度にロシア語の会話にも慣れた信介は、ぜひその調査に参加したいと思っていた。だがドクトルは首をふって、今回はすでに同行するスタッフがいるんでね、と言った。

「きみの知り合いの男さ。例のアムールが案内役をつとめてくれることになっているんだ」

「あの人がくるんですか」

「途中で落ち合うことになってる。彼はガイドとしては最高だぞ」

「ぼくからもよろしくと言っておいてください」

信介は言った。彼は今でも国境に関係なく、ソ連と中国の隙間を自由に行き来しているのだろうか。アニョータとともにアムールの村で過した日々のことを、信介は懐しく思いだした。

ドクトルの出発する日の数日前、信介はドクトルの書斎でかなり長い時間、突っこんだ話をかわした。

「こんどの旅行は、これまでの仕事のまとめのようなものなんだ」

と、ドクトルは煙草をくゆらせながら信介に言った。

「じゃあ、モスクワのあの人物に依頼された調査の結果がでたということなんですか」

信介がきくと、ドクトルは首をふって、いや、道なかばというところかな、と言った。信介はたずねた。

「問題のロマノフ家の財宝というのは、どういう内容なんですか。金塊なのか、宝石なのか、それとも現金——」

「一般には、ロマノフ家の金塊、という曖昧な表現で言われているんだが」

と、ドクトルは説明した。

「金《きん》としてはまずインゴット、つまり金を溶かして型に固めたものがある。俗に金の延べ棒などといわれるものだ」

「写真で見たことがあります。枕《まくら》みたいなやつとか、もっと平べったい板とか——」

「そうだ。それと砂金。これは袋や箱につめられて運ばれた。さらに、金貨がある。さらに金を加工した美術品と装飾品」

「ほかにもあったんでしょう？」

「ルーブル紙幣と、さらに証券類だろう」

「それらをひとまとめにして、ロマノフ家の財宝とか、金塊とか称してるわけですね」

「そうだ。だから最初にあった千二百四十トンというのは、それらの金、金貨、金製品、などの合計だろうな」

信介は伝説と史実の間を、自分がさまよっているような気がした。たずねたいことはたくさんあったが、いずれドクトルのほうから話してくれるにちがいない。その晩、信介は金塊の中に埋もれている奇妙な夢を見た。


日曜日の朝にドクトルは出発した。途中でアムールと合流する予定らしい。

思いがけず寒さがゆるんで、風もなく、街路も、森林も、おだやかな日だった。

ドクトルはワズの運転席に坐って、軽く片手をあげた。前の晩、泊っていったタチアナと信介は、玄関の前で、並んでドクトルの車を見送った。タチアナはひどく淋しそうな顔をしていた。

車が走りだす前、ドクトルが手招きして信介を呼んだ。

「タチアナにやさしくな」

と、ドクトルは小声で言い、ワズをスタートさせた。

一九六二年三月

《二見情話》の夜

風が冷たい。

テレビの天気予報では雪になるかもしれないということだったが、午後になっても雪の気配はなかった。

高円寺竜三は中野駅から商店街を抜けて、音楽喫茶〈クレッセント〉へむけて歩いていた。

福岡の夕刊フクニチの矢部恒三こと筑紫次郎から、上京してきたので会いたいと連絡があったのだ。

「ぜひ聞かせたい大事な話があるので」

と、彼は言っていた。そこでその日の夕方六時に〈クレッセント〉で会うことにしたのである。

高円寺が六時ちょうどに着くと、筑紫次郎はすでに店の片隅でコーヒーを飲みながら雑誌を読んでいた。高円寺に気づいた筑紫次郎は、雑誌を閉じて言った。

「若いころ一度きただけだが、ぜんぜん変ってないな。かかっている音楽までおんなじだ。あんたはここの定連かい」

「いや、わたしも一度、人につれてきてもらっただけでね。マスターが絵描きさんで、おもしろい人なんだよ」

筑紫次郎は米軍の放出品のようなカーキ色の半コートの下に黒いウールの厚手のシャツを着、ラバーソールのごつい靴をはいている。浅黒い肌と縮れた髪が、いかにも精悍で野性的な気配を感じさせた。

〈たしか沖縄の出身とかいっていたな〉

福岡で交わした雑談を思いだしながら、高円寺は運ばれてきたコーヒーをひと口飲んで煙草に火をつけた。

「突然よび出してすまん」

と、筑紫次郎はひょいと頭をさげた。

「あのときインタヴューさせてもらった分の記事は、もう少し待ってくれ。タイミングがあるんだ」

「わかった。それで、大事な話というのは、なんだ?」

「じつはあんたにじかに話しておきたいことがあってな」

筑紫次郎は素早くあたりをうかがって、声を低めて言った。

「新しいレコード会社の話、どこまできいている?」

「いや。わたしは何もきいていない。というより、なるべく会社に寄りつかないようにしている。いい空気じゃないからな」

「あんたらしいな。例の話はだいぶ前進したぞ。経営陣の顔ぶれがいよいよ固まってきたんだ。きょうは、それを伝えにきた」

「そんな大事なことをもらしてもいいのかね。わたしがミリオンレコードのだれかにしゃべってしまうかもしれないんだぞ」

「かまわん。前にも言ったおれのスポンサーから、あんたには隠し事なしで行けと言われている。事前に伝えていない重要なことがあれば、あんたは言い訳無用で背を向ける人間だから、と」

「知ったような口をきく人だな」

高円寺が苦笑して言うと、

「そうかね」

筑紫次郎は真顔のままで、にこりともしなかった。そして、コーヒーをひと口飲むと、

「ここは密談にはもってこいだな。若い頃には考えもつかなかった」

とつぶやくように語りはじめた。

「新会社の主要株主は三社。どれも九州に縁のある会社だ。財閥系の電機メーカー、有力出版社、大手運輸会社。そして、社長の座につくのは、おれの依頼主でもある某社の社長だ。彼は、自分の名前は出してもいいと言っている。玄海興産の若宮重治。おぼえていないか？」

高円寺は、〈みつばち〉の個室でホステスの小嶋扶美に引き合わされた実業家の顔を思い出した。年齢は自分と同じくらいの五十代後半の褐色のロイド眼鏡をかけた、柔和な顔だちの男だった。同席していたほかの実業家たちとくらべ、彼だけが不思議に思えるほど気の張ったところの

ない温和な紳士だったために、その名前も何となく記憶に残っていたのである。

「なるほど。すでに知っているというわけか。あのとき、わたしに挨拶をしたいから声をかけたと言っていたが、そうではなかったんだな。最初から、この高円寺竜三を値踏みするために、あの店で待ち受けていたということか」

「その辺の小娘じゃないんだ。仕組まれたなどと思うなよ。あんたのことを十分に調べたうえで、最後の段階で人物を確かめようとしたんだ。おれにインタヴュー取材を兼ねてあんたを確かめさせ、その夜には自分でも出張《でば》ったというわけさ」

「手の込んだことだ。まあ、すんだことだが。――それよりも、ひとつ教えてくれ。さっき、株主はどれも九州に縁のある会社と言ったな？　おれの予想が正しければ、例の川筋会の系統なんじゃないのか」

「ご名答。若宮重治も含め、みな川筋会に連なる人脈だ。表に出るのは若宮と主要株主三社だが、事実上、北九州財界を束ねている川筋会が後援していると解釈していい。あんたは福岡で、資金面からいって新会社が本当にできるかどうか疑問だというようなことを言っていたよな。それに対する答えを用意してきたつもりだが」

高円寺はちょっと首をかしげて考えて、
と、つぶやいた。

「少し足りないんじゃないか」

「何か気になるのか」

筑紫次郎がきくと、高円寺はその目を真正面から見返し、

「あんた、まだ全部はしゃべっていない」

と、片頬をあげて言った。

筑紫次郎はしばらく高円寺の顔を見つめていたが、やがて目線をそらして笑い声をたてた。

「負けたよ。隠すつもりはなかったが、試す格好になったのは悪かった。謝る」

屈託のない笑顔で頭を下げると、筑紫次郎は真顔にもどって続けた。

「あんたの指摘した通り、いくら川筋会がバックアップすると言っても、日本を代表するレコード会社を割って出て、なおかつ第一線の座を保ちつづけていこうとなると、とてもではないが金がもたない。主要株主にしても、本業に差しつかえがない程度にしか出資できんからな。となれば当然、その穴を埋める見えない出資者が必要になるだろう」

「表には出てこない陰のオーナーが存在する、というわけだな」

筑紫次郎は大きくうなずいて、

「それをあんたに話すことが、きょうの話し合いの大きな目的だ」

高円寺はしばらく黙ってから、煙草をもみ消すときいた。

「表に出ないのは、危ない筋だからなのか」

「危ないと言えばそうかもしれないが、ヤクザとか、そんな話じゃない。信じるか信じないかはあんた次第だが、きく気はあるかね」

話が妙な方向に行っている、と思いながらも、高円寺は首をすくめて、

「よくわからんが、きいてみないことには何も始まらんだろう」

筑紫次郎はひと呼吸置いてから言った。

「陰のオーナーは防守《さきもり》財閥だ」

「さきもり？」

「きいたことがなくても、無理はない。ごく限られた人間にしか知られていないグループだからな。だが、じつはあんたの経歴とも、少なからず関係するんだ。長くなるが、いいかね」

高円寺がうなずくと、筑紫次郎は上着の内ポケットから汚れた手帖を取りだして、そのページをめくった。

「あんた、若いころ満州にいたことがあったんだよな」

と、筑紫次郎は顔をあげて言った。

「こないだのインタヴューで聞いたところでは、昭和十一年ごろだろう」

高円寺は小さくうなずいた。筑紫次郎が続けた。

「東京の第一師団か。二・二六事件に巻きこまれ、反乱部隊の汚名を着ることとなり、その後、満州に送られた。そうだな」

「そうだ」

「反乱部隊だもんな。上官の命令とはいえ、反乱となればただじゃすまない。懲罰のためかどうかわからんが、ソ満国境あたりへ配置されたんだって？」

「いや、熱河《ねっか》省だった」

「じゃあ、満蒙《まんもう》殖産という会社を知ってるかね」

「もちろん。満州では満鉄だけが幅をきかせてたように思う連中が多いが、当時の満殖《まんしょく》といえばそれ以上の強面《こわもて》だった。なにしろ関東軍の陰の大蔵省といわれた会社だから」

当時、一兵卒だった高円寺は、あるとき背広姿の民間人から上官の部隊長が頭ごなしに怒鳴られているのを目撃したことがある。

〈やつは満殖の社員よ。部隊長も頭があがらないんだから大したもんだ〉

と、仲間が言っていたのだ。

「東條英機が関東軍の参謀長だった時代は、満殖の重役は東條の金庫番と言われていたそうだが」

と、筑紫次郎が言葉を続けた。高円寺は首をかしげると、

「さあ、その辺はよく知らないんでね」

「熱河省は東條の天領みたいなものだったんだよ」

と、筑紫次郎は言った。

「あんたたち兵隊は、そこで何をしていたんだ」

「中国人や満人労働者の護衛と管理が主な任務だった。季節になると凄い数の労働者が集められていたからな」

「なんの季節かね」

「罌粟《けし》の実の収穫期さ。あのあたりは見わたす限りの罌粟畠だった」

「そう。それを一手に管理していたのが満蒙殖産だ。内蒙古と熱河省が罌粟の大量栽培地だった

のさ。阿片とモルヒネは、軍の機密費どころか満州国経営の不可欠な資金源だった」

「そういう時代だったんだよ」

と、高円寺は言った。

「おれたち兵隊は命令通りに動いていただけだ」

「軍や満州国政府の汚れ役として満蒙殖産がにぎっていたのは、それだけじゃない」

高円寺は黙って筑紫次郎の言葉を待った。筑紫次郎はさらに声を低めて、ささやくように言った。

「あんた、シベリア出兵のときのロマノフ王朝の金塊の話は、どこまで知っている？」

「ロマノフ王朝？　いったい何の話かね」

筑紫次郎は手帖をテーブルの上において、ゆっくりと話しはじめた。

一九一七年のロシア革命のあと、ソヴィエトの赤軍と反革命の白軍のあいだで激しい内戦が展開されたのは知っているだろう、と筑紫次郎は言った。高円寺はうなずいた。

「それくらいは知っている。第一次世界大戦のさなかにロシアで革命がおきた。革命をよろこばない連合国軍はシベリアに出兵して革命ソヴィエトを背後からゆさぶろうとしたんだろう。わが国も、あわよくばシベリア極東を支配下におく夢を抱いて、七万数千の大軍をシベリアへ派兵したんだ。その話と何の関係がある？」

「それは表の目的だが、もう一つ隠された裏の計画もあったんだよ。もっぱら軍の秘密工作に属する作戦だったがね」

高円寺は黙っていた。なにしろ大正時代の話である。秘密工作うんぬんという話に、どこか現実味が感じられないとしても当然だった。

「ざっくり話そう。細かい説明を聞きたいわけじゃないんだろ」

「そのほうがありがたい」

それから筑紫次郎が語ったことは、ほとんど高円寺には現実味が感じられない話だった。

第一次世界大戦のときに、帝政ロシアは武器弾薬の不足になやまされていた。ありあまる兵士はいても、近代的な兵器産業が育っていなかったのである。

そこで、帝政ロシア軍は外国から大量の武器弾薬、その他の軍需品を買いつけた。

とりわけ日本からは、軍艦をはじめ大砲、小銃、弾薬その他、膨大《ぼうだい》な量の武器を購入した。

「それに乗じて、陸軍は中古の銃や大砲を片っぱしから売りつけたんだ。当時の軍は、旧式の武器を一新したくて必死だった。だが、予算がとれない。そこで古い武器弾薬その他を送れるだけ送りつけて、その代金で軍の兵器を新しくしようと虫のいい計算をしていたんだろう。これが取らぬ狸の皮算用となる。なんと、売った相手の帝政ロシアが革命で引っくり返っちまったわけだからな」

筑紫次郎は冷めたコーヒーを一息にのみほした。

「中古の武器を大量に売っぱらったはいいが、代金が取れない。おそらく政治家も軍のお偉いさんもまっ青になっただろう。そこに潜入させていた秘密工作員から、思いがけないニュースが入ってきた。帝政ロシアのロマノフ王朝の巨額の金《きん》と財産が白軍の手でシベリアへ運ばれてくるという話だ。いろいろあったが大部分が革命軍の追及の手を逃れて、極東シベリアへ持ちこまれたという。正確な数字はわからないが、金塊、その他の金貨、貴金属など九百トンとも、六百トンともいわれる。なにしろ世界の金の約三分の一がロマノフ王朝の金庫にあったというから、とんでもない資産だろう。歴史家は笑うだろうが、現実は露骨なものだ。日本軍だけじゃない。アメリカ、フランス、イギリス、その他各国の情報機関がこの情報で過熱した。各国がわれがちにシベリアへ雪崩《なだ》れこんだんだよ。なかでも最大数の兵士を送ったのは日本だ。なにがなんでも巨額の貸し金を取り立てなければ、軍の将来があやうくなる」

筑紫次郎の声が次第に熱をおびてきた。人気のない午後の店内にはナルシソ・イエペスのギター曲が流れていた。映画『禁じられた遊び』のメインテーマ曲『愛のロマンス』だ。その音楽は、いま筑紫次郎が語っているシベリア出兵時の物語には、ふさわしからぬ抒情的なメロディーだった。

「当時のシベリアは、大混乱をきわめていたんだ。そのなかでロマノフ王朝の遺した金《きん》と財宝をめぐって、すさまじい争奪戦がくりひろげられる。革命ソビエト赤軍、反革命白軍、シベリアに出兵した諸外国軍、さらにチェコ軍団、中国側勢力などが入り乱れて争った。これがシベリア戦争の本当の内幕だ」

「それで結果はどうなったのかね」

「激しい内戦の過程で、かなりの金《きん》が消えたとされている。そして残されたもっとも大きな部分は、バイカル湖の湖底に沈んだという。凍結した湖面を渡って輸送中に猛吹雪におそわれ、雪中に埋もれた金塊は、その重さで湖底千六百メートルに沈んだ、とね」

「それは——」

「もちろん真実をカモフラージュした話さ」

「事実はどうなんだ」

「金塊争奪の秘密工作に勝ち抜いたのは、日本軍だった。当時のシベリア派遣軍は、出兵国最大の兵力を派兵し、巨額の秘密工作資金を注ぎこんでロマノフ王朝の遺産の保全、回収工作に奔走した。ときには赤軍やゲリラ、土匪《どひ》に奪われたような偽装工作までやって、相当の金を確保したらしい」

それをどうしたのかね、と高円寺は気のない調子できいた。彼にとっては、あまり関心のない話だったのである。

「国境をこえて満州へ移送したのさ。さまざまなルートで、その金は大連の日本側の銀行に運びこまれたのだ。当時、海外にもっとも大きなネットワークを持っていた銀行だ。興和正金銀行という」

「どこかで聞いたことがある話だな。よくできたつくり話だと思ってたが、本当の話かね」

「事実だ」

と、筑紫次郎は言った。自信にみちた強い口調だった。

「当時の秘密資料が銀行に残っていた。その金はしばらくは現地にとどめおかれたが、のちに日本内地に秘密裏に転送され、満蒙殖産の九州支店の管理下におかれた。田中義一大将が総理大臣のころの話だ」

筑紫次郎は大きなため息をつき、煙草に火をつけた。そして目を閉じて、ふうっと白い煙を吐きだした。

高円寺も、しばらく何も言わずに冷えたコーヒーをすすった。

「その話と、こんどの新会社の話とは、どこでリンクするのかね」

と、しばらくして高円寺がきいた。筑紫次郎はうなずいて言った。

「満蒙殖産のボスは、鮫井五郎《さめいごろう》という人物だ。敗戦前に会社を整理して郷里の九州へ引揚げた。そして改名して防守隆玄《さきもりりゅうげん》と名乗り、軍から金塊の管理を委託されて、それを隠匿した。占領軍の厳しい追及をどうして逃れたかはわからないが、朝鮮戦争の際には大きな貢献をしたという。おそらくＧＨＱとも何らかの取引きがあったのだろう。そしていまは右翼の陰の大立者として、九州のみならず、この国の政財界の大きな陰のフィクサーとなっているんだよ」

筑紫次郎の声が、高円寺の胸に木魂《こだま》のように響いた。

高円寺はしばらく黙ってから、きき返した。

「その防守財閥とやらは、何だって今回の話に首をつっこもうとしているんだ。一レコード会社の不満分子が独立して別会社をつくるという、月並みな話じゃないか」

「おれはよくある業界話なんかじゃないと思うね。福岡で見せた、おれの原稿の下書きを思い出してくれ。黒沢正信にアメリカ資本がついているのは、まちがいない。黒沢の表の役割は、ミリオンレコードの合理化と近代化を推し進めて、外国資本の傘下に入って再編成することだ。そうなれば、ほかの大手レコード会社もこぞって追随するだろう。その結果はどうなる？　日本の音楽業界は日本独自の歌づくりを廃止して、めでたくアメリカ音楽産業のアジア支部に成り下がるというわけだ。戦争に負け、いままた文化までもが侵略されようとしているんだ。そんなことがあって、いいと思うか」

筑紫次郎の顔に赤味がさしているのを、高円寺は見た。そしてきいた。

「アメリカによる文化侵攻だという見方は、あんた自身の考えでもあるのかい？」

筑紫次郎はうなずいた。

「まあな」

「レコード会社の内紛をききつけて、あんたがすべての画《え》を描いたんじゃないのかね」

「買いかぶらんでくれ」

筑紫次郎は苦笑いを浮かべて、視線を外した。

「もうひとつ、ききたい。若宮社長は、あんたが言った防守財閥の成り立ちの話を知っているのか」

高円寺が重ねて問うと、筑紫次郎は、

「いや。さすがにそこまで詳しくは知らんだろう。さっき言ったことは、おれが独自に調べたことだ。ああいう暗部を背負った組織だから、素人《しろうと》が下手に手を出すと大火傷《やけど》することになる。川筋会の連中も、あえて知ろうとはしていないと思うね」

そして続けた。

「おれが若宮社長から託された役目は、以上だ。百鬼夜行の世界だ。古いお化けがからんでくる。あとは、あんたが自分自身で、乗るか乗らないかを判断したらいい」

彼は言い捨てるようにつぶやくと、伝票を手にして席を立とうとした。

「福岡へはいつ帰るのかね」

高円寺がきいた。筑紫次郎は首をかしげて、

「今夜は東京に泊って、明日発つつもりだが」

「じゃあ、この後しばらくわたしにつきあってもらおうか。その辺で飯でも食おう。そのあと、案内したい酒場があるんだが」

「いいとも。どうせどこかへ飲みにいくつもりだった。相手がいればうれしいね」

筑紫次郎は急に人なつっこい表情になってうなずいた。


後になって、高円寺は、どうして筑紫次郎を山岸守と牧オリエに引きあわせようとしたのか、自分でも不思議に思った。音楽業界の熾烈《しれつ》な駆け引きの世界で生きてきたのだ。思いつきで人を会わせることなど、ふだんは絶対にありえないことだった。しかし、なぜかその夜だけは、別だったのである。

〈筑紫次郎の熱に浮かされたのだろうか、おれらしくもない〉

戦前の歴史の暗部を引きずった生々しい会話を交わした後にもかかわらず、筑紫次郎の怪気炎に引きずられ、近ごろ目をかけている若者たちを会わせたくなったのかもしれない。

中野駅近くの寿司屋で二時間ほどすごしたあと、高円寺は〈ルドン〉へ筑紫次郎を案内した。開店してまもない店には、山岸守とオリエが待っていた。

「しばらくね、高円寺先生」

〈ルドン〉のマダムが笑顔でカウンターを出てきて挨拶した。

「あのときは、いろいろとありがとうございました。その後は面倒なこともなく、平穏無事にやってるわ。オリエちゃんと山岸さんは、ついさっききたばかりなんですよ」

高円寺は筑紫次郎に、オリエと山岸守を紹介した。

「福岡で取材をしてくれた筑紫さんだ。いろいろとお世話になってる」

「お世話どころか邪魔をしてる余計者ですが」

と、筑紫次郎は頭をさげると、

「オリエさんの歌、きいたことありますよ。筑豊の出身なんですってね」

高円寺に対してはふてぶてしい感じの筑紫次郎が、オリエにどこか照れた表情になっているところがおかしかった。意外に純情なところがあるんだな、と高円寺は思った。

「とりあえず乾盃といくか」

テーブルを寄せてトリスのボトルをおくと、マダムがグラスをかかげて、

「なにに乾盃する？」

「牧オリエちゃんの歌の大ヒットを祈って」

と、筑紫次郎が言った。

「ぼくは以前からこの人のファンだったんです」

おれ、と自分のことを言っている筑紫次郎が、ぼく、ぼく、などと口にするのが高円寺には微笑ましかった。しかし、こういった素朴なファンの気持ちに支えられてこそ流行歌は成り立つのだ。

「それでは、牧オリエの新しい出発を祈って」

と、マダムがグラスをあげて音頭をとった。

「乾盃！」

どうやら筑紫次郎は相当に酒が強いらしい。グラスのウイスキーを一気に飲みほすと、白い歯を見せてうれしそうに笑った。

「本物のアイドルに会えて、今夜は嬉しかー」

「あら、こちら福岡のかた？」

とマダムがけげんそうに目をみはった。

「いや、わたしはもともと沖縄の出身です」

おれ、が、ぼく、になり、こんどは、わたしに変っている。高円寺は筑紫次郎の豹変ぶりがひどく愉快だった。最初に会った時のぶしつけな印象とは裏腹に、とても愛すべき男のように感じられる。

「失礼します」

と、そのとき突然、扉があいて二人の男が入ってきた。

「あら、またきたの。もう、うちの店には用はないはずよ」

マダムが眉をひそめて立ちあがった。はいってきたのは、ギターを抱えた流しの男たちだった。いつぞやこの店でひと悶着あった〈流しの拳〉こと錠西組の武井拳司である。今夜はアコーディオンを抱えた若い衆との二人組だった。

マダムの声に武井拳司が手をふって、白い歯を見せた。

「いえ、いえ、今夜はそんなことで伺ったんじゃありません。うちの若い衆が、高円寺先生が〈ルドン〉にこられているようだと知らせてくれましたんで、ご挨拶にうかがっただけです。先日の件、きちんと謝らせていただきたいと思いまして」

二人の男は高円寺に最敬礼をして、立ち去ろうとした。高円寺は手をあげて、

「おい、おい、そのまま帰るのは流しの仁義にもとるだろう。なにか一曲、きかせてもらおうじゃないか」

「え、本当ですか」

〈流しの拳〉は嬉しそうに仲間と顔を見合わせると、

「ではお客様のリクエストにこたえて、何でも披露させていただきます」

「あんたたち、なんでもやれるのかい？」

と、筑紫次郎が言った。

「はい。あらゆる歌を用意しております。やれと言われて歌えなかったことがないのが流しの誇りでございまして」

それじゃ、と筑紫次郎がうなずいて、

「《二見《ふたみ》情話《じょうわ》》をやれるかね」

「おまかせください。二見みやらびや花ならばつぼみ、田端義夫大先輩の大ヒット曲、《二見情話》で参ります」

アコーディオンとギターの演奏で手早くイントロを弾くと、田端義夫そっくりのビブラートをつけて歌いだした。

〽二見みやらびやー
花ならばつぼみ
咲かすも散らすも
あなたまかせよ

〽小指からめれば
心までからむ
濡れたこの肌が
忘れられぬよ

田端義夫の声帯模写といっていい巧みな節回しである。流しとして年期の入った味のある歌だ、と高円寺は思った。

スリーコーラス目にはいったとき、突然、筑紫次郎が立ちあがった。

「ちがう！」

と、彼は大声で叫んだ。

「《二見情話》というのは、そんな歌ではない」

途中で演奏をさえぎられた〈流しの拳〉が、けげんそうな顔で、

「あの、なにかお気に召しませんでしたでしょうか」

「ちがうと言ってるんだ」

筑紫次郎はウイスキーの酔いもあってか、ひどく赤い顔をしていた。

「どこがどうちがうとおっしゃるんですかい」

アコーディオンの若い衆の声が少しとがってきこえた。

「わたしらも流しのプロですからね。ちがうと言われれば、ことをはっきりさせていただきませんと」

筑紫次郎の顔がさらに赤味をおびてきた。

「《二見情話》という歌は――」

と、彼はもどかしそうに口ごもった。

「こういう歌なんだ」

筑紫次郎はグラスにウイスキーを満たすと一息に飲みほして口をぬぐった。そして椅子を鳴ら

してたちあがると、少し調子のはずれた野太い声で歌いだした。

〽二見《フタミ》美童《ミヤラビ》や
だんじゅ肝清《チムヂュ》らさ
海山《ウミヤマ》ぬ眺《ナガ》み
他所《ユス》に勝《マサ》てョ

〽二見《フタミ》村嫁《ムラユミ》や
ないぶさやあしが
辺野古《ヒヌク》崎坂《ザチヒラ》ぬ
上《ヌブ》い下《クダ》いョ

〽待《マ》ちかにて居《ウ》たる
首里《スイ》上《ヌブ》いやしが
出発《インヂタ》ちゅる際《チワ》や
別《ワカ》りぐりさョ

筑紫次郎の歌は延々と続いた。最後の歌詞になると、息が切れて言葉がとぎれがちになった。

〽戦場《イクサバ》ぬ哀《アワ》り
何時《イチ》か忘《ワシ》りゆら
忘《ワシ》りがたなさや
花《ハナ》ぬ二見《フタミ》ョ

歌い終ると、彼はがっくりと肩を落として椅子に坐りこんだ。

「ブラボー」

と、マダムが拍手した。

「いい歌ね。涙がでてきちゃった」

オリエが筑紫次郎の前のグラスにウイスキーを注いだ。

「あたし、筑紫さんのこと好きになりそう」

「ごくろうさん」

と、高円寺は〈流しの拳〉に千円札を何枚か折って渡した。

「きみたちのバタやん節も悪くはなかったよ」

「いい歌を聞かせてもらいました」

と〈流しの拳〉は一礼して姿を消した。

艶歌の竜

山岸守は西武線の上石神井《かみしゃくじい》駅近くのアパートに部屋を借りている。木造二階屋の軽便なアパートだが、交通の便がいいのと家賃が安いのが取り得だった。駅まで歩いて十分足らずの距離で、二階の部屋からは隣家の木立ちの多い庭のキャベツ畠が目の下に見える。

成城に住んでいる両親からは、一緒に暮すようにとしきりにすすめられていたが、就職したあとはどうしても自立したかったのだ。

六畳ひと間の部屋で、調理台はあっても風呂はついていない。近くの銭湯までタオルをさげ、サンダルばきで通うのだ。食事はもっぱら駅前商店街の食堂ですませるのが常だった。

テレビはまだ持っていない。ラジオと再生機器、本棚とＬＰレコードの収納ケースが置いてある殺風景な部屋である。あとは簡素な机と椅子があるだけだった。

両親と一緒に暮していれば、銭湯に通うこともなく食事の心配もなかった。学生時代はかなり恵まれた環境にあったと自分でも思う。洋服の手入れも、下着の洗濯も母親がやってくれたし、深夜まで机にむかっていると夜食まで用意してくれたのだ。

「ガールフレンドができたら、家につれてきていいのよ」

と、母親は言っていたが、なぜかそういう女友達はできなかった。

「守、あんた、まさかあっちのほうのタイプじゃないでしょうね」

と、母親がきいてきたことがある。

「そうかも」

と答えたが、母親は納得がいかないふうだった。

〈山岸くんって奥手なんだね〉

と、クラスメイトの女子学生に言われたことがある。自分ではそうも思わないが、女性の肉体よりも、精神というとおおげさだが、気性というか、性格に惹かれる傾向があるのは事実だった。女性とおしゃべりしているより、音楽をきいているほうがいい、というのが本音である。

先日、福岡の〈みつばち〉のホステス、小嶋扶美と一夜をともにしたことは、山岸守にとって記憶に残る大事件だったといっていい。彼はたしかに小嶋扶美という女性につよい興味をいだいていた。彼女はまちがいなくフィジカルに魅力的だった。だが、山岸守が彼女に特別な関心をもったのは、彼女が美しく、女性として魅力的であったからだけではない。

なにか一本、筋の通った正義感のようなものが、彼女の性格を貫ぬいているように感じられたからである。

彼は自分がマネージャーとして担当している牧オリエのことも好きだった。しかし、その気持ちは異性愛というより、むしろ同志的な連帯感といっていい気配のものだった。

〈おれは男として、何かが欠けているのかもしれない〉

と、ふと考えることがある。話に聞く中世の西欧の騎士が、プラトニックな愛に人生を賭ける心理がわからないでもないと思う。

〈やっぱり自分は男としては変ったタイプなのだろう〉

と、考えながら、彼はスタンドの燈りをつけ、机に向かった。

山岸守は書類を広げた。それは〈現代ジャーナル〉という月刊誌のゲラで、きょうの夕方、高円寺から手渡されたものだった。

〈これはなんだろう?〉

「なかなかよくまとまっていると思う。自分の記事で照れくさいが、筆者の露木という人はなかなかの才筆だ。暇なときにでも目を通してくれないか」

と、高円寺はいつになく照れくさそうに言って、渡してよこしたのである。山岸守は筑紫次郎の作成したインタヴュー記事かと思ったが、そうではないらしい。

その記事は、雑誌の後半に〈特別インタヴュー〉として掲載されていた。『艶歌の誕生』という目次のわきに、「渦中の人物直撃! 音楽界の反逆者か守護者か?」と、ゴシックの文字が躍っている。

露木隆一、という署名が冒頭にあった。「**高円寺竜三という男**」というタイトルがついている。

◇……ぶっつけ本番でインタヴューを申し込むと、意外にあっさり承知してくれた。もっと厄介な手続きが必要ではないかと思っていたのだが、「いいですよ」とうなずいた。

今年で五十七歳になるという。革のジャンパーにマフラー、鳥打帽という気軽な恰好で、ピースの缶を片手に持っている。レコード業界の伝説の人にしては、いかにも身軽な応対だが、どこかに苦味走った男臭さがひそんでいる。

なにやら自嘲めいた口調に、老いたインテリやくざのペーソスを感じた。

流行歌づくり一筋に三十数年。かつての同僚が役員をつとめる会社で、いまも一介のディレクター。現場を離れたくないと肩書きを受けつけぬ。選んだ道である。低俗退廃、日本人の恥部と識者に蔑《さげす》まれたメロディーに戦前、戦後を通じて本気で賭けてきた。

育てた歌手千数百人というのは伝説であろうか。

家族――なし。

この人の作った巷《ちまた》の歌には、昭和の庶民の意識下の情感がこもる。

経歴を聞くうちに、つい引きこまれてしまった。

昭和の初期。

外資と提携した本格的なレコード会社が、続々と誕生した。日本レコード界の華やかな黄金時代の幕開けである。

――当時、創立間もないミリオンレコードに、一人のインテリ青年が入社した。その青年の名は、高円寺竜三。

なにしろ酔うとドイツ・リートやシャリアピンの《蚤《のみ》の歌》などを口ずさむモダン・ボーイだった。日本の流行歌など、奴隷の韻律だと軽蔑しきっていた。

格調高き名曲を作る野心に燃えて、ミリオン社に入社。ここで、こと志と違って、営業部の地方セールスに回されガクゼンとする。

この仕事は辛かった。

北は函館、西は博多。小売店回りで日が過ぎた。

東京が恋しい。冬の直江津の旅人宿で、独り夜中に冷えたタラの身をつついていたら、心のシンまで冷えてきた。悲しかった。会社をやめようと考えた。そのとき、廊下で宿で働いている女の歌う声がきこえる。

〽来るか時節が　時節は来ずに　今朝も抜毛《ぬけげ》が数を増す……。

当時、流行《はや》っていた歌の文句。聞いているうちにドッと涙がでた。たわいもない話である。ふとんをかぶって泣いていたら、女が入ってきて、身上話を聞かせてくれた。どちらからともなく体を寄せる。一緒に寝た。

日本海の海鳴りが一晩中ひびいていた。女は痩《や》せて顔色が悪かった。高潮すると咳がとまらない。

〽人情からめば　涙ぐせ……。と口ずさんで体を寄せながら、

「あんたも何か歌って」とせがむ。

翌朝、その女は黙ってホタルイカの墨煮を持たせて送ってくれた。なぜか心が暖かかった。泣いたせいか、女と寝たせいか、それはわからない。とにかくもう少し辛抱してみようと思う。

それから二年目、ようやく本社に呼びもどされ、制作部へ回された。サブ・ディレクターとし

てスタート。

当時、街には〈泣くな　よしよし　ねんねしな〉と、新人、東海林太郎《しょうじたろう》の歌が流れていた。ヤクザ歌謡とともに、〽敵にはあれど　なきがらに　花をたむけて　ねんごろに……。

と《討匪行》の暗いシンコペイションも時代の背景にある。

やがて一本立ちになった高円寺ディレクターに、最初のヒットがでた。

曲は《海鳴りの宿》。

ヒット賞をもらう。その金一封と、レコードを携えて汽車に乗った。行先は北陸。

あの宿の女に会って、ひと言、ホタルイカの礼が言いたかった。しかし、その宿にもう女はいなかった。海鳴りだけが、そのままだった。レコードを荒天の日本海に投じて帰ってきた。

——聞くほどに照れくさくなるようなステレオタイプの人情話である。まさに演歌のシチュエーションそのままだ。

しかし、この人は話のメリハリは殺して、ポツリポツリと下手にしゃべった。かえって実感があった。おれも日本人だなあ、と思う。
◇……脂《あぶら》の乗りだしたところで召集される。東京の第一師団だった。入隊して間もなく事件にまきこまれた。
昭和十一年二月二十六日。

いわゆる二・二六事件である。

青年将校の命令どおりに動いて、反乱部隊の汚名を着る。やがて命令どおりに帰順。ひどく雪の降った日であった。

間もなく部隊に出動令がくだる。満州行きである。下手すると一生帰れんぞ、と戦友が言う。

〽怨みますまい　この世の事は　仕掛け花火に似た命……。

などと誰かが歌っていた。

満州の冬は辛かった。

〽一つ山越しゃ他国の星が　凍りつくよな国境《くにざかい》……。

である。

いつまでたっても帰してもらえない。反乱部隊の宿命だ。ヤケになる。歌でもうたわずにいられるものか。

内地から慰問団がやってきて、《別れのブルース》というやつを歌った。その後、部隊でバカみたいにこれが流行った。

歩哨《ほしよう》に立って、

〽むせぶ心よ　はかない恋よ

と、歌う。零下何十度の寒さだ。自然と声にビブラートがつく。狼の遠吠えがそれにこたえた。

三年目に血を吐いた。結核で入院して軍医からも見放される。奇跡的に持ち直して、その後除隊。戦友にすまないと思う。内地へ帰って更に一年半保養。やがてスタジオにもどってみると、蝶ネクタイの若いディレクターが、国策歌謡の《満州行進曲》か何かを得意気に作っていた。腹が立った。親父ゆずりのヘソ曲りが顔を出す。

〈おれは艶歌をやるぞ〉と心に決めた。艶歌とは、怨歌《えんか》だ。演歌をふくめて庶民大衆の口に出せない怨念悲傷を、艶なる詩曲に転じて歌う。転じるところに何かがある。泣くかわりに歌うのだ。無力な感傷と知識人は言う。だが、有力な感傷など何になろう。泣くかわりに歌うことで人びとは耐えて生きる。それがイカンというのは革命家のマキャベリズムではないか。肚《はら》がきまった。バリバリ働いた。「艶歌の竜」などという異名もとる。タイハイ的といわれながら、手がけた流行歌は日本中に流れた。ミリオンレコードのドル箱ディレクターだった。

どこかで犬の遠吠えがきこえる。

山岸守は〈現代ジャーナル〉の記事を伏せて、立ちあがった。

ヤカンに水を入れ、ガスレンジにのせて湯をわかす。緑茶を急須にひとつまみ放りこんで湯を注ぐと、縁《ふち》の欠けた湯飲み茶碗と一緒に机の上に置いた。

熱い茶をすすりながら、ふたたび記事のページをめくる。インタヴュー記事は、さらに続いている。聞き手の露木隆一というライターのいささか俗っぽいコメントが、あいだにはさまっていた。

◇……この人、高円寺竜三は身なりをかまわぬ人物らしい。

真冬の季節というのに、古い革ジャンパーにマフラー姿でコートも着ていない。ズボンの尻ポケットから、競馬新聞がのぞいている。

ぼそぼそと呟く。

「歌は世につれ、世は歌につれ、なんて言うでしょう。あれ、嘘だね。歌は世につれるだけだよ。それだけだ――」

煙草の灰をズボンの上に落としながら、遠くを見る目つきをした。

――さて、昭和十六年十二月八日。

三球式のラジオがＪＯＡＫの臨時ニュースを流す。太平洋戦争の開幕である。

奇妙な時代だった。

《戦陣訓の歌》や《撃ちてしやまむ》などの戦意高揚歌などの裏通りで、《勘太郎月夜唄》だの《湖畔の宿》などの軟派の流行歌も流れる。

〈きのう召されたタコ八が　タマに当って名誉の戦死……〉

などという替え歌も少国民たちに受けていた。

〈艶歌の竜〉もがんばった。非国民とけなされながらヤクザ歌謡やマドロスものなどを苦労して送りだす。

中国大陸や南方派遣軍などの兵士のあいだで、彼が作ったタイハイ的な歌謡曲がひそかに愛唱される。

やがて戦況は日ましに悪化。軍歌は作りたくないとがんばっていると、訓練用の特殊レコードの制作を押しつけられた。

敵機の爆音や、敵艦のスクリュー音などを識別させる、音響だけのレコードである。〈船舶エンジン水中音集〉とか〈モールス信号訓練速習盤〉などを制作、軍から表彰されたこともある。

録音挺身隊の隊長もやらせられた。それを引受けなければ、レコードをプレスするための加熱用石炭の配給が受けられなかったのだ。国民酒場からくすねてきた闇ウイスキーでウサを晴らす。

やがてレコード制作全面停止。

失業したバンドマンたちと一緒に、工場で防空壕掘りをやる。暗い防空壕で膝をかかえていると、Ｂ29の爆音が海鳴りのようにきこえてきた。

いつ死ぬかな、と考えながら、ふとあの北陸の女のことを思いだした。そんなある日、《別れのブルース》を口ずさんでいたら、若い見習い士官に、

「貴様、タルンどるぞ！」

と胸倉をつかまれた。カッとなって突き倒した。相手は顔色を変えて軍刀を抜きかけた。

そのとき仲間のバンドマンたちがぞろぞろ集ってきた。手に手にスコップやツルハシを握っている。戦争が激化する前、ギターやクラリネットを握っていた手が節くれ立っている。

「竜さんを斬ったら、あんたも殺《や》るぜ」

と、ペット吹きが見習い士官に言った。本当にやりそうな目の色だった。若い士官、コソコソ

と去る。戦争も末期のことだった。

◇……よくできた大衆演劇のような話である。だが、こうして本人の口からきいていると、どうも本当の事だろうと思われてくる。

やがて敗戦。

八月十五日、玉音放送を聞いていたら、涙がでた。敗けて悲しかったのか、嬉しかったのか、よくわからない。とにかく、またレコードがやれる。

東京のミリオンレコード本社にすっとんでいった。調べると、レコードの原料のコパールやシエラックが、まだ残っていた。あとは石炭だけ。

他のレコード会社では《敗戦ぶし》とかいう企画も進んでいるという。

そのうち《リンゴの唄》が出た。大ヒットする。いい歌だと思う。だが、おれは艶歌でいくぞ、と心に誓う。

戦後、最初の録音は、ひどく時間がかかった。戦争中の徴用で節くれだった演奏者の指が思うように動かないのだ。伴奏と歌が同時録音だから、一つミスがでると最初からやり直さなくてはならない。

やっとの思いで良い曲が録《と》れたと思った瞬間、サックスがミスった。全員がキッとなる。

「この指が、この指が……」

と、サックス吹きが男泣きに泣く。ついさきごろまで軍需工場で旋盤を操っていた指だ。みんなシュンとなって、だれも怒らなかった。

しかし、その曲が空前のヒットを記録。

だが売れたのは五万枚どまり。それ以上プレスしようにも、原料がなかった。戦後の歌謡曲の歴史がここから始まる。

それ以後、十七年。文字どおりミリオンレコードの屋台骨を支えてきた。考えてみると、裏通りを歩き続けてきた歳月だと思う。ポップスやロックの波をうけながら、古い歌謡曲を作りつづけた半生だった。音楽界の新しい潮流に敢然と背を向けるその姿は、反逆者のそれか、日本の歌を守りとおそうと誓う矜持《きょうじ》を持った改革者のそれか。いずれにせよ、行く手に広がるのは茨《いばら》の道だ。

だが、後悔はしていない。家族はいないが、独り暮らしをべつに淋しいとも感じない。酒は屋台かカウンターで飲む。流し連中には、センセイと呼ばれている。

趣味は競馬。逃げ馬が好きだ。必死に逃げて、逃げ切れなかった馬の、目を伏せて帰ってくる姿に感動する。したがって、いつも損ばかりしている。
◇……古くさい人情話である。本人がそう言って笑っていた。店をでるとき「ごちそうさん」と頭を下げた。
茶色のジャンパーのうしろ姿を見ていると、斜めに落とした肩に、心なしか老いの翳を見たような気がした。

インタヴューを終えて、少し感傷的になっている自分を感じた。取材者としては失格である。この国の古風な歌謡曲は、いま新しい音楽の流れの前に風前の灯《ともしび》だ。その殿《しんがりせん》戦を、この男はどのように戦っていこうというのか。

（取材構成・露木隆一）

山岸守は冷めた緑茶をひと口飲んだ。香りの失せたお茶の苦さだけが口に残った。時計を見ると、すでに午後十一時を過ぎている。ガラス窓のすきまから、冷気がかすかに流れこんでくるのを感じて、セーターを引きよせて肩にかけた。

〈こんな時間に電話をしたら、オリエは怒るだろうか――〉

山岸守はしばらく迷った末に、黒い電話機を引きよせ、ダイヤルを回した。何度か呼出音が鳴ったあと、はっきりしたオリエの声が流れてきた。

「こんな時間に電話してくるのはだれ？　たぶん守さんでしょ」

「ごめん。寝てたのを起こしたかな」

オリエの笑い声が受話器に響いた。

「大丈夫よ」

「何してたんだ」

「《禁じられた遊び》をききながら雑誌を読んでいたら、こんな時間になっちゃった」

「雑誌って、なにを読んでたのかね」

「〈週刊明星〉。あたしもグラビアに出られないかな、って思っちゃった。だって、このところ営業の仕事もないし、部屋でぼんやりしてるだけなんだもん」

オリエの笑い声が受話器をつたわってきた。

「守さんこそどうしてこんな時間に電話してきたの？　なにか急な用事でも？」

「いや、急ぎではないんだけどね」

山岸守は〈現代ジャーナル〉に載った記事の話をした。

「きみにも読ませたい内容だった。高円寺さんについて知らなかったことが、たくさん出ててね」

「そう。じゃ、あたしもこんど読むことにする。──そうそう、こないだの晩は遅くまでありがとう。楽しかったな。あの筑紫次郎って人、あたしのデビューの頃からのファンなんだって」

「中年のおっさんにモテるってのも、どうだろうなあ」

「でも、《二見情話》とかいう歌にはシビレたなあ。言葉はほとんどわからなかったけど、なぜか泣きそうになっちゃった。〈ルドン〉のマダムなんて、もうウルウル。エディット・ピアフの歌しか褒めない人なのにね」

ところで、とオリエは少し声を低めて、からかうようにきいた。

「例のおねえさんのことだけど」

「おねえさん？」

「はぐらかさないでよ。扶美ちゃんのこと」

「彼女がどうしたっていうんだい」

思いがけず小嶋扶美《こじまふみ》の名前がでたことで、山岸守は少しどぎまぎした。オリエに電話をしたら、きっとその話になるのではないかと危惧する気持ちはあったのだ。案の定、オリエはそのことにふれてきた。

「あの晩、なにもなかったんだってね」

「当然」

「なにが当然よ。据《す》え膳食わぬは男の恥、って言葉、知ってる?」

「おあいにくさま。そんな古い世代じゃないんだ」

「あら、そう」

オリエは、ふっと笑い声をもらした。

「男と寝て、なにもしなかったのは生まれてはじめてだって扶美ちゃん言ってたよ」

山岸守は黙っていた。ここは沈黙してやりすごすのが一番だろう。下手に言い訳をしたりすると、オリエは徹底的に追及してくるタイプなのだ。

「守さんはあたしに義理立てしたんじゃないか、って彼女、言ってたけど」

「あたし、って」

「このあたし。牧オリエという美貌の女性以外にだれがいるの?」

「ふざけるなよ」

山岸守は、むっとした口調で言い返した。

「べつに、ふざけてないけど」

オリエが電話の向うで、ふっと笑う気配があった。

「守さん、本当はあたしのこと好きでしょ」

「それとこれとは、話がちがうだろ」

「いや、ちがわない。あたしにはわかるの。扶美ちゃんが言ってたわ。守さんと寝たら、って。いいわよ。あたし、心と体はべつべつだと思ってるから。タレントとマネージャーが寝たって、べつに悪いわけじゃないと思う。なんなら、いまから来る?」

「酔ってるんだな。バカヤロ!」

山岸守は音を立てて受話器をおいた。心と体はべつべつだ、といったオリエの言葉がしばらくエコーを引いて耳に残っていた。

奇妙な報せ

その日、山岸守はふだんより一時間以上おくれて、十時すぎに四谷のKオフィスに出社した。

昨夜、自分の担当でない女性歌手の付き添いを命じられて、深夜に帰宅したのである。

最近はそんなふうに便利屋のような仕事を押しつけられることが多い。担当している牧オリエの仕事がほとんどないためだった。

所属レコード会社のディレクターが退社したあと、高円寺竜三が彼女を引き受けたとはいえ、具体的なスケジュールはまだ全くきまってはいない。

そのため、いろんな部署から臨時の手伝いを頼まれることが多く、かなりハードな日々が続いている。昨夜も千葉の営業先からもどってきたのは、午前二時ちかい時間だった。

ステージの仕事が終ったあと、主催者のスポンサー関係の宴席に呼ばれて、三次会までおつきあいしたためである。

オフィスに顔をだすと、電話中だった三島課長が、とがめるような目で山岸守を見た。

「すみません。ゆうべ夜中に仕事が終ったものですから」

と、山岸守は自分のデスクに坐りながら謝った。電話を終った三島課長が舌打ちして、

「ステージが済んだらすぐにもどってくりゃいいんだよ。なにも二次会、三次会までつきあうことはないんだ」

「はい。でも、手売りでレコードが五十枚以上さばけたのは、おそくまでつきあったおかげなんで」

「そんなことより、テレビだよ。テレビの仕事をとってこい。手売りなんかちまちまやってる時代じゃないだろ。〈シャボン玉ホリデー〉あたりにちょっとでも出してもらえば、レコード店からのオーダーがたちまち跳ねあがるんだぞ。わかってるのか」

　山岸守は少しむっとして口答えした。

「ぼくは牧オリエの担当ですから。そんな話はお門ちがいでしょう」

「おや、そういうことを言うのか」

　三島課長は縁なし眼鏡に手をそえて、ちょっと押しあげるようなしぐさをした。部下に小言をいうときの決まった動作である。

「スケジュール表を見てみろよ。牧オリエの欄は、ずーっとガラ空きじゃないか。高円寺さんが引き受けてくれたとか言ってたが、具体的になにか役に立ってくれたかね」

　山岸守はうつむいて唇を噛んだ。三島課長の声が少し大きくなった。まわりのスタッフが聞かぬふりをしながらきき耳をたてているのが痛いほどわかる。

「このままだと、そのうち牧オリエはクビだな。なんの実績もないタレントに給料を払う余裕はないんだよ。この業界はそんなに甘いもんじゃない。どうする気だ」

山岸守が何か言おうとしたとき、オフィスの入口のあたりから分厚い声がひびいた。

「もういいやないか、三島くん」

入ってきたのは派手なマフラーを肩にかけ、スリッパをはいた血色のいい川口会長だった。

「売れない歌手の一人や二人、ただ飯食わせてもKオフィスはびくともせんよ。三島くんが会社のためを思うてくれる気持ちは、ようわかる。だからいつも頼りにしてるんや。だが、きょうのところはもうええやろ」

「はい。わたしの監督の不行き届きで、申し訳ありません」

「いや、いや、山岸くんには、わたしからきちんと話しておく。山岸くん、ちょっと会長室まできてくれ」

みんな、ごくろうさん、と室内を見回すと会長は部屋をでていった。

「お扶美ねえさんから、きつう言われたんやが、やっぱり標準語はしゃべりにくうてな」

と、川口会長は山岸守を会長室の椅子に坐らせると、汗ばんだ額を手で叩いた。

ガスストーブで温められた会長室は、上衣を脱ぎたいほどの暖かさである。

「みんなはわしの変なしゃべり方を心の中で笑うが、それでええんや。これも一つのトレードマークやからな」

山岸守は、はい、と小声で答えた。たしかにそうなのだ。しかし、会長はいったいどこでそんな奇妙な言葉づかいを身につけたのだろう。

「あんたが今、なにを考えとるのか当ててみよか」

と、会長は声をひそめて言った。

「このわしのしゃべり方が、どこから生まれたのか、不思議に思うとるんやろ」

「はい」

山岸守は相手の心理を的確に読みとる会長の能力には、かねてから感服していた。しかし、自分の心中をズバリと見透かすように指摘されると、多少たじろぐところがあった。

川口会長は椅子の背中に体をもたせかけて、愉快そうに笑った。

「わしの生れは越中富山や。そやから土台は富山弁。そこに広島弁が重なった」

「広島にいらしたんですか」

「そうや。広島で五年ほどタクシーの運転手をしとった。三十過ぎて河内《かわち》のホイール工場につとめた。そのあと四国の造船会社でも働いとる。やがて清水、浜松と歩いて、ギャンブルでようけ借金をこしらえて大阪の西成へ。そこである神父さんに会うて洗礼を受けたんや」

「え？　洗礼を？」

山岸守は驚いて会長の顔をみつめた。

「そうや。川口・セバスチャン・昌治、というのが、わしの名前や」

「セバスチャン、ですか」

山岸守は会長の思いがけない話に、ちょっとショックを受けて、その名前を口の中でくり返した。

「そうや。西成では皆に、セバちゃん、と呼ばれとった」

会長は目を細めて笑った。

「その頃、よう歌ってた《どん底ブルース》という歌があってな。そのレコードを作ったのが高円寺さんだったと、後で知ったんや」

会長は言葉を切って、腕を頭のうしろで組み低い声で笑った。

「これは秘密なんやが、わしは世間でいうところのオンチでな。たった一つだけ、なぜかまともに歌えるのが、その《どん底ブルース》やった。わしがオンチだいうことは、だれにもいうんやないぞ。これは個人の秘密やからな」

「でも——」

と、少し躊躇しながら山岸守は言った。

「〈みつばち〉の扶美さんから、そのことは聞きました。あの店にくる人たちは、みんな知ってるそうですよ」

「えっ」

会長は椅子から立ちあがって喉につまったような声をだした。

「それは、ほんまの話か」

「すみません、そう聞きました。会長の歌は、歌じゃない、って」

「みんなが知っとる、やて？　みんなが——」

川口会長は腕組みして、大きく息をした。

「そうか。そうやったんか」

川口会長は椅子に腰をおとした。そして左右に首をふると、奇妙な声で笑いだした。

「そうか。知らぬはセバちゃんばかりなり――か」

しばらく居心地の悪い沈黙が続いた。川口会長はポケットから煙草の袋をとりだすと、一本抜いて口にくわえた。そして催促するように山岸守にむかって顎をしゃくった。

山岸守はあわててライターをさしだして火をつけた。会長は煙草の煙をふうっと吐きだすと、山岸守の手からライターをとりあげ、値ぶみするように眺めて、

「生意気なもの持っとるな。ダンヒルやないか」

「父のお下《さが》りです」

「あんたの親父さん、銀行関係やったな」

「はい。若い頃、ロンドン支店に一時やられていたようで、そのころ買ったものらしいです」

「たしか興和正金銀行やったな」

山岸守が、え？　というように目をみはると、会長は笑って言った。

「社員の家庭状況ぐらいつかんでなくて経営者がつとまると思うか。ちなみに、あんたのおふくろさんは超有名な某女学校のOGやろ」

山岸守は、だまってうなずいた。そこまでは履歴書に書いていなかったはずである。

会長は言葉を続けた。

「そんなええとこのぼんが、なんで芸能プロなんかに就職したんや。親父さんのコネを使えば、

いくらでも一流会社に就職できたんとちがうか」

「はい」

「この世界の闇は深いぞ。中途半端に首をつっこむと一生を誤ることになる。気をつけんとあかんで」

「はい」

川口会長はそうつぶやくと、ふだんの口調にもどって山岸守に言った。

「その話はもうええ。あんたを呼んだのは、ほかに大事な話があったからや」

山岸守は居ずまいを正して会長の話をきく姿勢になった。

「新しいレコード会社の件、この頃、高円寺さんからなにか耳にしたことはあるか」

「いいえ、特には何も」

「変わった様子は？」

「そんなふうには見受けられませんが」

会長がいまになってなぜ高円寺の動向を気にしているのか、山岸守には見当がつかなかった。

「そうか。高円寺さんはなにも知らんのかな——じつは、妙な話が入ってきたんや。このことは、高円寺さんにも言うんやないぞ。絶対の秘密や」

川口会長は山岸守のほうへ体を寄せ、ほとんど耳打ちするかのような姿勢でささやいた。

「こないだ、黒沢正信が玄海興産の若宮はんのブレーンと、博多で会うとったそうや」

「え？」

山岸守は思わず会長の顔を見つめた。黒沢正信が、何の目的かはわからないが、ひそかに福岡入りしていたということは、小嶋扶美からもきかされていたからだ。その話にちがいない。しかし、黒沢の会った相手が、若宮のブレーンとはどういうことなのか。疑問が湧きあがったが、まずは何も知らないふうを装うべきだと、山岸守は直感した。

「黒沢って、あのミリオンレコードの――」

「そうや。大友部長や高円寺さんと真っ向から対立している男や。反乱軍にとっては、敵の大ボスやな。きみに、この情報の意味がわかるか。若宮はんは、新会社ができた暁《あかつき》には社長の座に収まるお人や。その若宮はんの懐刀《ふところがたな》と、敵方の大ボスがこっそり会うとるというのは、一体どういう料簡《りょうけん》や」

それはたしかな話なのですか、と山岸守はきいた。川口会長は自信たっぷりにうなずいた。

「タクシー業界にはな、あらゆる情報が入ってくるんよ。博多のハイヤー会社の運転手から、黒沢と夕刊フクニチの記者を福岡から飯塚の料亭まで乗せた、という話が届いた。まさか、と思うて確かめたら、本当のこととわかったんや」

「夕刊フクニチの記者?」

「そうや。その記者が若宮はんのブレーンをやっとるという噂で、それも本当のようや。もっと言えば、その男こそが新会社設立話の仕掛け屋の一人でもあるらしい」

「新聞記者で、そこまでする人が実際にいるのですか?」

「おる。フィクサーのような動きをする記者は、大新聞の政治部にはごまんとおるし、地方にも結構おる。地元財界に通じている強みがあるさかいな。新会社設立の話の中で出てくる名前かもしれんから、きみには教えといたろ。その男は、フクニチでのペンネームは矢部、本名は筑紫次郎。政財界のゴシップネタにかけては相当な男や」

筑紫次郎の名をきいて、山岸守は思わず声を上げそうになったが、かろうじてこらえた。

オリエと会って無邪気に喜んでいたあの記者に、そんな顔があったとは夢にも思わなかった。

——高円寺さんは、彼のことをどれだけ知っているのだろうか。危険な男に近づいてしまったのではないか。だが、いずれにせよ、二人がすでに接点を持っていることを、いまは会長に明かさないほうがいいだろう。

呆然としながらも、山岸守は瞬時にそう考えた。

「くり返すが、黒沢正信と筑紫次郎の密会のことは、絶対の秘密や。いま下手に動くと、こっちにも火の粉が飛んでくるおそれがあるさかいな。それから、あんたは、筑紫次郎と会う機会があったとしても、やつには近づかんほうがええ。黒沢本部長の二重スパイかもしれん。とにかく信用でけん男や。気をつけなあかん」

そう言うと、川口会長は、もういい、仕事にもどれ、と手で合図した。

その日、上石神井のアパートにもどったあと、山岸守は銭湯にもいかずに机の前で考えこんだ。

ラジオがニュースを伝えている。昭和三十七年二月現在の段階で、東京都の人口が一千万人に達したという。ちょうどテレビの普及率が推定四十八パーセントをこえ、一千万台に達したという話題と重ねて報道されていた。ケネディ米大統領が、沖縄を正式に日本の一部と認めると発表したことも伝えられていた。ニュースがすぐに『ウエスト・サイド物語』の映画音楽に変ったところで、山岸はラジオを消した。いまは考えることが山ほどあるのだ。

山岸守は湯をわかして、インスタントのネスカフェに注いだ。先日、実家を訪れた際に母親が持たせてくれた贅沢品である。

〈街の適当な喫茶店のコーヒーより、よっぽど旨い——〉

と、思うこともある。香り高い外国の匂い。外国映画に外国の音楽。日本の一部と認めたとはいえ、沖縄もアメリカの翼の下にある。

そしてミリオンレコードの実質的な支配者、黒沢正信。彼もアメリカの大企業と深くかかわっている噂がある、と小嶋扶美は言っていた。

その黒沢に筑紫がひそかに会ったというのは、どういうことだろう。

玄海興産の若宮重治のブレーンでもあるらしいし、新会社の設立にひと役買っている気配もある。その彼が——。

〈この世界の闇は深いぞ〉

と、言った川口会長の言葉が、鈍い重さをもって山岸守の胸によみがえってきた。

〈わからない〉

小嶋扶美にきいてみよう、と彼は思った。

川口会長が新しいレコード会社の設立に参加したいと熱望しているのを知っていながら、やめたほうがいい、と彼女が言ったのは、なぜだろうか。

小嶋扶美は、はたしてこんどの計画をどこまで知っているのか。

〈力はないけど、情報はある〉

と、彼女があの夜、言ったことを山岸守は思いだした。

時計を見ると、九時を過ぎている。彼女はまだ店にいるはずだ。

山岸守は名刺ホルダーから小嶋扶美の名刺をとりだした。勤めている店の番号が印刷されているのをたしかめて、山岸守は電話のダイヤルを回した。

しばらくして、男性の声が返ってきた。

「はい、〈みつばち〉でございます」

「小嶋扶美さんをお願いします」

「はい、どちらさまでしょうか」

「Kオフィスの山岸とおっしゃってください」

「Kオフィス、ですか？」

けげんな声に、山岸守は、名前を言ってくだされればわかります、と念をおした。

まもなく、小嶋扶美の声がきこえた。山岸守の体に、熱いなつかしさがこみあげてきた。

「うれしいわ。いま、お店こみあっているから一時すぎに部屋に電話して。いま、どこ？」

「東京のアパートだけど」

「なんだ、わたしに会いに博多へきてくれたんじゃないのか。いいわ、とにかく一時に」

電話はすぐに切れた。いまから福岡へ会いに行きたい、と山岸守は思った。

山岸守は銭湯にいき、帰りに行きつけの食堂で焼き魚定食を食べ、アパートに帰った。

〈午前一時すぎに部屋へ電話をくれ、と言ってたな〉

店が終ったあと、なじみの客と一緒に食事にでもいくのだろう、と彼は思った。酔客とたわむれている小嶋扶美の姿を想像すると、思わず嫉妬めいた感情がこみあげてくる。

〈恋人でもないのに——〉

と、山岸守は苦笑した。

彼女は夜の社交界をはなやかに遊泳している夜の人魚だ。地元の政・財界のお偉方《えらがた》と友人のようにつきあいながら、さまざまな情報を流通させている。

自分のような若造の相手になるような女性ではない。それがわかっていても、山岸守は彼女の声や体の匂いが忘れられなかった。それにあの晩、小嶋扶美が見せた涙は、決して演技ではなかったと思う。

時計の針の進み方が、なぜかひどくおそく感じられた。午前一時までには、まだ三時間あまりある。

山岸守は机の上の白紙に、先日、オリエから見せてもらった歌詞をアトランダムに書いてみた。

〈たしか《織江の唄》という題だったな〉

〽月見草　いいえ　そげんな花じゃなか
というフレーズがまず頭の中に浮かびあがってきた。

〈その後の詞はなんだったっけ〉

目を閉じて考えてみるが、どうもはっきりしない。

〽抱いてくれんね　信介しゃん
と、いう歌詞が突然、記憶の中によみがえってきた。

〈そうだ、その後に、ばってん　お金にゃ勝てんもん、というリアルな文句が続いていた〉

山岸守は、その歌詞の一部をノートに書き写した。

〈こんな露骨な歌詞を歌にすることなんて、はたして可能だろうか〉

夜霧だの、燈台だの、汽笛だの、別れだの涙だの、そんな歌謡曲の文句とはぜんぜん違う歌詞である。

いったいどんな曲がつけられるのか、見当もつかなかった。七五調のリズムもなく、情緒的な文句もない。しかも九州の方言ときている。

オリエは「詩」と「詞」はちがうのだ、と言っていた。では、この歌ははたして「詩」なのか、それとも「詞」なのだろうか。

〽織江も　大人になりました

という最後の歌詞が妙に記憶に残っている。

〈オリエはあの彼に、いい、して、と言ったのだ〉

小嶋扶美の言葉がよみがえってきた。たしか伊吹信介という青年だった、と、山岸守は思い返した。オリエが大阪でステージをやったときに楽屋に訪ねてきた若い男だ。眉毛の濃い、どこか古風な顔立ちの青年だった。

〈あの男がオリエを女にしたのか〉

不意に体がかっと熱くなるのを彼は感じた。

〈あたし、心と体はべつべつだと思ってるから〉

と言ったオリエの声が、エコーがかかって山岸守の耳に響いてきた。


午前一時ちょうどに山岸守は受話器をとりあげた。小嶋扶美の電話番号をたしかめてダイヤルを廻そうとして、彼は一瞬ためらった。

あまり約束の時間きっかりに電話をすると、彼女に馬鹿にされそうな気がしたのである。餌を前に、おあずけをされている犬のように思われるのは嫌だった。

五分ほど待って、彼はふたたびダイヤルを回した。

「はい」

と、小嶋扶美のなつかしい声がつたわってきた。どこか湿った官能的な声だった。

「ぼくだ。夜中に申し訳ない」

「五分おくれてかけてきたのは、男の余裕をみせるため?」

「そんなんじゃないよ」

山岸守はあわてて彼女の言葉を否定した。

〈彼女にはハッタリはきかない〉

と、彼は観念した。自分よりはるかに世の中を知りつくした相手なのだ。これからは彼女に見栄をはるのはよそう、と山岸守は思った。

「なにかわたしにたずねたいことがあるみたいね」

と、彼女は言った。

「それとも、わたしの声がききたかったの?」

「うーん、どっちもかな」

「正直で結構。じつはわたしも守くんの声がききたい気分だったんだ」

「ほんとに?」

「そう。こないだ何もしなかったから、かえって思いがつのるのよ、なーんて」

「ぼくをからかっているんだな」

「ごめん。ちょっと今夜は呑みすぎかも。でも酔っぱらっちゃいない。お話ししましょ」

山岸守は電話の向うの小嶋扶美のしどけない下着姿を想像した。かたちのいい乳房で受話器を支えてしゃべっているのかもしれない。

「いやね、守くん、いま変なこと想像したでしょ」

彼女はよほど霊感のつよい女性なのだろうか、と山岸守は一瞬、絶句した。こちらの気持ちを声だけで見抜いてしまう異様な才能を持ちあわせているようだ。

〈この人には、見栄やゼスチュアは通用しない〉

と、山岸守はあらためて思った。とりあえず正直にありのままの自分をさらけだすしかない。

「じつは、いろいろ聞きたいことがあって」

と、彼は率直に言った。

「扶美さんの持っている情報を教えてほしいんだけど」

「いいわよ」

小嶋扶美は意外に素直に応じてくれた。

「知ってることなら、なんでも。例の新しい会社にかかわる話でしょ」

と、小嶋扶美はさらりと言った。

「でも、わたしの情報はただじゃない。ぜんぶバーターなんだ。知ってることは教えるけど、かわりにこんどちゃんと寝てくれる？」

「え？」

「織江に何か言われたでしょ、わたしのことで」

「べつに」

「嘘」

彼女はたしかに少し酔ってるな、と山岸守は思った。だが今は彼女に教えをこうしかないのだ。

「扶美さんはこないだ、ミリオンレコードの黒沢本部長がひそかに福岡入りしたようだ、と言っていただろう」

「ええ、おぼえているわ」

「たぶん、その件なんだけど、うちの会長がきょうになって、そのことに関すると思われる話をしだしたんだ」

山岸守はそう言って、川口会長が話した内容をかいつまんで伝えた。そして、自分とオリエもまた、高円寺の紹介で筑紫次郎に出会っていたことも付け加えた。

「次郎ちゃんが？　まちがいないの？」

小嶋扶美はそれまでの軽い調子から打って変って、心底驚いたふうな口調で答えた。

「次郎ちゃん？　知っているのかい」

「夕刊フクニチの矢部、その本名は筑紫次郎。福岡の情報通のあいだでは知る人ぞ知る人物よ。〈みつばち〉にも何度もきているわ。玄海興産の若宮さんのブレーンってことも当っているし、そもそもで言えば、今度の新しいレコード会社の件で、音頭《おんど》取りをしているのは次郎ちゃんよ。でも、なんで次郎ちゃんは黒沢さんと会っていたんだろう。若宮さんがいまさら黒沢さんと接触しようとする必要はないはずだし」

「筑紫さんが内通したとか？」

「内通したとしても、何のためなのかがわからないわ。次郎ちゃんがひそかに黒沢さんに打ち明けるとしたら何かしら？　若宮さんが社長になることだったり、大手の三社が参画することだったり、どれだけのスタッフが出て行くかだったり？　でも、新しい会社の船出がほぼ決まったいまになって知らせても、何の意味があるかしら」

言われてみれば、たしかにそうだ。山岸守は首をひねりながら、

と、きいた。

「筑紫さんって、どういう経歴の人なんだい」

「次郎ちゃんは沖縄出身で、戦争の前には中野正剛っていう政治家の書生さんだった人よ。そして、戦争が終わってからはずっと沖縄返還運動をやっていて、反米右翼の団体をひきいていたこともあるらしいわ」

「ふーん」

「その団体が反米から親米に方針を転換したことで、グループをはなれ、一匹狼の国士として活動を続けていたみたい。そのあと夕刊フクニチに拾われて記者になったとか。ほら、フクニチは戦前の玄洋社からの流れを汲む九州日報系の人が多かったからね」

彼女の話では、筑紫次郎の反米愛国思想に共鳴する地元の政財界人は少くなかったらしい。玄海興産の若宮重治も、その一人だという。

そのほか新会社に株主として加わる三社は、それぞれ若宮重治と同じく川筋会のメンバーなのだそうだ。

「黒沢さんは日本を代表するレコード会社、ミリオンレコードをアメリカ資本の傘下におこうとしていると次郎ちゃんは判断したらしいの。それで川筋会系の財界人を説得して新会社を作ろうとしたのね。つまり日本人をアメリカ文化の奴隷にするな、日本の歌を守れ、と口説いてまわったらしいわ。九州の人は血の気が多いから、次郎ちゃんの説に賛同する財界人は少くなかった。わたし、〈みつばち〉で次郎ちゃんがいろんな人を口説いてるのを横できいてたけど、つい自分もひと口乗ろうかな、って気分になったもの。国士って恰好いいなあって思ったわ」

「でも、そうならば余計に、筑紫さんが黒沢さんと密会していたことが解せない。そういうわけだね」

「ええ。次郎ちゃんのことだから、何か別のもくろみがあるような気もするけど」

電話の向こうで、しばらく沈黙が続いた。

やがて、小嶋扶美はささやくような声で言った。

「次郎ちゃんは、危ない橋を渡っているわ。口説き文句では『日本の、日本人のための、日本人による音楽を』と言うんだけど、わたしは次郎ちゃんの本当の動機は別のところにあるんじゃないかと思いはじめてきたわ。次郎ちゃんはいろんな人を手玉に取ろうとしすぎている。そんな気がしてならないの」

山岸守は思わず唾《つば》を飲みこんだ。

もう少し内情を探ってみるという小嶋扶美と、またあらためて連絡を取りあうことを約束して、山岸守は電話を切った。

一九六二年三月

二人きりの生活

冬のシベリアの夜は長い。

はげしい風が吹き、雪と氷が地上を占領する。

まれに青空が見え、陽光の輝く瞬間がある。しかしそれもたちまちのうちに変化し、暗い夜にとざされる。

北海道の冬は体験して知っていたが、それとはまったくちがう暴力的な寒さなのだ。

そんななかで、思いがけない生活がはじまった。ドクトルが調査旅行に出発したあと、信介一人で主《ぬし》のいない家を守るつもりだった。ところがタチアナが、その朝のうちに大きな荷物を抱えてやってきたのだ。

《ドクトルが帰ってくるまで、わたしもここで暮すことにする》

と、彼女は宣言したのである。

《留守中に何か厄介なことがあったら、あなたじゃ対応できないでしょ。きょうからわたしがこの家の主人よ。女王さまの言うことは、なんでもきかなきゃね》

《ぼくは農奴《クレパストノイ》じゃない。自由を求める放浪者《ブラジャーガ》です》

《えらいわ。ロシア語で言い返せるなんて。上達したものね》
そして形のいい唇を曲げて何か言った。
《いま、なんと言ったんです？》
《ナグレーツ、と言ったのよ》
ナグレーツ、と信介は小声でつぶやいた。
タチアナは笑って説明しなかった。
その日、タチアナは自分の荷物を片付ける間もなく、出勤した。病院の車をドクトルが持っていったので、近所のバス停からバスを使ってでかけることにしたのである。
襟《えり》に毛皮のついた防寒コートをはおり、頭に黒い光沢のある毛皮の帽子をかぶったタチアナは貴夫人のように見えた。
《いってらっしゃい、女王さま》
《スペードの女王《ピーコバヤ・ダーマ》、と言いなさい》
タチアナは笑って言うと、気取った歩き方で白一色の街路を歩いていった。『スペードの女王』は、国民作家・プーシキンの代表作である。以前、その一節を彼女はテキストとして信介に朗読させたことがあったのだ。
〈スペードの女王、か――〉
信介はそのうしろ姿を見送りながら、複雑な思いにとらわれた。
ドクトルが留守のあいだ、彼女はこの家に泊るという。今夜から二人だけで夜を過ごすことになるのだ。

〈彼女はきみに好意をもっている〉

と、いつかドクトルは言ったことがあった。どこか若い信介をからかうような口調だったが、それだけでもなかった。信介の心の中では、ドクトルのその言葉がずっと消えず残っていた。

彼女の生い立ちも、正確な年齢も、信介は知らない。信介よりも年上で、病院の看護婦長で、ドクトルと男女の仲だということ以外、ほとんどわかっていないのだ。

彼女の背景に、なにか複雑な事情があるのだろうと推察はしていた。だが、そのあたりのことをストレートにたずねることは、なぜかできなかった。いちどだけ生まれたのはどこなのかときいたことがあったが、そんなことさえ答えを拒絶する気配が、タチアナの表情にはいつも漂っていたからである。

〈おれは彼女に惹かれている〉

信介はその事実を認めないわけにはいかない。ロシア語のレッスンのたびごとに、タチアナの満足そうな顔を見たいと思う。ちゃんと正しく答えられたときに、彼女がさりげなく頬に軽いキスをしてくれるのが現在の信介の生き甲斐みたいな感じだった。

タチアナは清楚な百合《ゆり》の花のような女性ではない。赤い罌粟《けし》の花を思わせる蠱惑《こわく》的な大人の女である。長い脚と、豊かなヒップと、突きでた乳房をもっていた。ちかづくとかすかに動物的な体臭がただよう。

〈この家で、二人きりの夜をすごすのだ〉

そう思うと、信介は不安と期待の入りまじった複雑な感情をおさえることができなかった。

タチアナとの共同生活は、比較的スムーズにはじまった。彼女はドクトルの書斎を寝室にし、信介は今までどおりに壁ひとつへだてた隣りの部屋に寝た。朝食の準備はタチアナがやった。紅茶にパン、つくりおきのスープ、あとはピクルスなどの簡単な食事である。

これまでの早朝のレッスンはやめにして、夜、夕食後にたっぷり時間をとって授業をすることになった。朝食のテーブルにつくときのタチアナは、素顔だった。ゆったりしたガウンをはおって、ノーメイクで食事をするタチアナは、昼間よりもかえって素朴な魅力を感じさせる。

信介はどちらかというと、ばっちりメイクをした彼女よりも、そんなタチアナのほうが好きだった。もともと肌が奇麗で、首筋から肩の線が丸味をおびて美しい。笑うと幼女のように見えるときがある。

朝食を終えると、簡単なサンドイッチを包んで、タチアナは出勤する。

《いい子にしてるのよ》

と、ドアを出ていくときに彼女は信介の頬にキスをする。そして大股で雪の道をバス停にむかって歩いていくのだ。

《待ってるよ》

と、信介は彼女を見送りながら、奇妙な感じをおぼえるのだった。自分が主婦にでもなったような気がするのだ。

夕食は信介が用意する。信介はいつのまにか簡単なロシア料理の作り方を、なんとなくマスターしていた。
《おいしい》
と、タチアナは微笑して言う。
《思いがけない才能があるのね、イブーキー》
食後はドクトル秘蔵のグルジアのブランデーを飲みながら話をする。タチアナは少しアルコールがはいると、よくしゃべった。
ドクトルと一緒のときとちがう解放感があるようだった。肌がかすかに赤味をおびてエロティックだった。信介はときに目をそらせて、気持ちをほかのことに向ける必要があった。
もし、ドクトルには申し訳ないが、こんな日々がずっと続けばいいのに、と、ふと信介は考える。ドクトルがモスクワ中央の権力の庇護を失って、ＫＧＢに逮捕されたら――、と思い、つよい恥ずかしさをおぼえたときもあった。
二人だけの生活がはじまって三日目の深夜、タチアナが信介の部屋のドアをノックした。
《眠れないの。少し話の相手をしてくれる？》
と、ガウンをはおったタチアナは言った。髪が乱れて、目が少し充血しているようだった。
〈泣いていたのかもしれない〉
と、信介は不意に思った。
《ぼくも眠れなかったんです》
と、信介は言い、タチアナを部屋に迎え入れた。二人は鉄の固いベッドの上に並んで坐った。

タチアナが信介の手の上に自分の手を重ねて、深いため息をついた。
《あなたはわたしのことをどれだけ知ってるのかしら？》
と、タチアナはきいた。かすれた声だった。
《なにも知らない。年齢も、出身も、これまでの経歴も、いまの立場も》
《ドクトルは話さなかったのね》
《ええ。自分も流れ者だが、タチアナさんもそうだ、と、いつかもらしただけです》
微妙な言い回しはできないが、彼女は信介の言葉足らずのロシア語の表現を的確に察してくれる。貧弱な語彙《ごい》でも意思の疎通《そつう》ができるのは、ひとえに彼女の感受性のおかげだった。
《わたしはロシア西部のある街に生まれた――》
と、タチアナは話しはじめた。水の流れるような静かな口調だった。
《父はユダヤ系ロシア人だったの。何代もその街に住みついていた商人だったけど、ヒトラーの機甲部隊がそこを占領して制圧したわ。あなた、ドクトルからいろいろ教わって歴史の勉強もしてるでしょう。何年のことかわかる？》
《一九四一年ですね》
《そう。そこからすべてがはじまったのよ》
そこからすべてがはじまった、とタチアナはくり返した。
《街はナチスに制圧され、ユダヤ系の市民たちは片端から連行された。どこかの強制収容所に送られるという話だった。隠れていた父も探しだされて連れていかれたの》

信介はだまってきいていた。本や映画などでナチスのユダヤ人迫害については多少は知っている。

だが、直接の被害者からきく話は、彼を異常に緊張させた。

タチアナは語りつづけた。

《父を連行したナチの将校は、私と母を逮捕しなかったの。彼は変態的な好色漢だった。当時、十五歳だったわたしを見て、母とわたしを残して父だけを連れていったわ》

タチアナの声は冷たく無機質な響きをおびていた。他人のことを語るように、彼女は淡々と話を続けた。

《そのナチの将校はわたしたちに言ったの。わたしが彼に奉仕することを承知すれば、父親を虐殺収容所へは送らない。強制労働所へ回そう、と》

あとは説明する必要はないわね、とタチアナは言った。

《それから何年かして、戦争は終った。幸運にも父は生きてもどってきたの。でも、すぐにスメルシュが父を連行して、スパイ容疑で逮捕したわ》

《スメルシュ?》

《そう。KGBよりもっとおそろしい軍の特別組織よ。父は即決裁判でスパイとされ、シベリアへ送られたの》

《じゃあ、きみと母親は彼を追って、このシベリアへやってきたのか》

《いいえ。その前にもう一つの出来事があった》

タチアナは、しばらく黙っていた。彼女がそのことを話そうかどうしようかと迷っていることが信介にも察せられた。

《話したくなければ、ぼくは聞かなくてもいい》

と、信介は言った。

《いいえ》

と、タチアナはきっぱりした口調で言った。

《わたしはナチスによって傷つけられた。でも、そんなことは大したことじゃない。父親を救うために敵に身をまかせたとして、神様が怒ると思う？　わたしの心はナチスの将校のオモチャにされても傷つかなかった。あの戦争では、もっと無残な目にあった人たちが大勢いたんだから》

風で窓が音をたてた。どこかで車のエンジンの音がきこえた。その音は近づいてきて、やがて遠ざかっていった。おそろしいほどの静けさが部屋をつつんでいた。

《ナチスが撤退して、街に平和がもどってきたあと、ヴォーシ取りがはじまった》

《なんだって？》

《ヴォーシ。こんな虫のことよ》

タチアナはガウンの裏を返して、何かをつかまえ、爪で潰すまねをした。

《わからない》

《いいわ。要するに小さな虫よ。汚い体にたかるの》

タチアナはおだやかな口調で言った。シラミのことだろうか、と信介は思った。

《戦争が終ったあと、ドイツ軍の将校たちと関係をもった女たちを市民たちがつかまえるの。調べて、探しだして、広場で裸にして、頭も丸坊主にするんだわ。それから皆で追いたてて街中を歩かせる。街の人たちは石を投げたり、唾を吐きかけたり、叩いたりする。何十人かの女たちが狩られて、さらしものにされた。わたしと老いた母の二人もね》

信介は何も言わずに黙っていた。

《いつか大学へいって、歴史を勉強するつもりだったのに――》

タチアナの声が、そのときはじめて揺れた。

《ごめんなさい、きょうはもう休むわ》

深いため息を一つついて、タチアナは部屋を出ていった。

翌朝、タチアナはいつもよりすこし早く起きてきた。とくに変った様子はなかった。前夜のことを、信介もあえて言いださずにいた。

朝食を終えると、身仕度をととのえたタチアナを送りだす。彼女は出かける前に、時間をかけて化粧をし、その日の服を選ぶ。トランク一つ持ってきただけだから、それほど数多くの服を持ってきているわけではない。

しかし、いろんな服をうまく組みあわせて、変化のある服装に仕上げるのだ。ちょっとしたアクセサリーや、小物を巧みにあしらって、いつも新鮮な効果をだしていた。

彼女はことにスカーフの扱い方が上手だった。襟元に巻いたり、頭を包んだり、肩にかけたりと、一枚のスカーフで手品のように見事な効果をあげる。
《これでどうかしら、イブーキー》
鏡の前でポーズをつくって、タチアナは信介に声をかけた。
襟元の開いたセーターの下に、体の曲線がくっきりと見えて、信介は思わず目をそらせてしまう。どちらかといえばスリムな体型なのに、バストとヒップが不釣合《ふつりあ》いに目立つところがあった。
タチアナ本人も、意識的にそれを強調しているのかもしれない。
《とてもいいですよ》
《ちゃんと見なさい。どうしてそんなに不親切なの》
《鏡があるからいいじゃないですか。それに、ぼくは女の人のファッションはわからないから》
《わかるわからないじゃないわ。今朝のわたしが綺麗に見えるかどうかの問題よ》
《だから、とてもいい、って言ったでしょう》
《日本人の男って、つまらないわね。こういうときは、両手を広げて、ハラショ！　ってキスするものよ》
《へえ。でも、ぼくはロシアの男じゃないから》
《あら、日本人のドクトルはいつもそうしてくれたけど》
《片づけものをします》
信介は皿やカップを抱えて居間を出る。背後でタチアナの笑い声がきこえた。

《いってくるわね》

と、タチアナが扉をあける音がした。信介は濡れた手を拭きながら見送りに出た。朝の街路はまだ暗く、雪に埋もれている。寒気が肌を斬りつけるように迫ってきた。タチアナの吐く息が白い。

信介は階段のところで、タチアナの肩に手を触れた。

《なに?》

ふりむいたタチアナの額に、素早く軽いキスをした。心臓が激しく鼓動を打っている。

《早く帰っておいで》

声がかすれているのが自分でもわかった。

タチアナは一瞬、目をあげて信介をみつめた。そして小さくうなずくと、足早やに雪の道路を歩いていった。分厚い防寒コートと、毛皮の帽子と、茶色のブーツが次第に遠ざかっていく。振り返ってくれるかな、と期待していたのだが、タチアナは振り返らなかった。バス停のほうへ街角を曲がり、見えなくなった。

《イブーキー》

と、すぐ近くで子供の声がした。

信介はびっくりして、その声のほうへ目をやった。

真赤なコートを着た六、七歳くらいの女の子だった。フェルトのぶかぶかのブーツをはき、毛糸で編んだ長いマフラーを首に巻いている。耳までおおう防寒用の帽子の下に、リスのようによく動く青い目があった。かわいい顔をしているのだが、前歯が一本欠けている。

信介はその子に見おぼえがあった。隣りの家の庭で遊んでいるのを窓ごしに何度か見たことがある。寒い日でも、よく庭にでて、手造りの橇《そり》で滑ったり、雪で動物のかたちを作ったりしていた。

ほかの子供たちのように、大勢で道路で遊んだりはしない。なにかわけがあるのかな、と思ったことがある。

《おはよう》

と、信介はポケットに手をつっこんだまま、階段の上から挨拶した。

《どうしてぼくの名前を知ってる？》

《さっきの女の人が、いつかそう呼んでたもの》

その女の子は、階段の下に立って、信介を見あげた。

《イブーキーって、変な名前》

《きみの名前は？》

《名前？　どうでもいいでしょ。呼びたければソーニャとでも》

ませた口をきく女の子だな、と信介は思った。

隣りの庭から、それとなくタチアナと信介の様子をうかがっていたのだろうか。

《イブーキーは、ヤクーツク人？》

《いや》
《じゃあ、中国人？》
《ちがう》
《だったら、何人《なにじん》？》
《九州人だよ》
《キューシュー人！　そんなのはじめてきいたわ》
《寒いから、また今度ね》
《ひとつきいていい？》
《どうぞ》
《さっきの綺麗な女のひと、イブーキーの恋人じゃないでしょ》
《もちろん》
《あの人は、うんと大人の彼氏がいるもんね》
ドクトルのことを言っているのだろう、と信介は思った。いつもそれとなくこの家の様子をうかがっているのだろうか。
気をつけなければいけない、と信介は思った。この子のお喋りが噂になって、周囲の注目を集めるようになるのは避けなければ。
《またね。さよなら》
《イブーキーは、あの女の人のこと好きなのね》

と、女の子は言い、すたすたと隣家のほうへ去っていった。

その日の晩、タチアナはかなりおそく帰ってきた。顔が赤く、かすかに酒の匂いがした。

《酔っぱらっちゃった》

と、彼女は言い、コート脱がせて、と信介に命令した。

《自分で脱げば》

と、信介はつっけんどんに言った。せっかく食事の用意をして待っていたのに、と口にしかけて、やめた。タチアナはコートを脱ぐと、椅子に身を投げるように腰かけて、お水ちょうだい、と言った。

《ひさしぶりに酔っぱらっちゃった。食事はいらない》

《じゃあ、ぼくも食べない》

イブーキー、とタチアナは言った。

《わたしがお酒飲んで、おそく帰ってきたんで、怒ってるんでしょ》

《怒ってなんかいない。ただ、心配してただけさ》

《嘘》

とタチアナは笑った。セーターの下の乳房が大きく波うって揺れた。

《男って、いやねえ。こっちが酔ってるとみると、すぐに口説いてくるんだもの》

信介はむっとして音を立てて椅子に坐った。

《もう一杯、飲もうかな》
と、タチアナは言った。
《ドクトルのブランデーをだして》
《だめです。もう寝たほうがいい》
《じゃあ、寝る。酔っぱらってるから階段あがれない。イブーキー、二階までわたしを運んで》
タチアナは、ゆらりと傾くと、くずれるように椅子からすべり落ちた。
《大丈夫ですか》
信介はタチアナの脇の下に手をさしこんで体をおこさせた。指に弾力のある乳房のふくらみが感じられた。信介はあわてて彼女の体をかかえなおした。
《わたしを抱《だ》いて、二階のベッドまで運んでちょうだい》
タチアナは幼児のように甘えた口調でささやいた。
《わたし、もう歩けないもの》
《こまった人だ》
信介は思いきってタチアナの体を抱きあげた。びっくりするほど重かったが、かかえて運べないほどではない。
タチアナの手が信介の首に巻きついた。バラ色に上気した顔が目の前に近づき、アルコールの匂いとタチアナの体臭がつよく迫ってきた。
信介は彼女を両手でかかえあげ、二階への階段を一歩ずつのぼった。タチアナの体は重く、しどけなくゆるんでいる。唇がかすかに動いて、なにかつぶやくように口ずさんだ。
《なに？》
信介がきくと、彼女は首をふって言った。
《ヤー・クラサーベツ・ムラドゥーユ　プレージジェ・スラートゥカ・パツェルーユ、前に教えたでしょ。レールモントフの詩よ。忘れたの？》
《おぼえてます》
と、信介は言った。たしかドクトルがその詩を訳して、
「黒き瞳の乙女子《おとめご》と、熱きくちづけかわしては――」
と、古風な文句をとなえていたことがあったのだ。
二階のドクトルの部屋のドアを足であけ、ベッドの上にタチアナの体をそっと横たえた。タチアナは信介の首に巻きつけた手を離さずに、下から信介に言った。
《靴下をぬがせて。ほつれないように気をつけてね》
信介は言われるままに、タチアナの脚からストッキングを脱がせた。おれは何をしているんだろう、と信介は思った。
《セーターも》
と、タチアナは言った。部屋は暗かったが、窓からさしこむ街灯の光と雪明かりのせいで、体の線がはっきりと見えた。
《わたしのこと、好きでしょ》

と、タチアナは信介の体を引きよせると耳もとでささやいた。いいえ《ニエート》、と言おうとしたのに、なぜかはい《ダー》、と言ってしまい、信介は狼狽《ろうばい》した。
《わたしもイブーキーのこと好きよ》
と、タチアナは言った。
《ドクトルも、そのことは知ってるわ》
ドクトルという言葉をきいて、信介は一瞬、われにかえった。
《水をもってきます》
と、信介はタチアナの手を押し返して言った。
〈おれはもう青くさい少年ではない〉
と信介は自分に言いきかせた。
わたしのこと、嫌い？　とタチアナが言った。
《好きです》
と信介は答えた。
《でも、ドクトルには〝義理《ぎり》〟がありますから》
義理という言葉だけは、ロシア語でなんと訳すのかわからず、日本語で言った。
《なんですって？　ギリって、なに？》
信介は立ちあがった。このままではタチアナの誘いに負けそうな気がする。
《ねむい――》

と、タチアナは言った。そしてすぐに寝息をたてはじめた。

どこか遠くでアコーディオンの音がきこえた。


その晩、信介はおそくまで眠れなかった。

目を閉じると、タチアナのしどけない裸身が目に浮かぶのである。

彼女をかかえて二階への階段をのぼったときの、たっぷりした体の重味が両手に残っていて消えない。タチアナの体臭が、まざまざとよみがえってくる。

《わたしのこと好きでしょう？》

とささやいたタチアナの声が、エコーがかかったようにくり返し頭の奥に響いている。

〈彼女はおれを誘っていた——〉

と、信介は思った。

〈そして、おれも彼女を抱きたくて体が燃えるように熱くなっていたのだ〉

それにもかかわらず、信介は最後の一歩を踏みだせなかった。率直なタチアナの誘いを受け入れなかったのはなぜだろう。

何がさっき自分を踏みとどまらせたのか？

〈おれは、義理、という言葉を使った〉

義理という言葉は、はたしてロシア語にもあるのだろうか。

義理。

それは九州の筑豊で育った少年時代、信介がいやというほど耳にした言葉である。はやく死んだ信介の父親、重蔵は、よくその言葉を口にしていたという。

「義理があるけんのう」

と、彼は母親のタエに申し訳なさそうによく言っていた、と近所の人から聞いたことがある。自分の組で抱えている炭坑夫たちを守るために、重蔵は命がけだった。ときには会社への義理と、現場の坑夫たちへの義理とに板ばさみになって苦しんだこともあるらしい。結局、彼が死んだのも働く仲間たちへの義理を立てたのではなかったか。

映画などにでてくるやくざ者の義理人情とは、それはどこかがちがう。以前、移動演劇で北海道を回っていたとき、信介は劇団の仲間たちにそのことを話したことがあった。そのとき、若い劇団員の一人が、うなずきながらこう言ったことを信介はおぼえている。

〈それは要するに、連帯、ということだよね〉

そのとき信介はうなずきながらも、どこかに違和感をおぼえていた。

連帯。

たしかにそうかもしれないが、やはりなにか違うところがあると感じたのである。のちに信介の親がわりとなった塙竜五郎も、よくその言葉を口にしたものだ。

〈おれはお前の義理の父親みたいなもんじゃけんのう〉

と、信介を叱るたびに彼は言った。

〈おれは、お前をちゃんと育てる義理があるとたい〉

タエのことを心の中で慕っていたはずの金朱烈《きんしゆれつ》も、義理がたい男だったと思う。信介にとって義理とは、自分をしばるものではなく、逆に行動の動機のように感じられていた。

信介はいま、ドクトルに重い義理を感じている。旅券さえ持たない放浪者の自分を、ドクトルは拾いあげ、引き受けてくれたのだ。それだけではない。信介に知識と勉強の大事さを教え、危険をかえりみずに彼を保護してくれている。

信介は一応、大学生だった。しかし、自分には知性とか、学問とか、思想とか、そういう世界に対する真剣な関心が欠けていたと思う。ドクトルが自分に教えてくれたのは、歴史や語学だけではない。そういう世界の深さと豊かさに目を開いてくれたのである。

タチアナもそうだった。

彼女は信介に単なる外国語の会話を教えてくれているのではなかった。言葉を通じて、何か美しいもの、それ以上のもの、広い世界、そんなものに触れさせてくれようとしている。

さっき彼女をかかえて階段をのぼるとき、タチアナがかすかにつぶやいた声を信介は思いだした。それはレールモントフの詩の一節で、以前に信介は学習の一つとして暗記させられた作品だった。

〈あの詩の題名はなんだったっけ〉

信介は思い出そうとしたが、出てこない。いつのまにか忘れてしまっているのだ。だが、それは、信介の大好きな詩の一つだった。

〈アトヴァリーチェ・ムニェ・チェムニーツ　ダーイチェ・ムニェ・シヤンニェ・ドゥニャー〉

と、信介は心の中でその一節をつぶやいた。

ドクトルもその詩が好きらしく、酔うといつも大声で朗誦《ろうしょう》する。そして、それを自分勝手に日本語に訳したものを、くり返しうっとりとつぶやくのだった。

〈おれの名訳を聞け。おれは監獄での暮らしを、この詩に支えられて生きてきたんだぞ〉

と、彼は信介の肩をたたいて言う。

〈闇の淵《ふち》より　このわれを
光のもとに　解き放て
黒き瞳の　乙女子《おとめご》と
熱きくちづけ　かわしては
黒き悍馬《かんば》に　またがりて
果てなく広き　草原を
風のごとくに　駆けゆかん〉

うっとりと目を閉じて自分流に日本語に訳した詩をとなえたあと、いつも必ずこう言って苦笑するのだった。

〈やっぱりどこか違うなあ。日本語に訳してしまうと、ロシア語の美しさが生きてこないんだよ。結局、言葉の壁というのは乗りこえるのは無理かもしれん。言葉ってのは、単なる道具じゃとんでもない無茶な行動も、それなりの大きな価値があったのだ。

信介はこのイルクーツクで、自分がちがう世界に触れたような気がしている。不法入国という

ないもんな〉

これまでとちがう人生。

新しい人生。

そんな世界に触れたのだという実感があった。

ドクトルに引きとられて以来、この家に閉じこもって、ほとんど他人と接触することもなく暮らしている。暗く重い極寒の季節に、凍土《ツンドラ》の下に身をひそめているような日々だった。

しかし、信介は自分がなにかちがう世界に触れているような実感があった。朝から晩までロシア語漬けになり、ドクトルが押しつける本を読む日々。

部屋の掃除をし、食事を作り、後かたづけをする以外は、ほとんど机に向かっている生活。

信介はいま、精神的に生きる歓びを感じていた。寒気の中に閉じこもって、周囲と隔絶した暮らしの中で、信介は逆に未知の広い大きな世界に触れつつあるのだ。

信介はそのことを、心からありがたいと思う。そして、それを信介にあたえてくれたのは、ドクトルと、そしてタチアナだった。

〈この二人には義理がある——〉

と、信介は思う。

〈理屈じゃなか〉

と、塙竜五郎の声がよみがえってきた。その声の記憶には、信介の若い欲望を押し止める強い力があった。タチアナの誘いに辛うじて踏みとどまることができたのは、その声の記憶のせいだった。

信介は寝返りをうった。

再びフラッシュをあびたように、タチアナのイメージがよみがえってくる。

窓の外で風の音がする。雪が降っているのかもしれない。

信介は起きあがって、隣りの部屋のドアを静かにあけた。酔ったタチアナが風邪でも引くといけない、と思ったのだ。

酔ったまま夜具をはねのけて寝ているのかもしれない。スティームのきいているこの家では、ときとして暖かすぎる夜もあるのだ。ドアをあけると、カーテンの隙間からさしこむ雪明かりの中に、タチアナの白いシルエットが見えた。

部屋は暖かすぎるほどの温度だ。タチアナは向うむきになって、寝息をたてている。上半身を夜具からだして、枕から頭がずれていた。

信介がベッドにちかづくと、タチアナはなにか寝言を言って、体の向きを変えた。夜の暗さのなかにも、豊かな乳房がこぼれるように揺れて変形した。

信介の頭の中に、十五歳の少女の姿が見えた。そして、丸坊主にされた少女と、その母が石を投げられながら街を歩くシーンが浮かびあがった。

信介はベッドの端に坐って、じっとタチアナの顔を眺めた。そして身をかがめて、彼女の肩にそっと唇をふれた。タチアナが身じろぎして、何かつぶやき、ふたたび寝息をたてはじめた。

信介は自分の部屋にもどると、燈りをつけて、やり残していた文法の宿題にとりかかった。屋根がミシリと音をたてた。雪の重さに必死で耐えている建物のあえぎのような音だった。


翌日、タチアナは少しおそく起きてきた。信介の用意したスープだけを飲み、そそくさと家を出ていった。昨夜のことには、何も触れなかった。どこか疲れた表情をしていた。

タチアナが出かけていった後、信介はしばらくラジオ放送を聞いてすごした。最近では、ようやく内容が想像できるようになってきている。アナウンサーのインタヴューに答えているのは、宇宙飛行士、ガガーリンだった。どうやら現在のソ連では、彼が最大の英雄であるらしい。

〈『現代の英雄』だな〉

と、信介は思った。レールモントフの代表作といわれる作品のタイトルである。

その時、ドアをノックする音がきこえた。

〈だれだろう?〉

ひょっとしてタチアナが忘れ物でも取りにもどってきたのかもしれない。

信介は急いでドアを開けた。

《おはよう》

と、声をかけてきたのは、ソーニャと名乗った隣家の女の子だった。彼女は手袋をした手で一枚の皿をかかえて、信介に笑顔をみせた。

《ママがピロシキを作ったから、持っていってあげなさいって》

《え？》

《まだ温かいから、すぐに食べるといいわ》

とまどう信介を押しのけるようにして、ソーニャは部屋の中へ入ってきた。フェルトの長靴から雪が床にこぼれ落ちた。

《ちょっと、待ちなさい》

と、信介はあわてて彼女の赤いマフラーを引っぱった。

《困るんだよ、いま仕事中だから》

《ここへ置くわね。お茶を入れて、いっしょに食べましょう》

女の子は、勝手にテーブルについて信介に笑いかけた。

《それに大事な話があるの》

《大事な話？》

《そう。ゆうべ変な人がやってきて、あなたのことをいろいろきいたわ》

《どんなことを？》

《何人《なにじん》だときくから、キューシュー人だって教えてやったの》

焼きたてのピロシキのいい匂いがした。信介はテーブルに坐って、腕組みした。

女の子は肌が白く、青い目をしていた。褐色の髪を長くのばし、首に木彫りのペンダントをしている。前歯の一本が欠けたままになって、それがどことなく齧歯類《げっしるい》の小動物のような感じだった。唇が赤く、頬はバラ色に光っている。
月並みな表現をすれば、天使のように可愛い少女、というべきだろうが、信介はその大きな目の奥にひどくいたずらっぽい光が宿っていることに気づいて、心の中で舌打ちした。
〈どうやら厄介な子が舞いこんできたみたいだ〉
そんな信介の視線をはね返すように見返して、女の子はテーブルごしに小さな手をさしだした。
《ソフィア・ドミートリエヴナ・イサーエワよ。よろしく》
《イブーキーだ》
信介は握手をせずに、ぶっきらぼうに言った。
《本当の名前は?》
と、少女は手を引っこめてきいた。
《イブキ・シンスケ》
《キューシュー人なのね》
《そう言っただろう》
《ドクトルと同じ民族?》
《ちがう》
と、信介は言った。小生意気なこの女の子をからかってやろうと思ったのだ。
《ドクトルはリューキュー人だよ》

《あたしはいろんな民族の人たちを知ってるわ。ヤクート人、モンゴル人、ブリヤート人、タタール人、それに――》

ソーニャは指を折りながら得意そうに言った。信介はふと意地悪をしてみたい気持ちにおそわれて、口をはさんだ。

《すごいじゃないか》

《みんなイルクーツクの街で会ったことがある。顔を見てどの民族か一目で当てることができるわ》

《じゃあ、ネアンデルタール人には会ったことがあるかい？》

ソーニャの目がじっと信介をみつめた。そして、その大きな目に不意に涙がうかぶのを見て信介は狼狽《ろうばい》した。

《あたしのこと、子供だと思って馬鹿にしてるのね。失礼だわ》

信介はあわてて手をふった。

《ごめん、ごめん。きみが何でも知ってるような口ぶりなんで、ちょっとからかってみただけさ。さあ、仲なおりしてピロシキでも食べよう。紅茶を入れてくるよ》

紅茶の仕度をしている信介の背中に、ソーニャの声がきこえた。

《ロシア語、けっこう上手になったじゃない》

《おかげさまで》

《あの女の人は、いい先生だね。とても綺麗だし》

《うん。いい先生だよ》
《それに、セクシーだし》
《え？》
信介はびっくりしてふり返った。
《そんな言葉、よく知ってるね》
《あたし、英語の勉強もしてるんだもん。セクシーって、おっぱいが大きいってことでしょ？》
《うーん、それだけじゃないけど》
紅茶を入れて、まだ温かいピロシキを食べた。
《どう？　おいしい？》
《すごくうまい。こんなピロシキは、はじめて食べた》
ソーニャは欠けた前歯を見せて本当にうれしそうな顔をした。
《キューシュー人って、お世辞がうまいのね》
《キューシュー人は本当のことしか言わない》
信介はどこか気持ちが弾むのを感じた。ドクトルとタチアナ以外のロシア人と会話をすることが、このところほとんどなかったからである。自分のロシア語が相手に通じることが歓びだった。タチアナのしごきに耐えて勉強した甲斐があった、と信介は思った。
紅茶をひと口すすってから、ソーニャが声をひそめるようにして言った。
《ゆうべ変な人が家にきたって話、したわよね》

信介はさっきから胸の奥にわだかまっていた問題に彼女のほうから触れてくれたことで、ほっとした気持ちになった。

《その話をきこう》

誰も聞いていないにもかかわらず、無意識に声が低くなっていた。ソーニャも声をひそめて、さも重要な秘密でも話すような口調になった。

《若い、といっても、そんな青年みたいな人じゃないけど、変にえらそうな態度の男の人がいきなりやってきたの》

《軍服姿だったのかい》

《いいえ、背広を着ていたわ。でも笑ったときでも目が鋭いの。パパとママに、いろんなことをきいてたわ》

《いろんなこと、って?》

《ドクトルのことや、あの女の人のこと。そして一番しつこく質問してたのは、イブーキー、あなたのことよ》

いつから隣家にやってきたのか、とか、ふだんはどういう生活をしているかとか、何か変った出来事はないか、とか、かなり執拗に質問していったらしい。

《パパは、お隣りさんとはつき合いがないから、なにもわからない、って答えていたようだけど》

あの若い将校だな、と信介はすぐに思った。バイカル湖への道路で検問に立ちあっていた将校にちがいない。ドクトルを拘引して取調べをしたのも、その男だったはずだ。そういえば、ときどき変な電話がかかってきていたのも、彼かもしれない。
《パパは、KGBの人だろうって》
《KGBって、きみはその意味を知ってるのか》
《スパイを捕まえる人よ》
と、ソーニャは得意そうに言った。そして紅茶を飲みほすと、跳ねるように立ちあがり、毛のついた帽子をかぶって手を振った。
《またね、イブーキー。ピロシキがおいしすぎて気絶しそうだった、ってママに言っておくわ》
それから戸口のところで、ふと振り返るとウインクして言った。
《セクシーな女には気をつけて》
彼女が出ていくと、どっと寒気が押しよせてきた。なんてこまっちゃくれた子供なんだ、と信介は思った。だが、それ以上に、ロシア語でそれなりの会話ができたことのほうが嬉しかった。

その日の晩おそく、電話が鳴った。少し緊張してでると、ドクトルの野太い声がきこえてきた。ドクトルは日本語で、元気でやっとるかね、と言った。

「ええ。タチアナさんにはみっちり鍛えられてますよ。そちらはどうですか」

「いまウラン・ウデからずっと奥に入ったスタロオブリャージェストヴォの集落にいる。ほら、前に話した古儀式派の隠れ里だ」

「例の分離派《ラスコーリニキ》の村ですね。何か収穫はありましたか」

「あった。どうやら長年さがし求めていたモノの糸口がみつかったようだ。おれの仕事も、やっと最後の詰めにさしかかったらしい。きみも一緒につれてくればよかったと思っている」

「今の仕事が終ったら、ドクトルはどうされるんですか」

「モスクワへ行くことになるだろうと思う」

「タチアナさんは？」

「それは彼女が決めることだ」

信介はしばらく黙っていた。

「ぼくはどうすればいいんでしょう」

「それもきみが決めればいい。おれの助手として一緒にモスクワへ行くか、それともタチアナとイルクーツクで暮すか、もしくはアムールの助けを借りて日本列島へ舞いもどるか、三者択一だろう」

「そんなことが実際にできるんですかね」

「できるとも。世界中に抜け道のない場所はない。行き倒れになったヤクート人の身分証を借りれば、どこだって暮していけるさ。タチアナなら、そんな処理はお手のもんだからな」

「とにかく帰ってこられるのを待っています。それから例のKGBの若い将校が、近所の家にまでぼくらのことを聞いて回ってるらしいんですけど。大丈夫でしょうか」

「もし万一、捕まってもすぐに出してやるよ。なにしろ国家的大事業のスタッフの一人だからな。心配するな。ところでタチアナとは、うまくやってるか」

うまくやってる、という言葉に何か微妙な感じがあって、信介は黙っていた。

「おれは仕事が終われば、いずれイルクーツクを離れる。タチアナはついてこないだろう。彼女は孤独な人なんだ。そのところをきみは理解してやる必要がある。いや、きみは彼女には恩義があるだろう。ずっと元気がなかった彼女が、きみという教え子をえて、とても生き生きしてきた。きみという良き生徒をみつけて、彼女は生き甲斐を感じているんだ。きみへの教えぶりには、鬼気迫るものがあったからな。その気持ちを無駄にするなよ」

「そんなこと言われても――」

と、信介は受話器を握ったまま口ごもった。

そのとき二階からタチアナが階段をおりてくる足音がきこえた。

《だれと話してるの?》

と、彼女はきいた。

《ドクトルです。かわりましょう》

タチアナは夜着の前をかき合わせながら、信介から受話器を受けとった。目顔で、一人にして、と合図したようだった。信介はうなずいて、彼女と入れかわりに階段をのぼった。背中のほうでタチアナの声がきこえた。なにかふだんの彼女とはちがう、どこか沈んだ声の調子だった。

信介は自分の部屋へもどり、ベッドの上に引っくり返った。

〈今夜は眠れないかもしれない〉

と、ふと思った。

部屋は冷え冷えとしていた。暗い部屋に窓の外の街灯のあかりがもれてくる。屋根がミシリとかすかに鳴った。

ここへ世話になってから、およそ半年ほどの時がたっている。ほとんど家から一歩も出ない生活が続いていたが、それは信介にとって生まれてはじめての充実した時間だった。

ドクトルの蔵書のなかには、ロシア語や英語、ドイツ語などの本とともに、日本語の訳書や小説類なども少くない。ロシアのコロンブスといわれるシェリホフの著書や、バイカル湖の研究で有名なゲオルキの本などもある。『東察加志《かむさつかし》』や『北槎聞略《ほくさぶんりやく》』などの写本もあった。信介は語学の勉強に疲れたときや眠れぬ夜などには、それらの本を持ちだして読んだ。

これからどうするのか？

信介は夜中に目覚めて、暗い部屋の中でずっと考えこんで朝を迎えることもある。そして、そんな思索のなかで、ふと目に浮かんでくるのが、東京にいる織江の顔だった。

信介はすでに彼女を自分の恋人とは思っていない。それはもう過去のことだ。しかし、それにもかかわらず、義母タエの幻とともに織江の顔が二重写しになって浮かびあがってくるのはなぜだろう。

〈織江に会いたい〉

と、信介は切実に思った。ここシベリアの一角で、はるかに離れた街にいる織江のことを思うと、胸がぎゅっと締めつけられるようだった。

階下でタチアナの声がきこえた。なにかすすり泣いているような声だった。

これから先、自分たちはどのような道をたどるのだろうか。

今夜は織江の夢を見よう、と信介は目を閉じた。

明日はドクトルがもどってくるという前日の夜、タチアナは病院から少し早めに帰ってきた。そして信介の役割になっている夕食の準備を手伝ってくれた。

シイーというキャベツのスープと、合い挽きの肉を使ったビトーチキが食卓にでた。つけあわせにジャガイモとキュウリの漬物がそえられている。こんがりとキツネ色に焼きあがった肉の塊が、いかにも旨そうだ。

《これ、ハンバーグみたいでおいしいですね。ぼくはハンバーグが大好きなんです》

《若い人は、みんなビトーチキが大好きなのよ》

と、タチアナはナプキンで口もとをぬぐいながら微笑した。

《もう一杯、ワインをちょうだい》

《ドクトルの秘蔵のワインが、ずいぶん減りましたね。帰ってきたら怒るだろうなあ》

《ワインより、わたしたちのほうが気になるんじゃないかな》

《わたしたち、って?》

《イブーキーとわたしのこと。健康な男と女が一つ屋根の下で暮してるんだから、なにもないことのほうが不自然でしょ》

信介はワインにむせて、あわててコップの水を飲みほした。
《わたしにはその気はあったんだけど、イブーキーが臆病だったのよね》
信介はストレートにそういう話をするのが苦手だった。タチアナはあまりにも率直にそういうことを口にしすぎると思う。
《ぼくは臆病者じゃない》
信介はタチアナから目をそらせて言った。五杯目のワインを飲みほしたタチアナは、首筋から肩、そしてむきだしになった二の腕までがぼうっとバラ色に染まっている。
《じゃあ、なぜわたしの誘いに応じなかったのよ。ドクトルは、きみがイブーキーと寝ても気にしない、って言ってたわ》
《そんな——》
《いいのよ、もう》
タチアナはワインのグラスを目の前にかかげて、大胆なウインクをした。
《それよりも、デザートにおいしいトールト・リモーンヌィを買ってきたのよ。すごく紅茶に合うの。わたしの大好物》
レモン・タルトというのだろうか。タチアナが紙包みから出して皿にのせたのは、三角形のケーキだった。その上に山のようにサワークリームをのせて、信介の前におく。
《紅茶をいれます》
信介はテーブルの皿を片付けて、紅茶の用意をした。

《イブーキーは、よく働くのね》
タチアナが少し酔った口調で言った。
《頭を使うより、体を動かすことのほうが楽なんです》
《そのようね。でも、ロシア語に関してだけは、よくがんばったわ》
《タチアナさんが真剣に教えてくれましたから》
《そうね。これまで、こんなに一生懸命になって教えたことなんて、なかったわ。なぜだと思う？》
《さあ。なぜです？》
信介は紅茶をひと口飲み、タチアナの言葉を待った。
《あなたに前に話したことがあったわよね。わたしたちの故郷の町がナチス・ドイツ軍に占領されたときのこと――》
タチアナは紅茶のカップに視線をそそいで、言葉を押しだすように話しだした。
信介は黙ってうなずいた。
《あのとき、話し残したことがあったの。兄のことよ》
《お兄さんがいたんですか》
《そう。三歳年上の兄でね。わたしは子供のときから、ずっとその兄にくっついて回っていたの。彼はわたしの英雄で、わたしの恋人だった。しつけに厳しかった父から体罰を受けるたびに、兄はわたしをかばってくれたわ。その兄が死んだら、わたしも死ぬって、子供の頃から思っ

てたぐらいよ》
ブラザー・コンプレックスというやつか、と信介は心の中でうなずいた。
《前に話したように、ドイツ軍が入ってきてユダヤ人狩りがはじまったとき、わたしたちが父のことでナチの将校と取引きしたことを知って、兄は突然いなくなったの。その後のわたしたち一家のことは説明したわね》
信介はだまっていた。やがてソ連軍の反撃がはじまり、ドイツ軍が撤退する。そして、タチアナと母親の地獄は、祖国の勝利の日からはじまったのだ。それは聞いて知っている。
《わたしと母は、丸坊主にされ、裸で街を引き回された。そのとき広場で石を投げる人たちの間から、一人の若いパルチザン兵士が近づいてきて、母とわたしに唾を吐きかけたの。それが、兄だった》
パルチザンとは、ゲリラとしてドイツ占領軍と闘った民間人の組織である。ロシアだけでなく、フランスやイタリアにも、レジスタンスと呼ばれる市民グループがいた。彼らはほとんど捨て石として無名のままに死んでいったのだ。
《十代のわたしは、決してナチの将校にかこわれて安逸な生活を送ったわけじゃない。それと反対よ。幾人ものナチ高官のあいだを品物のようにたらい回しにされて、地獄よりもっとひどい体験をした。でも、わたしは父や母をアウシュヴィッツやビルケナウなどの死の収容所に送らないために死んだつもりで耐えぬいたわ。そんなわたしに唾を吐きかけて、兄は〝売国奴！〟って言ったの。はっきりと〝売国奴！〟ってね》

タチアナは涙をこぼしてはいなかった。水が流れるように淡々としゃべっていた。
信介は黙っていた。タチアナの声が続いた。
《わたしは、兄のことを怨んではいない。いまでも彼は、わたしの英雄で、恋人だわ。だって十代でパルチザン軍団にくわわり、地下で祖国の勝利を支えたんだもの。十人に九人が死んだ。それがパルチザンの運命だったんだわ》
信介はタチアナの肩を抱いて、彼女の胸の痛みを共有したいと強く思った。しかし、それはできなかった。彼女はその運命を自分で引き受けて生きてきたのだ。
頭を丸坊主に刈られ、裸で街頭を引き回される母と娘の姿が目に浮かんだ。信介は両手で紅茶のカップを抱えて、じっとうつむいてだまっていた。そんな信介に、タチアナは静かな声で言った。
《わたしがあなたにロシア語を教えることに夢中になったのは、そうね、たぶん理由があると思う》
《どんな理由が?》
《あなたは東洋人だけど、性格が兄にそっくりなんだわ。純粋で、行動的で、無鉄砲で――》
《ぼくは、それほど純粋じゃないです》
《でも、もしあなたが兄と同じ状況におかれたら、きっとパルチザンに入ったでしょうね。わたしにはわかるの。わたしがあなたのために真剣にロシア語を教えるのは、兄への謝罪の気持ちからよ。こういうのを、スリコフは〝罪の意識の転移〟って呼んでるわ》

しばらく沈黙が続いた後、信介が言った。
《あすはドクトルが帰ってきます。この家もまたにぎやかになるでしょう》
《どうかしらね》
と、タチアナは言った。そして立ちあがると、手で顔をおおうようにして二階への階段をのぼっていった。

タチアナが姿を消したあと、信介は一人でテーブルにむかって考えこんだ。

これまであまり思い出すことがなかった昔の日々が、妙に鮮明に頭に浮かんでくる。

兄と妹、というタチアナの話から、ふと連想されるのは、子供の頃の織江との関係である。かすかに片脚を引きずる幼い織江は、いつも信介のあとにくっついて回っていた。

〈彼女はいま、どうしているだろう〉

小倉のキャバレーに織江をたずねていった夜のことが、妙にくっきりと思い出された。彼女とはじめてセックスをした後、織江は、

〈人間って、変なことするもんやね〉

と、かすかに笑って言ったのだ。

それからいろんなことがあった。出会っては別れ、そして再会しては離れた。そしていま、織江はプロの歌い手として必死で戦っているのだろう。

シベリアに発つ前に、大阪で彼女のステージを見たときの記憶が頭に浮かんだ。若いマネージ

ャーから、〈いまは会わないでください〉とかたくなに拒まれたことも忘れることができない。

〈織江に手紙を書こう〉

と、信介は思った。足音を立てないように階段をのぼり、自分の部屋からノートと鉛筆をもってきた。机の上にノートをひろげると、ひさしぶりに書く手紙なので、どう書きはじめていいのか見当がつかなかった。

拝啓、というのは、いかにも他人行儀すぎる。と、いって、いきなり牧織江様、と書きだすのも変だ。前おきなしで、信介は鉛筆を走らせた。

〈いま、シベリアのイルクーツクという街にいる。事情を説明すると長くなるので、とりあえず外国からこの手紙を書いていると承知してほしい。きみは元気だろうか。こちらへ発つ前に、大阪できみのステージを見た。歌がうまくなっているんで、正直びっくりした。ぜひ会って挨拶だけでもしたいと思ったんだが、マネージャーの青年から、いまは会わないでほしいとつよく拒まれて、そのまま帰ったんだ。

おれはあいかわらず、野良犬のようにほっつき歩いている。国内からはみだして、いまは酷寒のシベリアだ。バイカル湖にもいった。だが、観光じゃない。ある人の書生のようなかたちで、勉強させてもらっている。ロシア語も必死でやった。歴史や思想の本も少しずつ読んでいる。

こんな手紙を書くのも、きみがうらやましいからだ。人生の目的を定めて、必死でがんばっているきみに、劣等感をおぼえるのだ。

おれはまだ漂流者だ。野良犬だ。シベリアをほっつき歩いて、はたして何かがつかめるだろう

か〉

そこまで書いて、信介はそのページを破って丸めた。愚にもつかない繰り言を書きつらねている自分が恥ずかしかったのである。

未練がましい手紙など書いて、どうするのだ。

信介はノートを閉じた。あたりは静かだった。窓がピリッと鳴った。信介は燈りを消して、うなだれて二階への階段をのぼっていった。

一九六二年四月

川筋者の末裔

もうマフラーはいらないだろう、と高円寺竜三は思った。

この冬は厚手の革ジャンとマフラー一本で通したが、すでに寒気は遠ざかっている。街をゆく人びとも、オーバーコートを着ている姿は、あまり見かけない。

高円寺はアパートの玄関口をでるとき、廊下の大きな姿見に自分の姿をうつして見た。

競馬の予想屋か怪しげなブローカーにしか見えない。くたびれた鳥打帽《ハンティング》を脱ぐと、額の生え際がやや後退してきているのがわかる。

〈おれも年だな〉

会社では若いディレクターたちを従えて偉そうに振舞っているが、新会社が発足すれば一からの出直しになる。業界最大手のミリオンレコードに長くいたからこそ、これまで周囲からもそれなりの扱いを受けてきた。しかし、これからはそうはいかない。なんの実績もない新会社で、どれだけの仕事ができるのか。

新会社の本社は、どうやら都心から少し離れた池上あたりに置かれるらしい。スタジオつきのオフィスとなると、それも仕方がないだろう。

〈そうなれば、このアパートも引越すことになる〉

赤坂の乃木神社にほど近い今のアパートは、会社まで歩いていけるという理由で借りたのだ。勤め先までは歩いていける場所に住みたいというのが彼の希望だった。

時計を見ると午前九時だった。福岡から上京してきた筑紫次郎と、九時半に会う約束がある。待ち合わせの場所は、乃木坂を上ってすぐ近くの喫茶店だった。

筑紫次郎は、このところしきりに福岡と東京を往復しているらしい。新しいレコード会社設立の仕掛け屋として奔走しているのだろう。昨日も社のほうへ電話をかけてきて、ぜひ会いたいと言ってきたのだ。

その喫茶店は福岡出身の大物俳優が、ふらりと立寄るという噂の店だった。本格的なコーヒーの味に惹かれて、独りでぽつんとコーヒーを飲んでいることがあるという。高円寺が約束の時間前に着くと、いちばん奥の席に筑紫次郎の姿があった。

パーマをかけたような髪に濃い眉。ぎょろりと大きな目と、えらの張った顔は、瀟洒《しょうしゃ》なインテリアの店内ではひときわ目立っている。

「待たせたかね」

高円寺が向いの椅子に坐ると、彼は白い歯をみせて笑いながら、

「いや、約束の時間の五分前だ。あんた、意外に律義なんだな」

「時間におくれると馬券を買いそこねるんで」

高円寺もコーヒーを注文して、煙草に火をつけた。筑紫次郎が眉をひそめて、

「で、競馬はもうかるのかね」

「競馬はもうけるものじゃない。金は仕事で稼ぐものだ」

運ばれてきたコーヒーを前に、高円寺はきいた。

「さて、きょうの用件は？」

「これから人に会ってもらいたい」

「だれにかね」

「玄海興産の若宮重治だ」

「そうか。そろそろもう一度、対面する頃合かと思っていた」

「若宮さんは、親父さんのあとをついで、玄海興産を一大勢力に築きあげた実力実業家だが、惜しむらくは――」

筑紫次郎はかすかに皮肉な口調でつけくわえた。

「経済人にはめずらしい理想家肌の人格者だ。そのうちひょっとすると将来、政界にかつぎださ れるかもしれん」

高円寺はコーヒーをひと口飲んで、煙草を灰皿にもみ消した。

「どこで会うのかね」

「千鳥ヶ淵のエルミタージュ・ホテル。知ってるだろう」

「ああ。戦争中、李《り》香蘭《こうらん》という大スターがいたのは知ってるだろう。彼女が前に吹き込んだ歌を、戦後、カバー曲として出すときに、そのホテルで打ち合わせをやったことがある。ちょっと変ったホテルだった」

「その女のことは、よく知っている」

と、筑紫次郎は言ってたちあがった。


筑紫次郎は店の前でタクシーをとめた。車体の横にグリーンの三つ葉のマークがついているタクシーだった。

「おたく、三つ葉タクシーかい」

乗りこむと、筑紫次郎が運転手にきいた。

「そう。残念ながら四つ葉じゃない」

「景気はどうかね」

「うちの会社？　まあ、社長がえらくがめついからね。会社はもうかってるんじゃないですか」

「社長さん、どんな人だい」

「変な人。なんともいえないインチキ関西弁でね。ただ、いい場所に会社の車庫を置いたもんだから、資産価値はべらぼうに上ってるらしいけど」

「なるほど」

しばらく走ってエルミタージュ・ホテルの前に着いた。料金は筑紫次郎が払った。

エルミタージュとは、フランス語で〈隠れ家〉という意味らしい。レニングラードのエルミタージュ美術館は、とても隠れ家とはいえない壮麗な建築だが、このホテルはどこかひっそりした異国ふうの雰囲気があった。

「戦前、満州のハルビンに同じ名前のホテルがあったそうだ」

と、筑紫次郎は言った。

ホテルに着くと、筑紫次郎の姿を見て、副支配人らしき中年の男が近づいてきた。すでに顔なじみらしく、

「若宮さまのお部屋へご案内いたします」

と、エレベーターに先導した。最上階の特別室ではなく、五階のスイート室だったことに高円寺は少し意外な気がした。

通された部屋は、最近のホテルがほとんどそうであるような近代的なインテリアとはちがい、やや古風な落着いた雰囲気のダイニング・ルームである。

重厚な皮張りのソファーには、かすかなひび割れが見えたし、絨毯も毛足のみじかい年代物である。ペルシャ絨毯だろうか、と高円寺は思った。シンプルだが気品のあるシャンデリアがさがっていた。部屋の中央に、これも古風なテーブルと椅子が四脚あった。

副支配人が隣室のドアをノックすると、すぐにグレイのスーツにノータイの若宮重治が姿を見せた。

「やあ、いらっしゃい」

と、彼は筑紫次郎に片手をあげ、笑顔で高円寺に会釈した。どこか学者ふうの印象を受けるのは、褐色のロイド眼鏡のせいだろうか。

ふっくらした柔和な顔だちで、髪にはわずかに白いものが混じっている。

「いつぞやは福岡でお目にかかりましたな」

にこやかにそう言う若宮のもとへ歩み寄った高円寺は、若宮が差しだした手を握ると、

「面通しはもうすんでいますね」

と、冗談めかした口調で応えた。若宮は笑みを絶やさず、筑紫次郎と高円寺に椅子をすすめた。

「コーヒーでも?」

「いえ、さきほど二人で飲んできたところですから」

筑紫次郎が手をふると、彼はうなずいて、

「では、日本茶にしましょう」

と、電話でルームサービスを頼んだ。そして二人と向いあって坐り、テーブルの上に手を組んだ。話をきりだしたのは若宮のほうだった。

「高円寺さんのお名前は、だいぶ前から存じあげておりました。お作りになった作品のなかには、わたしの愛唱歌がいくつもあります」

文芸部長の大友さんとも、何度もお会いしております、と若宮重治は言った。

高円寺は、なるほど、そうなのかと、内心でつぶやいた。大友部長はこれまで何も言っていなかったが、高円寺の動向を逐一《ちくいち》、若宮に知らせていたのだろうか。山岸守と牧オリエとともに福岡へ向かったときも、大友部長がそれを伝えたにちがいない。

若宮重治が続けた。

「筑紫君からもお噂はいろいろうかがっています」

「ごらんのとおり、ちょっと変った人物でしてね」

と、筑紫次郎は笑いながら言った。

「ほう。どんなふうに変っておられるのかな」

若宮重治は、眼鏡の奥からおだやかな視線を高円寺に向けた。

「わたしは別に自分が変っているとは思っておりません」

と、高円寺は言って、相手を見た。

「でも、時代がどんどん変っていきますから」

筑紫次郎が横から口をはさんだ。

「要するに今の時代に合わないらしいんですな。タイムレコーダーは押さない、日報は書かない、支払いの伝票は出さない、その他もろもろありましてね。黒沢本部長からは、徹底的に目の敵《かたき》にされています」

若宮重治はうなずいて微笑した。

「それでも高円寺さんはコンスタントにヒット曲を出し、歌い手やアーチストたちには慕《した》われている」

「これまでは」

と、高円寺は言った。

「でも、時代は変ります。これから先はわたしのようなやり方では、歌づくりは無理でしょう。最近、つくづくそう感じるようになりました」

「そんな弱音を吐いちゃだめじゃないですか」

と、筑紫次郎が笑い声をあげた。

「どうしたんです、高円寺さん。いつものあなたらしくない物言いだ」

「たしかに」

高円寺は肩をすくめた。

「ふだん、こんな弱音は吐いたことがないんですがね」

新会社の社長になる人物なら、最初にガツンと制作者の気構えを見せておいてやろう、と考えていたのだが、どうしたことだろう。

その表情や声だけで、相手を柔らかく包んでしまうような若宮重治の人格に、手もなくからめとられてしまっている。

ドアをノックする音がして、ルームサービスの青年がお茶のセットを運んできた。

「わたしは、いつも福岡から自分用の緑茶を持参してくることにしてましてね」

と、若宮重治は慣れた手つきで緑茶を入れると、二人の前に茶碗をすすめた。

「おためしになってみてください。福岡の八女《やめ》茶です。わたしはこれ以外は飲みません。コーヒーもいいけど、やはり日本人には、これでしょう」

高円寺は一口飲んで、思わず「旨い」とつぶやいた。茶の味だけでなく、若宮重治という人物の人柄を味わったような気がしたのである。

「前に中洲の店でお目にかかったときは、ほんのご挨拶だけでしたが」

と、茶碗を置いて高円寺は言った。

「わたしに聞きたいことがおありでしたら、どうぞ、なんなりと」

若宮重治は、両手で茶碗を抱くように持ってうなずいた。

「若宮さんは、いまの会社のほかにもいろんな事業にたずさわっておられるそうですね」

「はい」

「それをまとめるだけでも大変でしょうに、どうして新しいレコード会社などに手をだされるのですか。はっきり言って、レコードの世界は実業というより虚業です。あえてその業界に乗りだされる理由をお聞かせいただけませんか」

若宮重治は、茶碗をそっとテーブルに置いた。

「わかりました。では、少し長くなるかもしれませんが、わたしの出自をお話ししてから、お答えしましょう。煙草《たばこ》をお吸いになるんでしたら、どうぞご遠慮なく」

若宮重治は立ちあがって灰皿を持ってくると、高円寺の前においた。

「わたしは吸いませんが、煙草の煙は嫌いではありません。気になさらずに」

「では、失礼させていただきます」

高円寺はポケットからピースの缶をだして、テーブルの上におき、一本引き抜くと口にくわえてライターで火をつけた。

「すみません。ぼくも吸わせてもらいます」

筑紫次郎もくしゃくしゃになったバットの袋をとりだして、口にくわえた。

若宮重治は緑茶をひと口すすると、おだやかに微笑して懐しそうな口調で言った。

「先代の社長だった父は、とびきりのヘビースモーカーでしてね。戦争中でも葉巻煙草をくわえて仕事をしていたくらいです。玄海興産の初代の祖父は、キセルでした。厳しい人で、行儀の悪いことをすると、よく手をキセルで叩かれたものです。ですから煙草の匂いをかぐと、親父や祖父のことを思いだして懐しい気分になるんですよ」

そのキセルの人物、若宮辰治という祖父が玄海興産の創立者なのだ、と横から筑紫次郎が説明した。若宮重治がうなずいて、

「そうです。祖父はもともとは遠賀川の船頭だった男です。筑豊で掘った石炭を北九州まで運ぶ川船でしてね。当時は川筋者《かわすじもん》と呼ばれた荒くれ男の一党です」

やがて鉄道が発達すると川船の時代は終る、と予想した祖父は、いち早く石炭の積み出し港に新会社を設立した。港湾の整備と荷役の仕事を拡大して事業を成功させたのは、祖父の才覚だけではなかったようです、と控え目に若宮重治は言った。

「明治以来、筑豊の開発はこの国のエネルギー政策の最重要課題でした。鉱区の設定や労働力の確保などで、祖父はさまざまに活動したようです。その才覚と俠気《おとこぎ》を愛してくれたのが、玄洋社の先生がたです。祖父が玄海興産を発足させたのも、そのバックアップあってのことでしょう」

若宮重治の口調は、政治家とも実業家ともちがう、冷静で知的な感じだった。中学校の教師が

生徒に教えているような話し方だと高円寺は思った。

若宮重治は言葉を続けた。

「〈敬天愛人《けいてんあいじん》〉という額《がく》を社長室にかけていたのは、二代目のわたしの父です。しかし、わたしは〈敬民愛国《けいみんあいこく》〉と心の中でそれを読んでいる。三代目のわたしは、民主主義を大事にしたい。それと同時に、愛国心を忘れたくない。民権と国権を両立させたいと思っている。わたしは幼い頃、祖父が口ずさむ筑豊の猥歌《わいか》を子守唄のようにきいて育ちました。酒に酔うと必ずうたっていた炭坑の歌です」

若宮重治は緑茶を一口ふくむと、目をとじて小声で歌をうたいだした。民謡のようでもあり、お経のようにもきこえる素朴なメロディーだった。

〽一つ　昼間する　炭鉱のぼんぼよ
　二つ　船でする　船頭のぼんぼよ

三つ、四つと数え唄のように歌声が低く続いた。

〽七つ　泣いてする　別れのぼんぼよ

そこまでうたって、若宮重治は大きなため息をつき、苦笑した。

「こういうのを世間では、春歌《しゅんか》とか、猥歌とかいうんでしょうね。しかし、これがわたしの心に棲《す》みついて離れない大事な歌なんです。いまは日本全国、うたごえ運動の歌の全盛時代だ。ロシア民謡にはソ連の影が、ロカビリーやポップスにはアメリカの影が、シャンソンやカンツォーネには欧州の影がさしている。そして、このままいけば日本人の歌はやがて滅びてしまうのではないか。そもそも日本人の歌とは何なのか」

そこまで言うと、若宮重治は肩をすくめて苦笑した。

「経済人のわたしが、偉そうなことを言ってすみません。この筑紫さんから新しいレコード会社設立の話をうかがったとき、これは自分が参加すべき事業だと思ったのです。歌は民族の文化です。さいわい玄海興産の事業は順調に推移している。資金面でのバックアップも態勢がととのった。あとは大友さんと高円寺さんの参加を正式に発表するだけです。どうですか。決心はつきましたか」

若宮重治の口調はおだやかだったが、その声の背後には熱く強い意志が感じられた。

「さっきの歌は、とてもいい歌でした」

と、高円寺は言った。

「なんという歌ですか」

「さあ。はっきりした題名は知りません。祖父は勝手に《ぼんぼ子守唄》と呼んでいました」

「《ぼんぼ子守唄》か」

高円寺はその言葉を何度か小声でつぶやくと、内ポケットから手帖をとりだして鉛筆で書きとめた。

「人前ではとてもうたえない歌です。でも、わたしは大好きなんですよ」

「ぼくも好きだな」

と、横から筑紫次郎が言った。

「若宮さんの歌を、はじめてききましたよ」

「お恥かしい」

若宮重治は、さて、とつぶやいて立ちあがった。

「高円寺さんのご返事は、のちほど筑紫くんからうかがうことにしましょう」

「きょうは、お会いできてよかったです」

と、高円寺も立ちあがって頭をさげた。


若宮重治と会ったあと、高円寺と筑紫次郎は、三階にあるメンバー専用のバーへいった。

薄暗いバーに客の姿はなく、白髪のバーテンダーが静かにグラスを磨いているだけだった。

バーの片隅の席に坐ると、筑紫次郎はスコッチウイスキーのストレートを、高円寺は国産ウイスキーの水割りを頼んだ。

「どうだったかね、二度目の若宮重治の印象は」

筑紫次郎が高円寺にたずねた。

「おもしろい人だった。まさか歌を聴かせてもらえるとは思わなかったよ」

「おれもはじめてきいた。〈敬民愛国〉という言葉もね」

筑紫次郎は運ばれてきたウイスキーのグラスを一息に半分ほど飲み、腕組みして首をふった。

しばらくお互いに黙っていた。やがて、高円寺は筑紫次郎をまっすぐに見て言った。

「あんたが彼を引っぱり出した本当の理由はなにかね」

「本当の理由？」

筑紫次郎は少し考えて言った。

「あの人なら、防守《さきもり》財閥が金を出すだろうと踏んだのさ」

「なぜ？」

「防守隆玄は、単なるビジネスには資金を提供しない。彼は自分のことを国士だと考えている。若宮の憂国の志《こころざし》に共鳴したからこそ、資金面でのバックアップを引き受けた」

「あんたにききたいことがある」

「言えよ」

「あんたは防守隆玄に接近するために、若宮さんをかつぎだしたんじゃないのか」

筑紫次郎は黙ったままだった。高円寺はかまわずに続けた。

「若宮さんに会って、やっと気づいたのさ。全体図を描いて仕掛けているのは、やっぱりあんたなんだな。若宮さんの気持ちに嘘偽りはないだろう。しかし、純粋すぎるんだよ、彼は。そんな純粋な人間が、防守財閥のような後ろ暗い組織と、望んで組もうとするわけがない。むしろ、あんたが最初から防守財閥を引きずりだすことを目的に、工作してきたんじゃないのか。そのために、若宮さんの情熱を利用して、だ」

長い沈黙が続いた。やがて、筑紫次郎はグラスに残ったウイスキーを一気に飲みほすと、うなずいて言った。

「さすが鋭いな」

「では、なぜ、防守隆玄に接近しようとしたんだ。金や世渡りじゃないだろう。新聞記者として情報を取るためかね」

「いや」

筑紫次郎は首をふった。

「これは仕事じゃない」

「だったら、何かね」

「話せば長いことになる」

「結構。きこうじゃないか」

筑紫次郎はバーテンダーに合図をして、ウイスキーのおかわりを頼んだ。

「ダブルで」

そう言ってから、彼は続けた。

「あんたが前に、おれのことを仕掛け屋と言ったとき、おれにはおれなりの考えがあると答えたはずだ」

高円寺は無言でうなずいた。筑紫次郎は声を低めて、ゆっくりと語りだした。

中野正剛に師事した青年時代のこと。

シベリア出兵と、ロマノフ王朝の消えた金塊のこと。

中野が終生追いつづけた陸軍機密費問題のこと。

中野の非業の最期と、満蒙殖産・防守財閥の闇について。

筑紫次郎の話がとぎれると、高円寺は肩をすくめた。

「こっちには、あまり関係のない話ばかりだな」

「いや、ある。その闇の力はいまなお日本を動かしているんだから」

筑紫次郎は体をのりだして、高円寺の目をみつめた。

「国の予算とは関係のない巨大資金が、そこに生まれたんだよ。最初は関東軍の機密費だったが、やがて本土へ移送されて、軍部や政界の機密工作資金としてストックされたのだ。中野先生が追及した田中義一の政界進出の資金も、そこから出ている。戦後の政界工作から国民運動の組織まで、常にその資金が裏で投入されている。その資金の管理を委託されていたのが——」

「当時の満蒙殖産、か」

「そうだ。その組織のボスが鮫井五郎。いまは防守隆玄《ささもりりゅうげん》と名乗っている人物だ」

筑紫次郎はウイスキーのグラスを持ちあげ、半分ほど残っている琥珀色の液体を一気に飲みほした。

高円寺は腕組みしたまま、しばらく黙りこんでいた。やがて大きなため息をつくと、筑紫次郎にたずねた。

「その伝説の資金というのは、いまでも相当な額、残っているのかね」

筑紫次郎はうなずいて言った。

「残っているどころじゃない、戦後もずっとさまざまな場面で提供されてきた資金だが、それもほんの一部にすぎない。いまの金《きん》の価格からすれば、まだ天文学的な金額が保全されているとおれは見ている」

「金塊としてかね」

「地金、金貨、砂金、など形はさまざまだが、まだ当初の三分の二は残されているはずだ。戦後、ＧＨＱなどがひそかに追及したんだが、なぜか中途で立ち消えになった。それも謎だ。おれは恩義のある中野先生の遺志を継いで、失われた金塊と巨額資金の行方、そして日本の中枢を牛耳りつづけている闇の全貌を追跡してきた。だが、真相をつかむまで、あと一歩が足らない。そこで、ここはやはり防守財閥の内懐《うちぶところ》にとびこむしかないという結論に達したのさ。それでおれは――」

「なるほど」

高円寺はうなずいた。

「虎穴に入らずんば虎児を得ず、か。そこでレコード会社設立の話を防守財閥に持ち込んだわけだな」

「この国をアメリカ文化の牧場にしない、日本人の心の歌を守る、というのが大義名分だ。そこで玄海興産の若宮重治を引っぱりだした。いま九州の財界で防守財閥の手がのびていない、大きな企業は、玄海興産ぐらいだろう」

「若宮さんをエサに使うつもりなんだな。ひどい男だ」

高円寺は首をふって続けた。

「あんたは、自分が防守財閥の懐にもぐりこむために奔走してたのか。見そこねたよ」

「なんとでも言え。おれは中野先生が自刃されたとき、墓前で腹を切ろうとして果たせなかった。その代わりに、中野先生が正しかったことを世の中に知らしめるために生きようと、心に誓ったんだ。幸い、ソ連側にも、シベリア、旧満州方面の調査を続けてくれている先輩がいる。双方の資料を突きあわせれば、いつか必ず全容が明らかになるだろう。中野先生はソ連から金をもらっているとまで誹謗《ひぼう》されて、憤死したんだぞ。中野先生は正しかった。ロシアから金をもらったんじゃない。隠された財宝の行方を追及し続けただけなんだ。そのことを明らかにするために、おれは——」

高円寺は首をふった。

「もういい。おれはこの話から降りる」

筑紫次郎は、ごくりと唾をのみこんだ。

「それじゃ、新会社に参加しないというんだな」

「そうだ」

「黒沢のもとに残るのか」

「いや」

高円寺は首をふった。

「いまの会社にいる気はない。浪人しても食っていくぐらいはできるだろう」

高円寺はテーブルの上の伝票をつかんで立ちあがった。

破綻から生まれたもの

山岸守はKオフィスの事務所への階段をのぼりながら、そのうちこの会社をやめることになるかもしれない、と、ふと考えた。

牧オリエの仕事がなくなってからは、事務所のほかのスタッフが彼を見る目もあきらかに変ってきた。三島課長などは露骨に山岸守を邪魔者あつかいしている。

「お前さんは会長の靴でも磨いてりゃいいんだよ」

と、彼に面とむかって言われたこともあった。

山岸守は、なにがなんでもKオフィスにしがみついていようとは思っていない。とりあえず両親の面倒を見なければならない立場でもないし、新しい職場の当てがないわけでもなかった。オリエもミリオンレコードの専属契約は更新されないだろう。そうなればしばらく大学院にでも籍をおいて勉強をするという道もある。

問題は高円寺竜三の立場が、まだはっきりしないことだった。高円寺がどんな立場になっても、オリエは彼についていくのだろうか。

そんなことを思いながら事務所に入ると、川口会長から呼びだしがかかった。

「待っとったぞ」

と、会長が額の汗をふきながら机の前から立ちあがった。自分は固めの椅子に腰をかけて、山岸守をソファーに坐らせると、

「えらいこっちゃ」

「いかがされましたか」

「高円寺さんが新会社には移らんとごねてるそうやないか。聞いとらんのか」

「申し訳ありません。高円寺さんがお忙しいとかで、このところお会いしていないもので」

そう言いながら、少なからず動揺していた。

「もし高円寺さんが参加せなんだら、新会社は成り立たんことになる。いくら業界で天皇といわれる大友文芸部長が加わったところで、高円寺さんがこないことには現場は動かん。いったいどないなっとるんや。今からすぐに高円寺さんを見つけ出して、なにがなんでもここにおつれしろ」

「でも、どこへ――」

「でも、やない。会長命令や。いけ！」

「はい」

山岸守は会長室を飛びだしてデスクへもどりながら、とほうに暮れた。高円寺の住所に電話はあるはずだが、かけても出たためしがなかった。あれこれ頭をひねっていても、一向にいい考えが浮かんでこなかった。

そのとき、筑紫次郎と飲んだときの雑談できいた高円寺の身辺の話が、ふと記憶からよみがえってきた。なんでも高円寺は乃木坂を上ったあたりのスナックにときどき顔を出す、という話である。

事務所を出ると、山岸守は四谷一丁目のKオフィスの前からタクシーをひろった。

山岸守の立場では、ふだんはタクシーなどは使えない。バスや都電、国電などで都内を動き回るのが常である。特別な場合にかぎってタクシーの使用が認められていた。それも同系列の三葉交通の車に限られている。

しかし、いまは使用届けをだして事務所からタクシー券をもらっている余裕はなかった。会長命令で至急に高円寺をつかまえる必要がある。さいわい会長から預かった特別資金がまだ残っていた。

「赤坂から乃木坂を上ってください」

と、山岸守はタクシーの運転手に言った。

「できるだけ急いで」

乃木坂を上ったあたりといえば、青山通りから六本木方面に抜ける通りだろう。そのあたりの喫茶店なら、すぐにわかるはずだ。乃木坂を上って広い通りへでると、すぐ向い側にこぢんまりした喫茶店があった。その前でタクシーをおりる。ドアをあけると、店内はひっそりと静かだった。

カウンターの中に、品のいい初老の男がカップやグラスを静かに磨いている。若いウエイトレスが一人いるだけの家族的な雰囲気の店だった。

「いらっしゃいませ」

「ちょっとおたずねしたいんですけど」

「なんでしょう」

店の主人らしい初老の男性が、カップをふく手をとめて、

「どなたかとお待ち合わせでしょうか」

「いえ、じつはミリオンレコードの高円寺さんという方が、このお店によくこられると聞いたんですが――」

「ああ、高円寺竜三さん。あの先生のいきつけの店は、うちじゃないんですよ。もう少し先に、昼間からやってる〈なぎさ〉というカウンターだけのスナックがありましてね。いつも、その店によく顔を出されるらしいんですが」

「ありがとうございました」

礼を言って外へでると、通りの反対側の二十メートルくらい先に、小さな〈なぎさ〉という看板が見えた。うなぎの寝床のような細長い店だった。カウンターの横をすり抜けるようにして奥へはいると、彫りの深い顔立ちの中年のマダムがレジのそばで文庫本を読んでいる。

「すみません。高円寺先生を探しているんですが、きょうはおみえになりませんでしたでしょうか」

「高円寺先生？　あなたはどなたかしら」

「Kオフィスのマネージャーの山岸といいます」

「あ、そう。Kオフィスの人か。急ぎの用らしいわね」

ハスキーなしっとりした声だった。黒いタートルのセーターにノーメイクの、目立たない格好の中年女性だが、どこかに華やかな雰囲気がある。

「きょうは競馬の日じゃないし、たぶん〈天和《てんほう》〉じゃないのかな。電話してみましょうか。急用なんでしょ」

「はい。お願いします」

彼女はうなずいて受話器をとりあげた。

「先生いらっしゃいます？〈なぎさ〉ですけど」

いるみたい、と彼女は山岸に軽くうなずいてみせると、

「ま、そこにお坐んなさいな」

「ありがとうございます」

カウンターの前に山岸守が腰かけると、電話が鳴った。すぐに受話器をとってマダムが話しだした。

「あ、先生？　Kオフィスの若いマネージャーさんがきてるけど。なんだか急用らしくて、額に汗かいて探してるわよ」

彼女は山岸守をふり返ってうなずいた。

「近くの雀荘だから、すぐくるって。ちょうどひと勝負終ったところらしいわ」

山岸守はほっと胸をなでおろした。

「助かりました。コーヒーでもお願いしたいところですが、きょうはその時間がありません。あらためてお礼にあがります」

「いいのよ」

マダムが微笑すると、暗い店内に白い花が咲いたような妖艶な気配があった。

「はい、お水」

彼女は氷のはいったコップを山岸守の前において、

「あなた、あんまり芸能プロのマネージャーって感じがしないわね。歌い手さん、だれを担当してるの?」

「言ってもご存知ないかもしれません。牧オリエという新人ですけど」

「ああ、あの子か」

マダムは煙草に火をつけて、うなずいた。

「先生から話をきいたことがあるわ。変った歌い手さんなんですってね」

「高円寺先生が、彼女のことを話してられたんですか」

「うん。なんだかとても興味があるみたいな口ぶりだった」

「ほんとうですか」

山岸守は思わずマダムに頭をさげた。

「名前をおぼえていてくださって、うれしいです」

「Kオフィスなら、川口会長さんのところでしょ」

「え、会長をご存知なんですか」

「わたし、昔はミリオンレコードの専属だったのよ。その手のことなら、結構、早耳でね」

山岸守は、あわてて水のコップをカウンターにおいた。

「すみません。駆けだしの社員だものですから業界のことを何も知りませんで」

「いいのよ。もう十年以上も昔のことですもの。《なぎさのメロディー》って曲が、ちょっと売れただけで、結局、歌の世界から身を引くことになったの。直接の原因は、ちょっとしたスキャンダルだったんだけど」

「高円寺さんとは――」

「仕事をやめた後の身の振り方を相談にのってくださったんだわ。この店の恩人かもね」

ドアがあいて冷い風が吹きこんできた。

「おい、何事だい。指名手配がかかったみたいじゃないか」

帽子をぬいでジャンパーのポケットに押しこみながら、高円寺は山岸守の隣りに坐った。

「すみません。勝手に探しまわったりして」

山岸守はカウンターからおりて頭をさげた。

「うちの会長が、なにがなんでもすぐに高円寺さんをおつれしろと――」

「そうか」

高円寺はピースの缶をとりだすと、一本抜いて口にくわえた。

「はい、どうぞ」

タイミングよくマダムがライターの火をさしだし、灰皿をカウンターの上にすべらせた。

「だれにこの店のこと聞いた？」

「前に筑紫さんと話されていたことを思い出しまして」

「そうか」

いつものやつを二つ、と高円寺はマダムに言った。

「あの、会長はえらくあせってるんですけど。一刻も早く高円寺さんにお目にかかりたいらしくて」

「待たせておけばいいんだよ」

高円寺は苦笑して煙草を灰皿に押しつけた。

「相手のペースに乗せられては、仕事はできない」

「はい」

「一時間ほどしたら社のほうへうかがう、と電話を入れておいたらどうだ」

「そうします」

山岸守はマダムに頼んで電話を借りた。Ｋオフィスの会長室にかけると、すぐに会長のだみ声が流れてきた。

「高円寺さんの行方は、まだわからんのか」

「確認しました。一時間後にそちらにお連れします」

「え？　一時間後？　しょうがないなあ。とにかく一分でも早うきてくれ。待ってるで」

電話は向うから切れた。

「かなり焦っているようでした」

「決まってるじゃないか。わたしが新会社の設立に参加しないという話をきいて、あわててるんだろう」

高円寺が憮然《ぶぜん》とした面持《おもも》ちで言った。

〈会長が言っていたことは本当だったんだな。それにしても、いまになって、一体なぜなんだ〉

山岸守は覚悟を決めて、疑問を口にした。

「ぼくはてっきり高円寺さんが新会社に加わられると思いこんでたんですが。なぜ、おやめになられたんですか」

「新会社ができようができまいが、わたしにはもう関係ないんだよ」

「どういうことでしょう」

「きみには本当のことを知っていてもらいたいと思う。だから正直に話すんだが、他言は無用だ。いいな」

「もちろんです」

山岸守は、ちらとマダムのほうへ視線を向けた。

「この人は大丈夫」

と、高円寺は言った。

「わたしのことなら、裏も表もすべて知りつくしている。石のように沈黙を守るひとだ。いないと思って、なんでも話せばいい」

運ばれたコーヒーからは、こうばしい匂いが濃くたちこめてきた。高円寺はコーヒーカップに顔を近づけて、ゆっくり息を吸いこんでから、これまでの経緯を話しはじめた。

そして、エルミタージュ・ホテルのバーで筑紫次郎に聞いた一件を語り終えると、

「そういうわけで、この話には乗るべきではないと判断したんだ。他人の思惑ずくめの仕事はごめんだからな」

山岸守は腕時計を見た。そろそろ会長のもとに高円寺を連れていく時間だった。

マダムに謝って、高円寺と店を出た。〈なぎさ〉の店の前でタクシーを拾うと、山岸守は四谷一丁目のKオフィスの場所を運転手に告げた。

車の中で高円寺は無口だった。山岸守が話しかけても、腕組みして、ああ、とか、そうだな、とか短く応じるだけだった。

Kオフィスの前でタクシーを降り、ビルの二階にある会長室に直行した。

会長室のドアをノックすると、待ちかねていたように川口会長が顔をだした。高円寺の顔を見ると、とたんに愛想のいい笑顔になり、お待ちしておりました、と室内に招き入れた。

「無理におつれしたようで、申し訳ありまへん」

と、会長は高円寺に深ぶかと最敬礼すると、

「あの話、ほんまですか」

会長は自分用の固い椅子を引きよせて、坐るのももどかしいような表情で高円寺の顔をみつめた。

高円寺はソファーに腰をおろすと、ピースの缶から一本抜きだして口にくわえた。

「まあ、坐って話をしようじゃないか」

「あの話、というのは?」

煙草の煙を吐きだしながら、高円寺がきいた。

「山岸くん、きみも坐りたまえ」

高円寺が空いた椅子を目で示して山岸守にうなずいた。山岸守は会長の顔を見た。会長は指で丸をつくった。そして腕組みして高円寺の話を聞く姿勢になった。

「わたしが新会社に参加するとか、しないとかいうくだらない噂話かね」

と高円寺が苦笑した。会長は体をのりだして、

「はい。高円寺さんとこの件を話させていただくんは初めてやけど、わたしもずっときいとりましたんや。ほんで、九分九厘、話がまとまったというところで、突然、高円寺さんが抜けるときいて、一体どうなっとんのやと」

「そのとおりだ。わたしはもう降りることにしたんだよ」

「それは、あまりにも身勝手な話やおまへんか」

と、川口会長が悲鳴にも近い、甲高い声で言った。

「ここで高円寺さんが抜けたら、新会社はおじゃんでっせ。大友部長がいかに業界で天皇と言わ

れる存在でも、高円寺さんがこなんだら、現場のスタッフや歌い手さんたちがついてきまへん。新会社は形だけのハリボテや。一体、何が問題なんです。きかせてもらえまへんか」

高円寺は吸いさしの煙草を灰皿に押しつけた。

「新会社の創立にあたっては、大きな資金が必要だ。わたしが耳にしたところでは、その資金の出所に問題があるんだよ。新会社の社長になる若宮重治さんの情熱には共感するところがあるんだが、この話はどうも気に入らないのさ。そもそもわたしは金とか事業とかいうことが苦手の人間でね。うまく説明できなくて済まないね」

「そんな。じゃあ、高円寺さんはミリオンレコードに残られるんでっか」

「いや。わたしが黒沢本部長とうまくやれるわけがないだろう。会社を出て、独りで好きにやらせてもらう。この件はわたしが参加しなくても、なんとかなるさ。あんたはミリオンレコードにつくもよし、新しい会社につくもよし、自分で判断すればいいじゃないか」

そのとき会長の机の上の電話がけたたましい音を立てて鳴った。

「山岸くん、でてみてくれ」

「はい」

山岸守は受話器をとりあげた。

「会長室です」

福岡のコジマさんというかたから会長へお電話です、と秘書の女性の声がした。

「会長、福岡から電話が入ってますけど」

「福岡から？　相手はだれや」

「小嶋扶美さんだそうです」

会長はとびあがるようにして山岸守の手から受話器をもぎとった。

「うん、うん、わかった。空港のほうへうちの運転手を迎えにいかせるから。いま、高円寺さんと大事な話の最中や。じゃあ、着いたらまっすぐKオフィスのほうへな。たのみまっせ。ありがとさん」

川口会長は受話器をおいてふり返った。額に汗がにじんでいる。さっきまでの深刻そうな表情と打って変った明かるい顔つきだった。

「高円寺さんも、ご存知ですやろ。〈みつばち〉の扶美ちゃんや。こんどの件で大事な話があるとかで、福岡から飛行機でとんでくるそうですわ。高円寺さんもご存知ない話を、聞かせてくれるんとちがいますか。新会社に参加する、しないの結論はそれからでもええやないですか」

「彼女は何時に着くのかね」

「夕方にはまにあうでしょう。それまで隣の雀荘で、気分転換にいかがです」

会長は牌《パイ》をつまむ手つきをして、高円寺にウインクした。

「面子《メンツ》は揃うのかい」

「山岸くん、やれるよな」

「えっ、ぼくですか。一応はやれますけど」

「あとは三島課長に体をあけてもらうことに」

この川口会長という男は、いったいどういう人物なのだろう、と山岸守は思った。

昼間の雀荘は一組しか客がいなくて、がらんとしていた。

山岸守は学生時代にかなり麻雀に熱中したこともあったが、就職してからは牌をにぎったことがない。

「接待麻雀はお断わりだからな」

と、高円寺は牌をかきまぜながら言った。

「もちろんです」

と、言いながら、会長はちらと三島課長にまばたきをしてみせた。あまり勝つなよ、とでも合図しているのだろうか、と山岸守は思った。

最初の半荘《ハンチャン》は会長の一人勝ちだった。

高円寺は牌を扱う手つきは慣れてはいるものの、意外に下手な麻雀を打った。最初にこうと決めてしまうと、どんな手がきても途中で方針を変えない。だれかがリーチをかけても、決して自分の手を崩さない無鉄砲な麻雀だった。

山岸守はわずかのマイナスでスタートした。学生時代は麻雀雑誌なども愛読して、理詰めの麻雀を打ったものだ。仲間から、お前さんの麻雀は面白味がない、と、よく言われたものである。大勝ちしないが、大きく負けることもない麻雀だった。

同級生の中には、プロ雀士《じゃんし》を憧れるロマンチストもいたが、彼にとって麻雀はあくまで遊びのゲームに過ぎなかった。

時間がたつうちに、会長が沈みはじめ、やがて三島課長も大チョンボをやらかして、山岸守の一人勝ちの状況となった。

誰かが足を踏んでいる、と気付くと、三島課長の靴が軽く山岸守の爪先に触れていた。

〈調子に乗るなよ〉

という三島課長の意志が足もとから伝わってきた。山岸守はそれを無視して手堅くあがった。

小嶋扶美がKオフィスに着いたと電話があったのは、山岸守のリーチに高円寺が一発で振り込んだ直後だった。結局、会長と山岸守がかなり浮き、高円寺が大敗、三島課長がわずかにマイナスという結末だった。

「すんまへんなあ。接待麻雀どころか、お客さんをカモにして」

と、会長が恐縮するのに高円寺は苦笑して、約束のレートで負けた分を支払った。ゴムで巻いた札束を尻ポケットに押しこむと、

「この次はちゃんと返してもらうからな」

と、高円寺は本気で口惜しそうな口ぶりだった。

小嶋扶美はKオフィスの会長室で紅茶を飲みながら待っていた。

黒いニットのタートルにグレイのブレザーコートという地味な恰好である。急いで飛行機で駆けつけたせいで、お洒落をする余裕もなかったのだろう。

それでも彼女は美しかった。夜の妖艶なホステスぶりとは全然ちがう清楚で落着いた雰囲気だが、それでも殺風景な会長室に花が咲いたような感じがした。

「お扶美さん、会いたかったで」

と会長が肩に手をのせるのを優しく振りはらって、

「もう、やめてよ、その変なしゃべり方。鳥肌が立ちそう」

「あいかわらず冷たいなあ、扶美ちゃんは。それにしても、急遽、福岡から飛行機で駆けつけるとは、相当大事な話なんやろ」

「ええ。緊急事態よ。会長には、電話なんかじゃなくて直接お話しするべきだと思って、飛行機に飛び乗ったの」

小嶋扶美はいつになく深刻そうな表情で言った。

「何が起きたんや」

川口会長が固い椅子を引きよせて腰を下ろした。彼女の隣りには高円寺が坐り、山岸守は会長の横に椅子を持ってきて坐った。

「新会社は、できなくなったみたいだわ」

小嶋扶美はそう言って、会長の顔を見つめた。その言葉に、高円寺さえも意外そうな表情を浮かべた。川口会長が高円寺のほうにちらと目をやり、低い声で、

「高円寺さんの件で、か？」

小嶋扶美は首を振って、

「そうじゃないわ。新会社に出資することになっていた大きな金主が、突然降りたんですって。その金主というのは、九州の防守財閥よ」

山岸守は唾を飲みこんだ。つい数時間前、高円寺からきいた陰の財閥の名が、小嶋扶美の口から出たのである。

高円寺は腕組みして天井に視線を向け、何事かを考えている様子だった。

川口会長がかすれた声をだした。

「なぜ？　どうして今になってそういう話になるんや」

「これはたぶん、わたしの考え過ぎかもしれないけど、あの人がからんでいるんじゃないかしら」

「あの人、というのは？」

会長がきいた。

「会長はご存知なんでしょう？　タクシー業界はどんな情報でも見逃がさない、っておっしゃってたじゃない。ミリオンレコードのある人が、こっそり福岡へやってきたという話、すでに耳に入っているはずよ」

例の件だな、と山岸守は思わず緊張した。川口会長はしばらく沈黙していた。やがて大きくうなずいて独り言のようにつぶやいた。

「黒沢はんがね。なるほど」

それまで黙って話をきいていた高円寺が小嶋扶美にきいた。

「それは、どういうことかね」

小嶋扶美が首をかしげて口ごもっていると、横から川口会長が話しはじめた。

「前に気になる情報を耳にしたことがあったんや。なんでもミリオンレコードの黒沢さんが福岡にやってきて、夕刊フクニチの記者と会うた、とかいう話をきいたことがある。その記者は若宮はんの懐刀やのに、敵同士がなぜか会うとったんや。黒沢というお人は何をやってくるかわからん怖さがあるけど、ひょっとして金主に手を回して話をひっくり返しよったんかいな」

高円寺が眉をひそめて、

「その記者というのは、筑紫次郎という男かね」

「そうです。ご存知なんでっか」

山岸守は高円寺の顔に奇妙な影がさすのを見た。それまで彼が見せたことのない表情だった。

「福岡へ行く」

と、高円寺は言った。

福岡へ行く、という高円寺の唐突な言葉に山岸守はびっくりした。

「ほう。高円寺さんが自分自身で福岡へ乗りこまれるわけですか」

と、川口会長は感じ入ったように言った。

「さすがは高円寺さんや。直接にその防守財閥のボスと会うて、直談判しようというわけやな」

高円寺は首をふった。そしてゆっくりと話しだした。

「わたしはもともと、その陰の財閥とやらが新会社のスポンサーになるという話が気に入らなかったんだよ。しかし、今になってこの話がおじゃんになったのでは、若宮さんの立場はどうなる？　恥をかいたとかいう話では済まんだろう。日本の歌を作るんだ、と、あれほど情熱を燃やしていたお人だからね。防守財閥が手を引くとなればおおごとだ。ここはなんとか手を貸してあげたい。さいわい福岡支社の連中は、これまでずっとわたしを支持してくれた仲間だ。一月に会ったとき、何があっても、全国の支社や営業所の仲間を糾合《きゅうごう》して大友さんについていくと言っていた。とりあえず直接、若宮さんに会って話をしたい。これは自分の話じゃない。仲間に対する義理だ」

高円寺の言葉に、小嶋扶美は大きくうなずいた。

「それがいいわ。いま若宮さんは窮地に立たされているのよ。高円寺さんが会ってくださったら、きっと心強いと思うの」

「きみもくるか」

と、高円寺は山岸守をふり返ってきいた。

「いきます」

山岸守がうなずくと、横から川口会長が体をのりだして、わしもいくぞ、と強い口調で言った。

「高円寺さん、お願いですわ。ぜひわしもつれていってくれまへんか」

川口会長の表情には、いつにもなく強い意志が感じられた。

「一緒にいきましょ。いまからなら、六時十五分の最終便には間にあうと思う」

と小嶋扶美がうなずいて、

「飛行機、予約してくださる？　三つ葉交通の経費でね」

「ラーメン一杯五十円やのに、福岡まで往復三万円ぐらいするんやで。四人でいったら一体いくらかかるんや」

「会長、男でしょ」

小嶋扶美が彼の膝を手で叩くと、とたんに川口会長の目尻がさがった。

「そのかわり扶美ちゃんの隣りのシートに坐らせてや」

高円寺がピースの缶から煙草を一本抜きだして口にくわえた。そして小嶋扶美に言った。

「じつは、わたしも筑紫くんとは浅からぬ縁があってね。今回の件に関して、彼はかなり深く防守家に食いこんでいるようだ。前に防守財閥の資金源に関して、奇妙な話を彼から聞かされたことがあったんだよ」

小嶋扶美が急に固い表情になると、声を低めて、

「うちの店にくる新聞社の偉いさんから聞いたんだけど――この四、五日、彼はぜんぜん会社のほうに顔を出してないんですって。電話にも出ないし、なじみの店にも顔を出していないらしいの」

「そうか。筑紫くんがどういう男なのか、あとであらためてきかせてくれ」

高円寺が灰皿に煙草を押しつけて立ちあがった。

最終便のジェット機で福岡へ着くと、四人は出迎えにきていた玄海興産の車で那珂川ぞいのホテルに案内された。控えの間が会議室にもなる広い部屋である。

若宮重治は先にきて高円寺らを待っていた。

小嶋扶美が川口会長を紹介すると、若宮重治は名刺を出し、柔らかな物腰で丁重に挨拶した。若宮は少し疲れた表情で、高円寺には前にエルミタージュ・ホテルで会ったときより少し老けこんだように感じられた。

「わざわざ遠いところをお越しいただいて恐縮です」

と、若宮は椅子に腰をかけると、高円寺に会釈して言った。

「今回はいろいろとご心配をおかけしているようで。わざわざ福岡までこられたのは、例の件ですよね」

高円寺はうなずいた。

「はい。聞くところによりますと、なにか資金面での問題が生じて、新会社創立の計画が危うくなったとか。それは本当ですか」

「ええ、事実です。最初から予定されていたメインの出資者が、手を引くと言いだしたのです。それで協力してくれる三社のほうでも、しばらく様子を見ようという話になりまして」

若宮重治の言葉は穏やかだったが、そこにはあまり失望や落胆の気配がないのが不思議だった。むしろ彼の目には、強い意志の光りが宿っているように見えた。

「それやったら、新会社はでけへんのですか」

川口会長が口ごもりながら言った。若宮重治はかすかに微笑んで首を横にふった。

「いや、そんなことはありません」

「え?」

小嶋扶美も、高円寺も、おどろいて彼の顔をみつめた。川口会長が、あっけにとられたように、目をみはって、

「いま、なんとおっしゃいました?」

「わたしは新しいレコード会社を必ず発足させます。もともとビジネスとして考えた仕事ではないですから。この期におよんで引きさがるわけにはいきません」

若宮重治の声には、覚悟をきめた人間の強い決意が感じられた。彼はつづけた。

「わたしも玄海興産の若宮です。応援してくれている川筋会の人たちにも、ここで逃げだしたのでは顔が立ちません。金は私の会社をかたに入れてでも作ります。新会社がつぶれたら玄海興産も三代で消える。その覚悟で資金を手配します。小さな会社でもいい。青くさい話と笑われようが、わたしは本当に日本人みんなに愛される歌を作りたいのです。わが社の社員たちは、わたしの話にみんな賛同してくれました。失敗したら、また一介の労働者から始めればいい。祖父たちがそうだったようにね」

しばらく皆は黙っていた。その沈黙を破ったのは高円寺だった。

「若宮さん」

と、彼は微笑して軽く頭をさげた。

「その新会社に、わたしを雇ってもらえますか」

若宮重治は、しばらく高円寺の顔をみつめていた。そして両手をさしだして、高円寺の手を握りしめた。

「本当にきてくださるんですか、わたしの小さな新会社に。その言葉を、本当はわたしは待っていたんです」

高円寺はうなずいた。そして言った。

「これまでわたしが躊躇していたのは、資金の出所にどこか納得のいかないところがあったからです。若宮さんが自分の会社を投げうってでもやる、といわれるんなら、よろこんでお手伝いしますよ」

小嶋扶美が肩をすくめて、よかった、と小声でつぶやいた。そのとき川口会長が突然、立ちあがった。

川口会長の額には汗がにじんでいる。なにかよほど心中に激しい葛藤があるのだろう。

山岸守は不安な思いで会長の動きを目で追った。予測のつかない反応を示す人物なのだ。

川口会長は、いきなり席を立つとガバと床に正座した。そして両手をそろえ、頭を深くさげて平伏した。

「会長、どうしたのよ。気分でも悪いの？」

小嶋扶美が眉をひそめて言った。

「なに言うてんのや。わしは、土下座してお願いしとるのや」

「どうなさったんです。手をおあげになってください」

若宮重治は困惑した表情で言い、高円寺を見た。高円寺はあきれたように首をふって、煙草に火をつけた。

「その新会社の経営に――」

と、土下座した川口会長は息のつまったような声をだした。

「ぜひ、ぜひ、わたくしも参加させてください」

「え?」

「わたしは一生に一度、自分のやりたい仕事に体を張ってみたいと思っておりました」

いつのまにか川口会長のインチキ関西弁が普通の言葉づかいになっていた。

「いまはまだ業界大手とはいいませんが、そこそこのタクシー会社を経営しております。新宿区にかなり広い駐車場と何軒かの連れこみホテルも所有しています。この年になって、なんとしてでも自分の夢を実現させたいと願っておりました。それは、レコード会社の経営に参加したいという夢でした。どれくらいの資金が必要なのか見当がつきませんが、わたしはいまのタクシー会社も、不動産もぜんぶ売っぱらって金をつくります。前々から土地を欲しがっていた大手の建設会社がありまして、わたしが承知すればすぐにでもかなりの資金が用意できるでしょう。東京オリンピックを再来年にひかえて、地価はうなぎ昇りですから。それをぜんぶ提供します。かなりの金にはなるはずです。ですから、新会社の株主として、なんとか参加させてもらえないでしょうか。川口・セバスチャン・昌治、一生のお願いです」

あまりに唐突な申し出に、若宮も高円寺もあっけにとられて顔を見合わせた。

「ああ、びっくりした――」

と、小嶋扶美がため息をついた。

「会長、本気なの？」

「男の一言に嘘はないんや」

と、川口会長は再び独特の口調にもどって言った。

「若宮さんの会社は歴史のある立派な企業や。もしものことがあれば、従業員が泣きを見る。うちの三つ葉交通は、人にゆずったところでそのまま仕事は続けられるやろ。駐車場には大きなビルが建つはずや。嫁もおらんし、子もおらん。自分の財産を好きなように使って夢がかなうなら、本望や。お願いします。扶美ちゃんも、口ぞえしてえな。お願いします。ぜひ、新会社の設立にわたしを参加させてください。この通り――」

川口会長は両手をついて平伏した。

「とりあえず、立ってください」

と、若宮重治が声をかけて、

「高円寺さん、どうしたもんでしょう」

「わたしと一緒に、この人を引き受けてくれませんか」

と、高円寺は言った。

「この人は本気です。わたしも参加する。この人も参加する。全国各地の有志たちもついてきてくれるでしょう。ひとつ、ここは心を決めてくれませんか、若宮さん」

若宮重治はうなずいた。顔がかすかに紅潮していた。

「よかった」

と、小嶋扶美がつぶやいて、そっと山岸守の手の上に自分の手を重ねた。

一九六二年四月

暗黒の海から

シベリアの春はおそい。
四月になってもきびしい寒気が張りついていた。やがて爆発的な短い春がやってくるだろう。そして、あっというまに春は過ぎ、短い夏が訪れ、再び長い冬が訪れるのだ。
その日、黒パンとオムレツで手軽な昼食をとって、すこし昼寝でもしようかな、と思っているところに、隣りの家のソーニャがやってきた。四月になっても毛糸の房のついた襟巻きをし、オーバーコートを着ている。さすがに毛皮の防寒帽はかぶっていなかった。
一本欠けた前歯を見せて、
《なにをしてるの?》
と、きく。
《べつに》
《パパがあんたのこと、怠け者だって言ってたわ》
《怠け者?》
《働かないで食べている、って》

入っていい？　ともきかずに、彼女は勝手にあがりこんで椅子に腰かけた。

《きみだって働いてないじゃないか》

《あたしは子供だもの。子供は国の宝、なんだって》

ソーニャはテーブルに体をのりだすと、秘密めかした口調で言った。

《きのう、また警察の人が、あんたのことを調べにきたわ。働かないから怪しまれるのよ。それを知らせにきたの》

それだけ言うと、立ちあがり、ウインクしてすたすたと帰っていった。

ＫＧＢにちがいない、と信介は思った。まだ、おれをつけ狙っているのだ。警察なら、こっそり隣人の噂を聞き回ったりせずに、直接くるはずだ。信介はドクトルを訊問した若い将校のことを思いだして、急に不安になった。

その日、ドクトルが帰ってきたとき、信介は隣家の子供が伝えてくれたことを話した。

「なんだか不安ですね。なぜ、直接ぼくを調べないんでしょう」

「連中のやり口だよ。泳がせてるのさ。一人だけじゃなく、仲間を一網打尽《いちもうだじん》にしようと考えてるんだろう」

「なるほど。そうか」

「無駄な努力だ。きみはどこにもいかないし、誰も訪ねてはこない。電話もしないし、無線連絡とか、暗号も使わない。まあ、そのうちしびれをきらして、ここへやってくるだろうよ」

「それじゃ困ります」

「いや、大丈夫だ。その件はあとで話そう」
その晩、タチアナは少しおそく帰ってきた。どうやら仕事の仲間と酒を飲んできたらしく、赤い顔をしていた。バッグを床に放りだすと、いきなりドクトルの膝の上にヴォリュームのある尻をのせて、何か早口で言った。
「友達の誕生パーティがあったそうだ」
と、ドクトルはタチアナの肩を片手で抱いて信介に日本語で言った。
《彼女に水を持ってきてやってくれないか》
《水じゃなくて、ウオッカを》
と、タチアナは言った。
《いや、水にしなさい。今夜は聞いてもらいたい話がある》
タチアナは肩をすくめて、ドクトルの膝の上からおり、椅子に腰かけた。
《なんの話か、わたしにはわかっているわ》
と、彼女は言った。
《わたしは、また一人になるのね》
そして片手で髪をくしゃくしゃにかき乱すと、小声でうたいだした。それはときどき彼女が独りでピアノを弾きながら口ずさむ古いロマンスだった。
〈アハ　スクーシノ〉と、いう、その歌の一節だけは信介もおぼえている唄だった。スクーシノとは、たぶん、さびしい、とか、せつない、といった感じの言葉らしい。

うたい終ると、タチアナはテーブルの上につっぷして泣きだした。そしてしばらくすると突然、軽い寝息をたてて眠りだした。

「しょうがない子だ」

と、ドクトルは言い、手伝ってくれ、と信介に合図をした。どうやら二階のベッドに彼女をかかえて運ぼうというのだろう。

「さあ」

と、ドクトルは合図をした。彼が上体を持ちあげ、信介には下半身を抱えさせるつもりらしい。眠っているタチアナの体は、ひどく重かった。ブラウスのボタンがはずれ、豊かな乳房が半分はみだしている。信介は彼女の膝の下に手を入れて、ずりあがる彼女のスカートを気にしながら二階への階段をあがった。

ドクトルの部屋のベッドの上にタチアナの体をおくと、ドクトルは信介に言った。

「服を脱がせてやってくれ。このまま転がしておくんじゃ可哀相だ」

信介は顔をそむけてタチアナのスカートを脱がせた。彼女は見てくれとはちがって、驚くほど豊満な体をしていた。横向きに寝かせ、毛布をかけ、その上からキルティングした布団をかけると、タチアナは何かつぶやき、やがて軽いいびきをかいて眠りはじめた。

「彼女はおそろしく勘のいい女でね」

と、階段をおりながらドクトルが言った。

「何も説明しなくても、おれの顔を見ただけでなんでも察してしまうんだよ」

「なにを察したんでしょう」

「おれがしばらくいなくなることを」

「え？」

信介は階段の途中でたちどまってたずねた。

「また、調査旅行にでるんですか」

「ああ。こんどは少し厄介な旅になる。国外に出るんだ」

「どこへ？」

「日本へいくのさ。きみも一緒に」

信介はドクトルの言っていることが、一瞬、すぐに頭に入らなかった。

「ぼくが日本へ？」

「そうだ。いささか危険な旅ではあるけど、一緒にいってもらいたいと思っている」

二人はテーブルについて紅茶を飲んだ。

「さて、どこから話そうか」

いつもならワインかブランデーを飲むドクトルが、神妙に紅茶をすすりながら言った。

「どこからでもいいです」

「おれが戦後、スパイ容疑でソ連側から二十五年の刑期を宣告されたことは前に話したよな」

「聞きました」

「それからいろいろあった。おれはモスクワのある重要人物と取引きして、秘密の調査を引き受けた。ロマノフ王朝の消えた財宝の調査をだ。そして十数年が過ぎた。そのシベリア、旧満州での調査は、ずいぶん長いあいだかかったが、今月、ほぼ終ったんだよ」

ドクトルは片手で肩をとんとんと叩いて、大きなため息をついた。

「これまでおれがソ連側の調査を続けたのは、ただ保身のためだけじゃない」

信介はいつかドクトルが語っていた福岡県出身の政治家、中野正剛のことを記憶から呼びさました。陸軍の学校で問題をおこした若き日のドクトルを、さまざまなかたちでバックアップしてくれたのが中野だったと聞いている。ドクトルはその恩義にむくいるために満州へ渡ったのだという。

ドクトルは遠くを見るような目をして、しばらく黙っていた。そして再び話しだした。

「不思議なものだな。表の歴史ではシベリア出兵は失敗した戦争だと日本人には思われている。しかし、一面では巨額の資金を軍が確保できた実利ある戦争だった。陸軍はそれによって膨大な秘密資金をプールし、その資金を利用してさまざまな政治的工作を行うことができたんだからな。田中義一から東條英機まで、そこに目に見えない力が隠されていた。中野先生は、それを暴こうとして、虎の尾を踏んだのだ」

ドクトルはしばらく両手をみつめて黙っていた。窓の外で風の音がした。

「ようやくはっきりしたんだが、軍が全力をあげて確保した金塊は、ハルビンを経由して大連に運ばれたんだ。途中で中国軍に列車が襲われて、かなりの金《きん》が奪われたと報告されている。しかし、それはでっちあげの情報だ。中国側の兵士に仮装した地元特務機関の偽装工作だった。ほとんどの金塊が、大連の興和正金銀行に運びこまれている。そして、満州国建国にも、その後の対中国工作にも、その資金が投入された。そこまでの経路は、おれの十数年間の調査で確認されている」

「問題は、その資金が、日本内地へ移送されたことですね」

「そうだ。関東軍の分け前をのぞいて、大半が移送され、どこかに消えた。中野先生はその行方を突きとめようとされていた。一方、内地でも先生の死後、その遺志を継いで、粘りづよく調査を続けていた男がいる」

「おぼえています。それは中野という政治家の死後、その墓前で自決しようとしてはたせなかった筑紫次郎という青年ですか」

「そうだ。戦後、筑紫は地元の新聞社につとめて、陰でずっとその調査をやってきた。おれとは定期的に連絡をとりあっているんだよ。どうやら彼はゴール寸前にまで達していたらしい。ところが——」

ドクトルは首をかしげて、ため息をついた。

「このところ連絡がぱたりと止っている。これまでそんなことは一度もなかった。どうも気になって仕方がない。調査の仕上げは、目の前にある。彼は最後の連絡で、自分の役割はほぼ終った、と言っていた。あとは、このおれにまかせる、とね」

「そこでドクトルは、連絡のとだえた筑紫次郎という人をさがしにいくんですね」

信介は正面からドクトルの顔をみつめた。ドクトルも強い視線でそれを受けとめた。

「そうだ。いよいよ仕上げの時がきたんだ。おれは日本へ行って、彼と会わなければならない。そして永年の彼の調査の結果を、あらためて確認する必要があるんだよ」

「公式に行くんですか？　それとも——」

「きみがこの国へやってきたのと同じようなやりかたで訪問するのさ」

信介は思わずごくりと唾を飲みこんだ。

「本気なんですね」

「もちろん」

二人はしばらく黙っていた。

「どうやって入国するんですか」

「レポ船というのは、知ってるだろう」

レポ船とは、北海水域でソ連船と秘密の接触を行う日本側の不法漁船のことだ。こちらからは新しい電化製品や国内の情報を提供し、ソ連側からは新鮮な海産物をたっぷり受け取る。危険な商売だが、見返りは大きい。取り締りの目をかいくぐってのビジネスである。しばしば検挙されてはニュースになっていた。それでも、強力なエンジンを積んだレポ船が北の海に多数出没している。一説では公安がからんだ非公式の情報収集だともいわれていた。

「ほんとに大丈夫ですかね」

「きみはもともと勝手に国を出てきた人間だ。勝手に帰国しても気にする連中はいない。こんどヨーロッパをめざすときには、正式のパスポートを持ってやってくることだな」

「わかりました」

信介は肩をすくめて、両手をひろげた。

隣家のおしゃまな女の子、ソーニャからの忠告もある。そろそろ逃げだすタイミングかもしれない。サモワールから新しい紅茶をいれると、彼はドクトルにきいた。

「ドクトルは――」

少し躊躇して、信介は思いきってたずねた。

「ドクトルは、もし日本でこの問題を確認し終えたら、どうするつもりなんですか？」

ドクトルはじっと信介をみつめた。

「それは、日本とソ連と、どちらの国のために働いているか、ということかな」

「旧ロマノフ王朝の財産が日本国内にあることが確認できたら、モスクワの党中央に報告するんですか、ということです」

「そうするだろう」

「すると、ソ連政府は、日本国に旧ロシアの国有財産の返還を求めてくるんじゃないでしょうか」

信介のストレートな質問に、ドクトルはしばらく答えなかった。そしてかすかな微笑をたたえながら言った。

「どうすると思う？」

「当然、それを要求すると思いますが」

「そうはしないだろう」

ドクトルは断言するように言った。

「そういう単純な話じゃない」

「それじゃ、どうなるんです」

「そこは国と国とのビジネスだ。旧ロシア帝国の財宝は、バイカル湖に沈んだことにしておけばいい。そのかわり、ソ連は日本側に極東シベリアへの巨額の投資を求めるんじゃないのかな。革命の頃のいざこざを持ち出して国際問題になるよりも、裏で現実的な取り引きをしたほうが彼らにも役に立つ。日本側にしても、昔の薄汚ない工作をとりあげて明るみに出されるより、いまのままのほうが都合がいいだろう。国際政治とは、そういうものだ。おぼえておきたまえ」

「そんなことって、本当にあるんですかね。なんだか国際陰謀小説のストーリーみたいじゃないですか」

信介は少し皮肉な口調で言った。ドクトルは首を振って、紅茶を一口飲んだ。

「いいかい」

と、ドクトルは話しだした。

「ソ連にとっては、現在の日本列島はアメリカ軍の勢力圏だ。ソ連はいつも対立国とのあいだに緩衝圏をもとめてきた。旧日本がソ連とのあいだに満州国という緩衝圏を築いたようにね」

「はい。それは前にも聞きました」

ドクトルは続けた。

「おれの背後にいる党中央のある人物は、たぶんシベリアを独立させて、連邦の外壁にしようと考えているんだと思う。シベリア独立運動というのは、じつは結構、根深いものなんだよ。それは極東の脅威をやわらげるロシア中央の一つの夢でもある。そこに日本側が大きな投資をしてくれれば、頼りになる外壁となるだろう。アメリカの前線基地とか言われる日本に対して、ロシア本国の緩衝圏をつくるというのが、党中央の一部のひそかな狙いじゃないだろうか。おれはそう思うね」

信介は黙ってドクトルの言葉を聞いていた。どう考えても信介には現実感のない話だと感じる。

しかし、考えてみれば今、自分がこうしてシベリアの一角に暮していることも、じつに奇妙な、現実感のない事実ではある。

「きっとタチアナさんはさびしがるでしょうね」

信介は急に感傷的な気持ちになって言った。

「ぼくとドクトルが一緒に行ってしまえば、一人ぽっちになるんですから」

「彼女は平気さ」

ドクトルは断定するような口調で応じた。

「これまで、それこそどんな苛酷な運命にも耐えぬいてきた女だからな」

「ひとつきいていいですか」

と、信介は言った。

「いいとも」

「ドクトルは――」

と、すこし口ごもって、信介はきいた。

「タチアナさんを愛してるんですよね」

「愛、か」

ドクトルは腕組みして目を伏せた。

「それより、タチアナはおれを愛しているのだろうか」

「愛している、と思います」

ふん、とドクトルは肩をすくめた。

「彼女も、おれも、愛、なんて感情はすでに失ってしまっているんだがね」

「そんなことはないでしょう」

信介は強い口調で言った。

「ドクトルは、いまでも自分の国を愛している。そしてタチアナさんのことも愛している。ぼくにはそれがわかるんです。ちがいますか」

信介はドクトルを正面からみつめた。ドクトルも目をそらさずに彼を見返した。

「ちがうね」

と、ドクトルは立ちあがった。そして階段をゆっくりと上っていった。

「出発はあさってだ」

と、彼は言った。
翌朝、信介はふだんより早めに起きて、朝食の仕度をした。
酔ってドクトルの寝室に寝込んでしまったタチアナは、寝乱れた姿のまま二階から居間へおりてきた。ドクトルは少しおくれて姿を見せた。
彼女は手早く洗面所で姿をととのえ、テーブルについた。信介が紅茶を入れると、ため息をもらして、なにかロシア語でつぶやいた。三人は信介が用意した朝食を、黙々と食べ、ふたたび紅茶を飲んだ。
《ターニャ、きみに話しておきたいことがある》
ドクトルは煙草に火をつけると、少しあらたまった口調で言った。
《わかってるわ》
と、タチアナは肩をすくめた。
《あなたたちは、ここを出ていくんでしょう》
タチアナは紅茶のカップを頬に当てて、
《わかってるのよ》
と、くり返した。
《イブーキーも一緒にいくのよね》
信介は黙っていた。ドクトルは言った。

《仕事の総仕上げだ。そのためには国外へ出なければならない。わかってくれるね》
《どこへいくの?》
《イブーキーの国へ》
《わたしを残して?》
《仕事が終ったら、すぐにもどってくるよ》
《無事に終ったら、でしょ?》
《大丈夫。うまくいくさ。それほど長い間じゃない。きみはこの家で、わたしが帰るのを待ってくれ》
タチアナは髪をかきあげながらドクトルの顔をみつめた。
《わたしは一人であなたを待つ。そしてあなたが帰ってきたら——》
《一緒にモスクワへいく。そして老人になるまで、そこで仲よく暮すのさ》
《夢ね》
と、タチアナは首をふった。
《わかった。そうする。どうせわたしの人生は、とっくに終ってるんだから。今さら悲しむこともないんだわ》
《ターニャ、わたしは——》
《いいのよ。わたしはこの家を守って、あなたの帰りを待つ。もし、ドクトルが帰ってこなかったら、イブーキー、あなただけでも帰ってきてほしい。そしたら、あなたと二人でどこか別の街

で新しい生活をはじめましょう》
タチアナの頬に涙がつたうのを信介は見た。彼女を抱きしめて何か言いたい、と彼は思った。ドクトルは黙って煙草をすっていた。
しばらくしてドクトルが言った。
《わたしの仲間にチクシ・ジローという男がいる。わたしはシベリアで、彼は日本国内で、共通の仕事をしてきた。先日、ターゲットを確認した、と連絡があったんだが、その後、連絡がとだえたんだ。なにか彼の身の上に良くないことがおこったんじゃないかという気がする。彼には助けが必要なんじゃないだろうか。ほうってはおけないんだよ。ターニャ、わかってもらいたい》
《わかった、と言ったでしょう》
タチアナは紅茶のカップを置いて立ちあがった。そして大きな足音をたてながら階段を駆けあがっていった。ドクトルがその後を追って姿を消した。信介はテーブルの上に手を組んでため息をついた。
その日、タチアナは病院に出勤しなかった。二階の寝室にこもったきりで、夕食のときも姿を見せなかった。
その晩、ドクトルと信介はテーブルの上に大きな地図をひろげて、イルクーツクからハバロフスク方面への地理を検討した。
「ハバロフスクまでいけば、仲間のアムールが待っていてくれる。そこまでは車でオフロードをいくんだ。ワズはどんな悪路でも踏破してくれるだろう」

ドクトルの愛車、軍用四駆のワズ450Aの能力は信介も知っている。

「ハバロフスクからウラジオストークまでは、アムールが安全につれていってくれるはずだ。あのあたりは彼の先祖代々の縄張りだからな」

と、ドクトルは指で地図をたどりながら言った。

「ウラジオストークからいったんロシア船に乗るんですね」

「いや、港からは少し離れた場所から乗り組むことになるだろう。国境警備隊などの目につきたくはないんでね」

「日本側のレポ船と合流するのは？」

「それは船に乗り込むまではわからない。たぶん、この季節だ。相当に海は荒れるだろう。覚悟しておけよ」

「どこへ上陸するんですか」

「北海道のどこかへ」

「見つかったら、どうなります？」

と、信介はきいた。ドクトルは唇を歪めてかすかに笑った。

「大丈夫だ。万一のことを考えて、囮《おとり》の漁船を何隻か出すことになっている。絶対、とは言わないが、ほぼ確実に上陸できるだろう。北海道は、きみも土地勘があるんだったよな」

「いえ、たいしてないですけど、あちこち流れ歩いていた時期があったものですから、少しはわかります」

上陸したら、迎えの車で札幌まで一緒にいき、そこで別れよう、とドクトルは言った。

「あとは自由にしてくれ。当座の資金は用意してある。おれのほうは用意した身分証明書と免許証をもって勝手に行動する。いったん別れたら、あとは赤の他人だぞ。いいな」

「わかりました」

「おれの目的地は、福岡だ。もし、きみの協力が必要なときは、連絡する。これが連絡先の電話番号だ。暗記して、あとは燃やしてしまえ」

信介は小さな紙切に書かれた数字を暗記した。市外局番は横浜市のものだった。〈北東水産加工株式会社〉という社名が記入されている。

「その会社の柳原《やなぎはら》という男に、きみの落ち着き先を知らせておいてくれないか。なにかのときにちゃんとつかまるように」

「柳原さんですね。その人はどういう――」

「なにもきかないほうがいい」

信介はうなずいて、その名前をしっかり頭にきざみ込んだ。

どこかでパリッと氷の割れるような鋭い音がした。信介は思わず窓の外に目をやった。どうやら今夜はふたたび寒気がぶり返したようだ。

「こんなことをきくのはルール違反かもしれませんが――」

と、信介はドクトルの顔を見て言った。

「なんだい」

「ドクトルがずっと十何年もかけて調べてきた事実が明らかになったら、その後、事態は日ソ両国の秘密取り引きになるだろうと言われましたね。問題を国際化せずに、外交とビジネスで解決を図る、と」

「たぶん、そうなるだろうと予想してるんだよ」

「では、具体的には、どういうビジネスになるのでしょう」

ドクトルは腕組みしてしばらく考えこんでいた。そして言った。

「これはおれの推測だが、たぶん、その資産を利用して、日ソの合弁企業が発足するんじゃないだろうか。シベリアから日本への天然ガスのパイプを設置するとかね。大きなプロジェクトが開始されれば、両国とも得るところは少くないだろう」

信介は首をふった。自分とは関係のない世界の話だ。そして、そんな知らない世界の取り引きの中で、民衆は大きな流れに乗って運ばれていくのだ。

しばらく沈黙がつづいたあと、ドクトルがぽつんと言った。

「飲むかい？」

「はい」

ドクトルは棚から愛用のブランデーのボトルを出してきて、紅茶のカップになみなみとついだ。そして信介の茶碗にもブランデーをそそぐと、カップをもちあげ、信介にうなずいた。

「乾盃！」

「なにに乾盃しましょうか」

「逃亡者《ブラジャーガ》の帰国に。そして――」

「タチアナさんのために」

信介は紅茶の茶碗に注がれた熱いブランデーを一口飲んできいた。

「出発は？」

「夜明けに出る。準備といったって、べつに何もないだろ」

「ドクトルの本棚から、レールモントフの詩集を一冊、もらっていいですか」

「いいとも。いい思い出になるだろう」

ドクトルは立ちあがって、窓の外を眺めた。

「ワズの燃料は満タンにしておいたよ。予備のタンクも積んでおいた」

そして、信介にうなずくと、二階への階段をゆっくりのぼっていった。

その晩、信介はほとんど眠らなかった。隣りの部屋から壁を通してきこえてくる物音や声に、ひどく疲れたのだ。夜明け前に、タチアナは先におきて朝食の用意をし、信介を呼びにきた。きちんと化粧して髪もととのえたタチアナは、とても美しかった。

食事のあいだドクトルも、タチアナも黙ったままだった。食事のあと、紅茶を飲み終えると、ドクトルはボストンバッグをさげて立ちあがった。タチアナはドクトルの首に腕を回して、長い濃厚なキスをした。

信介が部屋を出ようとすると、うしろからタチアナが彼を抱きしめた。

《あなたは良い生徒だったわ、イブーキー》

と、彼女は耳もとでささやいた。

《レールモントフを読むときには、わたしのことを思い出すのよ》

《タチアナさん――》

《なにも言わないで》

彼女は信介を自分のほうに向かせると、両手で彼の頬を押さえて、不意に唇にキスをした。信介は目がくらみそうになって、壁に手をついて体をささえた。

《あなたは、顔も体つきも、わたしの兄の若い頃とそっくりだったわ》

と、タチアナは言った。

《ロシア語の喉音《こうおん》をもっと練習するのよ。イブーキー》

「おい、いくぞ」

外でドクトルの声がした。すでにワズ450Aは白い排気を吐きながら動きだすのを待っている。

信介はバッグを抱えて、助手席に乗りこんだ。

《ターニャ!》

と、ドクトルが窓から手を振って投げキスをした。そして早口のロシア語で何か言った。信介にはわからない言葉だった。

タチアナは腕組みしてうなずいただけだった。ワズが車体を震わせて動きだした。

夜の海岸には、暗い中でもはっきりと見える白い波が押し寄せていた。

風は硬く、つめたい。

信介は岩だらけの海岸に大きなリュックサックを背おって立っていた。すぐ隣りには、毛皮のコートを着たドクトルが、そして前には懐中電燈をもったアムールの黒い背中があった。背後にワズの巨大な動物のような影がうずくまっている。

イルクーツクからハバロフスクまでの車の旅は、思いがけず時間がかかった。検問の目を避けて、道なき道を踏破してきたからである。雪の山林でも、深い湿原でも、その軍用の四駆は期待どおりの働きをした。昼間は深い針葉樹林に車をとめて、車中で眠り、夜間に移動した。白夜が近づくシベリアの夜は、ライトをつけずに走行できる明かるさだった。

予定より少しおくれて、ハバロフスクの郊外に着いた。そこで待機していたアムールとおちあい、ふたたび夜間走行を続けてこの海岸へやってきたのである。

《ロシア語が上手になったじゃないか、シンスケ》

と、アムールは顔を合わせたとき、首をかしげて言った。

《よほどいい先生に仕込まれたんだろう》

アムールは一匹の大きな犬をつれていた。仔牛のようにさえ見える巨大な犬だった。その犬は耳を伏せて、アムールを守るかのようにぴったり彼によりそっている。

厳重な国境警備をやすやすと越えて、黒竜江《こくりゅうこう》のむこうの中国側と行き来している不思議な男だ。黒竜江の流域をまるで自分の庭のように知りつくしているためにアムールと呼ばれているのである。

〈あれは一年ほど前のことだった――〉

と、信介ははじめてアムールに出会ったときのことを思い返した。信介は西沢、ジョンさんとともに、危うくどこかへ連れ去られそうになったが、その窮地を救ってくれたのがバイカルと名乗る将校と伊庭敬介、そしてアムールだった。

信介は西沢、ジョンさんの二人と別れて、アニョータという娘とともにこの地に残った。そして黒竜江ぞいの彼の村で、しばらく過ごした。モンゴルの血を引くらしいその村の人々は、信介にとても優しくしてくれた。信介にロシア語のイロハを口うつしに教えてくれたのは、アニョータだった。彼女のことを思い出すと、信介はいつも体が熱くなるのをおぼえる。将来はフィギュアスケートの選手になって、国際大会に出場するのが夢だ、と言っていたアニョータは、信介と別れて故郷の町に帰っていった。いまはどうしているのだろうか。

シベリア抑留から日本への帰国をこばんで、この地に骨を埋めた兵士の一人だった彼女の父親の名前は、たしか伊藤信一《いとうしんいち》といったと思う。自分と同じ「信」の一字が名前に入っていることで、不思議にくっきりとその名をおぼえていたのだ。

高い波が押し寄せてきて、岩に砕け散った。冷いしぶきが信介の頰にかかった。風は刃物のように硬く、夜の海には灯りひとつない。

《そろそろ約束の時間だ》

と、ドクトルがアムールの大きな背中にむけて言った。

《海が荒れているが、大丈夫なのか》
《心配はいらない》
アムールのよく響く声がきこえた。
《まだ五分前だ。計画は完璧だ。タヴァーリシチ・バイカルがすべての手はずをととのえてくれている》
やがて、アムールが押さえた声で言った。
《時間だ》
信介は前方の暗い海に目を凝《こ》らした。チカッと一瞬、青い光が水平線に見えた。アムールが腕をあげて、二度だけ懐中電燈を点滅させた。
《いまボートがやってくる。海際に降りよう》
と、アムールがふり返って言った。三人は滑りやすい岩のあいだをぬって、波打際のやや平たい岩のあたりへいった。アムールがもう一度、懐中電燈で合図を送ると、夜の海に青い光が一瞬光った。
低く押さえたエンジン音が響いてきた。小型のボートがゆっくりと黒い影を接近させてくる。アムールが何か言った。ボートのほうからも、それに応える声がきこえた。小型のボートは大きく波に揺られながら、岩場に横づけになった。舷側のゴムのタイヤが岩とこすれて奇妙な音をたてた。
《早く!》

と、ボートから声がかかった。

《さよなら《ダスヴィダーニヤ》》

と、信介はアムールに言った。本当は感謝の言葉をいくつか用意していたのだが、とても別れを惜しんでいる雰囲気ではなかったのだ。ドクトルは無言でアムールに片手をあげ、身軽な動作でボートに乗りうつった。信介もアムールに支えられて揺れるボートに乗りこんだ。

《ワズは、おれが帰るまで自由に使っていてくれ。帰らなかったら、きみへのプレゼントだ》

と、ドクトルがアムールに言った。アムールは無言で手を振った。

エンジンが低い唸りをあげ、モーターボートは岩場を離れた。アムールの黒い影と、その背後のワズが次第に遠ざかっていく。ドクトルとボートの乗組員が、短い会話をかわした。ボートは大きくローリングしながら沖に向かった。その先に黒い船体が姿をあらわした。日本側のレポ船と接触し、荷を交換するソ連側の漁船だ。ボートが減速した。漁船からスチールの梯子がおろされた。波が高いので、タイミングを計って飛び移るしかない。

「落ちるなよ、伊吹。落ちたら助からないぞ」

ドクトルが日本語で言い、信介の背中を押した。大きく揺れるボートから呼吸をととのえて、信介はスチールの梯子をつかんだ。荷物は背中にしょっているので両手が使えてありがたかった。梯子を登ると、上から太い腕が信介の体を引きあげた。すぐにドクトルが乗り移った。同時にモーター音が高まって、ボートは急速に去っていった。

船員たちは口数が少なかった。すぐに甲板から船室に通されると、船がスピードをあげるのがわかった。ドアをあけて、茶色いひげを生やした大柄な男が入ってきた。

《あんたたちは荷物だ。日本側の物資と交換するだけだ。接触するまで部屋を出るな。見たことは何も話すな。おれたちはあんたらの名前も、仕事も知らない。ただの荷物だ。それを忘れるな》

《了解》

と、ドクトルが応じた。

《おれたちは荷物扱いだな。ウオッカの一杯ぐらいは出せないのか》

ひげの男は舌打ちして、無言で姿を消すと、すぐにウオッカのびんとコップをもってもどってきた。そして唇をゆがめて捨てぜりふのように言った。

《酒に酔わなくても、海が十分に酔わせてくれるさ》

ひげの男がドアをしめて消えると、ドクトルはコップにウオッカを注ぎ、信介にもすすめた。

「とりあえず、乾盃しよう」

「なにに乾盃ですか」

「アムールに托したワズのために」

「そして一人で夜を過ごすタチアナさんのために」

「よし」

ドクトルは一気に喉に放り込むようにウオッカを飲みほした。

エンジンの音が足もとをとおして伝わってくる。大きな揺れでウオッカのびんが倒れそうになった。

「おれは少し眠るよ」

と、ドクトルは言い、壁際の二段ベッドの下の段にもぐりこんだ。

信介はコップとウオッカのびんをリュックサックの下において固定し、ドアを押してみた。鍵がかかっているかと思ったのだが、そうではなかった。部屋を出ると、すぐ目の前に階段があった。船は大きく前後左右に揺れている。信介は滑りやすい階段を慎重に手すりにつかまって上り、扉をあけて甲板に出た。

数人の船員たちが、波のしぶきをうけながら木の箱を固定したり、ロープを巻いたりとゴム長に防水コート姿で立ち働いている。信介は彼らの邪魔にならないように、手すりにつかまって甲板の隅に坐りこんだ。

夜の海は荒れている。どこにも灯りひとつ見えない。刺すような風が頰を叩いた。足もとを波の飛沫が洗う。手がかじかんで感覚がなかった。

〈シベリアはどっち方向だろう〉

背後をふり返ってみても、何も見えなかった。信介は激しい波音と風の中に目をこらした。体の下からエンジンの振動が伝わってくる。

〈おれは、挫折したのだろうか?〉

と、彼は自分に問いかけてみた。パスポートも持たずにシベリアを横断し、ヨーロッパまでたどりつこうという考えが甘かったのだ。しかし、ひょっとしたらそれが可能かもしれないという気がしていた。世の中には想像もつかないような出来事があるのだ。万が一の幸運に期待するのは、若い人間の特権ではないか。そしていま、ふたたび故国へもどろうとしている。それを挫折と言わずして何と言うべきだろう。

〈いや、そうではない〉

と、彼は自分に言いきかせた。シベリアでさまざまな体験をした。そして、いろんな人たちと会った。アムールと出会い、その村で暮した。アニョータとも知り合った。そしてドクトルとタチアナ。彼らは自分がはじめて出会った人生の教師と言えるのではあるまいか。

ドクトルからは本を読むことの大切さを教わり、タチアナからはエセーニンやレールモントフの詩の美しさを学んだ。ロシア語もかなり上達した。一軒の家に閉じこもって過ごした時間は、これまで信介が体験したことのない孤独の時間だった。学び、考え、読み、そして聴いた。さまざまな人生をかいまみる時間もあった。

もし無事に帰国できたら、と信介は考えた。いちど筑豊に帰ってみよう。香春岳はどんなふうに変っているだろうか。そしてボタ山は？

若い母親、タエの面影は今も筑豊の山河とともにある。忘れがたい父、重蔵の記憶。自分を引きとって育ててくれた竜五郎の姿は、ハーレーのオートバイとともに鮮やかに残っている。

そして、織江。

彼女を愛しているかときかれれば、迷うところがある。しかし彼女とは切っても切れない不思議な絆を感じないではいられない。兄妹ともちがう。しかし、恋人というのでもない特別な感情だった。

〈無事に帰国できたら織江に会いにいこう〉

と、信介は思った。目をあげて前方をみつめたが、夜の海以外は何も見えなかった。背後をふり返っても、広がるのは黒い海だけだ。

二十六歳の伊吹信介は、いま暗黒の明日にむかって、再び歩きはじめようとしているのだった。


―漂流篇　了―

初出
「週刊現代」二〇一七年二月四日号〜二〇一八年七月十四日号

単行本化にあたりましては、再構成のうえ大幅に加筆・修正いたしました。なお、第二次大戦中の差別的状況をめぐって今日から見れば不適切と思われる表現がありますが、時代背景や作品価値を考慮し、そのままとしました。よろしくご理解のほどお願い申し上げます。